民國文化與文學 研究文叢

七 編

第4冊

民國南京與中國現代文學（上）

李怡、趙步陽 編

國家圖書館出版品預行編目資料

民國南京與中國現代文學（上）／李怡、趙步陽 編 — 初版
—— 新北市：花木蘭文化事業有限公司，2017〔民106〕
目 4+280 面；19×26 公分
（民國文化與文學研究文叢 七編：第 4 冊）
ISBN 978-986-485-048-8（精裝）
1. 中國當代文學 2. 文學評論
820.9   106013213

ISBN-978-986-485-048-8

9 789864 850488

民國文化與文學研究文叢
七 編 第 四 冊   ISBN：978-986-485-048-8

民國南京與中國現代文學（上）

編　　者　李怡、趙步陽
總 編 輯　杜潔祥
副總編輯　楊嘉樂
編　　輯　許郁翎、王　筑　美術編輯　陳逸婷
出　　版　花木蘭文化事業有限公司
社　　長　高小娟
聯絡地址　235 新北市中和區中安街七二號十三樓
　　　　　電話：02-2923-1455 ／傳眞：02-2923-1452
網　　址　http://www.huamulan.tw 信箱 hml810518@gmail.com
印　　刷　普羅文化出版廣告事業
初　　版　2017 年 9 月
全書字數　467452 字
定　　價　七編 31 冊（精裝）新台幣 58,000 元

民國南京與中國現代文學（上）

李怡、趙步陽　編

編者簡介

　　李怡，1966 年生於重慶，文學博士，教授、博士生導師。主要從事中國現代新詩、現代文學思潮、民國文化與文學研究，出版著作《作爲方法的「民國」》、《民國政治經濟形態與文學》、《中國新詩講稿》、《中國現代新詩與古典詩歌傳統》、《舊世紀文學》、《七月派作家評傳》、《現代性：批判的批判》、《現代四川文學的巴蜀文化闡釋》、《詞語和歷史與思想的嬗變》等，編選《民國文學討論集》、《穆旦研究資料》、《穆旦作品新編》、《艾青作品新編》及《郭沫若評說九十年》等。

　　趙步陽，1972 年出生，文學碩士，副教授，金陵科技學院人文學院漢語國際教育系主任。主要從事民國文學、南京地域文化與文學研究，論文《「現代文學」，還是「民國文學」？》收入李怡等主編《民國文學討論集》。

提　要

　　近年來，從民國大歷史的視野深入中國現代文學研究已成爲值得注意的、新的學術動向，南京作爲民國首都，在中國現代文學發展進程中也有著特殊的地位和影響。2016 年 4 月 1 日～ 2 日，北京師範大學民國歷史文化與文學研究中心與金陵科技學院人文學院在南京共同舉辦了「民國南京與中國現代文學」學術研討會。本書選擷此次會議上發表的部分論文，合爲一冊，試圖從「文學史觀念」、「文學思潮與文學出版」、「民國時期的南京書寫」、「民國南京之傳媒與歷史記憶」四個視角切入，進一步反思、辨析「民國文學」概念的提出及其文學史意義，對民國時期不同派別或作家個體的精神路向、文學立場、文學趣味、作品傳播等進行反映，進而在南京這個特定的地域空間上重新描述文學生產過程，並在相關的文學書寫裏揭示、還原此地域空間的歷史場景，以期重新審視並呈現南京與中國現代文學的關係，使得「地域」、「文學」與「歷史」相互印證，相互補充，共同構成一組立體的中國現代文學圖示。從「民國」視域出發，探究此一時期獨具魅力的南京文學，一方面有助於我們更加深入地理解南京在「城」與「人」視野籠罩下的文學維度，另一方面也可進一步豐富我們對於文學表達中的南京形象與文化性格的認知。

中國現代文學史研究中的「民國文學」概念——《民國文化與文學研究文叢》第七編引言

李　怡

與政治意識形態淵源深厚的文學學科

　　大陸中國現代文學研究，最近 10 來年逐漸失去了 1980 年代的那種「眾聲喧嘩」、「萬眾矚目」的熱烈景象，進入到某種的沉靜發展的狀態，如果說，在這種沉靜之中，有什麼值得注意的現象的話，那就是「民國文學」概念的提出以及引發的某些討論。

　　對於海外中國文學研究者而言，現代中國很自然地分作「民國時期」與「人民共和國時期」，這是一種相當自然的歷史描述，作為文學史的概念，也完全有理由各取所需地採用不同的概念：現代中國文學、中國現代文學、中國文學（民國時期）、中國文學（中華人民共和國時期）等等，這裡有思想的差異或者說審美意識形態的分歧，但是卻基本不存在嚴重的政治較量和衝突。站在海外漢學的立場上，人們難免困惑：現代文學也好，民國文學也罷，不過就是一種文學史的稱謂而已，是不是有如此鄭重其事地加以闡發、討論的必要呢？

　　這裡就涉及到對大陸中國現當代文學學科存在格局的認識。其實，嚴格的學科意義上的「中國現當代文學」並不是在 1949 年以前的民國時期建立的，儘管那時已經出現了「中國現代文學」的大學教育，也誕生了為數可觀的「中國現代文學史」著作，但是主要還是講授者（如朱自清）、著作者的個人選擇，體系化的完整的知識格局和教育格局尚不完整。真正出現自覺的「學科建設」的意識是在 1949 年中華人民共和國成立以後，各學科教育大綱的編訂、樣板

式教材的編寫出版乃至「群策群力」的從思想到文字的檢討、審查，都意味著「中國現代文學」學科由此納入到了政治意識形態的一體化架構之中，因此，討論「中國現代文學」學科的任何問題——從內容、結構到語言、概念都是非同小可的「國家大事」，在此基礎上的任何一次新的概念的設計和調整，都不得不包含著如何面對政治意識形態以及如何回答一系列「思想統一」的結論的問題，這裡不僅需要學術思想創新的智慧，更需要政治突圍的勇氣和決心。

回頭看大陸新時期以來的每一次文學史概念的提出，都兼有如此的「智慧」和「勇氣」：例如最有影響的概念——二十世紀中國文學。提出這一概念，其意義主要不是重新劃分晚清——近代——現代——當代的文學史時間，不在於從過去的歷史分段中尋找歷史的共同性；而是為了從根本上跳脫政治化的「現代」概念對於文學的捆綁。

作為學科史意義的「中國現代文學」的「現代」概念，其實已經與它在五四文壇出現之初就有了巨大的差異，完全屬於一種政治意識形態的產物。眾所周知，最早的「現代」概念與「近代」概念一樣都來自日本，最早用「近代」更多，到 1930 年代以後「現代」的使用頻率則超過了「近代」——在那時，中國的「現代」基本上匯通著世界史學界的理解框架，將資本主義發展、傳統世界自我封閉格局得以打破的「現時代」當作「現代」；但是，1949 年以後作為學科史意義的「中國現代文學」的「現代」概念卻又不同，它更多地師法了前蘇聯的歷史觀念：由斯大林親自審查、聯共（布）中央審定、聯共（布）中央特設委員會編的《聯共（布）黨史簡明教程》和由蘇聯史學家集體編著的多卷本的《世界通史》重新認定了歷史的意義和分段方式，〔註1〕馬列主義的五種社會形態進化論成為劃分歷史的理論基礎，1640 年英國資產階級革命由於「階級局限性」屬於不徹底的「現代」，只能稱作是「近代」的開始，而「現代」演進關鍵點是十月社會主義革命的重大勝利，中國的歷史劃分是對蘇聯思維的仿傚：1840 年的鴉片戰爭被當作「近代」的開端，而標誌著「工人階級登上歷史舞臺」、「馬克思主義開始傳播」的「五四」運動則被當作了「現代」，後來考慮到「五四」之時，中國共產黨尚未成立，無法認定

〔註1〕 《聯共（布）黨史簡明教程》於 1938 年在蘇聯出版，人民出版社 1975 年正式出版中譯本。《世界通史》於 1955～1979 年出版，全書共 13 卷。中譯本《世界通史》（1-13 卷）於 1978～1987 年分別由三聯書店、吉林人民出版社和東方出版社出版。

其十月革命式的政治勝利，所以又在「現代」之外另闢 1949 年以後爲「當代」，以彰顯社會主義與共產主義社會的到來，由此確定了中國文學近代／現代／當代的明確格局——這樣的劃分不僅時間分段上不再模糊，而且更具有明確的思想的內涵與歷史文化質地：資產階級文學（舊民主主義革命文學）、新民主主義革命文學與社會主義文學就是近代——現代——當代文學的歷史轉換。

「二十世紀中國文學」是中國文學研究界學術自覺，努力排除前蘇聯「革命」史觀影響、尋求文學自身規律的產物。正如論者當年意識到的那樣：「以前的文學史分期是從社會政治史直接類比過來的。拿『近代文學史』來說，從一八四〇年鴉片戰爭到一八九八年戊戌變法，半個多世紀裏頭，幾乎沒有什麼文學，或者說文學沒有什麼根本的變化。」「政治和文學的發展很不平衡。還是要從東西方文化的撞擊，從文學的現代化，從中國人『出而參與世界的文藝之業』，從文學本身的發展規律，從這樣的一些角度來看文學史，才比較準確。」「『二十世紀中國文學』這一概念首先意味著文學史從社會政治史的簡單比附中獨立出來，意味著把文學自身發生發展的階段完整性作爲研究的主要對象。」〔註 2〕

自「二十世紀中國文學」開啓歷史性的「重寫文學史」以來，中國現代文學的研究一直是富有勇氣地走在這一條「學術創新——政治突圍」的道路上，力圖讓文學回歸文學，歷史還原給歷史。可以說，「民國文學」也屬於這樣的努力，是「重寫文學史」的一種方式。

可疑的「現代性」

當然，這種方式也體現出了對既往文學研究的一種反思。

「二十世紀中國文學」這一歷史架構顯然具有重大的學術價值，直到今天依然是影響最大的文學史理念。然而，在「民國文學」的視野之中，它也存在著需要克服的問題：「二十世紀中國文學」這一概念是否已經具備了學科的穩定性？例如，在「二十世紀」業已結束的今天，它是否能有效地參照當下文學的異質性？如果說，「二十世紀中國文學」曾經闡發過的諸多概念都依然適用於今天，如果「新世紀文學」的基本性質、使命、遭遇的問題等等幾

〔註 2〕黃子平、陳平原、錢理群：《二十世紀中國文學三人談》36 頁、25 頁，北京：人民文學出版社 1988 年。

乎都與「舊世紀」無甚區別，那麼這一概念本身的內涵和外延至少也是不夠確定，需要我們重新推敲的了。對於「二十世紀中國文學」而言，其擺脫政治意識形態束縛的核心理念是文學的現代性（當時提出者稱之爲「現代化」）追求。但是，隨著 1990 年代中期以來，「現代性」話語逐漸演變成了我們文學研究的基本語彙，它內在的一系列矛盾困擾也日顯突出了。

在新時期，「現代化」與「現代性」主要指代我們打破封閉、「走向世界」的強烈渴望，在那時，「現代」的道義光芒與情感力量要遠遠重於其知識性的合理與完整，或者說，呼喚文學的現代性就如同建設「四個現代化」一樣天經地義，我們根本無暇追問這一概念的來源及知識學上的意義和限度，所以才會出現如汪暉所述的「現代」之問。在 1980 年代，汪暉曾就何謂「現代」向唐弢先生質詢，而作爲學科泰斗的唐先生也只是回答說，這是一個「很複雜」的問題。〔註3〕到了 1990 年代，中國學術界開始惡補「現代」課，從西方思想界直接輸入了系統而豐富的「現代性知識」，先是經過了短時間的「現代性終結」之論，接著便是在西方學術的鼓勵之下，迅速舉起「未完成的現代性」旗幟，對各種文化現象展開檢視分析，我曾經借用目前收錄最豐富、檢索也最方便的中國期刊網 CNKI 對 1979 年以後中國學術論文上的一些關鍵詞作數理統計，下面就是「現代性」一詞在各年的出現情況：

	79	80	81	82	83	84	85	86	87	88	89	90	91	92
按篇名統計	0	0	0	0	0	0	0	0	0	2	0	0	0	0
按關鍵詞統計	0	0	0	0	0	0	0	0	0	0	0	0	0	0

	93	94	95	96	97	98	99	00	01	02	03	04
按篇名統計	4	16	26	28	48	60	108	128	166	213	268	381
按關鍵詞統計	0	0	5	11	11	20	69	109	165	225	287	443

表格說明：

1. 統計單位爲「篇」。

2. 檢索的學科涵蓋「文史哲」、「經濟政治與法律」、「教育與社會科學」。

3. 自動檢索中有極少數詞語誤植的情形，如「現代性愛小說」「現代性」統計，另外個別長文（如高遠東《未完成的現代性》分上中下發表，被統計爲三篇，爲了保證檢索統計的統一性，以上數據有意識忽略了

〔註3〕 汪暉：《我們如何成爲「現代」的？》，《中國現代文學研究叢刊》1996 年 1 期。

這些情形。

研究一下以上的表格我們就可以知道，從 1979 年到 1987 年整整九年中，中國人文社科的學術論文中沒有出現過一篇以「現代性」爲題目的文章，1988 年出現了兩篇，但很快又消失了，直到 1993 年以後才連續出現了「現代性」論題。這些論文的代表作包括張頤武的《對「現代性」的追問——90 年代文學的一個趨向》（《天津社會科學》1993 年 4 期）、《「現代性」終結——一個無法迴避的課題》（《戰略與管理》1994 年 3 期）、《重估「現代性」與漢語書面語論爭——一個 90 年代文學的新命題》（《文學評論》1994 年 4 期），韓毓海的《「現代性」與「現代化」》（《學術月刊》1994 年 6 期），韓毓海與李旭淵《第三世界的現代性痛苦與毛澤東思想的雙重含義——兼說中國當代文學》（《戰略與管理》1994 年 5 期），汪暉的《傳統與現代性》（《學術月刊》1994 年 6 期），彭定安《20 世紀中國文學：尋找和創造現代性》（《社會科學輯刊》1994 年 5 期），文徵《後現代性與當代社會思潮》（《國外社會科學》1994 年 2 期），趙敦華《前現代性、現代性與後現代性的循環關係》（《馬克思主義與現實》1 年 4 期）等。

對概念的提煉和重視反映的是一種學術目標的自覺。當然，按照中國學術期刊的學術規範，由作者列舉「關鍵詞」的慣例是 1992 年以後才逐漸推行開來的，整個 20 世紀 80 年代的中國學術論文之前都不存在這樣的標誌性的「關鍵詞」，這也給我們通過統計來顯示中國學者概念的提煉製造了難度，不過即便如此，分析表格中作爲「篇名」的「現代性」話題的增長與作爲關鍵詞的現代性概念的增長，我們也依然可以十分清晰地看出：隨著 1993 年以後中國學者對「現代性」話題的越來越多的關注，「現代性」理念作爲重點闡述的對象或立論的主要依託才逐漸堂皇地進入學術文本，構成其中的關鍵詞語，大約在 1995 年以後開始「傲然挺立」起來。到新世紀第一個十年的中期，無論是作爲論題還是語彙的「現代性」都達到了空前的規模，對西方文化意義的「現代性」含義的追溯和「考古」業已成爲了我們的學術「習慣」。同時，在中國文化範圍之內（包括古代與現代）所進行的「現代性闡釋」更層出不窮，幾近成爲了現代中國文學與文化研究的基本語彙。到 2004 年，我們的統計已經可以見出歷史的重要轉變。可以說至此，「現代性批評話語」真的正在實現著對於 20 世紀 80 年代一系列基本概念的置換。

這樣的置換當然首先還是得力於同一時期西方文學理論與文化理論的引

入，1990 年代中期以後，活躍在中國理論界的主流是後現代主義、解構主義、後殖民批判理論與西方馬克思主義，而「現代性」則是這些理論的核心概念之一，正是借助於這些西方理論的輸入，中國現代文學界可以說是獲得了完整的「現代性知識」。在這個知識體系中，人們對現代、現代性、現代化、現代主義的辨析達到了前所未有的深入和細緻，對文學的觀照似乎也獲得了令人激動不已的效果和不可估量的廣闊前程，中國現代文學史至此有望成為名副其實的「現代性」或「現代學」意義的文學敘述。

應當承認，1990 年代對「現代」知識的重新認定的確是為我們的文學史研究找到了一個更具有整合能力的闡釋平臺，借助福柯式的知識考古，我們固有的種種「現代」概念和思想得到了清理，現代、現代性、現代化，這些或零散或隨意或飄忽的認識都第一次被納入到了一個完整清晰的系統當中，並且尋找到了在人類精神發展流程裏的準確的位置。最近 10 年，「現代性」既是中國理論界所有譯文的中心語彙，也幾乎就是所有現當代文學史研究的話語支撐點。

但是，從另一方面來看，我們的「現代」史學之路卻難以掩飾其中的尷尬。追溯「現代性」理論進入中國的歷史，我們都會發現一個有趣的轉折：在 1990 年代初期，恰恰也是其中的一些論斷（後現代主義對社會現代性的批判）導致了我們對現代文學存在價值的懷疑和否定，而到了 1990 年代中後期，當外來的理論本身也發生分歧與衝突的時候（例如哈貝馬斯對現代性的肯定），我們竟又神奇地獲得了鼓勵，重新「追隨」西方理論挖掘中國文學的「現代性價值」——中國文學的意義竟然就是這樣的脆弱和動搖，只能依靠西方的「現代」理論加以確定？！這足以提醒我們，中國學者對「現代性」理論的理解和運用在多大的程度上是以自身的文學體驗為依據的？同樣，在「現代性」視野下的中國現代文學研究當中，中國現代文學的種種現象也一再被納入到全球資本主義時代的共同命題中，例如「兩種現代性」、「民族國家理論」、「公共空間理論」、「第三世界文化理論」等等……跨越了歷史境遇的巨大差異，東西方文學的需要是否就這麼殊途同歸了？他者的理論是否真讓我們的文學闡釋一勞永逸？中國文學的現代之路難道就沒有自成一格的更豐富的細節？

較之於直接連通西方「現代性」闡釋之路的言說，「民國文學」這一概念首先試圖表達的就是擺脫先驗的理論、返回歷史樸素現場的努力。

1997 年，陳福康借助史學界的概念，建議中國文學的現代／當代之名不妨「退休」，代之以中華民國文學／中華人民共和國文學之謂。後來，張福貴、湯溢澤、張中良、李怡等人都先後提出這一新的命名問題，〔註4〕我將這樣的命名方式稱之爲「還原」式，就是因爲它所指示的國家社會的概念不是外來思想的借用——包括時間的借用與意義的借用——而是中國自己的特定生存階段的眞實的稱謂，借助這樣具體的國家社會形態框架，我們的文學史敘述有可能展開爲過去所忽略的歷史細節，從而推動文學史研究的深入。

在多少年紛繁複雜的理論演繹之後，中國文學研究需要在一種相對樸素的歷史描述中豐富起來，自我呈現起來。

「民國文學」研究的幾種可能

當然，「民國文學」概念提出來以後，各方面也不無爭論和質疑，這些爭論和質疑的根本原因有二：長期以來「民國」概念的陰影不去，至今仍然以各種「成見」干擾著我們的思想，或者對我們的自由探索構成某種有形無形的壓力；新概念的倡導者較長時間徘徊在概念本身的辨析之中，文學史的細節研究相對不足，暫時未能更充分地展示新研究的獨特魅力，或者其他的同行業也未能從林林總總的研究中發現新思路的廣闊空間。

關於「民國文學」研究，有這樣幾個方面的問題可以澄清和深發。

一、「民國文學」是民國時期的現代文學，可以涵蓋絕大多數的現代文學現象。不僅可以對傳統的新文學傳統深入解釋，而且可以將舊體文學、通俗文學等等「新文學」之外的文學現象有效納入，在一個更高的精神性框架中理解古今中西的複雜對話關係；不僅可以包括從北洋政府到國民黨政府控制區域的文學現象，而且也能有效解釋紅色蘇區文學、抗戰解放區文學，因爲後兩者也發生在民國歷史的總體進程當中，民國文學的概念不僅可以解釋後

〔註4〕 參看張福貴《從意義概念返回到時間概念——關於中國現代文學的命名問題》（香港《文學世紀》2003 年 4 期）；湯溢澤、郭彥妮《論開展「民國文學史」研究的必要性與可行性》（《當代教育理論與實踐》2010 年 2 卷 3 期）；湯溢澤、廖廣莉：《論開展「民國文學史」研究的迫切性》（《衡陽師範學院學報》2010 年 2 期）；趙步陽、曹千里等：《「現代文學」，還是「民國文學」？》（《金陵科技學院學報》2008 年 1 期）；張維亞、趙步陽等：《民國文學遺產旅遊開發研究》（《商業經濟》2008 年 9 期）；楊丹丹《「現代文學史」命名的追問與反思》（《長春師範學院學報》2008 年 5 期）。

者，甚至是擴大了後者研究的新思路，解放區文化不是靠拒絕「人民之國」（民國）的理想而生存，它恰恰是以民國理想眞正的捍衛者自居，最終通過批判了國民黨政權贏得了在「全民國」範圍內的聲譽；對於投降賣國的汪僞政權，它也不敢輕易放棄「民國」之號，在這裡，民國的「名與實」之間存在一個值得認眞分析的張力，並影響到南京僞政府統治下的寫作方式；到華北、蒙疆特別是東北淪陷區，日本文化與僞滿洲國文化大行其道，但是，我們能不能斷定淪陷區文學就理所當然屬於滿洲國文學、蒙古文學或者日本文學呢？當然也不能，近幾年的淪陷區文學研究，相當敏銳地發掘出了存在於這些殖民地的「中華情結」，而民國文化作爲現代中華文化的一種形態，依然對人們的精神發揮著根深蒂固的作用——雖然不是名正言順的「民國文學」，但是「民國文學」研究的諸多視角卻依然有效。

　　二、「民國文學」本身不是一個政治性的概念，就如同「民國」本身既有政權性含義，但同時也有政權政治所不能涵蓋的民族、社群等豐富的內涵一樣，而作爲精神文化組成部分的「民國文學」更具有超越政治的豐富的意義空間。我同意張中良先生的分析：「民國作爲一個國家，在政黨、政府之外，還有軍隊、司法機關、民間社團等社會組織，除了政治之外，還有新聞出版、學校教育、宗教信仰、民族傳統、地域文化、文學思潮、百姓生活等等，民國文學是在多種因素交織的社會文化背景下發生、發展起來的，因而其歷史化研究的空間無比廣闊。」〔註5〕事實在於，越是在一個現代的形態中，國家政權的強制力越有限，而作爲社會文化本身的力量卻越大，包含文學藝術在內的社會精神文化，恰恰努力在民國時期呈現出了自己的獨立性和自主性。所以，「民國文學」並不等於就是國民黨的文學，自由主義文學與左翼文學都是民國文學的主體，而且由左翼文學所體現的反抗、批判精神也可以說是民國文學主要的價值取向，「民國批判」恰恰是「民國文學」的基本主題。曾經有大陸學者擔心「民國文學」研究會重新推動中國現代文學研究走入政治的死胡同，相反，也有臺灣學者對大陸「民國文學」研究刻意切割文學與政權制度的關係有所不滿，〔註6〕我覺得這兩方面的意見雖然有異，但都是出於對民國時期文學獨立性、自主性的認知不足。民國文學本身就是知識分子追求

〔註5〕 張中良：《民國文學歷史化的必要與空間》，《文藝爭鳴》2016 年 6 期。

〔註6〕 王力堅：《「民國文學」抑或「現代文學」？——評析當前兩岸學界的觀點交鋒》，《二十一世紀》2015 年第 8 期。

政治自由的體現，對政治自由的嚮往當然是將我們的精神帶離了專制政治的陷阱；而民國政權在文學政策上的某些讓步和妥協從根本上講並不來自統治者的恩賜，恰恰也是民國的社會力量、民間力量蓬勃發展、持續抗爭的結果，現代國家出現之後，其文化發展最可寶貴之處就是「明君」與「賢臣」文化的逐步消失（雖然政治家的開明和理性依然重要），同時社會性力量不斷加強、民間力量日益發展，後者才是最值得我們注意和總結的文化傳統，只有在後者被充分發掘的基礎上，政治制度的種種歷史特徵才有可能獲得真實的把握。

三、「民國文學」研究其實有別於隸屬於大眾文化、流行文化的「民國熱」。作為對長期以來「民國史」的粗暴化處理的背棄，「民國熱」已經在大陸中國流行有年，民國掌故、民國服飾、民國教育，還有所謂的「民國範兒」等等，這本身不難理解，而且我以為在「各領風騷三五年」的各種「熱」當中，「民國熱」依然保留了更多的自我反省的因素，因而相對的「健康性」是明顯的。儘管如此，我認為，當代中國社會出現的「民國熱」歸根結底屬於大眾文化潮流，而「民國文學研究」則是中國學術多年探索發展的結果，是文學研究「歷史化」趨向的表現，兩者具有根本的不同。其實，「民國文學」研究雖然與當今的「民國熱」差不多同時出現，但中國學界本著實事求是的精神，努力救正「以論代史」的惡劣現象、盡可能尊重民國史實的努力卻是由來已久了。在大陸中國，雖然因為政治原因，「民國」一詞一度包含了某種政治禁忌，需要謹慎使用，但總體來看，除了「文化大革命」這樣的極端的文化專制時期之外，對「民國史」的關注和研究一直有學人勉力進行。從新中國成立到1980年代初，「民國史」的考察、研究一直都得到來自國家層面的高度重視，並不斷被納入各種國家級的科研計劃與出版計劃。《中華民國史》的編修工作早於《劍橋中國史》的編寫計劃，「民國史」的研究也早在 1956 年就已經列為了國家科學發展十二年規劃，民國史的出版也在 1971 年就進入了國家出版規劃。呼籲「民國史」研究的既包括董必武、吳玉章這樣的「民國老人」，又包括周恩來總理這樣的黨和國家領導人。「民國文學」的研究借概念之便，當更能夠順理成章地汲取「民國史」的研究成果，以大量豐富的歷史材料為基礎，對中國現代文學研究的「歷史化」進程作出堅實的貢獻。

當然，民國文學研究，一方面固然應當強調加強學術研究的自覺性，與大眾文化的趣味相區分，但是，也不是要刻意區隔和拒絕那些來自社會民間

的寶貴情懷，相反，有價值的研究總能從現實關懷中汲取力量，讓學術事業擁有的豐沛的社會情懷，本身也是在健康和積極的方向上為中國的當代文化貢獻自己的智慧和力量。

四、「民國文學」研究可以形成與華文文學研究諸多問題的有益對話。當「民國文學」這一概念的使用跨出中國大陸，尤其是與海峽對岸學界形成對話之時，可能就會遇到嚴重的困擾：在我們大陸學界的立場來看，它理所當然就是一個歷史性的概念，「民國」在 1949 年已經結束，我們的「民國文學」研究如果不加特別說明，肯定是指 1912 民國建立到 1949 年中華人民共和國成立這一段歷史時期的文學，使用「民國文學」概念，存在著一個嚴肅的政治的界限；但是，繼續沿用著「民國」稱號的對岸，是否就是大張旗鼓地書寫著「民國文學史」呢？弔詭的現實恰恰是，當代臺灣學界似乎比我們離「民國」更遠！在經過了日本殖民文化──國民黨統治──解嚴後思想自由──政黨輪替、「去中國化」思潮這樣一系列複雜過程之後，在一個被稱作「後民國」的時代氛圍中，「民國」論述照樣承受了「政治不正確」的壓力，其矛盾曖昧之處，甚至也不是「一個民國，各自表述」就能夠概括得了的。也就是說，在海峽兩岸這最大的華人世界裏，「民國文學」都存在相當的糾纏矛盾之處。如何解決這樣的尷尬呢？如何在兩岸學術界，建立起彼此都能夠接受的論述呢？我覺得這裡有兩個可以展開的思路。

首先是集中研討那些沒有爭議的時段。例如民國成立到 1949 年中華人民共和國成立這一歷史時期，我稱之為民國文學的典型時期，對臺灣而言，1945年光復之後，特別是國民政府遷臺之後，民國文化與文學當然也完成了移植與建構，不過解嚴以來，本土化傾向日益強化，與「典型時期」比較，情況已經大為不同，固有的「民國文化」發生了變異、轉換與遮蔽，只有首先清理那些「典型」的民國文化，才最終有助於發掘現存的「民國性」。目前，對於研討「民國文學典型時期」的設想，在兩岸學界已經有了基本的共識。

其次是通過凸顯「民國文學」研究方法的獨特性與華文文學的其他學術動向形成有益的對話。所謂「民國文學」研究不過是一個籠統的稱謂，指一切運用「民國文學」概念創新解釋現代文學現象的嘗試，它至少包括兩個大的方向，一是對民國時期文學發展的種種問題進行新的梳理和闡述；二是通過對於「民國是中國的現代形態」這一思路的認定，生發出關於如何挖掘、描述中國知識分子「現代追求」的種種學術思路，進而對現代中國文化獨創

性問題作出令人信服的闡發，借助這一的闡發，「現代性」視野才不至於單純流於西方的邏輯，而成爲中國現代精神生產的一種獨特形式，這些努力的背後，樹立著發現現代中國精神主體性與學術主體性的深遠目標，這可謂是「民國作爲方法」的特殊價值。對於這種「文化主體性」的重視，我們同樣可以從作爲臺灣學術主流的「臺灣文學」以及史書美、王德威等人倡導的「華語語系文學」那裡看到，彼此對話的空間值得開拓。

「臺灣文學」一度有意識與中華文學相區隔，尋求自己的獨立空間，然而身居「民國」卻是寫作者不能不面對的事實，「民國」與「臺灣」在現實中相互糾纏，在歷史中前後延續、滲透、轉化、變異，無論從哪一個方向來看，離開「民國文學」的歷史與現實，都無法清晰道出現代「臺灣文學」的脈絡與底蘊，這一理念，似乎已經爲越來越多的臺灣學者所認可，臺灣文學研究者如陳芳明、黃美娥都多次出席兩岸舉辦的「民國文學研討會」，發表了梳理民國文學與臺灣文學關係的重要論文。

「華語語系文學」（Sinophone literature）是當今華文文學界的最有代表性的命題。儘管其倡導者史書美、王德威、石靜遠等人的具體觀念尚有不少的差異，但是突破華文文學的「中國中心」立場，在類似於英語語系、法語語系、西班牙語系的多樣化格局中建立各華人世界的文化獨立性和主體性，確實是他們的共同追求：「中國內地各種討論海外華文文學的組織、會議、出版，其實存在著一個不可擯除的最後界限，即要歸納在一個大中國的傳承之下，成爲四海歸心的一個象徵。很多海外學者會覺得這種做法是過去的、老派的、傳統的帝國主義的延伸，於是提出華語語系文學，使之成爲對立面的說法。」〔註7〕擺脫「西方中心主義」來談論「全球文學」，去「中心」、解「權力話語」，不再將華語文學當作某種「中國」本質的「離散」，而是始終在流動性、在地化、變異與重構中生成，這是「華語語系文學」的基本追求。應當說，「民國文學」的研究理念剛好可以與之構成有趣的對話：作爲文化主體性與學術主體性的建構，兩者顯然有著共同的意願，

不過，在不斷表述擺脫西方理論模式束縛的同時，「華語語系文學」卻將主要的批判矛頭對準了「中國性」與「中國文化」，史書美甚至爲了執著地對抗「中國」，將中國文學排除在「華語語系文學」之外。這裡就產生了一個需

〔註 7〕李鳳亮：《「華語語系文學」的概念及其操作——王德威教授訪談錄》，載《花城》2008 年第 5 期。

要認真探討的問題：阻擾現代華語世界精神主體性建構的力量是否就主要來自「中國」，而非實力更為強大的歐美？或者說，在普遍由歐美文化主導的「現代性」格局中，各種現代中華文化形態的經驗更缺少相互啓迪、相互借鑒與相互支撐的可能？如果考慮到「現代性」的言說模式迄今基本還是為歐美強勢文化所壟斷，「大華文區域」依然共同承受著這些文化壓力之時。以「在地」華文世界各自的經驗獨特性構製各自的「主體性」固然重要，在華文世界與其他世界的比照中尋找我們共同的經驗、重建華文文學本身的認同和主體價值，同樣不可或缺。而「民國文學」的經驗梳理，也就是華文世界的「現代認同」的基礎，也是華文文學主體性的主要根據，「作為方法的民國」需要在這樣共同的文化經驗的基礎上加以提煉。

這裡具有中華文化的共同傳統與民族記憶，又都在不同的條件下融入了全球現代化的過程。文學發展的背景同樣經歷了農業文明到工業文明、後工業文明的歷史過程，同樣遭遇了從威權專制到現代民主的轉變。

就文學本身而言，同樣具備了中國古典文學的修養和基礎的積澱，同樣進入到現代白話文學的時代，雖然因為政治意識形態的介入，中國新文學傳統的理解和繼承方式有別，彼此有過對新文學傳統的不同的認識——大陸以左翼文學為正統，臺灣等區域可能更認同以胡適為代表的自由主義，但是作為大的現代文學經驗依然具有相當的同一性。〔註8〕

對主體性的任何形式的尋找最終都不是為了將自身的族群從周遭的世界中分裂出來，而是為了更深刻地認識自我，發現自我的價值，最終也可以與「他者」更好地溝通與共存。大陸「中國中心」意識值得警惕和批判，但是與其徑直將大陸中國的華文文化視作對立的「他者」，毋寧將其當作既挑戰自我又激發自我的「他者」，而且這樣的「他者」也不能取代我們從歐美強勢文化的「他者」中承受的壓力，換句話說，大陸中國的華文世界並不是包括臺灣在內的華文世界的唯一的壓力，各區域華文文學的成長同時也不斷感受著來自其他文化力量的持續不斷的擠壓和挑戰。如果我們能夠面對這樣的事實，那麼，就會發現，華文文學世界的「共同經驗」的分享依然有效，依然重要，依然值得進一步挖掘和發揚，而在民國——這樣一個由華人所建立的現代意義的文化形態中，存在著值得我們共同珍惜的精神遺產。正如王德威

〔註8〕 參見李怡：《命運共同體的文學表述——兩岸華文文學視野中的「民國文學」》，《社會科學研究》2013 年 6 期。

所意識到的那樣：「在我看來，將海外與中國內地相對立，是另一種劃地自限的做法……如果只強調海外的聲音這一面，就跟大陸海外華文文學各種各樣的做法沒有什麼兩樣，只不過站在反面而已。」「對於分離主義者來說，我覺得華語語系文學這個概念也適用……如果你不知道中國是什麼樣子的話，你有什麼樣的能量和自信來聲明你自己的一個獨立自主的自為的狀態（不論是政治或是文學的狀態呢）？〔註9〕

〔註 9〕 李鳳亮：《「華語語系文學」的概念及其操作——王德威教授訪談錄》，載《花城》2008 年第 5 期。

目次

楔　子

「民國南京與中國現代文學」學術研討會・會場擷略（圖）（2016.4.1～4.2）

圖 1

圖 2

圖 1、圖 2：「民國南京與中國現代文學」學術研討會開幕式

圖 3

圖 4

圖 5

圖6

圖7

圖8

圖 9

圖 10

圖 11

圖 3～圖 11：「民國南京與中國現代文學」學術研討會　會議發言及研討現場

圖 12

圖 12：「民國南京與中國現代文學」學術研討會　集體合影（2016.4.1）

李怡教授開幕式致辭

各位領導、各位老師、各位同仁：

在金陵科技學院的精心策劃下，今天我們有機會來到與中國現代文學淵源深厚的南京，參加「民國南京與中國現代文學」學術研討會，特別是身居當年爲國民政府提供後勤服務的勵志社舊址，眞可謂是感慨良多！

1922 年，日本著名的漢學家青木正兒看到了南京：「一駛進南京城門，氣氛立刻沉靜下來。……丘陵上星星點點的建築，周圍茂盛的綠樹，好像是哪裏的別墅」。（《南京情調》，《兩個日本漢學家的中國之行》，光明日報出版社 1999 年版，第 33 頁）張愛玲筆下的南京也有著獨特的高貴氣質，「安詳幽嫻，大家都喜歡她。」

不過，這樣的「六朝繁華」、「金陵勝蹟」，卻難掩歷史興衰的波詭雲譎，從民國定都、國家統一之初的「少年中國」氣象，到現代文明映照下的殘破、頹敗，有左翼文學階級矛盾景觀，有戰爭屠殺中的慘烈，也有大後方人們所眺望的故土家園，作爲文學形象的南京，儼然就是苦難與希望並存的中國現代史的縮影，承載著魯迅從偏僻的鄉村到遙遠的日本的轉折，承載著朱自清、俞平伯「槳聲燈影」裏的歷史幻覺，承載著張愛玲在浮華上海之外的夢境，也承載著阿壠血海復仇的民族情懷，還有，張恨水眷念與批判相交錯的故事。總之，在中國現代文學中烙下深刻印記的現代城市其實並不太多，而南京無疑就是其中最值得仔細打量的對象。

金陵科技學院在趙步陽等老師的帶領下，多年來一直致力於民國文化與文學的研究，成果卓著，今天，又以我們所有與會學者熱情周到的會議接待，作爲參會者，我們只能以高質量的學術研討來回報他們！

謝謝大家！

文學史觀念

概念的辨析與學科的反思
——對近年來中國現當代文學幾種命名的一點感受

張福貴

（吉林大學文學院，吉林長春，130012）

摘　要

　　該論文以近年來出現的幾種中國現當代文學命名概念爲研究對象，通過對民國文學、漢語新文學和華語語系文學的概念辨析，從民國文學、漢語新文學在大陸思想環境中的意義，漢語新文學語言譜系背後的文化價值，漢語新文學命名的文學標準，新文學與現代文學概念的內涵的歷史辨析等方面，探討中國現當代文學史命名問題。論文認爲，近些年大陸和海外有關「民國文學」、「漢語新文學」和「華語語系文學」等概念的提出，是直接對於中國現當代文學史的重新命名和學科反思。

關鍵詞：民國文學、漢語新文學、學科反思

　　相對於中國哲學社會科學其他學科而言，中國現當代文學學術思想體系的變化明顯滯後。導致這一結果的原因主要不在於學術主體意識本身的欠缺而在於學科屬性的特殊。在近代以來功利主義價值觀的影響下，文學被社會發展看得過輕，又被意識形態看得太重。於是，人們對於中國現當代文學史的評價，往往就不是一種單純的學術史和藝術史的評價，而是有關於中國政治史和思想史的評價。正因爲如此，學界對於現當代文學史觀的探討也就始

終處於波峰浪谷和猶豫不決之中。從 1980 年代開始，人們就一直探求中國現當代文學史觀與學術研究的根本突破，「現代文學性質」、「當代文學可否寫史」、「重寫文學史」、「現代性問題」等討論，都是這種努力探求的重要話題。而近些年大陸和海外有關「民國文學」、「漢語新文學」和「華語語系文學」等概念的提出，更是直接對於中國現當代文學史的重新命名和學科反思。當然，反思本身就可能是學科接近於成熟的一種標誌。

近年來在學界產生很大影響的「民國文學」、「漢語新文學」和「華語語系文學」概念的主張，可以看作是新世紀中國現當代文學史學理論的「三大命名」。這「三大命名」相對集中的提出及其討論並不是偶然的，也並非單純是主張者的個體化的行為，而是中國現當代文學自身發展的積累和學術邏輯運行的必然結果。這既表明中國現當代文學研究的學術困境，也預示著研究的根本性突破而成為學科新的學術生長點。也許過若干年後再來討論這「三大命名」的話，其價值可能會看得更清晰一些。很明顯，這三個學科概念雖然有所重疊但卻是各有側重和含義的。或者說，三個概念是從不同的角度來對中國現當代文學進行命名的。「民國文學」是一個時間概念，主要是側重對於 1911 年到 1949 年期間的文學史的概括，沒有顯在的性質判斷；「漢語新文學」是對中國現當代文學的一種語種視角加意義視角的概括，同時也包含了一種時間的界定；「華語語系文學」命名的由來雖然始於中國現當代文學概念的辨析，卻超越於這個時段，可以包含整個漢語──華語文學史。這裡沒有了性質判斷，成為一個跨度更長的語種概念和時間概念。由於「民國文學」與「漢語新文學」概念在時段和內涵上的相似與相異更為明顯，而且「華語語系文學」在內容與形式上與「漢語新文學」又比較接近，所以本文著重以前兩個概念為主要對象，來探討中國現當代文學史命名的問題。

首先，無論是「民國文學」也好，還是「漢語新文學」也好，這兩個概念的命名在大陸思想環境下有著重要的意義，那就是對某種流行的文學史常識和學術前提反思的啟示以及學術邏輯的突破和思維方式的創新。

這是兩個概念在學術邏輯和思維方式上的最大相似之處，都表現出對於以往文學史觀內涵和外延的反思，構成對於現有「現代文學」文學史觀的突破。「所謂的學術前提是指已經成為基本定論的理論常識，而對於當代中國學術來說，學術前提往往也是學術之外的諸多限定，包括政治前提和思想前提。我們對於學術前提的有意忽略，是因為有的學術前提在確定的思想環境下是

先驗的，不能證僞的；而無意忽略則是不必證僞的。半個多世紀以來，受限於傳統的思維方式，我們不能獲得反思某些理論常識的思想能力。」〔註1〕民族創新能力的根本是思想的創新，一個沒有思想能力的民族是不會有創新能力的，而對於學術研究來說，思想能力的強弱就表現爲對於常識性的概念和基本理論的反思程度。朱壽桐在《論漢語文學與文化‧代後記》指出，「人們太習慣於『中國文學』以及『中國現當代文學』之類的伴隨著嚴肅國體意識的學術概念，它們都是那樣地明確、簡單、順妥，以至於任何人可以不假思索地接受它們，運用它們。然而正是這種不假思索的接受和運用帶來了許多足以引起思索的罅隙」。〔註2〕能夠對作爲學術前提的概念常識和基本理論的反思，也是需要具備一種適應的思想環境的。反思前提有時候也是創造和改善思想環境的努力。對於中國現當代文學來說，要實現文學史觀的轉變和突破，必須首先對於其相關的文學史概念等基本問題進行反思。

從政治、歷史到倫理和學術問題，中國社會和學界都存在著許多習以爲常而又不符邏輯和學理的概念。這些概念不是語言學意義上的約定俗成，而是命名的失眞和模糊。概念從來就不是簡單的名詞，而是包含有判斷過程與結果，關涉到主體對於對象判斷的眞僞、合離程度的。多年來，有些概念和名詞已經成爲主流媒體、教科書體系和民間話語的慣用語，很少有人對這些概念進行反思和證僞，因此而成爲先驗的常識和理論。例如常見諸於官方話語和民間話語中的「抗戰八年」、「建國後」、「祖國六十華誕」等等。「抗戰八年」抹去了東北軍民在「九一八」事變之後與日本侵略者浴血奮戰的十四年艱苦卓絕的歲月。東北抗戰不僅是中國大陸抗日戰爭歷史上最早的戰鬥，而且是世界反法西斯戰爭中最早的戰場。而「建國後」一詞如果說是指「中華人民共和國建立之後」的簡稱尚可理解，但是隨後一個「祖國六十華誕」這一悖歷史也悖邏輯的概念使用，則說明這兩個概念都是把傳統意義的「中國」不知不覺地界定於 1949 年。

同樣，「中國現當代文學」這一學科概念已經進入了國家學科專業目錄，具有了法規化的意義，而且已經成爲了海內外學界的一種學科常識和學術常識。但是，從詞義和歷史本身來看，「現代」一詞永遠指向近時段和當下，因

〔註 1〕 張福貴、張航：《走出「教科書時代」——現當代文學學術前提的反思與重建》，《中國現代文學研究叢刊》2013 年第 9 期。

〔註 2〕 朱壽桐：《論漢語文學與文化‧代後記》，澳門：銀河出版社，2015 年版，第 337 頁。

此以此來命名 20 世紀上半葉的文學史，必將是一個「短命」的概念。在人類文化史和文學史的長河裏，從時間的角度進行的任何「現代」的命名都是如此。而且，「現代文學」長期以來被理解和闡釋爲一種「現代意義」，使一部比較豐富的文學史最終成爲一種經過單一選擇後的文學史。這是我當年提出用「民國文學」代替「現代文學」的根本原因。同樣，朱壽桐對於「中國現當代文學」學科概念的反思也是極爲深刻和合理的：「作爲中國現代文學與中國當代文學相整合的概念，一個叫作『中國現當代文學』的臨時性學術概念和明顯拼湊型的學科名稱便就此出爐，並在相當長時期內成爲漢語新文學領域最具權威性和最富範導力的概念，其影響正越出中國內地而輻射到港澳臺乃至於國外的漢語文化圈。『中國現當代文學』作爲正式的學術概念，無論是在內部關係還是在外部關係上都失去了概括力度以及延展的張力。」〔註 3〕如果瞭解當初使用這一名稱的過程的話，就會更加確信「中國現當代文學」作爲一個學科性的名稱的確是一個「臨時性」、「明顯拼湊型」的詞語，「現代」和「當代」兩詞的意指是相同和相近的，從邏輯和詞義上來說將其並列都不是十分嚴密的。

第二，「漢語新文學」語言譜系背後的文化價值。

「漢語新文學」命名的自身所包含的「漢語」中心詞意義，使「民國文學」命名中的政體糾葛明顯淡化，從而在現階段更容易被海內外華人所認同，也可以看成是對於此前「民國文學」所產生的概念歧義的一種突圍和迴避。因爲語言是一個族群認同的最大公約數。朱壽桐在「漢語新文學」主張中對於語言形式的重視是前所未有的，「人類的審美經驗和審美成果需要多種語言形態甚至需要所有語言形態加以體現，在這種巨大豐富性的積累之中，漢語文學客觀上必然是以統一的文學方陣出現並區別於別的語種的文學」。〔註 4〕實際上，朱壽桐所倡導的首先是一種語言文學史觀。

眾所周知，近代以來的文學運動最早是從語言形式的變革開始的。黃遵憲、梁啓超、嚴復等人的「詩界革命」、「新文體」等主張是最早的嘗試。而最早從語言視角對中國現代文學史進行命名的，是新文學和新文化運動的先驅者胡適、周作人、錢玄同等人。「國語文學」、「白話文學」等概念的提出以

〔註 3〕　朱壽桐：《「漢語新文學」概念建構的理論意義與實踐價值》，《學術研究》2009年第 1 期。

〔註 4〕　朱壽桐：《「漢語新文學」概念建構的理論意義與實踐價值》。

及文學史文本的寫作實踐，成爲後來者提出相關命題的重要啓示。但是，相對於從思想內容和歷史時代視角進行命名的文學史觀而言，語言文學史觀還是不多的。「文學研究界不習慣於從語言本體看待新文學的誕生與新文學運動，導致了這樣一個嚴重的歷史事實被長期遮蔽：在文學革命的一系列論爭之中，『新舊』兩派的衝突其實更多地聚焦於廢除文言的語言策略而不是開放的和現代性的思想文化觀念。」〔註5〕也就是這樣一種狀況：能夠從語言視角對新文學進行研究者更多的是關注語言本身，文學史的命名是從形式著眼，而不是把語言形式變革背後的「新」的文學立場表達出來。

應該說，朱壽桐不是新世紀以來最早關注新文學語言問題的學者，但是通過「漢語新文學」的主張使他成爲新文學語言研究影響最大的學者。「漢語新文學」與海外學者史書美、王德威的「華語語系文學」的主張看上去大致相同，而其實二者之間貌合神離，存在著本質性的差異。華語語系文學明顯是一個語言文學的大系統，包括漢語而大於漢語，因爲「華語」意指中華民族大語言系統，以漢語爲主體並且包括其他少數民族語言系統。如果身在海外做一種華夏族語言的理解，則又是和內地已經被法規化的「中華民族」語言的內涵不一致的。

「漢語新文學」概念的最大貢獻是彌補了「民國文學」的結構缺失，從空間構成上補充了「民國文學」這一時間概念的不足，擴大了中國文學的版圖。「漢語新文學」概念所獲得的這一重大價值，就是來自於對於學界以往已經認同的「中國現代文學」和「世界華文文學」等既定命名反思的結果。「政治區域意義上的國體概念（中國）必然導致的人爲區隔和自我設限的某種尷尬。」〔註6〕而其中最突出的是對於臺港澳文學和海外華文文學涵蓋的尷尬。長期以來，臺港澳和華文文學沒有被納入到中國現當代文學的系統之中，而是作爲「特區」一樣稱之爲港澳臺文學，最多是作爲一個特殊區域的文學來看待。直到目前爲止，幾乎全部中國現當代文學史教科書都是把港澳臺文學另闢一章，成爲游離於整體的一個專題。要知道，這種體例教科書中，是絕不會對大陸文學進行京津滬文學或者東北文學、西北文學等類似的區域文學分類的。我甚至有一種感覺：臺港澳文學的另類式進入中國現當代文學史寫作更主要的目的，是不是服從於國家統戰的政治策略？這至少在教科書體例

〔註5〕 朱壽桐：《「漢語新文學」概念建構的理論意義與實踐價值》。
〔註6〕 朱壽桐：《論漢語文學與文化‧代後記》，第337頁。

上有些令人懷疑。如果作為朱壽桐提出的「漢語新文學」的概念來建構文學史的話，就可以實現我一直主張的文學史寫作的「融入」原則：不以區域為標準，而是以文學價值和影響力為標準，將臺港澳文學按照時段分別納入到大陸文學大系統之中進行考察和取捨。不再單設一章或幾章，把值得入史的臺港澳文學作家作品分別融入到大陸文學同一時段的大系統之中。如果某些時段不夠融入的標準，也完全可以空缺，不必以「特區」的標準去做自成一系的設計。中國文學的漢語系統標準在相當程度上改變了這種「計劃單列」的行政設計模式。許多文學史教科書在地域上的「另闢一章」，就有可能就帶來價值評價上的「網開一面」，即面對大陸文學與海外文學採用了不同的文學史價值觀與審美價值觀。

第三，「漢語新文學」命名的文學標準。這可能是「民國文學」與「漢語新文學」兩個概念中最大的一致性和最明顯的差異性之所在。

朱壽桐在「漢語新文學」概念中十分看重「新文學」承上啓下的文化史價值。對傳統文學而言，「新文學」的「新」成為了已有大傳統中的新屬性，而對於現代文學而言，「新文學」中的「新」又成為接近於現代性的問題。在中國現代文學學術史上，現代性問題是一個在相當長的時間裏被強烈關注甚至過度闡釋的概念，而現在又處於被相對忽略的境地。特別是在近年來文化復古主義思潮的強大影響下，現代性問題的探討有走向反面——反現代性的徵兆。所以，在這樣一種思想環境下，「漢語新文學」概念中對於「新」的強調是有著明顯的當下意義的。

「漢語新文學」概念中的中心詞為「新文學」，這與一般性的「漢語文學」或者「華語文學」劃清了界限，賦予了現代文學的主體性和時代性的內涵，成為一個擴大了視野的限定性的概念，這仍然是一個從語言形式的視角命名文學史內容的主張。實質上，在朱壽桐的「漢語新文學」的概念裏就包括「新漢語」（白話文和新體詩）的「新文學」和「舊漢語」（文言文和舊體詩）的「新文學」兩個形式系統，在語言形式上擴大了「新文學」的範疇。那些文言文和舊體詩等舊形式表現出來的「新」文學也應該屬於中國現當代文學的內容。

關於文學史觀的這種開放性的語言標準問題，「民國文學」是與此完全一致的。但是就文學史觀的現代性內容問題來說，這可能又是「民國文學」與「漢語新文學」兩個口號中存在的最大差異。我一直強調「民國文學」口號

是一個時間性的概念，更完整的詞義是「民國時期的文學」，這是與中國文學以政治朝代命名的歷史傳統是相一致的。而我提出這一口號的最大目的，是淡化「中國現代文學」原有命名中所包含的「現代意義」，擴大文學史對象和內容的選擇，強化文學史觀的客觀性、自然性立場。「現代意義」的設定，使本來就不太純粹的文學史變得更為簡單和偏門，用二元對立的黨派史觀代替了相對完整的民族史觀，使「人的文學」理解重新回到「非人的文學」的理解。而在形式上則完全排除了不具「現代意義」的舊體文學，文言小說和散文、舊體詩詞、戲曲文學等都始終未能進入到文學史文本之中。時間性的「民國文學」概念具有最大限度的歷史與審美的包容性：既包容「現代文學」，也包容「反現代」文學；既包容左翼文學，也包容右翼文學；既包容雅文學，也包容俗文學；既包容新文學，也包容舊文學。這是時間性文學史觀最大的優勢之所在。

相對於這種擴大了的限定性概念，「民國文學」則是一個更無邊界的文學史概念，不僅包括「舊漢語」的「新文學」，也包括「新漢語」的「舊文學」。由於沒有對文學史內容是否具有現代性進行限定，所以可能是一個更為開放的概念。正是由此也帶來人們關於「民國文學」包不包括「反民國文學」的質疑。

兩種主張的差異性，朱壽桐的「漢語新文學」從語系上是對於中國現當代文學和「民國文學」概念的擴大，而「新文學」的中心詞又從歷史對象本身進行了限定，也就是一種縮小。「新文學」的意義概念是限定好了的，擴大的是語言形式。由此看來，中心詞仍然是「新文學」。與此同時，這也帶來一個要繼續探討的問題：那麼在「新文學」之前的「漢語文學」史該如何命名？是否應該叫做「漢語舊文學」呢？

第四，「新文學」與「現代文學」概念內涵的歷史辨析。

可能在朱壽桐之前，還沒有人如此細緻系統地辨析「新文學」和「現代文學」概念內涵的差異問題。一般看來，二者之間沒有差異，可以並稱互換。但是朱壽桐卻發現了二者內涵的張力及其之間細微的差異。他認為「新文學概念強調的是與舊文學的相對性，較多地融入了傳統因素的考量，所揭示的仍然是文學的內部關係；而現代文學概念關注的是時代因素，無論是從政治內涵還是從摩登涵義來考察，都是將文學的外部關係置於特別重要的地位，相比之下，其所具有的歷史合理性以及相應的學術含量都不如新文學概

念。新文學倡導者無論如何偏激地反對舊文學，都是在價值觀念上承載了舊文學傳統的巨大壓力，因而迫切地追求新的文學傳統，鑄成新文學，以求得解放與超脫。他們深知舊文學具有豐厚的文學傳統，文學革命運動於舊文學所反對的，其實不是所有的文學家及其文學作品，而是其所體現的文學傳統」〔註7〕。朱壽桐細細梳理了「新文學」和「現代文學」命名的由來，更為可貴的是第一次如此清晰地辨析了二者的差異。應該說，「新文學」與「現代文學」的同時同質性已經得到了人們的長期認同，因此而成為一種文學史的常識。就傳統文學來說，「現代」要比「新」離傳統更遠，新與舊是一種相對而言的過程，而現代與傳統則是一種相剋相生的對立，而且是一種體系性的對立。在中國古代文學譜系中，「新文學」是生生不息的，僅就詩歌的體式來說，五言詩相對於四言詩是新文學，七言詩相對於五言詩亦是新文學，而詞相對於律詩又是一種新文學。這種生生不息、不斷更迭的發展脈絡，共同構成了一種傳統機制。朱壽桐所說的「文學革命運動於舊文學所反對的，其實不是所有的文學家及其文學作品，而是其所體現的文學傳統」〔註8〕，看到了這種「源」與「流」的差異性。「作為新文學概念的『新』並不是像人們一般性地理解的那樣，體現著新的形式和新的內容等等，這種淺表層面的『新』確實可以用諸如『現代』或『當代』等時間概念來替代；新文學概念之『新』乃是籲求著新的文學傳統的建立，儘管這種新文學傳統在不同的新文學家的表述中有差異」。〔註9〕

新文學如何成為新傳統乃至進入到漢語文學的大傳統之中，這是朱壽桐「漢語新文學」概念中一個不太被人關注的方面，也是倡導者沒有繼續深入闡釋的問題。「熱衷於『現代文學』乃至『當代文學』概念建設的人們忽略了『新文學』概念的這種新文學傳統命意。對於新文學傳統的忽略使得新文學概念在時代因素特別是政治因素的強調中變得灰暗不堪。」〔註10〕「新」本身就會隨著時間而成為「舊」，是一個人盡皆知的日常邏輯。這種邏輯的日常化已經到了無人質疑無人關注的程度。然而在文化和文學發展的邏輯上，這個問題卻始終處於人們的質疑和爭論當中。從五四時期到新世紀，學界和社會大多數人的觀點都是認為五四新文化和新文學割裂了傳統，這一觀點在海

〔註7〕　朱壽桐：《「漢語新文學」概念建構的理論意義與實踐價值》。
〔註8〕　朱壽桐：《「漢語新文學」概念建構的理論意義與實踐價值》。
〔註9〕　朱壽桐：《「漢語新文學」概念建構的理論意義與實踐價值》。
〔註10〕　朱壽桐：《「漢語新文學」概念建構的理論意義與實踐價值》。

外學人中最爲盛行。「漢語新文學」的命名強調「新」的標準和視角，是關於
文學史的一種意義概念的界定，是一種文學性質的判斷。因此，如果把「新」
與「舊」之間做一種歷史演化的關聯，就可以完美地解決歷來文學史命名與
爭議中的一個邏輯性問題，那就是傳統本身就是一個發展和轉化的自然過
程，「新文學」可以成爲「舊文學」，成爲中國文學的新傳統並最終進入大傳
統之中。這可能使「漢語新文學」命名上升爲文學史哲學意義上的概念。五
四新文學和新文化的負面影響不是割裂了傳統文學和文化，而是採取了一種
二元對立的價值觀和發展觀，沒有看到新舊文學之間的過渡和轉換，只是以
靜止的眼光看待五四這樣一個特殊階段的文化衝突和新舊文學之爭。當然，
處於這樣一個轉型期的思想文化環境之中，既不可能有一種平靜的文化心
態，激蕩的社會也沒有提供整體考察和判斷的充分條件。胡適的「八不主義」
和陳獨秀的「三大主張」，包括周作人的「人的文學」以及魯迅「禮教吃人」、
錢玄同和羅家倫的「廢除漢字」的主張和判斷，都是這種二元對立價值觀和
思維方式的集中體現。

　　學界對於「漢語新文學」主張可能存在的分歧之一，是在對於「新文學」
與「現代文學」概念之間關係理解的差異上。朱壽桐非常明確地認爲，「新文
學概念強調的是與舊文學的相對性，較多地融入了傳統因素的考量，所揭示
的仍然是文學的內部關係；而現代文學概念關注的是時代因素，無論是從政
治內涵還是從摩登涵義來考察，都是將文學的外部關係置於特別重要的地
位，相比之下，其所具有的歷史合理性以及相應的學術含量都不如新文學概
念。」〔註11〕把新舊之爭看做是一種文學內部關係的相對，把現代文學與傳
統文學之辯看做是一種文學外部關係的衝突，是有一定的道理的。按照這樣
一種理解，新文學與舊文學的對立就是一種暫時性的過渡狀態的表徵，新文
學較現代文學離傳統文學更近，經過一段時間的發展就可能成爲「舊文學」
——中國文學大傳統的構成部分。這種理解的最大意義在於發現了新文學文
化屬性演化的內在邏輯。準確地說，是對於傳統文學的歷史性、流動性本質
的一種概括。我曾經說過，五四新文學在五四時期是反傳統的，在三十年代
也可以算是反傳統的，但是經過了 50 年 100 年，還把新文學看成是傳統文學
的對立物，看作是疏離於傳統文學之外的文學構成，既是違背歷史的，也是
違背邏輯的。任何過去了的傳統文學都是從不同程度的新文學過渡轉化而來

〔註11〕朱壽桐：《「漢語新文學」概念建構的理論意義與實踐價值》。

的，沒有新文學也就沒有舊文學。這裡涉及到兩個問題。第一，不能把傳統看成是一成不變的，傳統是一個流動性的概念，幾乎沒有完全不變的文化。文明的產物往往是從頭到尾大相徑庭甚至是面目皆非。當我們始終把新舊之爭看成是一種本質性的對立時，就已經遠離了傳統的本質屬性，也成為一種「反歷史」敘述，歷史本來就不是這樣的。第二，任何新事物都可能成為舊事物，這不是指新融入舊事物之中後的變化，而是指新事物本身就會自然演化為舊事物。例如，人年輕時容易激進，年老時就容易保守。當然，中國當下思想文化領域卻呈現出人類文化史上最為荒誕的文化返祖狀態：年輕人指責老年人過於激進，老年人指責年輕人太保守，這不能用個體的原因來解釋，而只能是兩代人成長的思想環境不同而已，這與 1980 年代的狀況恰恰相反。歷史本身構成既是複雜的，更何況歷史總是在不斷變化的。所以，我認為既要從歷史階段的點上看到新舊的衝突，也要從歷史發展的線上看到新舊的融合。我甚至認為，反傳統也是一種傳統，而且反傳統往往是貫穿歷史的傳統元素。歷史的發展常常打破線性發展觀的成見，歷史長河中的每一朵浪花都是不一樣的，歷史的發展過程中始終存在著矛盾衝突。但是最後歷史總是要合邏輯的，即使是在過程中沒有吻合，但是在終點也一定要吻合，只不過我們評價者未能等到那一刻而已。中國詩歌體式的變化過程就說明了這一點。此外，人類文學史上雅俗文學與文化的區分和轉換也是如此。所以，從這一意義上來說，我是極為贊成朱壽桐的觀點的，當然這裡包含了我自己延伸式的解讀。

除了人們所說的「現代派」或者「現代主義」文學概念之外，「現代」不是一個文學的概念，而是一個文化和思想的概念。從 1930 年代開始，文學的「主題詞由『新』到『現代』的轉變，除了特定氣候下的國體與時代因素的政治考量外，一定歷史時期的社會文化心理因素也相當關鍵。」〔註 12〕「現代」一詞是中國 19 世紀以來一個最為熱行的關鍵詞，我曾經說過，如果用一句話概括 20 世紀中國社會和思想文化的發展過程的話，可能用「傳統與現代的衝突」是比較準確的。簡單地說，「現代」這個關鍵詞在絕大多數時間裏被絕大多數國民認定為「現代化」。而現代文學的概念從一開始就被理解為一種「現代意義」。正如朱壽桐所言，「30 年代初期錢基博等人想到用『現代文學』概念衝擊『新文學』，並不是先知先覺地意識到『現代文學』概念在此後的文

〔註 12〕 朱壽桐：《「漢語新文學」概念建構的理論意義與實踐價值》。

學學科發展中更具優勢，而是體現了對那個時代特別流行的『現代』一詞的敏感與呼應。那時正是中國在戰亂頻仍的短暫間隙中向世界現代化潮流大規模開放的輝煌時刻」。〔註13〕

朱壽桐認為，「新文學概念比現代文學概念更具有歷史的合理性，更能體現文學發展的內在規律，也更具有文學理論的學術厚度。」〔註14〕然而，我又不太讚同他這種過於清晰的辨析新文學與現代文學內涵差異性的觀點。如果從兩個概念的純粹詞義理解的話，可能存在著如其所述的差異，但是如果將其放置在中國五四時期文化轉型的歷史環境中去考察的話，二者幾乎沒有差異，即使有也是極其細微的，無論是當事人還是後來的評價者都基本上忽略了這一差異。五四時期的新文學與傳統意義上的新文學是不同的，像現代文學一樣都具有基本的外來文化屬性。新文學革命的先驅者們所主張的新文學已然是一種現代素質的文學了，而「現代文學」不再是一個時間概念而是一種意義的概念了。中國文學缺少哲學底蘊，文學流派缺少理論背景，五四時期的「現代文學」和「新文學」一樣，在概念理解和實際文學史寫作的操作過程中，並沒有明顯的差異。這在 1950 年代最初的幾部文學史著作的稱謂中也可以看到，李何林的《中國新文學研究》（1951 年出版）、王瑤的《中國新文學史稿》（1952 年出版）、張畢來的《新文學史綱》第一卷（1956 年出版）、劉綬松的《中國新文學史初稿》（1956 年出版）和丁易的《中國現代文學史略》（1957 年出版）等。1950 年高教部頒佈的第一部相關教學大綱也稱之為《中國新文學教學大綱》。從這樣一種現實來看，直至今日，「新文學」的概念一直還在被學界大量使用，甚至一分為二的中國當代文學的學會組織之一就叫做「中國新文學研究會」。所以說，人們在使用「新文學」的概念時，好像並沒有表現出與「現代文學」概念之間的差異性理解。像我前面所說的那樣，「現代文學」是一個短命的概念，如果從時間段來說，「新文學」也是一個有限的概念。因為「新」也具有「新近」之意，終究會成為「舊」的。在中國文化和文學轉型的那一刻，「新」與「現代」都是對於過去文學的疏離與批判。像「新文學」一樣，「現代文學」也終將成為傳統文學的新元素，共同構成中國文學的大傳統譜系。

我倒以為，1950 年代以後「現代文學」概念的普遍使用是和中國史教科

〔註13〕朱壽桐：《「漢語新文學」概念建構的理論意義與實踐價值》。
〔註14〕朱壽桐：《「漢語新文學」概念建構的理論意義與實踐價值》。

書將中國歷史階段命名爲「現代史」有緊密關係的。現代文學史從屬於中國現代史，順流而下，「中國現代文學」的名稱於是便成爲與「中國古代文學」類似的常識性的學科概念。而且這不單是中國文學的命名方式，「中國現代經濟史」、「中國現代教育史」、「中國現代思想史」等教科書都表現出同樣的稱謂。當然，這種關聯性的眞僞和大小對於文學史命名的意義不大。

最後再說一句：歷史就是一個不斷選擇的過程，過了若干年之後，「民國文學」和「漢語新文學」以及「華語語系文學」等概念究竟價値幾何，人們可能會看得更清楚。

「民國文學」的文學史意義〔註1〕

傅元峰

（南京大學文學院，江蘇南京，210046）

摘　要

　　「民國文學」在大陸學界率先提出並成爲學術熱點，這一學術現象與大陸文學生態和學術傳統有深層關聯。因歷史形態的特殊性，「民國文學」作爲文學實體的文化生態生成了相應的多元化文學景觀。大陸文學與臺灣文學在「民國文學」層面同根同源，在後續發展中也存在與「民國性」迥然相異的呼應關係，形成了中華文學想像的共同體。這是「民國文學」研究的學術價值所在。隨著大陸文學視野的開放和兩岸文學交流的加深，聯合兩岸學術力量開展「民國文學」合作研究的歷史機遇已經到來。

關鍵詞：「民國文學」、文學生態、「民國性」

　　近年來，共和國的學者們萌生「民國文學」意識，並持續對這一命題進行了研究和討論。這一現象表明，「共和國文學」的內涵和外延開始窄化，爲被長期忽略的另一部分華文文學讓出了空間。甚至，有很多學者將「民國文

〔註1〕　本文爲江蘇高校優勢學科建設工程 PAPD 資助項目、南京大學中國文學與東亞文明協同創新中心資助項目、南京大學 985 工程項目經費資助出版項目、國家社科基金重大項目「中國現當代文學制度史」研究成果，項目批准號11&ZD112。

學」作爲母題式的學術概念，激發了無窮的學術想像力。這對於深受政治控制之苦的大陸學術界、對於那些因妄自尊大而陷於審美精神孱弱的文學史治史者而言，不啻爲一場文學史觀的革命。

　　雖然「民國文學」意識爲新生事物，「民國文學」卻並非空穴來風，只不過長期以來它以「新文學」爲最常用的指稱。上世紀中葉，中國大陸學界繼承「民國文學」傳統的方式十分牽強，導致「共和國文學」在學術倫理上發生了悖謬：本爲「民國文學」分支的「共和國文學」塗改了自身多元化的文學家世，數典忘祖，虛妄構築了「中國現代文學史」的體系。1949 年後，以王瑤的《中國新文學史稿》受到政治干預爲標誌，「新文學」的歷史理念在大陸發生了斷裂，在政治意識形態的進一步催化下，「新文學」的提法逐漸被「現代文學」置換，文學有了「現代」和「當代」的意識形態分野。帶有鮮明階級論特徵的文學史觀使文學經典化過程背離了民國「新文學」的審美精神，20 世紀 80 年代末以來大陸學人對新文學性質和文學斷代的諸多學術討論，其根源正在於學術界始自 50 年代的政治意識形態控制，是對這一控制的漸進式反撥。

一、「共和國」學人的「民國文學」意識

　　從學術史看來，「新文學」意識是「民國文學」意識的一部分。隨著晚清改良運動波及教育制度，應文學教育之需，現代意義上的中國「文學史」學在日本直接影響下，發端於清光緒末年。至 1904 年，林傳甲仿笹川良種爲京師大學堂撰《中國文學史》，方補國人自撰文學史空白。林傳甲將古今文學分別用「中國文學」與「國朝文學」指稱〔註 2〕，自那時起，「中國文學」帶有「古代文學」的學術約定，一直沿用至今。林傳甲所謂「國朝文學」，即指晚清文學。「文學史」學在發軔期對今文學入史的興趣不大，至 1949 年的幾十年間，雖已有文學史通史一百餘部，其中書寫民國新文學的寥寥無幾，大多爲黃修己所言「附驥式」的文學史〔註3〕。但新舊文學的關聯意識卻在強化，將中國新文學入史的學術努力從未間斷：1922 年胡適《五十年來中國之文學》最後一節介紹了「文學革命運動」；1932 年，北平人文書店出版周作人的《中國新文學的源流》，「新文學」未成爲論述主體，但對其正本清源的努力強化

〔註 2〕 林傳甲：《中國文學史·序二》，吉林人民出版社，2013 年版，第 2 頁。
〔註 3〕 黃修己：《中國新文學史編纂史》，北京大學出版社，2007 年版，第 7 頁。

了新文學的歷史感；1933 年，錢基博的《現代中國文學史》對「新文學」列專章論述，相對 1928 年胡適《白話文學史》尋求白話文學合法化的努力，其學術理念又有所邁進。直至 1935～1936 年間上海良友圖書印刷公司出版趙家璧主編的《中國新文學大系》，新文學成爲治史對象，該書系繼承中國文學入史的傳統理路，但視角卻具有充分的現代意味。治史者領認選家角色，對新文學十年的經典遴選和歷史概述準確精要，爲後世學人景仰，至今仍被奉爲學術經典。

20 世紀 50 年代初期，因兩岸地域分治格局更加明顯，「新文學」學術意識和理念在中國大陸走向以 1949 年爲節點的分化和蛻變。當時圍繞王瑤《中國新文學史稿》（上）〔註 4〕的政治干預是一個標誌性事件。之後，是一個漫長的一元化文學史觀的時期，直到 80 年代末作家被西方文化觀念再次喚醒，多元化的文學史觀一再觸發熱鬧的學術爭鳴。表面看來，似乎是一個技術難題，中國近百年文學的學術稱謂在學界一直懸而未定，斷代與分期頗成問題。從上世紀 80 年代末《上海文論》「重寫文學史」的策動，到 90 年代末文學「近代性」、「現代性」的爭鳴，再到近年「民國文學」的學術構想、爭鳴和治史實踐〔註 5〕，關於近百年文學史的命名、分期與性質問題，一直是學界關注的焦點。儘管關於中國新文學的命名與歷史分期問題的爭鳴十分熱鬧，各種提法皆曾喧囂一時，但迄今爲止，「民國文學」的治史理念體現出更強的學術生命力：它首次直面長期處於悖謬狀態的文學史倫理，嘗試重建新文學的系譜，同時必然會觸發對「文學存在的中性時空、生長機制、文學傳統的追蹤與延續」〔註 6〕等問題的討論，將此前文學史研究一直迴避或疏漏的諸多命題重新擺上桌面。

在政治干預中，1949 年後中國大陸學人的「新文學」意識被「現當代文學」理念替代，也埋下了「民國文學」意識在學界萌發的誘因。民國學人習於將「民國文學」指認爲「新文學」，直至 1949 年，「民國」在大陸意識形態中被假定爲「滅亡」之後，「民國文學」卻並未被命名爲「民國文學」，它獲

〔註 4〕 王瑤：《中國新文學史稿》（上），開明書店，1951 年版。

〔註 5〕 在現行文學史中，葛留青、張占國編著的《中國民國文學史》（人民出版社，1994 年版）是作爲「中國全史」的一個組成部分，並沒有體現出自覺的「民國文學」意識，直到丁帆等主編《中國新文學史》方凸顯出「民國文學」與「共和國」文學的雙線結構。該書由高等教育出版社，2013 年出版。

〔註 6〕 苟強詩：《「民國文學」的多副面孔》，《當代文壇》2012 年第 3 期，第 119 頁。

取了學術視野中的整體感，以「現代文學」的提法長期存在於學術領域。與此同時，「新文學」意識在學術領域被逐漸淡化。直到 20 世紀 90 年代，「現代文學」的外延才被重新勘察，在諸如許志英、丁帆主編的《中國現代文學主潮》等文學史著作中，「現代文學」1949 年的下限得以延長，而在丁帆主編的《中國新文學史》（2013）中，「民國文學」的下限突破了 1949 的時限，1945 年至今的臺灣文學被作爲民國文學的天然組成部分。丁帆等人的學術努力是一個典型個案：現代文學突破 1949 年向 70 年代末的延伸，民國文學在時空上突破 1949 年向臺灣當下文學的延伸，到達了一個共通的學術交匯點，即廣義的「民國文學」視域。中國大陸文學依靠「現代文學」時限的更改實現了共和國文學和民國文學的關聯，可以視作共和國文學「去政治化」和再「民國化」的努力，這和共和國的學人們對臺灣文學再「民國化」的努力實際是共通的學術行爲。

中國大陸文學呈現出較強的國家意識形態色彩，視臺灣文學史爲地域文學史，再造紅色文學（集中於 1949～1979 大約 30 年的時間），在歷史時間上向前「去民國化」，向後「共和國化」。而學術界基於文學本位的治史理念，逐漸萌發「民國文學」意識並對「共和國文學」的文學控制進行包圍與反撥：以 1949 前文學的再經典化爲美學立足點，以港臺文學爲美學參照，反省共和國文學的美學精神的淪喪和文學單質化的政治控制。共和國文學研究界參照港臺文學研究成果對錢鍾書、沈從文、張愛玲等作家有入史努力和重新評價，逐漸對港臺文學史有所重視。臺灣文學研究界在 1988 年以後逐漸強化的大陸文學研究，也爲兩岸學術互動創造了條件。

「民國文學」作爲一個學術概念，基本包含兩方面的含義：首先，它在 1949 年以前形成的文學時空和創作實績，可作爲中國大陸和港臺文學、海外華文文學共同的母體：1949 年後，「民國文學」則作爲新文學「想像的共同體」而存在，是中華文學進行歷史尋根並交流融匯的文學家園。饒有意味的是，「民國文學」的理念是大陸學人的學術發明，並非爲身處「中華民國」的臺灣學者所率先提出。臺灣學者張堂錡坦言，大陸學界的討論對臺灣學界形成了倒逼，對於這次對相關議題進行深入討論的「難得的歷史機遇」，「在臺灣的現代文學研究者已經不能再視而不見」。〔註7〕這也表明，「民

〔註 7〕 張堂錡：《從「民國文學的現代性」到「現代文學的民國性」》，《文藝爭鳴》
2012 年第 9 期，第 50 頁。

國文學」既是一個研究領域，也是一個研究契機。「民國」對兩岸文學源頭和文學比較的提示效能，比「現代文學」、「新文學」、「現代性」、「兩岸文學」、「漢語文學」、「中華文學」等提法都更具體可行，也更容易被兩岸學者接受。

二、「民國文學」：文學民主和自由精神

　　當「民國文學」進入自覺的學術視野的時候，共和國學者們已經在嘗試超越類似夏志清、司馬長風在《中國現代小說史》、《中國新文學史》等文學史著作呈現的體制外文學史觀，建設一個更高的學術平臺。早期國共兩黨首腦的文學趣味和他們耗費在文學制度建設上的精力差異較大，這使 1949 年分治之後的兩個文學時空形成了較大勢差和時差：僅就現代主義文學而言，在上世紀 60 年代，臺灣現代主義文學成爲主流，而在大陸，80 年代文學經歷了形式的先鋒試驗之後，文學的現代主義色彩仍然被歷史主義情緒塗抹，現代主義的文學面目依舊模糊難辨。當然，在上世紀 80 年代末「中華民國」第七任總統蔣經國取消黨禁報禁之前，文學生態也有專制文學制度留下的痕跡——也正是臺灣 1988 年消除黨禁、報禁以後，對「彼岸大陸文學的考察，自公元 1988 年（民國 77 年）開始便很少缺席（只有公元 1992 年此項資料爲 0）。」〔註 8〕客觀地說，臺灣更多繼承了民國文學制度相對的包容性。上世紀 30 年代初期，國民黨政府的書報審查制度曾經相當嚴厲，但文學的主要矛盾並不是文學制度和自由作家之間的矛盾。這體現出民國文學制度相對寬鬆的特性。正如李歐梵所言，「左翼聯盟最難對付的敵人不是來自右翼——國民黨政府從未把力量集中在文學領域，而是來自中間派」，是「新月社周圍的英、美派」以及「與陳源以及在 20 年代早期與魯迅筆戰的《現代評論》派過從甚密」的新月社成員，是這些『紳士』學者和作家的「個性和個人背景」與左翼作家形成了真正的文學觀念的較量。〔註 9〕

　　這至少表明，上世紀 30 年代「民國」的思想生態和文學生態還稱得上是自由的。李歐梵受夏志清影響，在《劍橋中華民國史》這樣的文學專門史中，遵循了夏氏在《中國現代小說史》中提出的文學創作的「道德義務」的精神

〔註 8〕　羅宗濤、張雙英：《臺灣當代文學研究之探討》，臺北：萬卷樓圖書有限公司，
　　　　　1999 年版，第 199 頁。
〔註 9〕　〔美〕費正清等編：《劍橋中華民國史（1912～1949）》（下），劉敬坤等譯，
　　　　　中國社會科學出版社，1994 年版，第 488 頁。

主線，將民國 37 年的文學與中國現代史捆綁在一起。〔註10〕這樣的「革命史」
與「思想史」照應文學史的治史策略在中國大陸的體制化文學史中也是通行
做法。但是，治史主體的自由度和討論空間卻大相徑庭：在大陸，文學被描
述爲一個特定階級理念的產物，學術依然有觀念藩籬，思想有禁區，治史主
體的學術自由有所限制。無論身處臺港還是美國，李歐梵都自由得多，他將
「民國文學」的「現代性」的認知角度引向他所熟悉的都市文化領域，在對
民國文學思潮進行了簡要的梳理之後，依據「城市」的存無對民國文學在兩
個政黨鬥爭格局中的審美裂變作出了自己的判斷。李歐梵的歷史敘述從民國
範疇的思潮史出發，最後受自己學術趣味的牽引，以「現代性」爲關鍵詞，
以「城市」與「鄉村」的意識形態分立爲線索，或多或少偏離了生硬的歷史
時間藩籬，對民國文學的精神走向進行了頗有節制的揭示。這也能解釋爲什
麼有大陸學者能夠受「民國文學」命題啓發領會「民國文學」和「都市文學」
銜接的意義。〔註11〕

「民國文學」意識在大陸學者身上率先滋生的必然性正在於此。相對於
共和國單一嚴苛的文化管控，民國時期的黃金文學生態空間庇護了新文學的
多樣性，使它們共同呈現出多元的審美格調。大陸學者需要修復共和國意識
形態下「民國文學」的治史誤區，還原「民國文學」的應有面目，並通過關
聯臺灣文學史的方式獲取參照系。這對「共和國文學」走出單質審美創傷，
恢復多元性大有裨益。由嚴家炎《中國現代小說流派史》對上海「新感覺派」
的系統認知開始，學界基於象徵主義脈絡和都市文化思路不斷增強老上海的
文學想像。大陸當代作家對老上海文化的癡迷與描摹，是由主客體雙向的自
由追求決定的。民國鬆散的多元文化空間不帶有穩定的文化和文學管控特
徵，片面的集權主義雖然會擠兌民國文學的自由空間，卻總會給它留下生存
的餘地，不會趕盡殺絕。李歐梵雖然有強烈的歷史意識去追蹤「道德義務」
籠罩下的新文學思潮，寫出了民國通史中的文學專章，但只有學術自由受到
控制的大陸學者才更容易被「民國」亂世文學的自由品質觸動，並對自身的
學術處境產生聯想——他們的「民國文學意識」也由此生成。李歐梵的學術
生涯不存在學術自由的困惑，他的臺灣文化血統和長期的旅美經歷決定了他

〔註10〕〔美〕費正清編：《劍橋中華民國史（1912～1949）》（上），楊品泉等譯，中
國社會科學出版社，1994 年版，第 505 頁。
〔註11〕管興平：《「民國文學」：都市文學研究的新視角》，《江蘇社會科學》2013 年第
4 期，第 175 頁。

較少「民國情懷」，也對文學史寫作中的「民國」缺少「有意後注意」。他主筆民國文學史專章，應對闡明以下問題並無興趣：「民國」作爲後帝制時代新舊交匯的特殊時空，容納了改良主義、無政府主義、共產主義和三民主義等多重政治思想，在分裂動盪的割據情狀下，在文化的整體性觀照下，一個文學的自由多元的亂世生態圈顯示出來。這個問題，與他一直感興趣的新文學的「現代性」有密切關係。

由於缺乏完備的「民國文學」理論建構——這也與文學史學理論建構的匱乏有關——目前的「民國文學史」大多還依附於民國通史，如湯溢澤等著的《民國文學史研究》〔註 12〕一書所列「民國文學史綱」所遵循的線索，主要還是延續「民國史」的發展脈絡。但作爲一個學術現象，「民國文學」討論的焦點正逐漸從文學範疇、從歷史實體向學術精神和文學本質的向度移動。「民國文學」作爲文學存在的客觀性及其文學批評意識的主觀性在大陸學者視野中兼而有之。雖然他們試圖矯正文學史並重提民國文學的話題，卻是將學術認知建立在對「民國文學」自由精神發現的基礎上：「『民國文學史』並非『黨國文學史』。雖然它在各個不同時期都強烈地受到了來自政治體制文化的侵擾，但是其文學思潮、文學現象和作家作品的歷史構成卻是凸顯出了其鮮明的人文批判性。」〔註 13〕正因爲對學術自由的歆羨和對「民國文學」自由生態環境和多元美學格局的欣賞，大陸學者提出了「民國文學」命題，形成了一個與域外學者交流與對話的良好契機。在闡釋自己「民國文學」史觀時，儘管倡導者們並不把它作爲排他性的文學史概念，仍有學者對此提出種種非議，雖有建設性，卻將自己與「民國文學」的多元與自由品質相隔離。比如，有人認爲「由於民國政權的無力與統治的鬆散，所謂的民國政治文化其實是多樣與混雜的」，並由此得出「民國政治文化」失效的結論〔註 14〕，即顯現出極權文學制度下學術思維受戕害的後遺症。在單一的類型化文化、尤其是政治文化的有效管控下，文學並無繁榮可言。新文學的現代性與民國文化的多元性緊密關聯，得益於政治文化的天然疏離。這正是「民國文學」的

〔註 12〕 湯溢澤、廖廣莉：《民國文學史研究》，吉林大學出版社，2011 年版，第 46～273 頁。
〔註 13〕 丁帆：《給新文學重新斷代的理由——關於「民國文學」構想及其他的幾點補充意見》，《中國現代文學叢刊》2011 年第 3 期，第 31 頁。
〔註 14〕 羅執廷：《「民國文學」及相關概念的學術論衡》，《蘭州學刊》2012 年第 6 期，第 59 頁。

審美精髓所在。

因此，「民國文學」既是夏志清所言的自覺承擔「道德義務」的文學，又是一種我行我素、隨波逐流的亂世文學。即使單純在歷史學國體或政體的範疇內，「民國」也是一個「家國不幸詩家興」的古老話題，民國鬆散的政治文化促成了新文學的勃興。「民國」雖頒行過多種憲法，由持不同政見者組成過多個政府，曾兩歷復辟醜劇，「民國」國號並未真正更改。在中國通史中，「民國」長期以「後帝制」的混沌時空形式存在。「中華民國」國號綿延至今，「民國」國體在實質上的碎裂特徵也持續了近四十年，從 1912 年孫中山就任臨時大總統到 1927 年北伐戰爭勝利的十多年間，「中華民國」的政治文明並未體現出明顯強於晚清君主立憲思維的現代性；1927 年後，「民國」總統制在戰亂中又懸置 20 多年，直至 1948 年蔣介石遵「憲」經選舉就任，又至 1949 年退守臺灣至今。中共則在中國大陸建立了中華人民共和國。「民國」的政治情狀十分複雜，既有復辟和軍閥割據的政治亂象，又包含國共兩黨不同時期的合作與衝突。「民國」的政治線索因此動蕩雜亂：護國、護法運動，北伐戰爭，「寧漢分流」與「寧漢合流」，國共合作與分裂，抗日戰爭……在「民國」版圖內，「解放區」、國統區、孤島、淪陷區和殖民地共存，混亂的政治制度導致頻繁的文化動蕩，漢語文學史上最為複雜的文學生態也由此衍生。

「民國文學意識」的萌發即源於特殊文化境遇中研究者的學術壓抑，同時與一個天然文學共同體自我認同有關。在當下語境中，「現代」和「現代性」變得更加不穩定甚至可疑，除此之外，文學年代學的無根狀態，文學比較（包括古今和中外文學的比較）的視野往往偏頗，不能呈現新文學更為完整的歷史形態。李怡認為，「用中國對世界歷史的被動回應也許並不能說明『中國現代』的真正源起，中國的『現代』是中國這個國家自己的歷史遭遇所顯現的。在這個意義上，特定的國家歷史情境彩色影像和決定『中國文學』之『現代』意義的根本力量。這一國家歷史情境所包孕的各種因素便可以借用這個概念——『民國』。」〔註15〕李怡所召喚的新文學的「國家歷史情境」，正是被共和國文學長期遮蔽和篡改的部分。

〔註15〕 李怡：《「民國文學」與「民國機制」三個追問》，《理論學刊》2013 年第 5 期，第 114 頁。

三、「民國性」：文學想像的共同體

　　「民國文學」的內涵經歷了從國家歷史意識向文化意識的轉變、從實質的文學母體向形而上的文學審美精神的轉變。學界對「民國」作爲一個中性的時間單位頗有共識，認爲把新文學或者現代文學交給它的「國家歷史情境」是順理成章的，「這本來就不是什麼天翻地覆的變化，需要改變的只是我們自身的觀念而已。」〔註 16〕正因如此，大陸學者對於「民國文學」意識在對文學研究對象的重新規劃、獲取新的文學視角等方面的作用的探討已經逐步深入，但對「民國文學」如何作爲一個文學想像的共同體運作於文學史研究、又如何成爲新文學的多元審美精神的統一體等問題的研究還有待加強。現在已經有了一些比較有意義的提法，如丁帆的「民國文學風範」著眼於審美精神和現代意識，〔註 17〕李怡的「民國文學機制」著眼於文學史敘述重心由「體制」向「機制」的轉變，張堂錡則把「民國性」作爲「現代性」的共生部分提出，凡此種種，還有待進一步的理論界說。

　　儘管「中華民國建立後，有關民族國家的書寫便不再是也不應是想像的，而是以民國這個實體作爲支撐」〔註 18〕，但由於民國作爲國體的流散和分化特性，在文化藝術領域，「民國」在 1949 年以後呈現爲一個類似於「想像共同體」的概念，它的文化時間屬性更強，而政治時間的屬性相對較弱。在大陸和臺灣兩個繼承「民國文學」衣缽的主要區域，它們的文學的精神血脈都是「民國」，卻不可避免要遵循丹納的藝術定律：「每個形勢產生一種精神狀態，接著產生一批與精神狀態相適應的藝術品」〔註 19〕，「民國文學」在臺灣和大陸逐漸成爲一種體現在藝術氣質和審美精神中的「民國性」──在此意義上，更像是一場家事變更以後，臺灣文學作爲「民國文學」的遺孤獨撐門戶，在臺灣濃重的地方性中落地生根，而大陸文學則被逐出了「民國」的家門，在共和國的大家族中改頭換面，另謀生計。在共和國文學經歷了長達 30 年之久的「紅色文學」迷誤以後，朝向「民國」的尋根認祖已然對臺灣文學

〔註 16〕張福貴：《從「現代文學」到「民國文學」──再談中國現代文學的命名問題》，《文藝爭鳴》2011 年第 13 期，第 70 頁。

〔註 17〕丁帆：《「民國文學風範」的再思考》，《文藝爭鳴》2011 年第 13 期。

〔註 18〕張武軍、高阿蕊：《民國歷史文化形態與文學民族話語考釋──兼論民國文學和現代文學兩個概念的相輔相成》，《理論學刊》2013 年第 5 期，第 121 頁。

〔註 19〕〔法〕丹納：《藝術哲學》，傅雷譯，安徽文藝出版社，1998 年版，第 102～103 頁。

界有所感化。這是一種基於「民國文學」的血濃於水的學術親情。

1949 年前的「民國文學」是一個論域明晰的實體，對它的資料整理、史學勘察和歷史描述比較容易進行。就審美精神和人性的啓示而言，丁帆所提出的「民國文學風範」是前期「民國文學」研究應該把握的學術核心。

對於 1949 年後的「民國文學」，則複雜得多。簡單理解爲「民國文學」只在具有「民國」年號的臺灣得以延續，可能並不確切。在大陸，作家群的實際構成正是集合了偏重於左翼作家的「民國文學」作家，「共和國」以自己的文化制度培養的作家在經歷了「文革」之後就已經開始反叛和質疑這個文學制度。大部分上世紀 50 年代出生的作家，都在 90 年代回溯來自「五四」或「五四」之外的文學或思想資源，顯示出形形色色的「民國」認同。大陸文學史著作在不斷做著體制內文學的減法，依靠對「民國文學」和古代文學的溯源，在域外文學的參照下，嘗試對損壞了的文學生態環境進行修復和重建。學者和作家們迷醉於對各種通過譯介植入的域外文學理論和作品，進行套用和仿作，促成了後「文革」時期的文學新變。這種潮流之下，潛藏著「民國文學」的魂魄。

不僅如此，共和國文學中也同樣存在「民國歷史情境」，作家們的「民國」話語慣性和文學氣質在很長一段時期都沒有消除。即使在胡風、丁玲、老舍、巴金等作家那裏，「延安文學」的生態經驗和左翼文學的理論準備對於應付「共和國」的文學環境來說，都顯得捉襟見肘。由「民國」進入「共和國」作家們，在精神和文學氣質上，拖曳著很長的「民國」的影子——即使它屬於民國體制中的激進文化勢力，也顯得與新生政府的文化政策和文藝思想格格不入。胡風的悲劇命運恰恰始自《時間開始了》這樣的頌歌，而仔細看來，《時間開始了》的樂章包含的「頌」的文體特徵，是民國「左翼」作家和詩人的文體體驗。「民國文學風範」賦予了胡風這首頌歌抒情主體的自由意志，「頌」是個性化的。這首在痔瘡的病痛中完成的頌歌具有一位民國左翼作家的赤子情懷，胡風對毛澤東和共和國的歌頌是赤誠的。這首長詩，在個別篇章中依然包含「民國風」的憂患意識，他個性主義的毛澤東頌歌在政治力量雜糅的「民國」也無可厚非。但在共和國，這些成分被黨控評論家們翻檢出來進行批判。同樣，胡風「三十萬言書」的言說也並未擺脫「民國話語情境」，這導致了他最終的悲劇結局。「民國」時期被包容的胡風的文藝主張與中共的文藝政策之間的差異，在「共和國」時代被凸顯出來，胡風渾然不察地停留在民

國話語情境中，並最終成為政治清剿對象。

上述舉例可在歷史研究中作為「共和國文學」的「民國性」來界定。在臺灣，文學也曾一度遭遇政治高壓，但陸來作家與本土作家共同組成的文學生態環境基本保持了「民國文學」母體的多元性狀。臺灣文學中的「民國性」留存處境也同樣經歷著異質文化話語的侵蝕，在「地方性」的文化感染並發生了變異。「民國性」的歷史表述效能並不僅僅局限於大陸和臺灣兩地，對南來香港的作家徐訏而言，也存在一個「民國性」和「香港性」的調整過程。張愛玲，這個被李歐梵的都市視角理論架空的作家，其「民國性」顯然大於「城市性」。被捆綁在上海城市文化上的張愛玲，凸顯出的是一個現代化的文學接受機制，但她的文學氣質則更多來源於晚清或更早的中國傳統文學資源。那是一種有別於「五四」氣質的文學傳統，這位「民國女子」的個性和氣質在此基礎上又有了新的文學生成，這才是最關鍵的。這些民國文學特質在都市文化的解讀中，卻常常被忽略了。這類成名於「民國」的作家，在香港或西方的文學接受都對作品的「民國性」形成了衝擊。離開「民國性」，對他們的作品容易造成誤讀。「民國性」在 1949 年後依然存留在華文文學現象和作家作品之中，成為美學系譜的主脈。學術界對它的勘察卻因種種原因被延遲了。馬華、新華文學的研究也同樣存在這樣亟待彌補的學術空白。

如前所述，「民國文學」既是一個有待完成的論域，一個富有想像力的歷史敘述計劃，也是一種學術思維和學術契機。新文學及其學術中分裂、僵死的現代性將被這個文學共同體所彌合和喚醒。1949 年後，民國分蘗的兩個政體在政治上各有自己遵循的政體和憲章，但是，文化的延續並不會因此而截止。兩個文學空間對「民國文學」遺產的繼承都在進行：可以把這一共同進程描述為「民國性」的嬗變，在大陸，它是隱性的和暴力的；在臺灣，則是顯性的、溫和的。

「民國性」在不同政體及其領域的文學嬗變，是 1949 年後華文文學的重要歷史線索，這使呈現出充分美學異質的「新文學」擁有了一個話語同質。目前，這仍是一個包含無限學術可能性的理論構想。在世界文學史上，這種情形可能並沒有先例。有很多作家，需要一個模糊的文化歸屬（有時是騎牆式的）才能對他們的文學風格和氣質進行界說，比如果戈理、昆德拉、庫切、納博科夫等。當今俄羅斯和烏克蘭對「果戈理」的爭奪是尷尬的，這種爭奪在政治角力背後深藏著文學藝術促成的文化認同，甚至是「和解」。果戈

理作為俄羅斯作家在前蘇聯的接受歷程，也包含文化同源和政體分立的問題。當然，這並不能用來類比「民國文學」的現實處境，卻也有一定程度的相似之處。

在「民國性」考察中，大陸和臺灣文學所體現出來的強烈「共性」，非常類似於安德森在考察民族主義的「想像共同體」時所遭遇的「嶄新事物」：「只有當很大一群人能夠將自己想成在過一種和另外一大群人的生活相互平行的生活的時候——他們就算彼此從未謀面，但卻當然是沿著一個相同的軌跡前進的……」按照安德森的描述，這種類似於「新約克」（New York）的「新空間」與「舊空間」的共時性特徵，在「新時間」和「舊時間」之間也同樣存在，他將它論述為一種在歷史學中透過斷裂看到的「連續性」，一種回歸到「原始本質（aboriginal essence）的旅程」。〔註20〕安德森的理論給「民國文學」課題的啟示可能在於：臺灣「民國文學」和大陸共和國文學：是一種同源、同根、同向的並生關係；在安德森的學說中，民族主義在不斷的文化束緊中形成的界限和隔離最終因為「記憶和遺忘」的文化規律所解救，這也同樣可以用來描述已經進入兩岸學術視野的「民國文學」。

安德森的漢語譯者吳叡人在譯後記中引述了霍爾德林的詩句，在考察「民國文學」這一學術現象的時候，讀來也耐人尋味：「啊，是的，這是你出生的故土，你故鄉的土地；你所要尋找的已經很近了，你最終將會找到的。」筆者借用這些詩句來認定「民國文學」的學術價值，並向相關學者的學術探索致敬。不管課題的繼續推進有多艱難，可以確認的一個事實是，「民國文學」所觸發的，是學術視域的拓展，更是學術觀念和文化價值立場的深入自我質詢、對現代文學審美精神的重新思考。隨著學者們關於「民國文學」的探討越來越深入，加之學術自由度的放開，「民國文學」作為一個新生研究領域並成為一門顯學的時機已經到來。

〔註20〕 〔美〕安德森：《想像的共同體：民族主義的起源與散佈》，吳叡人譯，上海人民出版社，2005年版，第177～183頁。

「現代」的牢籠與文學史的建構
——關於「民國文學史」的若干思考

趙普光

（南京師範大學文學院，江蘇南京，210097）

摘 要

「現代」之於中國現當代文學史的建構猶如緊箍咒。所以，中國現代文學史建構與研究的根本悖論在於：研究對象範圍的不斷拓展擴容對「現代」牢籠形成了衝擊和掙脫，但研究者又不得不以「現代」之名對擴容對象進行重新闡釋與收編。而近幾年熱議的民國文學（史）概念，特別是從大文學史重構角度倡導的民國文學史，使得超越這種悖論的文學史建構成爲可能。

關鍵詞：民國文學史、「現代」的牢籠、大文學史觀

一、「起點焦慮」、「命名焦慮」及「漏斗型文學史」

在從事中國現當代文學研究過程中，筆者發現兩個值得深思的問題。一是中國現當代文學研究界特別熱衷於中國現代文學的起點和命名，筆者稱之爲「起點焦慮」和「命名焦慮」。這種焦慮，在中國古代文學研究和外國文學研究中，是很少見的。如關於起點就聚訟紛紜，有 1919 年、1917 年、1915年、1898 年、1892 年、1901 年、1912 年等。這麼多的界分方法，每一家都有自己的根據，有自己的理由。關於命名的論爭，也有很多說法，如現代文

學、當代文學、新文學、二十世紀中國文學、民國文學、共和國文學等。

第二個現象是「漏斗型的文學史」。我們發現，從中國古代文學史到中國現代文學史，再到當代文學史，隨著文學史歷程的遞嬗，著史者所描述的範圍在逐漸縮小，總體呈現出越來越窄的 V 字型。筆者稱之爲「漏斗型的文學史」。這一現象表現在文體類型上，尤其明顯。中國古代文學史在入史對象的選擇上基本是持傳統的大文學的概念。到了民國初期，當時的新文學研究者視野依然很寬，近於大文學觀。1949 年以後（尤其是 80 年代以後）的現代文學史著，眼光日趨狹窄。以至出現了有學者說的情況：「在文學史研究上我們就出現了兩種標準：對古代文學史，我們採取的是泛文學的標準，凡屬文章，不論文學非文學，我們都收進去；對現代文學，我們採取的是較爲狹義的文學的標準，只收文學作品。這樣一來，從古代到現代，我們的文學史在邏輯上便銜接不起來。」〔註1〕

「起點焦慮症」、「命名焦慮症」的表現與「漏斗型文學史」的形成看似風馬牛不相及，但細細想來，它們之間的關係甚大。這兩個現象表徵的是中國現當代文學學科遭遇的尷尬與危機。正因爲如此，突破既定的 1917 年或 1919 年的起點，掙脫「漏斗型文學史」的束縛，就成了長期以來中國現代文學研究的學術創新和增長的原動力。

但是大多數研究者的思路依然是：將新文學研究範圍拓展擴容，將起點無限上溯，都還是在一個所謂現代性的闡釋框架內，中國現代文學之所以確立就是因爲其與中國古代文學不同的「現代性」和新質。然而問題在於：因爲強調這種新質，才會將通俗文學、舊體文學等文學現象拋於現代文學研究視野之外。換句話說，也正是因爲一直強調中國現代文學的「現代性」「新質」，及其與古代文學的斷裂，才會導致漏斗型文學史的出現。

可見，在「新文學」的性質和現代性的確認的前提下，研究者不斷修補（如舊體文學、通俗文學是否入史等討論），尷尬依然越來越多，原本紛亂的文學史寫作，無法擺脫自相矛盾的泥潭。中國現代文學的矛盾與尷尬，並沒有因爲起點不斷位移，研究不斷擴容而解決。「中國現代文學史」的命名，其實成爲了中國現代文學研究者們的一個緊箍咒，研究者們再努力挖掘新的文學現象文學史料，拓展文學史範圍，但是終還跳不出如來佛祖的手心。

〔註 1〕 羅宗強：《文學史編寫問題隨想》，《文學遺產》1999 年第 4 期。

二、「斷裂」的衝動與「現代」的局限

　　文學史起點與命名，關涉的是文學史觀的問題，隱含著著史者和研究者
對文學歷史的價值評判與觀念選擇。標準不同，入史的選擇就大不相同。中
國現代文學以 1917 年或 1919 年爲起點的認定，與對某一支文學的強化和經
典化有著直接關係。比如，1917 年爲起點，必然將新文學作品作爲唯一的歷
史存在；1919 年爲起點，（左翼）革命文學自然是文學史主角。用新文學史的
命名，就不可能給舊體文學以合法性地位。用現代文學命名，就意味著對所
謂「非現代」文學的排斥。

　　中國現代文學學科建立之初，爲確立自己的合法性，「斷裂」成爲其首要
的策略。現代文學之「現代」、新文學之「新」，都折射出斷裂的衝動。中國
現代文學史的命名，意味著一種先入爲主概念先行的文學史書寫。其先行的
概念是「現代」，而不是「文學」和「中國」。而「現代」本身是模糊、混沌
的，也是流動的，變動不居的。所以，模糊的現代就給後來的文學史書寫者
爲自己認同的某些文學、思潮現象書寫，排斥其他文學、現象、思潮，提供
了可能。

　　具有天然「合法性」的「現代」，就成爲了五四之後漸入主流的新文學家
們塑造自己歷史、確立合法性的護身符。1930 年代「新文學大系」的出現，
其實就暗含著爲五四之後崛起的新文學家確立合法地位的努力。「大系」的文
學史型塑，影響甚巨，以後的文學史寫作幾乎都是在這個基礎上修改損益
的。「大系」的參與者們急於展覽新文學的創作實績，其背後本身就意味著當
時除了新文學之外，還有其他的更具主流地位的文學存在。（有學者指出：「而
五四新文學雖號稱是爲家國爲大眾的文學，讀者群始終限於文人的小圈子與
大學裏一班文藝青年，所謂文壇，從未占得大眾市場，新白話的讀者比文言
的讀者還要少。《吶喊》算得振聲發聵，轟動一時，初版僅八百冊，這是今人
不能設想的數量。」〔註2〕語雖尖刻，但也是事實。）如果說他們的行動本身
有情可原，那麼後來的著史者如果還完全在這個框架內書寫，就過於偏頗
了。因爲大系建構的本來就不是一個完整的中國文學史。當代的文學史書寫
者往往輕易地從空洞的「現代」觀念出發書寫歷史，失卻了對鮮活眞實的歷
史的敏感，無法對眞實的文學歷史進行全景描繪。特別是 1949 年之後的一段

〔註 2〕 李春陽：《白話文運動的危機》，中國藝術研究院，2009 年博士論文，第 141
　　　　 ～142 頁。

時期，文學史更是窄化到了極端。所以，以往的現代文學史書寫，從來不是純粹的文學史，不是完整的文學史，大都是爲某一部分文學的歷史。這樣的文學史寫得越多，並不意味著離眞實的文學歷史、文化歷史就越近。

如何突破已有的狹隘文學史書寫？於是，建立「大文學史觀」就被提上了日程〔註3〕。而大文學史的形成和大文學史觀的建立，基礎在於「大文學觀」的建立。建立大文學史觀，除了縱向的梳理外，還應該有橫向的融通。建立大文學觀，就要掙脫「現代」牢籠，突破現有的狹隘的「新文學」觀。因爲前述危機產生的首要原因在於，這些努力依然是在「現代文學」的命名和前提之下展開，缺乏一種高度整合性和巨大包容性的名稱去涵蓋清王朝完結之後的整個文學的歷史。所以，重新確立中國現代文學的起點，爲這段文學歷史確立一個整合度和包容性令人滿意的命名，成爲解決現代文學研究危機和尷尬的首當其衝的問題。

三、「1912 說」與「民國文學史」的提出

文學的發展是漸變的，是新中有舊、舊中有新的，不存在完全徹底的割裂。用精確的某一年爲起點，用某一篇文章的發表作爲起點、某一部小說的出版作爲起點、某一本雜誌的創刊作爲起點、某一次學生運動作爲起點，都帶有極強烈的主觀性，說到底都是一種假設，不存在一個全新的與此前完全無關的文學突然出現。所以，這些劃分，有其合理性一面的同時亦有其明顯的局限〔註4〕。然而，因爲有了文學史，有了文學史課程和教材，文學史的建構中，命名的確定、起點的確立就不可迴避（除非眞的取消了文學史寫作，但目前來看，還不可能）。既然如此，那麼，怎樣才使得命名和起點的確定更符合實際，更具操作性，能夠最大程度上涵蓋某段文學史的全貌和整體，恐怕才是著史者首先要考慮的。

就目前的諸種方案看，將縱向（歷時的和歷史的）和橫向（政治語境的、地域的、文化的）打通融合兩方面兼顧最合理、最切合實際的方案，恐怕還是將這段文學史命名爲「民國文學史」。如果「民國文學史」一旦確立，1912年的民國元年自然就成爲起點。

〔註3〕 丁帆：《關於建構百年文學史的幾點意見和設想》，《文學評論》2010 年第 1 期。

〔註4〕 丁帆：《新舊文學的分水嶺──尋找被中國現代文學史遺忘和遮蔽了的七年》（1912～1919），《江蘇社會科學》2011 年第 1 期。

　　民國文學史，其實是民初很多學者的提法，對此丁帆先生曾有詳細的考證和例舉〔註5〕。如果說民初這些學者對民國文學史概念的運用還不具有學科的自覺意識的話，那麼1990年代特別是21世紀以來，有學者開始嘗試用「民國文學史」的概念來為通常所說的中國現代文學史重新命名，這一實踐則具有清醒的學科自覺與歷史自覺〔註6〕。在當代學者關於民國文學史的論述中，大多還止於對此概念的根據和理由論證的層面。而丁帆先生《給新文學史重新斷代的理由——關於「民國文學」構想及其他的幾點補充意見》一文，則深入到了對民國文學史的構成、民國文學史與共和國文學史、大陸與臺灣及港澳、海外華文文學等如何劃分和整合等的層面的系統建構〔註7〕。關於這一構想，筆者想補充指出兩點：

　　第一，民國文學（史）概念的提出，其意義還在於促使著史者和研究者向平常心態回落，少一些「斷裂」的衝動〔註8〕。因為常識還告訴我們，當一味地「標新立異」的時候，暴露的恰恰是另一種不自信。

　　第二，五四及其後的文學史，不應該只是「新文學」的歷史，而應該是文學發展全貌的高度概括和歷史整合。打個比方，如果將民初以來的文學史比做一株大樹，很多中國現代文學史，取景的本來就是半棵樹，是樹的局部，那麼無論是在枝蔓上如何費盡心思地增刪，也還原不了文學史的真實圖景，只有首先取全景，然後再做宏觀和微觀的遠近調焦，如此才是客觀的、大致不失文學史完整輪廓的做法。正如丁帆先生呼籲的：「民國文學史是民國一代的文學史……我們必須正視新與舊、雅與俗並存的問題，……到了今天，我們應該並且可以打掃地基，給歷史上被遮蔽的、被扭曲的各種面相一個清楚

〔註5〕　丁帆：《新舊文學的分水嶺——尋找被中國現代文學史遺忘和遮蔽了的七年》（1912～1919）。

〔註6〕　如陳福康、張福貴、丁帆、李怡、張中良等先生分別倡導民國文學史、民國文學、民國史視角、民國機制，以及湯溢澤、廖廣莉、楊丹丹、趙步陽、陳學祖、李光榮、王學東等學者也都撰文從不同的角度支持民國文學史的命名。

〔註7〕　丁帆：《給新文學史重新斷代的理由——關於「民國文學」構想及其他的幾點補充意見》，《中國現代文學研究叢刊》2011年第3期。

〔註8〕　丁帆先生指出：「中國古代文學和中國現代文學的切割分離是當下學術格局和學科格局所造成的，……在未來文學史的歷史長河中，20世紀以降的許多作家作品、文學現象、文學思潮和文學理論都將遭到無情的磨洗和淘汰，它就順其自然地匯入了『中國文學史』的序列中了。」見丁帆、楊輝：《文學史的視界：丁帆教授訪談》，《美文（上半月）》2014年第4期。

的展示與定位。」〔註9〕

　　至此，我們發現，歷史兜了一個大圈，又回到了原點。現代文學研究界，為何「窮折騰」？掌握文學史形塑權力的人，都在努力為這段文學歷史尋找出不同於以往的新的優越性。於是，我們發現，在拼命追尋新質過程中，不知不覺地陷入了迷障。「命名的焦慮」背後，暗藏的是一種合法性的焦慮、優越性的焦慮（進化論曾經為此起到推波助瀾的作用）。原來「折騰」的原因在於「現代」的迷失。

　　在現代的迷失中，隨著文學史事實的不斷擴容，研究出現了「研究者幾乎把所有的目光凝眸定格在文學史的邊緣史料發掘和一些原來不居中心的作家作品翻案工作上」〔註10〕的偏向。因為長期以來文學史書寫和研究的狹隘化，自然導致一部分學者試圖去挖掘被遺落的文學現象。結果之一，人們雖然逐漸意識到比如舊體詩詞、通俗文學、大量的小報文字等，也是民國以來中國文學的真實存在，但是每當擴容之際，我們又不得不絞盡腦汁地尋找其所謂「舊體」文學的「現代」性質。也就是說，文學史事實的不斷被發現，現代文學史的不斷重寫，而這些都是以「現代」之名進行的。最終往往導致「文學」之實與「現代」之名的對衝不斷地加劇。另一個結果，是不斷增加的量，致使文學史越寫越厚。對此，有學者提出文學史寫作應該用減法，而不是用加法的倡導〔註11〕。如果能夠確立一個具有巨大包容性的文學史命名，用一個宏闊的視野和高度凝練和恆定的標準來寫史，文學史才有望寫薄。如果突破和超越所謂「現代」文學史（其實是狹隘的「現代」）、「新文學史」，直面中國文學的事實，用「民國文學」斷代命名，就不必要糾纏於入史選擇的對象是否具有所謂的「現代」特質，就可以理所當然地將所有文學寫作現象統而觀之，如此才不是在原來的基礎上修修補補。因為「打補丁」的話，只會使得厚度增加。而用一種新的文學觀重造，才可能有新的揀選提煉，使得文學史寫薄，才能根本上解決名、實對衝的矛盾。

　　民國文學史，或許不見得是最優的選擇，卻是目前為止最符合實際的選擇。以政體的變更為文學史命名，可以避免爭論不休的所謂「新」與「舊」

〔註 9〕丁帆：《我們應該怎樣書寫文學史》，《名作欣賞》2013 年第 22 期。
〔註10〕丁帆：《關於建構百年文學史的幾點意見和設想》。
〔註11〕丁帆：《關於建構百年文學史的幾點意見和設想》。

的糾纏、「現代性」與非「現代性」的混沌，從而使那個時期的文學都可以放在統一的平臺進行綜合考量、提煉和選擇，如此，入史的文學才可能具有代表性、全面性，也才可能比較接近文學史的眞實。

四、民國文學史與大文學史觀的建構

在熱議的民國文學研究理路中，有並不完全一致的提法，影響最大的是「民國文學史」、「民國史視角」、「民國機制」等概念。同樣在民國文學（史）的大方向上，三個概念的立場和維度不盡相同。民國文學史是基於文學史著的書寫和文學史的建構，是對以往現代文學史的重新命名，而後兩個概念是在傳統的中國現代文學史命名的前提下，作爲一種研究視角、方法的新思路〔註12〕。

同樣是明確倡導「國民文學史」的概念，丁帆先生與張福貴先生的著眼點似也有異趣。張福貴先生更著眼於民國的「時間性」〔註13〕，用民國文學史的概念，是爲了解決現代文學與當代文學的糾纏，更好地將二者切割。而丁帆先生更強調民國文學與共和國文學的關聯，試圖從民國文學史的建構中，去發掘共和國文學史應然的某些機制和品格，從而力圖確立一個自 1912 年開啓的長遠和宏闊的中國新文學史，以區別於中國古代文學。丁帆先生的思考，其著力之處，還不僅僅在於提出「民國文學（史）」的概念，而是通過 1912 年起點的確定，通過「民國文學史」的建構，開啓一個貫通的整體的中國新文學史。這一「中國新文學史」，並非對以往的「新文學史」的重複，亦非簡單的顚覆，而是試圖全新的建構。以往的新文學史，更多的只是「新文學」的歷史，只是集中於白話文學和新文學家的歷史。而貫通的整體的「中

〔註12〕 參李怡、周維東：《文學的「民國機制」答問》，《文藝爭鳴》2012 年第 3 期；李怡：《「民國文學」與「民國機制」三個追問》，《理論學刊》2013 年第 5 期；秦弓（張中良）：《現代文學的歷史還原與民國史視角》，《湖南社會科學》2010 年第 1 期；秦弓（張中良）：《三論現代文學與民國史視角》，《文藝爭鳴》2012 年第 1 期等。而張中良先生新近的文章，似從倡導「民國史視角」轉向明確支持「民國文學史」概念。參張中良：《民國文學史概念的合法性及其歷史依據》，《西北師大學報》2014 年第 2 期。

〔註13〕 張福貴先生說：「中國現代文學史的命名就應該從意義的概念重新回到時間概念上來。」「時間性概念又具有中間性，不包含思想傾向，沒有主觀性，不限定任何的意義評價，只爲研究者提供了一個研究的時空邊界。」見張福貴：《從意義概念返回到時間概念——關於中國現代文學的命名問題》，香港：《文學世紀》2003 年第 4 期。

國新文學史」，是「新」的文學史，著史者從此可以站在一個更高的更加宏大的立場和層面，通觀中國文學史自 1912 年之後發展變遷並一直流向未來的總趨勢。所以，在這個意義上，丁帆先生的民國文學史概念的提出和大文學史觀的建立，其意義是將民國元年之後的所有文學進行重新的整合，以期建立一個新的大文學史。如果此設想可以實現的話，爲以後正在展開的未來的中國文學史「命名焦慮」、「起點焦慮」、「漏斗型文學史」以及名、實矛盾對衝等問題提供一種新的可能。事實上，已經有學者在進行著史實踐了，丁帆先生新版的《中國新文學史》（高等教育出版社 2013 年版）即是重要的嘗試。〔註14〕

　　民國文學史概念自被從學科重建的角度提出之後，引起了論爭。支持者有之，反對者亦眾。而這聚訟紛紜中，有學者的立場值得注意：既意識到民國文學命名的學理和學科意義，但又依循固有的現代文學研究思維的慣性，矛盾之中顯得頗爲猶豫不決，議論也更顯謹慎一些。比如周維東先生曾就民國文學史的可操作性提出了質疑：「在我看來，『民國文學史』預設的很多優勢其實並不存在，學界對它的熱捧和期待頗有『病不擇醫』的味道。從理想的角度，『民國文學史』似乎避免了『中國現代文學史』存在的諸多困擾，但如果回到文學史研究實踐，很多問題並沒有眞正避免。譬如中國現代文學史如何面對這一時期的『通俗文學』、『文言文學』和『舊體詩詞』的問題，表面上看這是『要不要入史』，在本質上卻是『能不能入史』、『怎樣入史』，更直白地講，是有沒有一套評價體系能夠同時將『通俗文學』/『嚴肅文學』、『白話文學』/『文言文學』、『新詩』/『舊詩』囊括其中，打破它們的芥蒂和隔膜。這才是眞正的困難所在。類似的努力在中國現代文學研究中曾經有過，早在 20 世紀 90 年代，北京大學嚴家炎教授就力圖將金庸的作品納入到中國現代文學史中，爲此撰文闡述金庸作品的『現代性』。雖然嚴先生的努力取得了很好的效果，金庸成功地從一位『通俗小說家』躋身到『嚴肅小說家』的行列中，但他並沒有改變文學史『列席』人員的尷尬：金庸小說的『現代精神』，無論怎麼講，都無法與魯迅、巴金、茅盾的小說的『現代精神』等

〔註14〕 當然，囿於各方面因素，著者的理念未能完全貫徹，大開大闔的氣象未及充分顯示。著者對此有説明：「因爲是教材，它在現行的體制中受到種種的限制，所以，我們也還不能夠完全脱離以往的框架。……許多問題的解決是在另一本學術著作中。」見丁帆、楊輝：《文學史的視界：丁帆教授訪談》。所以，筆者更加期待丁帆先生的「另一部學術著作」。

同起來」。〔註15〕周維東先生所提出的問題，代表了很多學者的顧慮。但是從實際上看，周文這段話還是筆者前文所指出的研究思路：依然是用所謂的「現代性」的維度來衡量一個時期的文學事實，具有強烈的排斥性。

這就關涉到一個關鍵的問題：文學史是什麼？在筆者看來，文學史就是某一階段文學發展的歷史。如果著史者不能夠用客觀中性的立場，對某一階段的所有文學現象進行全面的掌握，而只是簡單地確定一個所謂的新或者舊、現代或者非現代的立場去看待文學史，那他觀察的文學歷史肯定是不全面的，寫出來的文學史必然是殘缺的。我以為現在的治中國現代文學者，很多人的立場還是過於偏袒所謂的「新文學」，而對其他的文學類型還是存在著傲慢與偏見。

其實，對於周維東先生所提出的新舊、雅俗等文學具體如何整合的問題，我認同丁帆先生提出的用人性的、歷史的、審美的維度作為入史的標準去衡量文學作品。事實上，人性、審美才是文學之為文學的特質。因為，文學無論新舊，只有優劣！站在歷史的高度，用更長時段的視野，用超越性的價值體系和文學觀念，去俯瞰文學發展的長河，方可避免前述「現代性」的糾纏、新舊的爭論，也避免了枝節的修補而導致的文學史越寫越厚的弊端。而且不過份糾纏於「現代」、「新舊」，才能使人性的、歷史的、審美的維度得以實現。如採用人性的、審美的標準，我們就不會武斷地認為，新文學是人性的，舊文學就一定是非人性的，現代文學是審美的，前現代的文學就必然是非審美的。

我們知道，學術研究的突破常常與研究角度的選擇、轉換與更新有關，研究角度的更新是有意義的，然而更有意義的，不僅在於角度的更新，而在於高度的提升。角度的選擇，還只是在一個平面上量的增加，而高度的提升，則是根本的質的轉變，意味著層次、境界的提升。有了統攝性的理念和長時段的歷史視野，再來俯瞰研究對象，更為關鍵。在這個意義上，民國文學史概念的提出，可以打開模糊混沌的現代性的限制，超越新舊之爭，將著史者的視野空前打開，研究視野由狹到博，如此才能使文學史構建由博返約。

〔註15〕周維東：《中國現代文學研究中的「民國視野」述評》，《文藝爭鳴》2012年第5期。但是，周維東先生最近的文章，其有限質疑的立場似有所轉變。參周維東：《再談「民國」的文學史意義》，《學術月刊》2014年第3期。

綜之，研究對象範圍的不斷拓展擴容對「現代」牢籠形成了衝擊和掙脫，但研究者又不得不以「現代」之名對擴容對象進行重新闡釋與收編，這是一直貫穿於中國現當代文學史建構和研究中的悖論。而民國文學（史）概念，特別是丁帆先生從大文學史重構角度倡導的民國文學史，使得超越這種悖論的文學史建構成為可能，使還原真正的文學史成為了可能。當然，可能性並不必然意味著現實性，應然性也並不意味著實然性。歸根結底，如何在具體著史和研究中接近和還原一個符合歷史真實的文學史存在，這才是中國現當代文學研究同仁接下來必須要面對和解決的問題。

魯迅與民國，問題與原點
——兼論中國現代文學研究的再生產能力

賈振勇

（山東師範大學文學院，山東濟南，250014）

摘　要

　　魯迅研究的「固化」現象，是中國現代文學研究再生產能力弱化的重要症候。學術研究個體，既需要具備堅韌而持久的學術倫理意志和意願，也需要學術研究內部的專業自省意識和價值反思精神，更需要兩個層面的訴求如何相互支撐以抵達較完美程度的融合境界。問題原點意識，應在重返觸摸、回到魯迅等學術思想與方法追求真相基礎上，形成價值取向更為鮮明、倫理意志更為堅定、學術自省意識更為強烈的以問題原點意識為核心的系統學術思想與方法。民國作為魯迅「生活世界」問題的原點，是一個具有重要開拓空間的學術命題。民國時代是現代中國文藝復興初步展開的時代；這個文藝復興的初步展開過程，是中國歷史和社會的一個重大原創性事件；魯迅就是這個重大原創性事件中的標誌性的重大原創性成果，是中國文藝復興「童年時代」的「一種規範和高不可及的範本」，堪稱現代中國文化和文學在「童年時代」發展得最完美的「中間物」。

關鍵詞：魯迅、民國、生活世界、原點、創新

一

　　最近一段時間，一些學者在一些私下場合談論當前魯迅研究存在的「固化」問題。有的學者感歎學科壁壘和科層制的束縛，有的學者感慨研究主體在知識積累、視野與眼光層面存在的問題，當然也有的學者涉及時代局限和社會監控問題。正如一些學者所看到的，因為這樣或那樣的原因，魯迅研究格局所呈現的穩定性、封閉性，導致有許多重要的命題被忽視或誤讀了，比如國際共運這個大背景在後期魯迅研究中究竟應該占多大分量，比如魯迅與左聯關係的複雜性與微妙性，比如魯迅關於蘇聯形象接受與建構的單一性、單向性和封閉性。「固化」狀態的存在，說明魯迅研究已經基本達到飽和狀態。從另外一個角度看，穩定性和封閉性也就意味著缺乏流動性和創新性。應該說無論是學術理念層面還是學術實踐層面，魯迅研究已經進入了一個學術發展的滯漲時期，魯迅研究已經多年沒有出現重大的創新和突破了。事實上，大家感受到的魯迅研究的「固化」問題，存在的時日已經不短，且是整個中國現代文學研究「固化」症候的一個具體展現。只是因為魯迅研究體量大、質量高、從業者多，所以顯得尤為突出。

　　最近一二十年，中國現代文學研究固有的知識譜系、價值秩序和意義系統呈現封閉性和凝固化，確非一日之寒；中國現代文學研究真正具有衝擊力的重大成果，彷彿已經寥若星辰。除了學術研究主體之外的不可控、難以抗拒的各種鉗制力量外，學術研究主體自身的各種內外局限尤其是自我主體意識在某些方面的萎縮，更令人心憂。如果說，知識結構的短板、理論資源的匱乏，假以時日尚可彌補；那麼，「躲進小樓成一統」的風險意識和規避心理所帶來的問題，就不僅僅是假以時日的所謂彌補能夠挽回的。或許，這不但會造就魯迅研究乃至中國現代文學研究的繼續博物館化和化石形態，而且多年後的學術史和精神史口碑或許還不如乾嘉學派。這還是沒有涉及獨立之思想、自由之精神層面的考量。行筆至此，驀然想起梁遇春的《淚與笑》，想起他反覆吟誦的拜倫詩句「Of all tales」tis the saddest－and more sad，Because it makes us smile。如此想來，或許文人和歷史總是在不經意中秉承某種意旨，去暗示和重複某種歷史意象。馬克思亦曾說過：「一切歷史事實與人物都出現兩次，第一次是悲劇，第二次是喜劇。」所以，多少年後，當再回首這段學術演變的「尷尬」狀態時，不知是怎樣的淚與笑。

　　我們的研究對象的起源、生成與發展，本來就不是象牙塔內的雕琢、自

足之物，而是全方位踩著時代精神的鼓點應運而生的。除了自身內部層面的
生長與發展任務，在外部層面亦曾是「感應的神經」和「攻守的手足」：或因
文化的壓抑而迸發生命活力，或因歷史的沉重而大刀闊斧，或因社會的不公
而群情激昂，或因人性的複雜而百般糾結，或因藝術的低迷而萌生創造。曾
幾何時，在一個中國文藝復興格局初步展開的大格局中，我們的研究對象以
五彩繽紛的自我創造力量，在社會、人生乃至歷史和人性的各個層面，不但
實現了自我及自我價值的確證，而且還抵達了一個視野宏闊、廣採博納、兼
容並包、繼往開來的時代精神制高點，迄今仍熠熠生輝、澤被後人。

如今，在各種壓力的干涉和誘惑的吸引下，我們的學術研究漸漸失去關
注現實、參與社會變革和文化建設的熱情，我們的學術研究日益局限於自身
範疇的「炫酷」和「自娛自樂」，我們的學術研究越來越像一門純粹的、自足
的、實現了「自治」的高大上的學問。我們的研究對象及我們的研究曾經具
有的「感應的神經」和「攻守的手足」的那個功能，在很大程度上業已實現
了主動的閹割與自我的矮化。學術研究天然具有的天下之公器的理想，在很
大程度上已經降格為技術層面和工具層面的演練。學問和崗位的突出、精神
和思想的退隱，充分證明了魯迅研究及中國現代文學研究的「固化」，是一個
自然而然的歷史演繹與社會邏輯的必然後果，也充分證明了意識形態管理、
科層化分類和體制化分控的壓倒性勝利。

這僅僅是指那些立足於學術本位意識，通過兢兢業業和苦心孤詣謀取學
術自身內部增長與發展的學術；還不包括那些曲學阿世的國師之學、逢迎權
錢的偽學、了無新意又混跡其間的泡沫之學。如果將這些都考量進去，那麼
魯迅研究和中國現代文學研究所面臨的問題，就不僅僅是「固化」狀態這麼
單純了。長此以往、積弊難返之時，更深重、更無言的災難性精神危機、思
想危機乃至心理創傷，或許就會向今天的我們招手。

二

好在向來的歷史鋪展與演繹，都是泥沙俱下、魚龍混雜。或許，我們應
該深信馬克思那鏗鏘有力的寓言與修辭：一切堅固的東西，終將煙消雲散！
正如我們的研究對象魯迅所說：夜正長，路也正長；但走的人多了，也便成
了路。

路在何方？路只能在我們腳下。我們無法在沉默中爆發，但也不能在沉
默中滅亡。倘若說，以一介個體去扭轉乾坤，乃天方夜譚；那麼，苦心孤詣

的積累與準備，或許就是無奈中的較好選項。這當然可能是一個比較漫長且精神困厄的過程，這可能需要數十年乃至上百年的艱辛努力與頑強堅守。在這一過程中，我們面臨在外部環境緩慢變遷的情況下，學術研究如何在沉悶中獲得創新能力的問題；也面臨在外部環境驟然突變的狀態下，學術研究如何跟上時代精神急速發展步伐的問題。在這一過程中，作為學術研究個體，既需要具備堅韌而持久的學術倫理意志和意願，也需要學術研究內部的專業自省意識和價值反思精神，更需要兩個層面的訴求如何相互支撐以抵達較完美程度的融合境界。本文副標題所謂魯迅研究及中國現代文學研究的再生產能力問題，即主要著眼於此。

如果說，學術倫理意願與學術倫理意志是作為社會精神重要存在形式的學術實踐的導航儀，那麼學術研究內部的專業自省意識和價值反思精神則是學術自身發展得以良性運轉的助推器。只有具備豐富而深厚的學術實踐能力，學術倫理意志和意願才能更有效、更完美地伸展。再美輪美奐的學術倫理意願大廈，也需要堅實、可靠的學術成果做後盾。否則，就只能成為望梅止渴的空中樓閣。如果說，學術倫理意志的堅守與學術倫理意願的拓展，或為天地立心、或為生民立命、或為往聖繼絕學，屬於研究個體的自由選項問題，只要不是國師之學、偽學和泡沫之學，無論是冷眼向洋看世界，還是熱風吹雨灑江天，世人大概均無異議；那麼，學術研究內部的專業自省意識和價值反思精神，則應是具有較廣泛普適性的學術技能與學術實踐能力命題。

具體到魯迅研究及中國現代文學研究的再生產能力問題，「固化」的確是一個形象而生動的學術症候。如果綜合考量魯迅研究及中國現代文學研究中存在的各種問題與障礙，那麼「固化」涉及的問題實質，是如何實現學術創新。說到學術創新，那麼問題的焦點則在於我們當前的研究，是否具備承前啓後、繼往開來的能力與品質。而創新能力與品質的生成，除了上述學術倫理意志與學術實踐能力如何完美、有效地相互融合與支撐以外，如何突破學術自身的慣性與沿襲，則是在實踐層面和技術層面需要審慎對待的一個重要命題。

一個基本事實是，我們必須站在前輩的肩上才能繼續遠行。這不僅僅是向前輩學者最好的致敬方式，也是認識論層面的必然邏輯環節。正如托克維爾所言：「假如每個人都要親自去證明他們每天利用的真理，則他們的求證工

作將永遠沒完沒了，或因求證先遇到的真理累得精疲力竭而無法繼續去求證後遇到的真理。人生非常短促，一個人不但沒有時間去那樣做，而且由於人的智力有限，也沒有能力去那樣做。因此，他還是要相信許多他沒時間和能力親自考察和驗證，但早已被高明人士發現或被大眾接受的事實與真理。他只能在這個初始的基礎上，去構築自己思想的大廈。」〔註1〕

　　另一個基本事實是，如果我們泥足於「繼往」，就無法遠行，更無法「開來」。一代人有一代人的文學，一代人亦有一代人的研究。簡言之，前代學者的學術成就，很大程度上是建立在他們的問題視野與學術目標的各種內外需求基礎上的；他們的學術觀點和諸多結論，很大程度上是為了回答他們那代人所苦苦思索的各種問題意識與現實需求。學術發展有自身的邏輯、結構和脈絡，當然需要一代代的薪火相傳和人文賡續。但由於這樣或那樣的原因，當學術發展過程中出現的問題與障礙，累積到滯漲的局面；當學術機制自身運轉過程中並發而生的積垢與消耗，已然影響學術自身的良性內循環；當學術創新的能力，在各種內外合力的作用下步履蹣跚、困窘貧乏；那麼，學術機制的內在自我清理與淨化裝置，自然也會啟動與運轉。這既是學術自身的內在結構、邏輯與功能的自然綻放，也是學術研究主體的專業自省意識和價值反思精神的主動性呈現。

三

　　八仙過海各顯神通，條條大路通往羅馬。每一位有主見的學者，大概都有一套應對問題與障礙的觀念與方法，且能百舸爭流、鷹擊長空，更能相互切磋、相互砥礪。筆者也常常因之而備受教益，限於篇幅無法一一羅列的同時，還唯恐掛一漏萬、有失敬意。

　　以筆者近年修習魯迅研究和中國現代文學研究的心得而言，感到有兩個基本切入點問題的解決，有可能為承前啟後、繼往開來的創新，提供一個認識論和方法論的基礎：第一，我們的研究對象本來就是歷史上「生活世界」的鮮活存在形態，我們如果不能以日常生活的方式和視野去思考清楚，那麼我們的研究是否存在自我隔離的傾向和很大的可疑空間？學術研究是否只有通過艱澀、深奧的學術語言來還原真相與呈現真理？如果不能用通俗易懂的

〔註1〕〔法〕托克維爾：《論美國的民主》（下卷），董果良譯，商務印書館，1988
　　　年版，第524～525頁。

基本語言、邏輯和思路來進行初步的理解、構想與表達，那麼我們的研究又如何介入盤根錯節、紛雜繁複的「生活世界」而最終抵達澄明的真理境界？第二，學術生產自身在積累與創造的同時，是否也並發產生凝固的限制性精神力量？無數次迴環往復地重返學術原點，是否是破除凝固的限制性精神力量、剝離學術泥沙與泡沫的一條基本學術途徑？如果不經常性地在學術原點層面考察問題，那麼學術的洞察與睿見是否會被學術長河中的泥沙與泡沫掩沒？

具體到重塑魯迅研究及中國現代文學研究的再生產能力、尤其是創新能力問題，自然不是口若懸河、舌燦蓮花所能解決的。問題的迎刃而解，既需要清醒的理論自覺、方法自覺和資料翔實，更需要日積月累且行之有效的可靠學術實踐。

行之有效的學術切入點和方法有很多。在過去的一二十年中，學人們倡導的觸摸歷史、重返（建）歷史現場等說法，影響較大且毫無疑問產生了積極的學術功效，迄今仍被不少學者尤其青年學者所仿傚。但問題需要進一步澄清和深入的是：第一、逝者如斯，重返者與觸摸者總是帶著主觀之見介入已逝的客觀事實，客觀事實曾經存在甚至可能依然發揮效力，但驀然回首已是百年身，且只能以「鏡像」的方式再現；第二、重返與觸摸的目的，不是沉浸於所謂只描述「客觀」而排斥和拒覺「主觀」，所謂重返與觸摸的「客觀」，僅僅是解決學術命題的一個基礎；第三、重返與觸摸的方法，不是流連於瑣碎的考據而拒絕歸納、概括與總結，而是為了有助於拓展學術研究的空間、提升學術研究的品質；第四、重返與觸摸的目標，更不是泥足於過往歷史的表象，從而拒絕回答價值問題、忽略美學任務和藝術使命；第四、重返與觸摸的過程不是畢其功於一役，而是一代又一代學者無數次接力式的迴環往復和日積月累。第五、重返與觸摸作為一種隱性的方法論，需要價值觀和使命感的引導，需要凝練與提升為一種更為準確的學術思想、學術理念和學術方法。

鑒於「重返和觸摸」說的模糊性和缺乏系統性，鑒於「重返與觸摸」說哲學認識論基礎的含混性和薄弱性，更鑒於重返與觸摸說法的主體匱乏性以及實際產生的規避效應；那麼，整合文、史、哲各種資源，繼續發揚「重返與觸摸」說尋找文學和歷史真相的真誠訴求，去尋找和建構一種價值取向更為鮮明、倫理意志更為堅定、學術自省意識更為強烈的學術思想與方法，就

顯得尤為必要。這一學術思想和方法，可以簡略歸約為：第一、帶著問題意識，回到問題的原點，回到文學和歷史的基本事實和情境；第二、在充分把握文學和歷史複雜表象基礎上，培植深刻的洞察力和準確的想像力，深入到文學和歷史的深層結構與脈絡乃至斷裂與縫隙中；第三、讓文學和歷史的智慧與底氣，支撐我們的學術倫理意志，照亮我們的現實。一言以蔽之：讓問題回到原點，讓原點照亮問題。

四

「原點」是數學名詞。無論是在二維空間還是三維空間，原點都是座標系中一個出發或回溯的起點，具有極強的人為界定意味。所以，在認識論視野中，原點就不應僅是指具體之物，還應包括主體介入客體之後的重新建構。如果可以如是理解的話，那麼我們研究中所謂的原點，就不僅僅是指以往研究中習以為常的那些以時間、地點、人、物、過程等具體元素為依託的各種文學和歷史的事實（這些是重返與觸摸說尤為看重的），也包括促成文學和歷史事實完型的那些曾經活著的典章、制度、文物、氛圍、情態、民俗、風情、習慣、心理等等難以直接觸摸的相關元素，還包括文學和歷史事實背後的深層結構、邏輯脈絡、運行機制、歷史精神乃至歷史無意識等等更難以觸摸的潛在元素。簡略說，原點意識應包括文學和歷史的物質層面、事實層面、精神層面、環境層面乃至潛在結構與邏輯等各個層面的內容，當然還必然蘊含後來者的主體觀照、介入乃至重新建構。

以魯迅及魯迅研究為主要案例，問題與原點的探討或許能夠更具體、更細緻，從而避免空談。在上世紀八十年代，有感於魯迅形象的被過度扭曲與政治化建構，學人們曾喊出了「回到魯迅」的口號。那也是中國魯迅研究半個多世紀以來最富創造性和活力的一段歲月，無論其抵達的深度、高度還是廣度，都是後輩學者迄今難以超越的。回到怎樣的魯迅？今天來看儘管學人們表述各異，但存在一個共同的集體認同標準，這就是「真實的魯迅」。回到真實的魯迅的基本工作，毫無疑問則首先是文本的考訂、人生行徑的考辨、歷史事件的辨析等等基本事實層面的梳理與建構，這項工作迄今為止可謂碩果累累。尤其是魯迅著述的蒐集、考證、校訂和整理等，經過幾代學人的殫精竭慮、皓首窮經，如今更是蔚然大觀，正如《魯迅小說散文初刊本》的編者們所說：「自 20 世紀末，學界中『回歸魯迅』的共識漸漸達成，至今以魯

迅作品本身爲基點的學術研究成果不斷湧現。……至今，『回歸魯迅』的基礎性工作日漸完備，當然要全部完成還有待於後繼者。」〔註2〕

倘若說在知識考古和事實梳理層面，學人們並無多大分歧；但一旦從認知領域進入到理解和闡釋領域，所謂「眞實的魯迅」的多元性、豐富性乃至歧義性，則英雄所見不同了。應該說，所謂英雄所見不同，恰恰也正是上世紀八十年代以來那代魯迅研究者最有創造性和最值得驕傲的成就。在總體上，他們懷抱著濃厚而悲壯的啓蒙意識、人文主義和理想主義，以魯迅精神的傳人自居，以弘揚魯迅精神爲鵠的，不但站在了時代精神前沿，而且將魯迅研究提升到一個自足而豐碩的境界。但時過境遷，以啓蒙意識、人文主義和理想主義爲主要標誌的時代精神，早已悄然離席。新一代魯迅研究者面臨的，是一個由權力、資本、消費、復古、欲望等等編織而成的世俗又世俗的學術語境；且不說在學術主體意識尤其是倫理意志層面，且不說啓蒙意識、人文主義與理想主義是否基本上已經泯然眾人矣；就是有滿腔的熱情，也已經無處釋放。言路的堵塞、經濟的依賴、內心的恐懼、自我的矮化，已經使新一代魯迅研究者幾乎要進入一個「無聲」的境地；上一代魯迅研究者那種揮斥方遒的學術氣場，基本上已成新一代魯迅研究者遙不可及之事。〔註3〕

然而，學術倫理意志的畏縮，並非來自學術自身的自然調整，更大程度上是因霧霾而被迫戴上口罩。正如魯迅所說：「我自愛我的野草，但我憎惡這以野草作裝飾的地面。」黑暗的閘門儘管在悄悄開啓，但地火依然在運行、奔突，終有噴出而沖決地面的那一天。天道自在人心，無論是「回到魯迅」還是觸摸重建，其實都蘊含著不熄的學術倫理意願。這就是「讓問題回到原點，讓原點照亮問題」所明確執守的價值理想和人文訴求：尋求眞相出場，以眞相支撐眞理，讓眞理穿透霧霾。話說的雖然看似很大，但一顆水滴也會蘊含閃光的良知；滴水終究會石穿，天總是要亮的。所以不必垂頭喪氣、妄自菲薄，一代人有一代人的學術使命，一代人有一代人以身殉道的方式。新一代魯迅研究者所處的，或許就是一個需要重點學習魯迅的寂寞精神，學習魯迅的沉潛與堅韌品質的時代。

〔註2〕 上海魯迅紀念館編：《魯迅小説散文初刊集·編後記》，上海書店出版社，2016年版，第694頁。

〔註3〕 前兩年學界一度盛行「回到八十年代」，略看其文，對八十年代學人啓蒙精神、人文主義、理想主義的緬懷，即可反襯它在今天的失落。

五

在已有的中國現代文學知識譜系、價值秩序和意義系統中，由於魯迅本人的豐富性、批判性、深刻性乃至符號性等諸種不同層面的因素，魯迅研究可能灌注了其他作家研究所難以企及的同質化和一脈相承性。魯迅尤其是魯迅精神和我們遇到的各種現實問題，依然血肉相連。研究主體和研究對象達到較高程度的同質化與一脈相承性，既是魯迅的卓越價值所在，也是魯迅研究的驕傲之處。

正是鑑於此，我們反而更要「反向」思索一些問題。問題一、當這種同質化和一脈相承性遭遇現實的限制已達極限該怎麼辦？魯迅式的讀佛經、拓古碑當然是一條路子，但僅此一途？問題二、當我們的魯迅研究與魯迅及魯迅精神同質化和一脈相承性時，有沒有遮蔽「真實的魯迅」和我們建構的魯迅在各個層面的差異性？如果將這種差異性加以充分研判，是否更有助於我們全面、完整地理解和繼承魯迅尤其是魯迅精神？問題三、魯迅及魯迅精神的出現，本來就是現代中國文學和文化的一個重大原創性事件，著重挖掘這一原創性事件的前因後果、前生今世、內生外塑及其是非曲直，是否更能準確感知、理解和闡釋魯迅及魯迅精神？問題四、魯迅畢竟首先是一個歷史人物，這種同質化和一脈相承性是否意味著我們對魯迅及魯迅精神的研究尚未實現充分的歷史化？比如曾有學者指出不少魯迅研究成果所具有的批評話語色彩？問題五、倘若說這些問題能夠成立，我們需要帶著問題重返原點，去重新觀照和理解魯迅，那麼原點又是什麼？

事實上，且不說原點本身就已經是主觀介入之物，即使是從相同或類似的問題意識出發，因視野與焦距的不同，回到「真實的魯迅」的那個原點，也可能大相徑庭。如果說「天真」是魯迅為人的原點，如果說「夢與怒」是魯迅為文的原點；那麼，那個魯迅為之「焦唇敝舌」已然衰微的時代，可稱之為魯迅的「生活世界」原點。倘若說回到文本等事實層面的原點，已有大量卓有成效的成果，為我們奠定了良好的基礎；那麼，回到複雜的思想、精神和心理層面的魯迅原點，回到歷史、社會、文化的深層結構與邏輯脈絡層面的魯迅原點，回到人性、欲望、倫理、道德斑駁糾葛層面的魯迅原點，則有廣闊的空間需要開拓乃至重新開拓。要盤點和釐清魯迅研究中的全部問題原點，非幾篇文章、幾個人所能勝任，需要更多研究者的協同和持久努力。本文所嘗試初步提出的，乃是民國作為魯迅「生活世界」原點這一命題。

最近幾年，在一些學者的推動與共同努力之下，「民國文學」研究在沉寂已久的中國現代文學研究格局中一度成為重要話題。然而，由於種種主客觀原因的限制，這一話題的討論有漸趨沉寂之勢。關於這一話題，包括筆者在內的許多學者都曾撰文加以研討，在此不多贅言。本文需要強調的是，學界諸君在學術理念和實踐層面還未充分意識到一個重要問題，即「民國文學」諸觀念的提出與實踐，首先是為中國現代文學研究提供了一中極為重要的關於問題原點意識的學術思想與方法（限於篇幅，這一問題以後當具體闡述）。且不說這一學術思想在重返民國時代文學得以生長發展的「生活世界」層面，將會產生怎樣積極的學術價值；即使是在當前萎靡的精神狀態中，它的有益功效也在於可以抵禦不良思想形態和觀念的侵蝕與管控。這一學術思想所蘊含的問題原點意識，不僅是重新研判中國現代文學的一個整體學術觀，而且更是走入具體作家、作品、文學史事件的一條有效學術途徑。對無論當時還是現在都是中國最具影響力的頭號文人魯迅來說，民國作為魯迅「生活世界」的原點，自然更應該成為可以充分探討的學術場域。

其實，不僅理清和盤點魯迅研究中的所有問題原點，是一個浩繁的學術工程；就是如何將民國作為魯迅「生活世界」原點這一命題進行細化、分解和具體研究，都是一項複雜而冗長的工作，涉及時代、社會、歷史、文化、制度、典章、物質、精神、心理、氛圍、情境乃至氣候、地理等等各個層面均有可能產生影響的領域。好在百尺高臺起於壘土，沒有萬涓水滴何來浩浩長河。一個時代或浮世繁華或狼煙四起，終將會轉瞬即逝；但社會的深刻命題、歷史的內在邏輯、文化的滯漲慣性乃至人性的複雜底蘊等等，依然在延續；魯迅精神得以存在的問題原點並未終結，且看起來並不比魯迅的生活時代更為清晰與明朗。儘管民國作為魯迅的「生活世界」原點命題，足以令人皓首窮經，但其學術挑戰性卻令人嚮往。這不僅是因為它可以最大可能的抵禦不良思想形態的侵蝕，從而使我們更準確地走入魯迅的歷史、走入魯迅的文本世界，走入魯迅創造性成就完型的過程；而且能夠有助於我們憑藉魯迅資源的支撐而有效理解和闡釋我們時代面臨的諸種思想精神問題。

六

任何一種學術問題意識的反思與建構，除了知識結構、理論資源、精神視野的提升，除了「不畏浮雲遮望眼」的學術膽識與勇氣的不可或缺，除了響應學術之外的時代精神之召喚，不但需要滿足學術發展的內在要求和長遠

規劃，還應該充分估價研究對象在更長的歷史時段、更廣闊的社會空間和更複雜多元的文化建構中的準確地位與作用。對於魯迅而言，問題不僅是落腳於我們對他的考證、梳理、分析和闡釋，還在於我們對他的認同、接受與定位。這不僅僅是學術層面的問題，更是價值觀和理想主義的問題。這自然不僅僅是學術論證所能完全解決的，更需要清晰、明確乃至具有修辭和象徵色彩的主觀價值判斷。

筆者對民國時代的文學和文化，曾有並依然堅執一個作為認識起點的基本研判，即它是現代中國文藝復興初步展開又戛然而止的階段（由於曾在一些文章中加以闡述，在此不再贅言〔註 4〕）。正是基於這樣一個基本價值判斷，為民國作為魯迅「生活世界」問題原點的學術價值和意義，可能才更得以彰顯和產生積極的社會效應。筆者以為，從現代中國文藝復興初步展開階段這樣一個視野來看，從民國作為魯迅「生活世界」的問題原點意識出發，魯迅儘管獲得了社會各界的高度評價與推崇，但其更準確、到位的地位和作用還有待於換個眼光打量。這就是魯迅及魯迅精神的出現，乃是現代中國的一個重大原創性和標誌性事件。我們對這一重大原創性事件的認識和估價，需要更加清晰、準確和透徹。

馬克思在《〈經濟學手稿〉導言》論及古希臘史詩和藝術的經典性和範本性時，曾有一段非常著名且引人深思的論述，本文需要大段引用：「困難不在於理解希臘藝術和史詩同一定社會發展形式結合在一起。困難的是，它們何以仍然能夠給我們以藝術享受，而且就某方面說還是一種規範和高不可及的範本。//一個成人不能再變成兒童，否則就變得稚氣了。但是，兒童的天真不使成人感到愉快嗎？他自己不該努力在一個更高的階梯上把兒童的真實再現出來嗎？每一個時代的固有的性格不是純真地活躍在兒童的天性中嗎？為什麼歷史上的人類童年時代，在它發展得最完美的地方，不該作為永不復返的階段而顯示出永久的魅力呢？有粗野的兒童，有早熟的兒童。古代民族中有許多是屬於這一類的。希臘人是正常的兒童。他們的藝術對我們所產生的

〔註 4〕 可查看筆者相關論文：1、《文學史的限度、挑戰與理想》，《文史哲》2015 年第 1 期，《新華文摘》2015 年第 9 期主體轉載；2、《關於「民國文學」與學術倫理意願的思考》，《揚州大學學報》2015 年第 3 期；3、《在爭鳴中推進和深化民國文學研究》，《東嶽論叢》2015 年第 2 期；4、《回答一個問題：為什麼提出民國文學史》，《華夏文化論壇》第 10 輯，2013 年；5、《民國文學史：新的研究範式在崛起》，《文藝爭鳴》2013 年第 5 期。

魅力，同這種藝術在其中生長的那個不發達的社會階段並不矛盾。這種藝術倒是這個社會階段的結果，並且是同這種藝術在其中產生而且只能在其中產生的那些未成熟的社會條件永遠不能復返這一點分不開的。」〔註5〕之所以大段引用，在於本文即將之視爲立論根據與基礎。

如果將這段話挪用在魯迅與民國關係這個問題上，那麼是否可以進一步凝練出一個判斷乃至結論：如果說民國時代是現代中國文藝復興初步展開與戛然而止的階段，如果說這個文藝復興的初步展開過程是中國歷史和社會的一個重大原創性事件；那麼，魯迅就是這個重大原創性事件中的標誌性的重大原創性成果，是中國文藝復興「童年時代」的「一種規範和高不可及的範本」，借用魯迅的說法，魯迅及魯迅精神堪稱現代中國文化和文學在童年時代發展得最完美的「中間物」。

民國作爲魯迅「生活世界」的問題原點這一命題，當然需要更多細緻的梳理與思索。這也是一個充滿彈性與張力的巨大學術空間，可以生成許多具體而重要的學術命題。以後有暇，也當竭力爲之。魯迅及魯迅精神作爲中國文藝復興初步展開階段的標誌性的重大原創性成果，事實上幾代學者已經爲這判斷做出了富有成效的努力，已經爲我們奠定了一個堅實的學術基礎，需要的是將這一判斷提升到更爲確切、更爲紮實、更爲有效的豁然開朗的學術與文化境界。開拓與充實這一學術空間的道路、方法固然是各顯神通，但學術指向是明確的：魯迅魅力依舊在，我們也未遠離魯迅的問題框架，那麼該如何將這個「中間物」的永久魅力再現出來？每一代學者都有基於自身存在視野而產生的問題意識，年青一代的魯迅研究者又如何站在前輩肩上開闢新的路徑？與其高山仰止，莫若退而結網，在當前這樣一個複雜而壓抑的狀態下，或許我們需要的是先遠離魯迅，經過一番輾轉騰挪後再回歸魯迅；與其學習他的戰鬥精神，莫若先學習他的寂寞精神；去完整、細緻勘察他的創造性，讓他身上那股不同凡響的具有卡里斯馬光暈的創造性成就，去「凝練」人心，去「潤物細無聲」。

〔註 5〕 《馬克思恩格斯論藝術》第一卷，俄文版編者米・里夫希茨、中文版編輯程代熙，中國社會科學出版社，1982 年版，第 149～150 頁。

民國時期的南京書寫

民國時期南京與
現代作家精神的路向 〔註1〕

楊洪承

（南京師範大學文學院，江蘇南京，210097）

　　這個話題實際是很難談的。因爲眞正可以隸屬爲民國時期南京的現代作家確實極少。現在微信上經常傳播的 104 位民國作家無一是南京人。〔註2〕可見，作爲純粹地域性南京的現代作家在現代文學史（或曰民國文學）中，並不占十分重要的位置。但是，今天我們在這裡討論民國時期與現代作家的話題。顯然，它具有的巨大空間和文化歷史資源，不是以表面單一作家出生地或籍貫，乃至孤立地理概念的南京城市，才能夠決定該話題意義和價值的。「民國南京與現代作家」不無可以打開一個開放的視界，尋求現代文學史另一種書寫的路徑。

　　就「民國時期南京」的時間和空間而言，自晚清以來，行政實施督撫制分管江南三省的兩江總督府駐江寧，新政的洋務運動使得南京成爲「開風氣之先」的城市。晚清朝南洋水師學堂就設於南京。「民國」概念的歷史時段應該包含於兩個既相互聯繫又有區別的政制之中，即最初分割的南北政府，自 1911 年辛亥革命後，孫中山海外歸來，並被選爲臨時大總統，南京臨時政府誕生。1912 年 1 月 1 日，孫中山在南京宣誓就任中華民國臨時大總統。中華

〔註1〕　文中涉獵部分現代作家作品可見丁帆編：《金陵舊顏》，南京出版社，2014 年版。

〔註2〕　見微信公號「讀書公會」2016.02.23 發佈微信：《一幅相冊讀遍民國文人（104 個作家眞容，你認得幾個？）》，http://mp.weixin.qq.com/s/qG71t6vgwPZT6Sp9 QzEqxQ。

民國定都南京，改用公曆，以中華民國紀元。再就 1927 年大革命後，國民政府成立，定都南京。1937 年 12 月日本侵略軍佔領了整個南京城，國民政府直到抗戰勝利後的 1946 年 5 月才還都南京。我們傳統上一般以 1949 年創建新中國為視閾，對這樣一個歷史時段給予了社會政治形態的劃分，即新與舊民主主義革命；或籠統的歷史斷代之劃分，即近代與現代，或純粹為時間表述的 20 世紀上半葉。後面的兩類劃分是將中國這一特殊時段的社會矛盾和階級衝突，所發生的辛亥革命、五四運動、國民革命、抗日戰爭、解放戰爭等重大歷史事件，選取以中性的近現代、20 世紀的時間概念，淡化站在各自黨派立場的近現代意識形態化規約，也試圖消減地域時空的政治隱喻。這些年的「民國」稱謂再提，是黨派政治對立減弱，海峽兩岸緊張舒緩，學術也隨之寬鬆。當然重要的不是稱謂的更換調整，而是達成共識敬畏歷史、尊重歷史自身的特徵、尊重每個人的自由平等，是一切認識論和價值觀的基礎。由此，多元因素存在基點的文化反思意識，重構「民國時期南京」的概念，除了時間邊界、歷史風雲、地域特徵的釐清外，最難的是融合其中無處不在的政權更替、政治隱喻和市井人生、日常生活之辨析。

這樣，我們再來尋蹤「民國時期南京與現代作家」歷史印痕。歷史豐厚而悠久、傳統文化濃重的南京，又是一座近現代中國開風氣之先、政治風雲變幻的城市。她經無數豐富而複雜的「人與事」編織、塗抹了多姿多彩的歷史畫卷。這其中因南京城之景勾連的現代作家或曰民國文人的事，應該是最為濃筆重彩的篇章。尤其在「城與人與事」背後傳達出交錯的歷史事件，可窺測的現代人內外複雜的精神世界，營造了別一樣「人和城」同構的現代歷史景觀，豐富了民國革命史、現代思想史、文化史的內容。隨便涉足現代文學史「海邊拾貝」：新文化運動的先驅陳獨秀回憶，「大概是光緒二十三年（1897）七月，我不得不初次離開母親，初次出門到南京鄉試了」。他「由選學妖孽轉變到康、梁派」，南京鄉試見聞有感是最大的觸動。1898 年 5 月，魯迅懷揣著母親的 8 塊銀元，「走異地，逃異路，去尋求別樣的人們」。（《吶喊》自序）來到南京，從下關上岸直奔江南水師學堂。正是從這裡，魯迅去了日本，走向了世界。1903 年周作人也來南京入水師學堂學習海軍管理，畢業後官費去了日本。柳亞子「自傳」述「1912 年正月元旦，南京臨時大總統府成立，以雷鐵厓之介，就職秘書」。1922 年 1 月《學衡》雜誌創刊，編輯部就設在南京東南大學。翌年，吳宓由京城來南京，與東南大學西洋文學系的梅光

迪等一起辦刊物，組織五四新舊文化變革中一支獨樹一幟的文化派別「學衡」，倡導「昌明國粹，融化新知」，以守恒和融合之立場，思考中國傳統文化之現代性轉型。1924 年前後，青年巴金從成都北上途中，因身體有恙客居南京，暫時入東南大學附中就讀。此刻他閱讀了大量無政府主義的書籍，該思想影響其一生一世；他從這裡到法國留學，南京也是他的文學之旅的開端。左翼革命女作家丁玲 1933 年被國民黨被捕入獄，很快就與馮達被秘密押往南京。在這裡大約有二年的軟禁生活，住過陪都飯店，後又搬到中山門外苜蓿園的竹籬茅舍。南京這段生活是丁玲不堪回首的人生之痛。這期間的 1935 年，革命戲劇作家田漢也在被國民黨關押南京、軟禁期間創作並發起組織公演了《回春之曲》、《洪水》、《械鬥》等劇目，田漢、陽翰笙來看望丁玲，送來戲票。丁玲說她，「因為感情上很難受，無心去看就是了」。1940 年的抗戰期間，日本扶植的汪偽政權（南京偽政府）在南京成立，作家張資平、胡蘭成等在偽政權下供職。1946 年抗戰後，周作人以漢奸罪名被國民政府逮捕，並押解南京受審，監禁於老虎橋監獄直至建國，期間有舊體詩集《老虎橋雜詩》一冊。

如果說上述與南京發生關係的現代作家點滴經歷，呈現了新文學新文化發生發展的一個側影，是時代政治風雲人與城中折射滄桑歷史的零星碎片，那麼存留於現代作家作品中的大量南京記憶和生活片斷，則彙聚了一道獨特的文學風景，牽引出作家另一精神線索。且不說文學史上膾炙人口的經典作品，朱自清、俞平伯兩位作家的同題散文《槳聲燈影裏的秦淮河》，以及朱自清的《背影》等名篇，就是那些不勝枚舉的記述南京的現代遊記散文，如石評梅的《金陵的古蹟》、孫伏園的《浦鎮十三日之勾留》、陳西瀅的《南京》、鍾敬文的《金陵記遊》、艾蕪的《孝陵遊感》、李金髮的《在玄武湖畔》、陶晶孫的《隨園坊日記》、郭沫若的《南京印象》、趙景深的《靈谷寺》等等篇什。這些作品不僅僅賦予了南京城文化歷史的現代想像，而且是一座城市以其獨有的歷史文化滋潤著現代作家精神品格的文學寫照。似乎表面上，這些作品不過是南京名勝古蹟或自然景觀的記述，或者僅僅是作家一時片刻短暫駐足於南京的感懷。細讀這些篇目，則不難發現有兩種情緒滿滿而深透：一是六朝古都，容顏舊貌，湖光山色，廟宇樓閣，作家筆下是那樣出神入化，娓娓道來，無不觸景思古而感歎。「樓閣雖平列無奇，但英雄事業，美人香草，在湖中圖畫，蓮池風景內，常映著此種秀媚雄偉，令人感慨靡已！」（石評梅《金

陵的古蹟・莫愁湖》）不妨再看鍾敬文遊雞鳴寺陳述的意趣，「此刻上下四周
的一草一木，片雲片石，都有一種新鮮的同時又是古舊、神秘的情趣。山上
頗有大樹，郁然圍成小叢林。……她所以成了吸引遊客的勝地，一半固爲了
風物的關係，但古色斑斕的歷史的彩色，是尤其來得有力的原因」。（《金陵記
遊》）二是所有現代作家筆下慕名而來南京，遊覽名勝，觀賞山水流連忘返，
可是又無不行色匆匆，大家都是客居的漂泊者。南京是值得留連的地方，又
是旅行人不得不走的城市。著名的同題散文寫盡秦淮人家、小橋流水、交輝
燈月、泛舟情趣，兩篇雖各有高低不同，但是結尾傳情同調。俞平伯感歎「燈
火未闌人散」，「涼月涼風之下，我們背著秦淮河走去，悄然是當然的事了」。
所有動詞著色淡淡而又多少濃濃無奈之憂傷；朱自清的文章收筆直抒情懷，
「夢醒了，我們知道就要上岸了；我們心裏充滿了幻滅的情思」。民國文人一
方面閒適灑脫的傳統士大夫的寄情山水，一方面又深深沉浸於難擺脫的現實
人生困擾。既可假懷古幽思，又能隨山水傳情的南京，恰恰是最有包容性的
文化特質，最具有人文情懷之精神。這就不難理解南京何以被古人定爲「兩
江」都府地，今人劃爲發達經濟「長江三角洲」之緣由了。

　　自然，民國南京並不只是提供新文學作家散文創作的素材，民國作家也
非僅僅都是爲懷古、詩意的文學南京而著墨。民國南京還活躍著一批現代學
者、文化報人，他們在文學文化之間營造南京城既古老又現代多重身份的民
國韻味。現代作家的南京書寫，還可見一條現代教育、現代報刊媒介生成與
都市現代化進程的線路。這從另一個側面揭示出民國南京文人精神內蘊的文
化取向。

　　胡適、陳獨秀趕考鄉試的點滴文字，塗抹了南京夫子廟江南貢院封建科
舉制的一縷餘暉；周氏兄弟受惠晚清新政下江南水師學堂及陸師學堂附設的
南京礦路學堂的經歷，是其開啓新思想的最初搖籃。在這裡魯迅知道了「中
國有一部書叫《天演論》」，「原來世界上竟還有一個赫胥黎坐在書房裏那麼
想，……」。（《朝花夕拾・瑣記》）現代教育的興起，南京學校可與京城媲美。
東南大學及其附屬中小學，金陵大學的師範與女子師範學院，各自均有辦學
特色，在民國初年開教育界風氣之先。1923 年女作家石評梅南下旅遊，寫了
一篇五萬餘字的長篇遊記《模糊的餘影》，連載於《晨報副刊》上，其中將民
國南京的學校一一細說。而梁實秋的印象是南京東南大學與北京清華大學「可
以立在兄弟行的」，認爲「東南大學確是有聲有色的學校」，這裡「沒有上海

學生的浮華氣，沒有北京學生的官僚氣，很似清華學生之活潑樸質」。(《南遊雜感》) 顯然，作者骨子裏是對兩所大學最先接受的一種開明、寬容、律己的西方新人文主義思潮的自覺認同。同時期，與民國南京教育並進的現代文化傳媒報刊出版業的發展，又記錄了現代作家與文化報人雙重角色的精神之旅。這中間民國政府定都南京、抗戰爆發及汪僞時期政治中心對城市文化建設的推進，尤其逐漸發達的現代報刊業留下了現代作家努力的身影。被譽爲近現代報章文史掌故「補白大王」的鄭逸梅，執筆記敘了錢化佛口述的《南京戰後遺跡》，記錄了江浙革命聯軍攻克南京的情形。民國初，已是《申報》特約通訊員被稱之報界先驅的邵飄萍，在《申報》「雜評」欄目刊發《南京大掠》、《江蘇之兩問題》等文，反映 1913 年「二次革命」前袁世凱反叛軍的掠城。1927 年曾與魯迅關係密切的作家荊有麟在南京辦過《市民日報》，他在南京的五年生活有《南京的顏面》一文可見一斑。《新民報》1929 年 9 月在南京創刊，創辦人陳銘德、吳竹似、劉正華，陳銘德任社長。「九‧一八」事變後，積極宣傳抗日，主張抗敵禦侮的言論和宣傳報導，大得人心。由此報紙影響擴大，一個月內，發行數由二三千份上升到一萬多份。1944 年前後，現代著名通俗報章作家張恨水在《新民報》連載一組寫南京的故事《丹鳳街》和散文隨筆《日暮過秦淮》、《清涼古道》等多篇。這時期，新聞記者的作家范長江，抗戰初期有《感慨過金陵》的長篇通訊，抗戰後的國統區有《南京的歪風》，均能夠見到通訊報告與文學感悟結合的特殊體式的南京書寫。而學者型作家黃裳雖也是爲新聞寫作，但爲文則多爲讀書有感，或記敘文人史話等。讀他與南京有關的《白門秋柳》、《旅京隨筆》、《老虎橋邊看「知堂」》文章，有別一樣的風味。抗戰中，雜文家、文學史家的唐弢在《萬象》上發《帝城十日》，署名晦庵，其中記敘途經南京，雖爲短文但感懷「劫後山河」卻落滿於字裏行間。還有戰後在南京市文獻委員會「通志館」任館長的盧前（冀野），主編一本《南京小志》，撰寫《冶城話舊》、《鴨史》、《織造餘聞》等文，作爲地道的南京人，盧前自稱江南才子，寫南京人與事、情與景，文筆風趣又不失學者嚴謹史料的考辨。

總述之，這裡談論「民國時期南京與現代作家」話題，簡單梳理出城與人關係的幾條線索，粗略勾勒出一幅簡單的民國文人精神圖示。散落於現代文學史中一大批各式各樣書寫南京的作品，眞實記錄和描摹了地處歷史長江要塞的古都南京飽經風霜之容顏，也最爲鮮活地留下民國文人與這座城市千

絲萬縷聯繫的精神路向。歸納起來能夠給我們啓示的是：

其一，魯迅、陳獨秀、郭沫若、梅光迪、巴金、丁玲等現代著名作家，儘管他們已經有了約定俗成的文學、思想、文化的評定，可是要完整考察他們思想精神生成演變的脈絡，南京是不可繞開的城市。同樣，他們作為民國重要而代表性的文人，儘管只是短暫的人生片斷之經歷，卻給予南京濃墨重彩的一筆。他們的活動和住地也成為現代城市建設的文化地標，後人不可忘卻的文化歷史遺址。

其二，俞平伯、朱自清、陳西瀅、梁實秋、石評梅、鍾敬文等現代作家身上濃重的傳統文人情懷，一方面閒淡優雅於山水、書齋，一方面不無瀟灑的江湖之憂患。生於亂世的現代中國知識分子，他們多呈現出兩難困境的矛盾之精神譜系，全由他們有意無意間記遊南京、懷古六朝遺跡中一覽無遺。反之，南京古城的悠久文化歷史、山水風韻的自然地貌和南北交通的重要樞紐等，所形成的一座城市獨特的品格，某種程度上也正是他們精神成長的重要資源之一。

其三，鄭逸梅、邵飄萍、張恨水、范長江、黃裳、盧冀野等一批報人記者、民國文人，迅速報導記錄民國政治文化的潮起潮落。凸顯了敏銳觸覺，感懷時勢，情理兼備的現代作家精神特質，豐富了文學審美的想像力，創造了新型報告文學和新聞紀實故事等現代新體式。他們筆下常常將文學記憶和真實生活的實錄、市井平凡人生和歷史重大事件的記述一一雜糅、匯通，這恰恰是雙重或多重精神纏繞現代知識分子智慧而詩性地直面現實人生的反映。追究其因，正是飽受風風雨雨的政治動盪，斑斑歷史滄桑的文化遺痕之民國南京，影響和提供了他們具有這樣精神取向的可能。

許多民國文人一次次來來往往南京，但是都有一種理解不透的感覺。荊有麟說：「這自然是南京的偉大處，同時也是自己的渺小」。一個城市的歷史容顏能夠折射一代知識分子的精神心靈史。唯南京可以如是說。

民國南京在中國現代文學中的表現

張　勇

（南京信息工程大學語言文化學院，江蘇南京，210044）

摘　要

　　民國時期南京作爲政治中心、文化中心，在現代文學發展過程中佔有重要地位，在新文學作家的作品中南京從傳統的都市轉變爲新文學表現中的城市，作者的主觀感情滲透進城市形象使城市成爲個人意識不穩定的折射，對自然風光的禮贊和對社會現狀的抨擊並存，民國時期的現代文學中對南京的再現是傳統思想體系與現代啓蒙思想風潮的產物。

關鍵詞：民國、南京、現代文學

　　南京是中國歷史上著名的古都，早在南北朝之前就作爲政治文化中心而存在，是王朝時代最早出現的城市之一。十五世紀南京發展到歷史最大規模，利瑪竇（Matteo Ricci）1595 年到南京，描述道：「據中國人看來，這座城市的壯麗是舉世無雙的，在這方面，世界上大概眞也極少有超過它或堪相匹敵的城市。南京確是滿城遍佈宮殿寺觀、小橋樓閣，歐洲的類似建築，絕少能超過它們。在有些方面，南京超過我們歐洲的城市……。此城曾做過整個帝國的京都，作爲古代帝王之居，歷數百年之久。其帝雖遷居於北京……但南京的氣派與聲名卻絲毫無損。」1600 年他遊歷到北京時將其與南京進行比較：「此城的規模、城中房屋的規劃、公共建築的結構及城防溝壘，都遠遜於南

京。」〔註1〕由此可見，南京雖然地處長江下游並缺乏江南經濟所特有的富源，但是作爲具有重要戰略意義的行政中心，其設計發展是封建王朝時代城市文明的最高峰。建基於封建經濟之上，被制約在傳統價值體系內的南京，不足以產生具有主宰性力量的社會階層，亦未能如中世紀歐洲城市那樣在社會政治、經濟、文化方面產生巨大社會影響，更無從談起城市居民的公民意識和近代意義上的人文觀念的產生。南京的城市建設和市場在古代雖已初具形態，卻不是現代意義上的發展，本質上與鄉村是一致的。對於南京這樣一座田園風格與都市情致並存的城市，現代都市化進程相對滯後，政治文化功能超越了經濟功能，市井人生基本不是文學關注的對象。民國時期南京的城市文化與中國傳統的鄉村文化息息相關，當政治局勢發生巨大變革，封建王朝壽終正寢之後，南京如同其他城市一樣經受歐風美雨的洗禮，並在西方政治、文化觀念的催生下，建構出新的城市生活方式、新的市民人格心理和新的價值觀念、人文系統。1927 年南京被定爲都城後，城內大興土木，在歷史遺跡和現代建築之間不斷取捨，建立了新的城市形象，以致於有學者控訴並警示：「金陵古蹟，日就摧殘，近代以來，凡有四次：洪武締造京城，六朝古碑，改砌街道；洪楊草創宮室，四郊古墓寺院，碑碣坊表，運載俄空；端方總督兩江，金陵古代金石，半歸私室；近歲國都南遷，公私營造，毀棄尤多。夫古蹟者，國家歷史所寄，民族精神所繫，苟非大不得已，必當百計保存。」〔註2〕南京作爲民國時期的政治中心，由於內亂和外敵入侵，僅 1912～1949 年先後有過數次變故：1912 年定都南京而後移都北京之變，1927 年還都南京，1932 年 1 月臨時遷都洛陽，1937 年移都重慶，1945 年還都南京，有人認爲南京雖爲都城，但由於地理位置和經濟狀況的局限，一直沒能完全控制國家局勢。但民國時期南京作爲首都是基本事實，政治方針、制度法令都由此發出昭示全國，其城市制度文化是當時政治權威的象徵。城市的精神文化是城市文化的內核或深層結構。它包括一個城市的知識、信仰、藝術、道德、法律、習俗以及城市成員所習得的一切能力和習慣。在城市的精神文化中，又可以分爲兩部分：一部分是通過媒體記錄保存的文化；另一部分則以思想觀念，風俗人情等形式存在於城市市民的大腦中。

〔註1〕 〔意〕利瑪竇：《十六世紀的中國》，Louis J. Gallagher 譯，蘭登書屋，1953 年版，第 268～270、309 頁。

〔註2〕 朱希祖：《序》，朱偰：《金陵古蹟圖考》，中華書局，2006 年版，第 1 頁。

　　民國時期南京人口激增，城市規模膨脹，聶紺弩曾回憶：「初到南京的時候，城內還沒有一條寬闊平坦的馬路，街面上盡是破舊低矮的瓦屋。從北門橋到唱經樓那一條又窄又短的小街，在那時候還是南北交通的要道，汽車、馬車、人力車和步行的人們，每天都擠得水泄不通，每天都會有幾件為了擁擠而發生的爭吵，撞傷而至撞死人的事情。至於路邊的建築，更是什麼都沒有，古拙的鼓樓算是這城裏惟一的壯觀。一年兩年，五年十年，南京完全改換了面目，有了全國最好的柏油路，有了富麗雄偉的會堂、官廨、學校、戲院、商號、飯店、菜館、咖啡店乃至私人住宅，不說別的，只說那荒涼空寂的玄武湖，在最近一兩年去的時候，都幾乎認不出是什麼地方了。」〔註3〕南京這座城市從傳統的、穩定的、熟知的世界轉變為文學表現中的城市，作者的主觀感情滲透進城市形象使城市成為個人意識不穩定的折射，外在世界被內在化，文學中的城市越來越表現出躁動不安。因此民國時期的現代文學中對南京的再現，是傳統思想體系與現代啟蒙思想風潮的產物。

　　新文學作家筆下，南京是個不中不西、不倫不類的城市，沒有現代化都市的便利生活條件，沒有純粹的鄉土田園氣息。朱自清說：「逛南京像逛古董鋪子，到處都有些時代侵蝕的遺痕。」〔註4〕他們也懂得鑒賞怡人的自然風光，玄武湖、紫金山等處也是他們筆下常客。袁昌英曾贊美南京：「你有的是動人的古蹟、新鮮的空氣、明靜的遠山、蕩漾的綠湖、歡喜的鳥聲、綠得沁心的園地！這是何等令人懷慕啊！」〔註5〕對秦淮河的垂柳、發人幽思的臺城都進行了詳細描述。王魯彥別出心裁地將玄武湖中心靠近水閘的地方稱為「我們的太平洋」，在這裡他與友人們留下了青春最快樂的印記：

　　　　第一個使我喜歡後湖的原因，是在同伴。第二個原因是在船。
　　他是一種平常的樸素的小漁船，沒有修飾，老老實實的破著，漏的
　　漏著。第三個原因是湖中的菱兒菜與荷花。當他們最茂盛的時候，
　　很多地方幾乎只有一線狹窄的船路。第四，是後湖的水閘。第五，
　　我們的太平洋。離開水閘不遠的地方，是湖水最深的所在。〔註6〕

〔註3〕 聶紺弩：《失掉南京得到無窮（腐化的首都）》，《歷史的奧秘》，桂林文獻出版
　　　　社，1941年版。
〔註4〕 朱自清：《南京》，《中學生》第34號，1934年10月。
〔註5〕 袁昌英：《遊新都後的感想》，《現代評論》第7卷第176期，1928年4月21
　　　　日。
〔註6〕 王魯彥：《我們的太平洋》，《文藝月刊》第3卷第11期。

即便在右翼文學的主力王平陵筆下，玄武湖也是美麗而接近塵世的，遼闊的湖面在白霧籠罩下若隱若現，在紫金山的倒影分割下，如同親密的戀人在熱情擁吻。比擬大膽，別有意趣。

> 湖上泛湧起一片白色的霧，像浴女遮著的輕紗，是白天的太陽和湖波熱烈地吻著留在嘴邊的餘沫。此時的湖，是一面不常用的鏡子，上面有一層微微的薄灰，但，因為不算有風，也不算有聲音，湖是靜靜的，依然看得清倒在湖底的影子，數得清映在湖心的星星。那高峰凸起兩旁逐漸低下去的紫金山也把它的影子拋在湖裏，中間隔著一線狹長的湖徑，如果沒有月光，應該是深褐色的，現在是淺紅得可愛，望上去就是一對戀人的嘴，密合著，試用著全身的吸力，緊緊地銜著彼此的舌尖。〔註7〕

創造社作家倪貽德在《玄武湖之秋（一個畫家的日記）》中，將南京的景致描寫得傷感而美麗：

> 「秋風秋雨，早把這石頭城四郊的山野吹成了一片殘秋的景色。這時倘若策驢到靈谷寺前，定能夠看得見一帶楓林紅葉，掩映在悠碧的蒼空之下；躑躅於明故宮中，也可以對著那斷碼殘碑，斜陽衰草的廢墟唏噓憑弔呢！」

> 「豐潤門外的玄武湖畔，聽說當桃李開得豔麗的時候，當櫻實結得鮮紅的時候，是有許多青年男女，到那邊去歡度良辰的。」

〔註8〕

在這樣自然天成的美景中，作者描述文中的繪畫老師在秋季，感慨自己缺少異性的愛戀，大膽對學生發出情書後，又開始憂慮自己將因這不謹慎的舉動導致生計上的困難甚至人格的破產。小說情節簡單，場景描寫得非常動人，心理活動也較細膩。在《秦淮暮雨》中，倪貽德將秦淮河兩岸支流看作自然天成的山水畫，「白鷺洲，是一片優秀的水鄉，有清可鑒人的溪流，也有紆回曲折的堤岸，有風來瀟瀟的蘆荻，也有朦朦含煙的白楊，有臨水的小閣精椽，也有隔岸的農家草屋。」〔註9〕對明故宮、午朝門等歷史遺跡的描寫也以畫家的獨特色彩意識進行構圖刻畫，不落窠臼，清新自然。

〔註7〕 王平陵：《靜靜的玄武湖》，《文藝月刊》第 3 卷第 12 期。
〔註8〕 倪貽德：《玄武湖之秋》，《玄武湖之秋》，泰東圖書館，1924 年版。
〔註9〕 倪貽德：《秦淮暮雨》，《創造月報》1924 年第 43、44 號。

　　相形之下，詩人李金髮的《玄武湖畔》則缺乏王平陵的敏感多情，也沒有倪貽德的色彩豐富，文字枯澀，把秋季的玄武湖描摹得近似秋天花朵凋零後的枝幹。

　　　　現在新秋已徐步到人間，紫金山邊白茫茫的細雨繼續地灑向枯槁的園林，怪令人可愛的。習習輕風，吹向兩腋，精神為之一振，可是沒有漣漪的水，生起如織的波紋，只剩得湖邊的楊柳，滿帶愁思地搖曳。〔註10〕

新文學作家對南京城市設備的不完備和惡劣的社會環境大肆褒貶，在刻薄些的作家筆下秦淮河是條臭水河，「不怕說殺風景的話，我實在不愛秦淮河。什麼六朝金粉，我只看見一溝醃臢的臭水！」〔註11〕略微厚道些的也難把這一河黑水看作六朝遺跡，「秦淮河也不過是和西直門高梁橋的河水差不多，但是神氣不同。秦淮河裏船也不過是和萬牲園松風水月處的船差不多，但是風味大異。我不禁想起從前鼓樂喧天燈火達旦的景象，多少的王孫公子在這裡沉淪迷蕩！其實這裡風景並不見佳，不過在城裏有這樣一條河，月下蕩舟卻也是樂事。」〔註12〕秦淮河的主要魅力並不在於其景致動人，而是因為這條河上承載的歷史往事和香豔傳奇，「秦淮河裏的船，比北京萬生園，頤和園的船好，比西湖的船好，比揚州瘦西湖的船也好。這幾處的船不是覺著笨，就是覺著簡陋、局促；都不能引起乘客們的情韻，如秦淮河的船一樣。」這種感覺不是因為船體的特別或內部設施的舒適，而是秦淮河殘留下來的種種「歷史的影像使然」。在作家眼中，「秦淮河的水是碧陰陰的：看起來厚而不膩，或者是六朝金粉所凝麼？我們初上船的時候，天色還未斷黑，那漾漾的柔波是這樣的恬靜，委婉，使我們一面有水闊天空之想，一面又憧憬著紙醉金迷之境了。等到燈火明時，陰陰的變為沉沉了；黯淡的水光，像夢一般；那偶然閃爍著的光芒，就是夢的眼睛了。」〔註13〕對於現代南京人來說，到秦淮河上來遊玩，主要是為了在飄蕩著無數畫舫的河上賞玩歌妓。「秦淮河，這條記錄著歷朝韻事，流蕩著無數女人們的脂水的河面上，前後都銜接著一艘艘的畫舫，舫上掛著的紅綠燈光，反映在河面，像閃光的花蛇在抖動。在每一條船上，響著咿啊咿啊的欸乃的櫓聲，混雜在淫的蕩笑聲和絲竹的聲音，一

〔註10〕　李金髮：《玄武湖畔》，《人間世》第13期，1934年10月5日。
〔註11〕　陳西瀅：《南京》，《西瀅閒話》，新月書店，1928年版。
〔註12〕　梁實秋：《南遊雜感五》，《清華週刊》第280期，1923年5月4日。
〔註13〕　朱自清：《槳聲燈影裏的秦淮河》，《蹤跡》，亞東圖書館，1924年版。

齊在黑夜的陰蔭裏沉默。」〔註14〕與現代都市中的咖啡館、跳舞場、跑馬場相比，這種娛樂方式顯然更接近於傳統社會中狎妓叫局、佐酒行令的應酬。夫子廟是「娼妓遊民行樂之地，三教九流聚會之場」，〔註15〕民國時期爲了加強對這些行業人員的管理，曾要求妓女要佩戴桃花證章，以與良家婦女相區別。〔註16〕夫子廟的茶館頗有動人之處，「我所說的就是在這條從古便有而且到如今還四遠馳名的秦淮河畔，夫子廟的左右，貢院的近邊，一座一座舊式的建築物，或樓，或臺，或居，或閣，或園……都是有著斗大的字的招牌：有奇芳，有民眾，有得月，有六朝……這些老的，地道的帶著南京魂的茶館。」〔註17〕

　　1927 年後南京過度承載不斷大量湧入的居民，包括隨行政機關遷移到寧的公職人員、高校學生和學者，房屋越加緊張，除了部分資金雄厚者紛紛買地自建住宅外，〔註18〕政府也加緊建設，保證官邸的舒適合用。這種建築導致「自今而後，實已入於一新的階段，新式之建築，近代之工業，已隨所謂『西化』而俱來；重以街道改築，地名改命，房屋改建，今日之南京，實已盡失其本來之面目，而全然趨於歐化矣。」〔註19〕人口驟增，不僅使南京的歷史景觀受到損害，而且讓南京的生活節奏、生活質量大幅度下降，由田園式悠閒平靜的生活開始向快節奏、多元化的現代都市生活蛻變。「這城市在未繁榮以前，只有三十萬人口，而現在快達到一百萬的人數了，房屋雖然在建築，但無論如何也趕不上人口增加的速度，於是人民的這種自由商業，就全部做起投機的生意來了，擁有房屋的人們，想盡心計的把每幢到每間房子儘量的抬高定價出租，他們自己住到一間最小而黑暗的房間裏，讓自己苦一點，而將其餘的房子，完全租了出去，以便取得大量的金錢。」一間房用竹篾紙板隔成兩間，鄰居雞犬相聞，毫無隱私。房屋雨天漏水，晴天陰暗，找遍整個南京城，無論中式房屋還是西式住宅，沒有一個符合現代生活便利需求，「『中式』的房屋完全是『平房』，每幢式樣差不多一律，那建築的年齡當在前幾十年，每幢內部的情形，也是一律，首先是窗子小，且開的不適宜，

〔註14〕　陳柏心：《醒後》，《文藝月刊》第 6 卷第 1 期，1934 年 7 月 1 日。
〔註15〕　倪貽德：《秦淮暮雨》，《創造月報》1924 年第 43、44 號。
〔註16〕　獨清：《南京閒話》，《時代公論》第 3 卷第 20 號，1934 年 8 月 10 日。
〔註17〕　繆崇群：《茶館》，《文藝月刊》第 6 卷第 1 期，1934 年 7 月 1 日。
〔註18〕　楊步偉：《定居南京》，《一個女人的自傳》，嶽麓書社，1987 年版。
〔註19〕　朱偰：《金陵古蹟圖考》，第 269 頁。

使每間屋子的光線顯得暗淡無光，彷彿與外面是兩個世界似的。」西式的則租金高昂，空間狹小；「中西合璧式，暗無天日，夏天房子像蒸籠，廚房公用，非常狹小，沒有天井。」兼具了中式和西式的缺點。除此之外，衛生條件十分惡劣，各種昆蟲動物在房內橫行，「無論白天和晚上，成群結隊的大小老鼠在房中遊行，翻箱倒籠，無所不爲，晚間更是他們的世界，你好像沒有份似的，他在你的床上橫行，馳驅，跳躍，偶而高興，他便到你頭上游戲。甚至於鑽進被窩與你同眠，一樣荣蔬，放在櫥中，總有他一份。」「臭蟲（友邦的人則叫南京蟲，確實名副其實）。他的蹤跡，神出鬼沒，無法尋覓，他的生命力之強，恐怕爲動物世界之元首，隨你用什麼藥物去殺死他，到了晚上他仍然轉來與你爲難，成千上萬的在你身上爬行，吸血，稍不休息，一直到天明，他又如大腹賈似的搖擺著肚子回巢了！」「常有長短不同的蜈蚣，百腳蟲之類的東西從地板下面爬了出來在牆壁上游行。」〔註 20〕在旅館客棧中，臭蟲更是猖獗，「因爲南京旅社裏，有一種『南京蟲』，是專門吃人的，無論是桌子上，椅子上，都是它們的勢力圈。床上，地板上，那更是它們的發源地，你要是不大量，休想在南京過一天安然的生活，因爲走遍南京的旅社，沒有一家不是『南京蟲』的勢力範圍。」〔註 21〕這是城裏鄉下共有的公害，在浦口「我們住在樓上的，水淹入屋內時，尚且常見有極大的錢串子蟲爬上樓來，可以料想他們沒有樓房的在大水時所吃的苦，只論蟲多一種也已盡夠了。」〔註 22〕這種蚊蟲肆虐的衛生狀況自然不符合現代生活衛生標準，臭蟲雖被稱爲南京蟲，並不是南京特產。作家之所以花費許多筆墨來控訴，多半是因爲旅人對首都南京抱有衛生、整潔的現代都市的想像，一旦不符，便大大失望起來。此外新來居民與南京房東的不斷鬥爭使得他們對南京人的品性非常鄙夷，認爲他們愚昧保守、貪婪無知、懶散而不圖上進，「住在這樣的泥房草舍裏，幾乎連生活必需的供給都還沒有充分，卻也與都市中的人同樣下流，終日玩骨牌過活。」〔註 23〕整個城市面貌陳舊，房屋質量惡劣，南京之大無處可居，南京人的保守和人類得隴望蜀的天性簡直是中國國民性

〔註 20〕方家達：《覓房日記》，《文藝月刊》第 9 卷第 4、5 期，1936 年 10 月、11 月。

〔註 21〕荊有麟：《南京的顏面》，孫季叔編：《中國遊記選》，上海亞細亞書局，1934 年版。

〔註 22〕孫伏園：《浦鎮十三日之勾留（1920.9）》，《伏園遊記》，北新書局，1926 年版。

〔註 23〕孫伏園：《浦鎮十三日之勾留（1920.9）》，《伏園遊記》。

中無以克服的陋習。「南京自成新都，一切都改了舊觀；惟有這兩條長街，因
爲南京土著的住戶。特別是佔有最多的數目，所以依然保持著南京原有的
古風，他們都不肯把這些古風跟隨著外來的習尚輕易改動了一點，即使是一
句極簡單的說話，他們都非常吝惜從老祖宗所傳習下來的語根，房子的款
式，當然也不會例外的。」「在我們的經驗中，總覺得大部分的南京人，假
使給予人家十分之一的薄薄的好感時，就得責望人家交付百分之百的酬報
的。」〔註24〕

　　新文學作家將南京與上海、北京相比，認爲這座城市缺乏現代娛樂，「南
京的缺點，我一天的勾留發現出來，在少一個電影院和一個戲館。」〔註25〕
袁昌英乾脆痛罵南京：「新都，你的舊名勝困於沉愁之中，你的新名勝儘量發
揮光大著。可是你此刻的本身咧，卻只是一個沒有靈魂的城池罷了。」掛著
政治中心的牌子，實際上是個空城，政府重要人員貪圖物質享受，多在上海
或其他地方居住，缺少現代都市文化，「像你這般空虛的都城？你是個政治的
所在地，但是政府人員多半不以你爲家，即或每週或每月來看你一次，也無
非是爲著點卯或取薪水的緣故。新都，此豈非君之辱，君之恥嗎？試問在這
種散漫空虛的生活裏，你如何能產生、營養、發揮一種固定的、有個性的、
光榮的文化出來？你若沒有這種文化，你的城格從何而來，從何而高尚？你
被立爲都城已經不少的時間了，然而全城不見一個可觀的圖書館、一個博物
館、一個藝術院、一個音樂館、一座國家戲院！你這種只有軀殼而不顧精神
生活的存在，實在是一種莫大的沒面子！」〔註26〕這種說法有謬誤之處，南
京有柳詒徵掌管的國學圖書館，還有江蘇省立圖書館，具有悠久的文化傳統
和新興的文學氛圍。這種判斷是根據西方城市的基本組成部分來衡量南京
的，不符合民國時期中國的社會狀況。如果以這種標準來限定現代都市的
話，這一時期中國沒有一所城市符合要求。但是總體看來，南京城市面貌混
雜，的確缺乏現代文明，「馬路上的乞丐之多，夫子廟的擺卦攤之多，茶館裏
提鳥籠之多，街道上的垃圾之多，在在都足以表示南京之偉大；而況還有機
關裏的汽車，裏邊坐著花枝招展的女郎，馳騁於中山路上，那氣派，更是十

〔註24〕　王平陵：《房客太太》，《文藝月刊》第 7 卷第 5 期（雨果專號），1935 年 5 月
　　　　　1 日。

〔註25〕　陳西瀅：《南京》，《西瀅閒話》。

〔註26〕　袁昌英：《再遊新都的感想》，載丁帆選編：《江城子——名人筆下的南京》，
　　　　　北京出版社，1999 年版，第 93 頁。

足的威嚴，教一個初到南京的人看了，一定覺得『首都』女權之發展。機關裏的要人，全部是女子，豈不懿歟？」〔註27〕南京完全沒達到現代都市的衛生標準，難以成為中國城市之表率，政治氣息濃厚，公職、軍職人員只要佩戴證章，就可以大搖大擺地出入，以致南京出現了新的景觀：「南京有新三多：一，武裝同志；二，掛證章的朋友；三，坐汽車的要人。」〔註28〕

通俗小說家張恨水筆下的南京兼具新舊文學作品中對南京的描述特點，既欣賞自然美景，又批駁粗劣的生活環境和南京人的品性。他說：「南京是個城市山林，所以袁子才有『愛住金陵為六朝』的句子。若說住金陵為的是六朝那種江南靡靡不振的風氣，那我們自然是未敢苟同，但說此地龍盤虎踞之下，還依然秀麗可愛，卻實在還不愧是世界上一個名都。」他公允地評價了北京和南京，「北平以人為勝，金陵以天然勝；北平以壯麗勝，金陵以纖秀勝，各有千秋。」〔註29〕最欣賞南京的清涼古道，「最讓人不勝徘徊的，要算是漢中門到儀風門去的那條清涼古道。」這人跡稀疏的荒涼山丘邊，讓人「想不到是繁華的首都所在」。〔註30〕在《燕歸來》中他描寫了雨後的玄武湖的美景，感慨這「六朝金粉之地」是一個文化內涵豐厚蘊藉的城市，正如《儒林外史》中所展示的市井走卒都頗有仙風道骨，帶著「領略六朝煙水氣，莫愁湖畔結茅居」的悠閒雅趣。〔註31〕

> 大雨之後，湖水漲得滿滿的，差不多和岸一般的平；只看那岸沿上的綠草，浸在水裏面，這就有一種詩情畫意。太陽照著這蕩漾生光的湖水，人的眼光，似乎就另有一種變化，自然的精神就振興起來。對面的鍾山，格外的綠的了，兩三高低不平的峰，斜立在湖的東南角上；於是一堆巍巍的蒼綠影子，上齊著白雲，下抵平白水。在水裏的倒影子，還隱隱約約地看得出來，隨著水浪，有些晃動。〔註32〕

《滿江紅》中張恨水對紫金山讚不絕口，「遠望著紫金山，如一座高大的翠屏，環抱著南京城。山的旁支，微微凸出一座小小的翠巒，好像是有點遺世

〔註27〕 荊有麟：《南京的顏面》，孫季叔編：《中國遊記選》。
〔註28〕 獨清：《南京閒話》，《時代公論》第3卷第22號，1934年8月24日。
〔註29〕 張恨水：《窺窗山是畫》，重慶《新民報》1944年2月5日。
〔註30〕 張恨水：《清涼古道》，重慶《新民報》1945年1月23日。
〔註31〕 張恨水：《丹鳳街》，中國文聯出版社，2004年版，第1頁。
〔註32〕 張恨水：《燕歸來》，中國文聯出版社，2004年版，第65頁。

獨立的樣子。巒頭上面，遠遠望著一座白石牆琉璃瓦的飛角墓殿，亭亭高聳，直入半空，尤覺得紫金山外，另闢一個世界。」對於秦淮河，張恨水倒與現代作家的看法一致，從茶樓的窗子看出去，「窗子外一條大陽溝。這陽溝卻非平常，有四五丈寬，溝裏的水，猶如墨子湯一樣。」〔註33〕這便是聲名遠播的秦淮河。「南京的玩意兒在秦淮河上，秦淮河的玩意兒在船上。」〔註34〕夫子廟是南京城內最爲繁華的休閒場所，「順著街向前，又經過了四五處清唱的地方，便走到了空場。這空場上，左一個布棚，右一把大傘，在這傘下，全是些攤子。有賣瓜子花生糖的，許多玻璃格子，裝了吃的。有補牙帶賣藥草的，有小藤筐子裝了許多牙齒，有大牙，有板牙，有門牙。有賣雨花石小玩石的，用清花缸儲滿清水，裏面浸著。花生糖，板鴨，小石頭子，一連三個攤子，倒也映帶生姿。此外賣蒸糕的，賣化妝品的，賣膏藥的，各種不同類的攤子，分著幾排，在三座廟門外排著。」〔註35〕夏天晚上人們在秦淮河邊乘涼，「夜花園像茶館裏一樣桌子擠著桌子的，排上了許多茶座。茶座的盡頭有一所櫃房式的平房，除了擺著那應用的貨物，在那屋檐下，懸著一個廣播無線電的放聲器，有時碰咚碰咚放著大隊音樂。在那船外邊，便是那黑黑的一條河水，水上有那大小的遊船，四圍都去了船篷，敞開了艙位，讓遊人在裏面坐著。」〔註36〕夫子廟之吸引人處從古到今都在於秦淮河的脂粉氣，茶館兼營特殊行業服務，夫子廟的「大世界」、「好萊塢小食堂」等都是南京歌女的舞臺，「在南京請歌女談話是極普通的。」〔註37〕這種情形在張恨水的長篇小說《秦淮世家》中有詳細的描述。張恨水毫不客氣地說：「十個上夫子廟的人，至少有七八個與歌女爲友。」〔註38〕張恨水關注市井風情，喜歡觀察街上的販夫走卒，零碎的金錢往來，市民氣的算計和不受時代影響的民間倫理規範。在《丹鳳街》中他說：「唱經樓是條純南方式的舊街。青石板鋪的路面，不到一丈五尺寬，兩旁店鋪的屋檐，只露了一線天空。現代化的商品也襲進了這老街，矮小的店面，加上大玻璃窗，已不調和。而兩旁玻璃窗裏猩紅慘綠的陳列品，再加上屋檐外布制的紅白大小市招，人在這裡走

〔註33〕　張恨水：《滿江紅》，安徽文藝出版社，1985年版，第201頁，第13頁。
〔註34〕　張恨水：《如此江山》，中國文聯出版社，2004年版，第17頁。
〔註35〕　張恨水：《滿江紅》，第17頁。
〔註36〕　張恨水：《如此江山》，第12頁。
〔註37〕　何德明：《二歌女》，《文藝月刊》第7卷第6期，1935年6月1日。
〔註38〕　張恨水：《日暮過秦淮》，重慶《新民報》1944年8月15日。

像捲入顏料堆。街頭一幢三方磚牆的小樓，已改成布店的廟宇，那是唱經樓。」〔註39〕

張恨水對南京炎熱的夏天印象深刻，多部小說中極力鋪陳，《如此江山》中說：「五月尾的天氣，已經把黃梅時節，悶了過去。但是太陽出來了，滿地曬得像火燒一樣，江南一帶的城市人民，都開始走入了火爐的命運。」並認為南京的酷熱因人口眾多而加劇，「到了最近幾年，因為南京改做了首都，猛可地添了幾十萬人口，這城裏戶口，擁擠起來，到了夏季，也成為火爐的第四位。」「那地上的熱氣，猶如火焰向上燃燒著一樣。只看那大太陽地裏，來往的人，草帽子下面的臉色，全是紅紅的。尤其是街頭指揮交通的警察，身上穿著制服，腰上還繫著一根帶子，而且是在烈日下站著，面皮像豬肝一樣的顏色，倒令人隨著起了一種責任心。」〔註 40〕《石頭城外》提到六月三伏天，「舊式的房屋，天井小，地基低，住在裏面的人，感到悶熱難受。而且地面潮濕過甚，把房間裏地領都霉爛了。新式的房子呢，是弄堂式的，四邊是頂厚的磚牆。雖然屋子外面，有一道矮牆圍了個丈來寬的小院子，可是對面就是三層樓的高洋房子，把風擋得絲毫也吹不過來。太陽在長條兒的弄堂上空照下來，像炭火一般。在屋子裏的人，可又感到一種燥熱。」〔註 41〕除了對惡劣自然氣候的反覆描述外，張恨水對南京政治壁壘森嚴的狀況也多諷刺，「南京到處都是警察，稍微形跡有點不對，巡警就要來盤問。」〔註 42〕社會控制嚴密的必然結果是思想單一，張恨水作品中所譏諷的正是南京特有的官場、軍事領域的緊張氣息和這種氣氛下導致的文化荒漠。

在新、舊和通俗文學三種文學形態中，南京都呈現出優美的自然風貌和豐厚的歷史底蘊。在舊文學作品中文人以簡練的字句概述南京歷經滄桑存留下來的歷史遺跡，從中引申出「士」對於天下興亡、民族危機的強烈憂患意識。其中記遊詩多帶有舊式文人的閒情逸趣，借景抒情是詩人常用的手法。舊體詩詞風格多變，如唐詩般圓潤蘊藉，似宋詩般枯硬冷直，這是古典文學創作不斷延續的流脈，也是民國時期南京文化保守主義傳統的具體展示。新文學作品和通俗文學作品中的南京具有兩面性，作者以現代文明來規範南京文化，既有思想意識的前衛性，又不得不忍受南京的保守觀念。在新文學作

〔註39〕 張恨水：《丹鳳街》，第 1 頁。
〔註40〕 張恨水：《如此江山》，第 1、4 頁。
〔註41〕 張恨水：《石頭城外》，中國文聯出版社，2004 年版，第 5 頁。
〔註42〕 張恨水：《燕歸來》，第 49 頁。

家倪貽德筆下，在秀麗的南京山水之間，他想要得到與景致相配的綺麗愛情，這是新文化運動提倡的「個人解放」帶來的青春期萌動。對於《玄武湖之秋》中的主人公來說，即便愛情不被祝福、違背人倫，他也依舊渴望得到心靈和身體的撫慰。這是人性的自然體現，也是對南京保守觀念的大膽突破。王平陵將玄武湖的霧稱為太陽和湖水親吻後的餘沫，這種比擬類似 30 年代新感覺派新奇大膽的手法。由此可見南京的新文學發展是帶有探索意味的挑戰。由於南京具有的政治文化意義，南京一直被新文學陣營視為次戰場，未能全部攻克卻也存有相當的影響。南京的城市文化氣質導致南京的市民階層不像上海一樣人數眾多。所以深受南京讀者歡迎的不是鴛鴦蝴蝶派的通俗言情小說，而是張恨水這種帶有濃鬱文化運思的通俗小說。在其小說中，南京的政治意味淡化，他瑣碎地羅列著南京的好處和缺點：風光秀美、富有文化底蘊、民心質樸梗直；氣候不好、管制嚴格、具有城市所共有的缺點。在張恨水以南京為背景的小說中，常能看到他對南京人樸實熱情的天性的贊美：秦淮河的歌妓對愛情的憧憬，市井中的混混比「大人先生」們還通情達理，普通百姓也懂得享受生活中微小的樂趣。這種贊美吸收借鑒了中國傳統小說中對傳奇人物、事跡的加工技巧，是以前現代民間倫理觀念作為衡量尺度的。

總而言之，無論在哪種文學形式中，南京的自然形象都是富有魅力的，在歷史長河中沉澱下來的四季山水，不僅帶有自然風味，更容易讓賞鑒者聯想到其背後的歷史意味。而社會環境則不盡然，新文學作家筆下的南京生活，表明了他們對南京城市公共設施落後的失望和對南京人根深蒂固的保守品性的厭棄。新文學家們面對自然山水、田園抒情寫意，作品中展現出隱逸與超越的意境；當作品主題集中在現實生活和物質欲望上時，以市井里巷和粗礪人生為場景，雖存留了這一時期社會生活面貌，卻讓人難以感受到其在文學上的價值。

歷史嬗變中文學南京自我身份的認同與建構——以民國時期文學書寫的南京爲中心

許永寧

（南京大學中國新文學研究中心，江蘇南京，210023）

摘　要

　　文學南京在民國時期獲得了空前的可闡釋性。借助於現代社會經濟的發展，延續著作爲地域中心強有力的文化和精神的向心力，同時也突破了傳統的根深蒂固的城市形象。文學南京的文化意味與現實遭遇恰恰顯現出：民國成立之後，在整個文化的框架內面對北京傳統古都的教育文化和上海新型都市的經濟，它所表現出來的獨特魅力，因而展現出整個中國在世界之林中的國家民族形象。文學南京這一形象的豐富和建構，不僅僅來自於城市實體形態的物質建設，更重要的是文學賦予實體形態以更多的文化內涵，反映出民國時期文學南京在新的歷史語境下「自我」身份的認同與建構兼具流動性與獨特性。

關鍵詞：民國、文學書寫、文學南京、他者、自我

　　自古以來，文學對城市的書寫從未缺席。有漢以來，班固的《兩都賦》、張衡的《二京賦》開始了對城市的極盡誇張和鋪排的描述，西晉文學家左思的《三都賦》有過之而無不及。繼之而起的唐傳奇、宋元話本以及明清小說中對於城市的書寫和記載不勝枚舉。近代以來，隨著現代都市的崛起，文學對於城市的描寫更加繁複和喧嘩，手法也是更加多變靈活。城市作為一個地域的核心，往往是其地域的政治、經濟和文化中心，代表了一個地域的整體風貌和文化特性，因此在對其不厭其煩的書寫過程中，文學與城市的互動影響，共同豐富和發展了城市的形象和城市的文學。千百年來世人追求政治上的抱負屢見不鮮，尤其是作為政治中心的南京，在民國時期獲得了很大程度上的政治地位的認可，「中國的城市具有一個顯著的特點：它首先是政治的中心，士人到都城來追尋自己的政治前途，即選擇了或者說無奈地捲入了城市中的政治漩渦和鬥爭」。〔註1〕文學也就或多或少地參與到政治意識形態等活動中，而基於如此認識之上的民國時期的南京則具有了與其他城市不同的文學風貌，同時也在歷史的流變中不斷豐富和建構著自身的精神特質。

一、「他者」的存在與「自我」身份的認同

　　一個城市的獨特存在是在與其他城市的比較中產生的，薩義德認為，「每一種文化的發展都需要有一個與其相異質或者相競爭的另一個『自我』的存在，自我身份的建構……牽涉到與自己相反的『他者』身份的建構」〔註2〕。所以，在文學南京自我身份的建構過程中，時時處處需要有「他者」的存在作為「自我」存在的價值判斷。趙園在《北京：城與人》中為我們提供了「觀察者」這樣一個「他者」視角，「他們居住於城，分享著甚至也陶醉於這城市文化的一份和諧，同時又保有知識者、作家的清明意識，把城以及其他人一併納入視野。他們是定居者與觀察者。後一種身份即決定了他們的有限歸屬。以城作為審美觀照的對象……使他們在其中又在其外。」〔註3〕這樣一種說法，隱隱地有一個「他者」的存在，這個「他者」在趙園看來是一個「觀察者」，從觀察者的角度來看，定居者在城市中顯然有了作為城市主

〔註1〕　孫遜、劉方：《中國古代小說中的城市書寫及其現代闡釋》，《中國社會科學》2007年第5期，第160～170頁。

〔註2〕　〔美〕薩義德：《東方學·後記》，生活·讀書·新知三聯書店，2007年版，第426頁。

〔註3〕　趙園：《北京：城與人》，北京大學出版社，2002年版，第11頁。

體的角色，影響和改造著城市的景觀。正如《中國大百科全書》對城市的定義而言，城市就是一個以人爲主體的區域系統〔註4〕，那麼作爲主體的人構成了城市文學言說的主要對象，而中國現代城市的興起與這種言說是密不可分的。

作爲現代城市的個體，南京在整個民國城市文學版圖中有怎樣的地位或者特性，這也同樣離不開這種「觀察者」的角色，而從民國時期城市文學的本土特性來看，北京和上海無疑最具成爲南京的「他者」代表的可能性。梁實秋在遊歷了南京之後寫道：「這裡（東南大學）的學生沒有上海學生的浮華氣，沒有北京學生的官僚氣，很似清華學生之活潑質樸」〔註5〕。葉文心以「中式長袍」、「西裝」、「黨的制服」分別象徵北京大學的新文人、聖約翰大學的資產階級子弟、中央大學的未來國民黨幹部〔註6〕，這幾所學校分別對應著北京、上海及南京的校園文化。中央大學未來國民黨幹部的「黨的制服」，很好地顯示出政治在民國時期南京的重要特點。在這裡，校園中的學生成爲大學文化特點的體現，而大學文化特點正是城市文學精神風貌的一種表露。與這種校園文化一致的是新聞出版、傳播等新興文化發展狀況，正如荊有麟在《南京的顏面》中所言及的，「南京報紙也不少，新聞自然是千篇一律，連編輯的形式，好像都不敢有所獨創，一味墨守舊法……鬧得在南京長住的人，反都去訂閱上海或天津北平的報紙。」「南京雜誌本就少，然而，少之中，能維持到一年以上的，還沒有幾個，多半是『曇花一現』，就夭折了的。鬧得想看雜誌的，還得搜尋上海北平一帶的刊物。」「圖書館，這更可憐，夫子廟民教圖書館，已經就覺得笑話了，但公開的圖書館，據說這還是第一家呢？」「我不懂，南京有人花錢辦電影院，開大飯店，卻沒有人花錢建築圖書館。」〔註7〕在文化更新和訴求方面，南京遠遠落後於作爲「觀察者」的「他者」。同樣，從烙印在文人內心的城市想像來看，「他者」的身影更是無處不在。張恨水坐在重慶懷念北京和南京時自有一番認識，「北平以人爲勝，金陵

〔註4〕 中國大百科全書編委會：《中國大百科全書·建築、園林、城市規劃》，中國大百科全書出版社，2002 年版，第 42 頁。

〔註5〕 梁實秋：《南遊雜感（五）》，丁帆編選：《江城子——名人筆下的老南京》，北京出版社，1999 年版，第 39 頁。

〔註6〕 參見葉文心：《長袍、西裝和制服》，《民國時期大學校園文化（1919～1937）》，中國人民大學出版社，2012 年版，第 152～155 頁。

〔註7〕 荊有麟：《南京的顏面》，丁帆編選：《江城子——名人筆下的老南京》，第 207頁。

以天然勝；北平以壯麗勝，金陵以纖秀勝，各有千秋」〔註8〕，同時這裡更隱藏了「重慶」這樣一個「他者」。在重慶大轟炸的情形下，不免會懷念南京悠閒自得的生活，使得張恨水回憶起來顯得那麼的從容與安定。日常生活的比較更是隨處可見，「十幾年前我在上海居住的時候，乘坐馬車的人們雖然已經不多了，但仍然可以有機會看到……但在今日之南京，馬車的用途卻變得非常的廣大了」，〔註9〕十幾年間的變化，南京與上海在交通方面的差距如此巨大，恐怕作者的言說並不僅僅停留在對交通的抱怨上。

在整個民國時期，將南京與其他中心城市放入一個平面化的現實中進行比較，政治的南京是其最核心的部分，在政治作爲其重要影響因子的前提下，文學等各方面有了作爲南京獨特性的標示。隨著民國政府1927年再次定都南京，對於南京而言，意味漸濃的政治文化中心，與北京傳統的教育文化中心和上海現代經濟文化中心形成三足鼎立之勢，與此同時南京經濟和教育文化的劣勢也得到大大的改善，並逐步發展壯大起來。

直接跳出「定居者」範疇，從外國人這一「觀察者」眼光來看，南京又是另一番味道。1840年代，鴉片戰爭打開了中國的大門，「在西方人眼中，南京大概也因1842年那份不光彩的《南京條約》而聞名。」〔註10〕外國人開始頻頻關注、遊歷中國，這裡面尤以日本爲盛。1871年中日建交，由於距離較短，日本人遊歷較多，一方面出於「對中國文化的鄉愁」情結〔註11〕，多次造訪考察，這裡面更多地帶有對中國想像的成分。早在1920年，還未到過中國的芥川龍之介根據1918年遊歷南京的日本作家谷崎潤一郎的《秦淮之夜》

〔註8〕 張恨水：《窺窗山是畫》，重慶《新民報》，1944年2月5日。
〔註9〕 柳雨生：《南京的馬》，丁帆編選：《江城子——名人筆下的老南京》，第401～402頁。
〔註10〕 〔英〕衛周安：《西方人眼中的南京（代序）》，盧海鳴、鄧攀編選：《金陵物語》，南京出版社，2014年版，第007頁。
〔註11〕 在《對中國文化的鄉愁》一書的前言中，借用吉川幸次郎在日文本的《對中國的鄉愁》一書中貝冢茂樹的《解說》：吉川幸次郎氏爲這個隨筆集取名《對中國的鄉愁》，鄉愁一詞，在他的意識中，我想這時是與一般人理解的鄉愁完全不同的。它與學子對於偶然邂逅的巴黎、瑞士懷有的那種鄉愁，或許有同樣的內涵。它指的是在法國留學的人回憶起巴黎的留學時代，在瑞士的旅行者回憶起攀登阿爾卑斯山時的情景，在那時表現出的一種感情。這個鄉愁，不過是借用來說明終歸爲異邦之人的日本留學生、旅行者對待異鄉的情感，是超出了這個詞的本義。〔日〕青木正兒、吉川幸次郎等：《對中國文化的鄉愁》，戴燕、賀聖遂選譯，復旦大學出版社，2005年版，第8頁。

寫成《南京的基督》一文，小說中借秦淮妓女的形象展現出在當時歷史和社會環境下南京陳舊、沒落的形象。這也促成了芥川龍之介 1921 年的中國遊歷，在其後寫成的《中國遊記》中有對於秦淮河的描述，「所謂今日之秦淮，無非是俗臭紛紛之柳橋」，〔註 12〕同時借用朋友之口吻暗諷，「在南京最可怕的就是生病了。自古以來在南京生了病，如果不回日本治療的話，從來沒有一個人能活下來」〔註 13〕。從《南京的基督》到《中國遊記》，芥川龍之介筆下的「病」深刻地隱喻著中國在日本觀念中的變化，文化的精神故鄉已經一病不起，病態的妓女無論是身體上抑或是精神上沾染了疾病，更多地是反映著以南京為代表的中國的落後和愚昧。另一方面，「當時日本人的中國之行，總體上與日本的大陸擴張政策有關，因此這就決定了他們所寫的遊記大多不同於純粹以訪古探勝、欣賞大自然為目的而做的『觀光記』，而是以調查和探知中國的政治、經濟、文化、軍事、地理、風土、人情等為目的的『勘察記』或『踏勘記』。」〔註 14〕而南京作為中國南方的重鎮和民國政府的首都，這一遊歷的「記錄」顯得更加重要。1899 年踏上中國國土的日本學者內藤湖南遊歷南京後，寫下《中國問題和南京北京》，在文中他談到，「中國問題的研究家們，近來突然把注意力集中在南京，委實是一需要留意的事」，尤其在談到對於設立學校位置上，他認為「在學校以外的事業，我倒不贊成在南京用力過多。因而我不得不懷疑是否有輕視北京、天津的不當傾向。」但是對於調查中國現狀來說，「我不知道除了研究語言以外駐留在南京還有什麼意義。」〔註 15〕這種情況在中華民國奠都南京之後有過之而無不及，南京成為日本研究中國的一個重要的窗口和途徑。南京的陳舊和沒落不再是南京作為一個城市的形象，而成為整個中國的代言。

相較於日本作家文人又愛又恨的南京印象，西方人則稍顯客觀，更接近於國人自我的認識。1912～1913 年先後遊歷印度、中國和日本的英國作家狄更生在南京短暫的停留後，寫下了他眼中的南京，「南京是個值得觀光的地

〔註 12〕〔日〕芥川龍之介：《南京》，《中國遊記》，中華書局，2007 年版，第 127 頁。

〔註 13〕〔日〕芥川龍之介：《南京》，《中國遊記》，第 131 頁。

〔註 14〕張明傑：《近代日本人中國遊記總序》，〔日〕芥川龍之介：《中國遊記》，第 09 頁。

〔註 15〕〔日〕內藤湖南：《中國問題和南京北京》，盧海鳴、鄧攀編選：《金陵物語》，第 214 頁。

方，雖然它的名勝多少有些悲劇色彩。一條 20 至 40 英尺厚、40 至 90 英尺高、周長 22 英里的城牆圍繞著一塊比任何其他中國都市都大的區域。但這一區域大部分都是曠野和廢墟。你乘坐火車經過城門，卻發現自己身處鄉間。你下了車，卻依舊身處鄉間。」〔註16〕這一描述與陳西瀅所說的「可是我愛南京就在它的城野不分」〔註17〕相似。張英進曾指出，「北京是位於鄉村——城市連續帶中間地段的一個傳統城市，位於小鎮（如魯迅的魯鎮、沈從文的邊城、師陀的果園城）和現代大都市（如上海和後來的香港）之間。」〔註18〕從這個意義上來說，南京也是一個「位於鄉村——城市連續帶中間地段的一個傳統城市」，這就決定了南京在作家文人的筆下也會是一個搖擺不定的，既有傳統文化長期熏陶的歷史遺跡，又有歐風美雨浸潤而來的現代氣息，南京具有了多種因素合力澆灌之下的城市特性。對於在中國生活、工作了多年的記者柯樂文來說，「多年前，南京還是一座沉睡中的省會城市，還沉浸在它過去輝煌的夢境中，那時的南京是一個更適合休閒遐思和學習的好地方。多年後，如果現在所有的發展計劃都得以實現，南京將成為一座宏偉的、生機勃勃的城市。」〔註19〕在南京依然舊跡斑駁的城市中，他對於未來的南京充滿了希望，這與奠都南京後大多中國人對於南京的希望與夢想暗合。可以說南京成為外國人瞭解中國的一扇窗，南京的城市印象不僅存在於古舊建築遺跡以及中國文人「定居者」的文學形象的塑造上，還有那來自於作為「觀察者」的外國人「他者」的記錄與敘述。

民國時期南京在本土「他者」的鏡像中，始終處於弱勢的地位，在具有了政治中心的功能之後，略顯豐富。也正是由於政治的功用，其從江南重鎮一躍為全國的中心，引起國外的關注，然而在異域的「他者」鏡像中又一次落敗。可以說南京在「自我」身份認同的確立中一直處於流變狀態，這也是文學南京形象不斷變換和豐富的一種結果。

二、文本內涵的豐富與「自我」身份的建構

清末民初，中國經歷了一場深層次的社會結構方面的變革，古老的封建

〔註16〕〔英〕狄更生：《南京》，盧海鳴、鄧攀編選：《金陵物語》，第279頁。
〔註17〕陳西瀅：《南京》，丁帆編選：《江城子——名人筆下的老南京》，第85頁。
〔註18〕〔美〕張英進：《中國現代文學與電影中的城市》，秦立彥譯，江蘇人民出版社，2007年版，第122頁。
〔註19〕〔美〕柯樂文：《今日南京》，盧海鳴、鄧攀編選：《金陵物語》，第335頁。

帝制覆滅，代之而起的是民主共和的新政權的建立。曾爲六朝古都的南京，在這一時期也從偏安一隅的江南重鎮一躍而成爲中華民國的首都。在這個巨大的變革中，社會各個層面發生了重大的變化，不可避免地影響到生活於斯、遊歷於斯的文人墨客，在他們的筆下，南京開始發生了從其固有之印象到新興之觀念的嬗變。

如何表現這一嬗變的歷程，文本無疑是最好的表現方式。對於一個城市而言，文本首先就是其客觀存在的實體，凱文·林奇認爲，「城市如同建築，是一種空間結構，只是尺度更巨大，需要用更長的時間去感知」〔註20〕，對於南京而言，它的文本自然就是它的建築、道路、古蹟和自然風光。張英進在論述如何表現 1930 年代文學中的上海時談到，「我認爲現代城市的文本創作其實也許是 20 世紀初中國城市現代性的一種特殊的經驗，也就是現代城市的感覺和認識的創新」。〔註21〕雖然張英進強調「製作」城市文本的過程，但不可否認，這個過程的原初動因和最終體現卻是由城市文本搭建的。同時，他的論述給我們提供了一條推而廣之頗有價值的經驗，那就是「20 世紀初中國城市現代性的一種特殊經驗」，並且這種經驗是一種「現代城市的感覺和認識的創新」。具體到對於南京城市的書寫，無論是傳統的士大夫還是新文學家，在他們的筆下，南京印象的初步建立依然靠的是實體的建築、道路、古蹟名勝與自然風景帶來的感受。凱文·林奇同時也認爲，任何城市都有一種或一系列的公共印象，而這種公共印象與物質形式有著密切關係。他進一步把這種物質形式分爲五類：道路、邊界、區域、節點和標誌物。其中標誌物「常被用作確定身份或結構的線索」〔註22〕。例如朱自清《槳聲燈影裏的秦淮河》中的秦淮河，秦淮河是南京的母親河，「自南唐和明初築城後，秦淮河流入古城通濟門外的九龍橋時始分爲兩支。未入城的一支叫外秦淮，是南京城的護城河；流入城內長約十里的叫內秦淮，是其正流。它自東關頭入城，經夫子廟和中華門內的正淮橋，水波宛轉向西北，然後從水西門的西水關出城，與城外淮水匯合，這就是素稱『十里珠簾』的秦淮。」〔註23〕梁實秋、

〔註20〕 〔美〕凱文·林奇：《城市意象》，方益萍、何曉軍譯，華夏出版社，2001 年版，第 1 頁。
〔註21〕 〔美〕張英進：《都市的線條：三十年代中國現代派筆下的上海》，馮潔音譯，《中國現代文學研究叢刊》1997 年第 3 期。
〔註22〕 〔美〕凱文·林奇：《城市意象》，方益萍、何曉軍譯，第 36 頁。
〔註23〕 侯風雲：《變遷中的傳統、文化與現實——20 世紀 20、30 年代作家筆下的南

俞平伯、張恨水等文人留下珍貴的文字來書寫秦淮河對於「自我」的南京體驗，秦淮河可以說成了古舊南京城最初的印象和最為明顯的標記。同為遊覽，那麼對於文人雅集來說，最好的去處莫過於雞鳴寺上豁蒙樓。豁蒙樓是兩江總督張之洞為了紀念其門生「戊戌六君子」之一的楊銳而修建的，而「豁蒙」二字則取自楊銳時常吟誦的杜甫《八哀詩》「憂來豁蒙蔽」句，其地位於有「南朝四百八十寺之首」讚譽的古雞鳴寺最高處、風景集散地雞籠山的東北端。尤其是梁啟超所題「江山重疊爭供眼，風雨縱橫亂入樓」，使得流連於此的文人憶及時局的動蕩，頗多唏噓。由於其毗鄰東南大學——中央大學，也成為學生時時暢談遊歷之地。這樣一來，「豁蒙樓」成了在新的社會環境下對於城市的精神和內涵的一個新的體現。南京不僅僅是「六朝古都」的金粉之地，對於世事的關注，對於國家的關心，南京城市的印象逐步發生變化。隨著中華民國奠都南京，新的建築之於城市印象的建立有了新的變化，最具代表性的莫過於對「新名勝之中，自然首推中山陵墓」〔註24〕的推崇。朱自清在1934年遊歷南京之後對於南京印象發生大的變化，與袁昌英有著異曲同工之處，在陳述了種種古舊名勝之後他說道，「南京的新名勝，不用說，首推中山陵。」〔註25〕更有甚者，從政治話語的空間延伸將中山陵比作是「南京的基督」。〔註26〕袁昌英在遊歷了南京之後欣喜地感到「只有人——萬物靈長的人——卻另呈一番新氣象」〔註27〕，可以說他對於「新都」的贊美是由外而內的，這種新的建築帶來的認識上的變化是與政治的南京密不可分的。

如果僅是城市主體建築、古蹟等風物的書寫，還不足以體現南京在奠都以後的從固有之印象到新興之觀念的嬗變，隱匿在這建築、古蹟背後的文化蘊含則將這一嬗變表達得入木三分。通過風物所隱隱體現出的城市精神，更具文本內涵。李書磊在談到城市與文學的關係時指出：「中國現代文人是一個城市階層，而現代文學創作是一種城市活動。事實上可以說現代文學就是現

京》，《中國現代文化學術研討會論文集》2005年。

〔註24〕 袁昌英：《遊新都後的感想》，丁帆編選：《江城子——名人筆下的老南京》，第88頁。

〔註25〕 朱自清：《南京》，丁帆編選：《江城子——名人筆下的老南京》，第58頁。

〔註26〕 曹聚仁在《南京印象》一文中寫到：「一條又寬又長的大路，從這條大路走向孫中山先生的墳墓。哎，南京的基督。」丁帆編選：《江城子——名人筆下的老南京》，第204頁。

〔註27〕 袁昌英：《遊新都後的感想》，丁帆編選：《江城子——名人筆下的老南京》，第87頁。

代城市中的一種『無煙工業』。中國現代文學就存在於中國二十世紀城市的環境、氛圍乃至於區域之中，它本身就是城市文化的一個組成部分。」〔註28〕浸淫於此的現代文人作家始終擺脫不了這種痕跡在創作中的影響。城市進入到文學的方式是以提供作家生存和生活的話語空間為載體，在對於載體的論述中，城市明顯地將文學作為其城市特性的一部分，這不僅是因為「都市建築從外在形態來看呈現為物質存在和物質形態」，更重要的是「它們同樣也以其所反映和承載的文化心理演化為精神形態」。從城市形成的機制來說，「城市是一種心理狀態，是各種禮俗和傳統構成的整體，是這些禮俗中所包含，並隨傳統而流轉的那些統一思想和情感所構成的整體」〔註29〕，從這一點上來說，城市又是一種文化心理狀態的衍化。

南京從 1912 年孫中山定都到袁世凱廢都再到 1927 年再次奠都，這中間經歷了太大的變化，對於長久以來偏安一隅的南京來說，或許早已習慣了這種存在的方式。眾多文人筆下的南京也呈現出一派安靜祥和的景象，這或許是由於遭受傳統的文化浸淫太深，以至於面對新的時代的到來顯得遲緩和滯後。那些古老建築所傳遞出的訊息與傳統士大夫的遊歷懷古情緒默契一致。「不詳其『舊』，無辨其『新』；未明其『常』，不識其『變』」〔註30〕，有感於所受傳統文化影響太深的南京在文學上的表達方式，1927 年 4 月奠都以後的南京明顯表現出一種緊迫感。袁昌英在 20 世紀 20 年代和 30 年代兩次遊歷，卻得到大大的不同感受，那種對於新政權建立伊始的想像和期許，在 6 年之後發出了憤怒的呼喊：「新都，你的舊名勝困於沉愁之中，你的新名勝儘量發揮廣大著。可是你此刻的本身啊，卻只是一個沒有靈魂的城池罷了」，「新都，你只須舉目一望，在這渾圓大好的地球上面，你能發見多少像你這般空虛的都城」。「你這種只有軀殼而不顧精神生活的存在，實在是一種莫大的沒面子。」〔註31〕這與 6 年前「只有人——萬物之靈的人——卻呈現出另一番新氣象」形成了截然相反的對比。此刻古都已換「新都」，除了新修的中山陵以及中山大道兩旁修建的政府機關之外，這樣的「新」還體現在哪呢？

〔註28〕 李書磊：《都市的遷徙》，時代文藝出版社，1993 年版，第 4 頁。

〔註29〕 陳繼會：《新都市小說與都市文化精神》，安徽教育出版社，2012 年版，第 007 頁。

〔註30〕 陳繼會：《新都市小說與都市文化精神》，第 004 頁。

〔註31〕 袁昌英：《再遊新都的感想》，丁帆編選：《江城子——名人筆下的老南京》，第 97、98～99 頁。

胡適曾指出，「民十五六年之間，全國大多數人心的傾向是國民黨，真是六七十年來所沒有的新氣象」〔註32〕，這種「新」是建立在國民黨作爲執政黨建立的國民政府在形式上統一了全國所帶來的對於和平和發達的期望上。與胡適有著同樣感受的時任南開大學教授何廉也表示：「我們住在北方，我卻真心實意地擁護南京政權，例如1928年，我、蔣廷黻和幾個朋友從天津到南京。我們在南京見到新國旗時是多麼激動呵——對我們來說，那或許是一個偉大新時代的象徵。」〔註33〕這個新建都市完全成了當時國民的一種精神的嚮往和寄託，尤其是歷經多年戰亂災禍的中國，急需一個強有力的政權來結束戰亂，維護安定和統一，無疑，在這一點上，「新都」的象徵意義已經大於其實際的城市建設的實體意義。但是，不可否認的是，相對於群體而獨立的個體知識分子，在親赴其地的感受中生發出不同的聲音。高長虹目睹南京奠都之後的現狀質疑道：「南京也是文物之邦，交通便利的地方，何以看不見青年辦的什麼刊物呢？」〔註34〕白克帶有揶揄意味的諷刺：我們在偉大的圖書館裏就找不到一本可讀的新雜誌，像《永生文學》、《世界知識》都沒有。〔註35〕如果說前面重點論述的是城市外在的形態對於「新都」的「新氣象」的意義，那麼高長虹、袁昌英、白克、荊有麟等人則深刻意識到文化之於「新都」內涵建設上的意義。可以說在這一點上兩者形成了同構的關係，並沒有因爲新都建設所表現出的「新」而掩蓋住隱藏背後的缺陷和污點，就連《中央公園》等政府主辦刊物也批判道，目前首都存在的「六朝的風度」，「那就是，名士的清談，有閒的趣味，享樂的追逐，醉生的夢死」。〔註36〕從這一點上來說，新都不僅在外在物質形態的構建方面樹立了新的形象，而且無論從正面的宣傳還是側面的納諫上都呈現出一種積極的心態，這應是前所未有的「新氣象」的表現，顯示出作爲「新都」的精神風貌和文化心態。

南京淪陷之後，「新都」景象一轉而爲「陷都」，面對日本的侵略，南京作爲民族國家的形象更加深入人心。對於南京的認識，逐漸從描述古舊風物

〔註32〕 胡適：《慘痛的回憶與反省》，《獨立評論》第18號，1932年9月18日。

〔註33〕 轉引自〔美〕易勞逸：《流產的革命——1927～1937年國民黨統治下的中國》，陳謙平等譯，中國青年出版社，1992年版，第11頁。

〔註34〕 高長虹：《南京的青年朋友們起來吧！》，丁帆編選：《江城子——名人筆下的老南京》，第111頁。

〔註35〕 白克：《一天的生活和回憶》，丁帆編選：《江城子——名人筆下的老南京》，第229頁。

〔註36〕 庸：《六朝的風度》，《中央公園》，1933年1月22日。

的形態上演變爲由此而生發出來的家國情感，古舊風物成了寄託這一情感的
想像性的載體，並一直持續到抗戰的結束。除卻對於抗戰的慘烈描述所激
起的家國之恨之外，張恨水更多的是懷念南京這一象徵家園的精神依託。他
的《白門之楊柳》、《日暮過秦淮》、《秋意侵城北》、《頑蘿幽古巷》等一系
列的情感隨筆，將這一思戀之情延伸得綿遠而又深長。南京的古舊風物完全
成爲其懷念故國的精神象徵，那是秋風起也思，楊柳動也想，日暮鄉關懷念
念，江冷樓前悵惘，可以說他鄉的一草一木都可以牽連起作家的「鄉愁」情
緒。然而這並不完全能概括這種情感的表達，從某個側面來說，「張恨水與
其說是在懷念一個地理意義上的記憶空間，不如說是在懷念一個辛辛苦苦
建立起來的城市知識分子空間，這是一種現代知識分子的基本生存方式。」
〔註 37〕近代以來的知識分子，大多是經過城市的浸染與熏陶，無一不染上
「都市病」，正如離開家鄉之後的「懷鄉病」一樣，從一個城市到另一個城市
的遷徙，身上自然地帶有這種「懷鄉病」所遺留下來的傳統，雖然在很多時候
對於都市是抱著一種「敵意」的態度，在城市中懷念自己的家鄉，但是一旦
離開城市卻又念起城市的好來，在這一點上魯迅的「離開——歸去——再離
開」的模式表現得最爲典型，當然這也不爲魯迅所獨有，曾卓曾深切地歌吟
道：「當離開你回到故鄉時／我歡跳著向你告別／而隨著歲月的流逝／又萌生
著對你的思念／因爲，在你的懷中／留下了多少青春的回憶／因爲，是你的
／既有聖火又有毒焰的／熔爐／鍛鍊了我，陶冶了我／給了我結實的身體和
火焰的心！」〔註 38〕就張恨水而言，南京是其人生最爲輝煌的階段，在南京
創辦了《南京人報》，並且在這之前自費考察西北經濟狀況，可以說，張恨水
已經完全脫離傳統文人吟詠暢談的文學表達模式，而是身體力行地實踐，以
一個個體的力量來促進家國的繁榮，從這個層面上來講，張恨水賦予了南京
這座城市獨有的記憶，文學的南京因爲有了張恨水的存在而變得更加豐富和
迷人，南京與文人形成了一種良好的互動形態，共同應對著新的時代對於文
化的訴求。

　　作爲實體建築的文本構築了民國時期南京最基本的雛形和框架，而動蕩
不堪的歷史賦予南京在新的歷史時期更多的色調，可以說，民國時期的南京

〔註 37〕　朱周斌：《張恨水作品中的鄉村與城市》，中國電影出版社，2015 年版，第 144
　　　　　頁。
〔註 38〕　曾卓：《重慶，我又來到你身邊》，《曾卓抒情詩選》，中國文聯出版公司，1988
　　　　　年版，第 109 頁。

是與整個中華民國的歷史緊密聯繫在一起的，因其政治的更迭而引起文學觀念變化，也由於文學觀念的嬗變，不斷地豐富和建構著「自我」的身份認同，形成了一種互文的關係。

上述的言說中，文學南京在民國時期獲得了空前的可闡釋性。借助於現代社會經濟的發展，其延續著作為地域中心強有力的文化和精神的向心力，同時也突破了傳統的根深蒂固的城市形象。可以說，近代以來的歷史將地理意義上的南京在政治方面的功能激發得更為顯著。但是，不可遺忘的，也正是這些複雜因素所具有的現實的遭遇與自南朝以降的潛移默化的文化的移植和轉化，使其成為一個顯著的特徵。有學者指出，「文化作為一種聯動整體和歷史存在，並不能按它自身的結構形態去孤立地進行所謂內在的認知和把握，它既以一種『社會』化的方式生存和運行，就必須以一種『社會』化的方式來加以考察和探討。因此，文化史研究要揭示的，就不僅是文化與社會政治經濟等之間的互動關係形態，它還包括文化內部各門類、各領域之間通過何種社會機制互相影響的過程與內容。」〔註39〕作為包含在文化之中的文學南京，它的文化意味與現實遭遇恰恰顯現出在民國成立之後，在整個文化的框架內面對北京傳統古都的教育文化和上海新型都市的經濟文化，文學南京所表現出來的獨特性，也顯示出在整個世界中中國文化的異質性和獨特性。也就是說，民國時期的文學南京在新的歷史語境下「自我」身份的認同與建構兼具流動性與獨特性。

〔註39〕黃興濤：《新史學‧序言：文化史研究的再出發》，中華書局，2009 年版，第3 頁。

中國現代漢英雙語作家的南京書寫及其意義論析[註1]
——以熊式一、葉君健和張愛玲爲中心

布小繼

（紅河學院人文學院，雲南蒙自，661199）

摘　要

　　中國現代漢英雙語作家中的熊式一、葉君健和張愛玲都有自己的南京書寫。前二位以歷史敘述爲主，後者以情感敘述爲主。他們南京書寫的意義，體現在以進步與反動兩種勢力相互搏鬥的歷史敘述和愛恨交織的悲情敘述，共同構成了現代文學史上南京城市文學書寫的一個重要特質，以及城市文化構建中的品格塑造和國家形象塑造過程中的獨特性上。

關鍵詞：中國現代漢英雙語作家、南京、書寫意義

　　中國現代漢英雙語作家是對中國現代文學史上具備漢英兩種語言的創作能力，有中文作品和英文作品問世且獲得比較高的評價的作家之合稱。在1917～1949 年這一現代文學傳統意義限定的時間範圍內，除了當前學界認識比較充分的林語堂之外，還有淩叔華、熊式一、蔣彝、楊剛、蕭乾、葉君健

〔註 1〕　本文係國家社科基金項目「中國現代漢英雙語作家研究」14XZW020 的階段性研究成果。

和張愛玲。把他們作為一個群體來進行論述，是因為行文和比較上的方便。其中熊式一的 *The Bridge of Heaven* 1943 年由倫敦的出版社出版，作家本人譯寫的同名中文版《天橋》1960 年由香港高原出版社出版；葉君健的 *The Mountain Village* 1947 年由倫敦山林女神出版社出版，作家本人譯寫的同名中文版《山村》〔註2〕1950 年由上海潮鋒出版社出版。之後，其在 1980 年代初期完成了與《山村》共同構成「寂靜的群山」三部曲的後兩部：《曠野》、《遠程》，為英國漢學家翻譯後，1988 年秋由英國最大的現代派出版機構倫敦費伯出版社出版，作家本人應邀參加了首發式，中文版 1993 年由開明出版社出版；張愛玲的《十八春》1950 年 3 月至 1951 年 2 月在上海《亦報》上連載，1967 年又在前文的基礎上改寫成為《惘然記》。次年 2 月至 7 月，在臺灣《皇冠》月刊上連載，1969 年 3 月，由臺灣皇冠出版社作為張愛玲作品系列第六種出版，即《半生緣》。

　　鑒於以上所列舉的雙語作家之作品都可以視為他們的代表作，而且在歐美和國內都產生了一定的影響，這些作品中都有與南京相關的書寫，本文將在對這些作品描寫的相關現象進行重點分析的基礎上，圍繞其意義進行論析。

一、中國現代漢英雙語作家作品中的南京書寫

　　《天橋》是熊式一的小說代表作，主人公李大同是一個兩千文錢買來的窮人家的嬰兒，在養父和叔父的家中成長起來。之後進入教會學校，與女友蓮芬私奔到北京後，接觸到了中國社會中的各界上層人士，包括袁世凱、李提摩太、丁龢笙，維新黨人以及孫中山領導的興中會（其後為同盟會）及其骨幹成員孫武、楊衢雲等等。小說以李大同的視角敘述了其所經歷的南昌城晚清社會情狀、戊戌維新變法和同盟會武昌起義，其中關於南京的描述有兩處，一是作為辛亥革命中響應武昌起義的一個環節來設計的。其中特別提到，「南京是長江下游的軍事重地，那兒駐有新軍第九鎮一鎮人，由徐紹楨為統制。兩江總督張人駿，怕他響應革命，不發軍火，令移駐秣陵關，而調江防營十二營及新房營十營人，駐於附近要點。江防營的統制，是一個行武出身、目不識丁的江西人張勳，曾在袁世凱部下受過訓練，他和新房營的統領

〔註2〕 苑茵：《關於〈山村〉》，《葉君健全集第七卷　長篇小說卷（四）》，清華大學出版社，2010 年版，第 185～186 頁。

王有宏，都受了張人駿的命令，堅守南京，效忠清室。九月十八日（陰曆十一月八日）徐紹禎率領全體新軍，宣佈獨立，響應革命，進攻雨花臺。張勳和王有宏，出其不意，就近反攻新軍，血戰一日一夜，徐紹禎子彈不足，被張勳打得大敗，退駐鎮江。幸好附近上海南京各地的革命軍都可調來攻打南京，張勳一面電京請援，一面避城堅守……支持了許久，最後程德全、徐紹禎，組織蘇浙滬聯軍，會師南京附近，分兵繞道，進撲清兵，將南京各要塞一一克復。雙方血戰十多日，自十月初三起直至十二日止（陽曆十二月二日），才把張勳和他殘餘的部隊打敗了。清兵渡江退到浦口，革命軍方得南京。」〔註3〕二是圍繞孫中山在南京就任中華民國臨時大總統的簡要描述，但主要是作爲一個歷史地名出現。

在 1939 年出版的 *The Professor from Peking*（《大學教授》）這齣反映中國包括五四、國共合作和抗戰情況的劇本裏，在第二幕中他把主人公張教授與王美虹、卞教授等人之間的關係用政治瓜葛關聯起來，用「南京」、「武漢」等指代不同的政府，標示人物不同的政治立場和政治身份。第三幕開頭的舞臺說明中，他又標示出了南京的地位，「南京的中華民國中央政府成立到現在，已經有十多年了，在這短暫的時間中，中華民國和她的人民已收穫了很多的成就，大家對於這個新遷來的都城，都覺得可以在此安居樂業了。於是它在歷史上的重要性雖然一度曾經消失，現在也慢慢地恢復過來。這許多年來，是新中國的建設時期，高樓大廈不知建築了多少，橋梁、公路也不知道增加了多少，鐵路延長，水運進步，增加了一個最新的空中交通……現在交通這麼方便，我們不妨到南京去看看……再過幾個月，那麼南京的街道就會破落不堪，房屋燒毀了許多，四處都是男女老幼的屍首了。」「我們要到南京去看看，還有一個更好的藉口：自從它成爲國都之後，好多國內國外的朋友，前前後後的都搬到那裏去住，要做首善之區的居民——又可以向新成立的政府討一個好職位。其中有一位就是本書的主人公，我們的老朋友張教授……」〔註4〕同時，南京也是張教授建言獻策、服務國家最高當局的地方，是他所熱愛的地方。

在 *The Life of CHIANG KAI-SHEK*（《蔣介石傳》）中，南京也是一個經常被提到的、具有強烈政治意味的地理名詞。On January 2nd, 1937, he left

---

〔註3〕 熊式一：《天橋》，外語教學與研究出版社，2012 年版，第 293～294 頁。
〔註4〕 熊式一：《大學教授》，中國文化大學出版部，1989 年版，第 97～98 頁。

Nanking for his native district, where he stayed for some time until later he had to go to Hangchow and Shanghai to be X-rayed and to consult a bone specialist. But in the middle of February he flew to Nanking to reaffirm his resignation to the combined meeting of the Central Executive and Supervisory Committees, when again it was rejected. Later on he was granted a further leave of two months. 〔註5〕在敘述 1937 年初蔣介石系列活動的這段話裏，Nanking（南京）出現了兩次，顯示了其時它作爲首都的重要性。

再看葉君健。「寂靜的群山」三部曲中，貼著農村生活用農民視角進行描寫的《山村》中沒有明確地寫到南京，但《曠野》第一章中寫到了蔣介石政府屠殺共產黨人的情況：

「嗨，你這個年輕人，手無寸鐵，能幹出什麼名堂來？」他說，「蔣介石不是把軍閥打倒了嗎？結果又怎麼樣呢？……」

「我不是剛才說過了，結果他變了卦！」哥哥不等父親說下去就接著說，「把他的軍隊開到南京，開到上海，那是帝國主義在中國的大本營。他也立即投進帝國主義的懷抱，受到了收買，就掉轉槍桿子來打支持他的人。事情就是這樣。支持過他的人也只好起來反對他。看他能不能殺盡反對他的人！」〔註6〕

「我們還是來研究一下軍事問題吧。這次反『圍剿』的勝利使敵我兩方的軍事形勢起了質的變化。蔣介石的賭注已經耗盡了。他剩下的那點兵力，不僅無力再來向我們進攻，就是防守他的那點地盤也不夠用。他已經不夠條件成爲我們的軍事對象，我們的軍事對手已經轉變成他的後臺——帝國主義……作爲對蔣介石的最後一擊，就是奪取他的巢穴：他的政權的首都。」〔註7〕

「我們不能爲敵人設想，更不能代敵人說話，」樊果道說，「長敵人的志氣，減自己的威風，是個立場問題。我看，直搗蔣介石的心臟——他的首都，是時候了。」〔註8〕

〔註5〕 S. I. HSIUNG: *The Life of CHIANG KAI-SHEK*. The windmill Press, Kingwood, Surrey, 1948, p. 332.

〔註6〕 葉君健：《曠野》，《葉君健全集第七集　長篇小說卷（四）》，第 201 頁。

〔註7〕 葉君健：《遠程》，《葉君健全集第八集　長篇小說卷（五）》，清華大學出版社，2010 年版，第 194 頁。

〔註8〕 葉君健：《遠程》，《葉君健全集第八集　長篇小說卷（五）》，第 195 頁。

　　「這倒好像我們馬上就可以奪取大城市，佔領國民黨的政府所在地南京。」〔註9〕

張愛玲的《十八春》，專門描寫到南京的有以下幾處：其一、小說第三節中交代世鈞的家世，許太太（叔惠母親）問，「是南京來的吧？你們老太太好呀？」〔註10〕又有，許太太點頭道：「這是對的。現在這世界，做父母的要干涉也不行呀！別說像你們老太太跟你，一個在南京，一個在上海，就像我跟叔惠這樣住在一幢房子裏，又有什麼用？他外邊有女朋友，他哪兒肯對我們說？」〔註11〕第四節中世鈞、叔惠與曼楨一起到南京玩，之後對世鈞的南京老家等多處地方進行了比較細緻的描寫，包括他們仨和翠芝一起到南京戲院、玄武湖五洲公園等處遊玩。其二、對世鈞、曼楨愛情過程中的一些挫折之描寫。「世鈞要是在南京，又還要好些，父親現在好像少不了他似的。他走了，父親一定失望。母親一直勸他不要走，把上海的事情辭了。辭職的事情，他可從來沒有考慮過。可是最近他卻常常想到這問題了。要是眞辭了職，那對於曼楨一定很是一個打擊。她是那樣重視他的前途，爲了他的事業，他怎樣吃苦也願意的。而現在他倒自動地放棄了，好像太說不過去了——怎麼對得起人家呢？」〔註12〕這是世鈞的心理活動。

　　在曼楨第二次到南京，與世鈞父親見面時，世鈞父親對初次見到的曼楨有一席話：

　　　　……這時候忽然問道：「顧小姐從前可到南京來過？」曼楨笑道：「沒有」。嘯桐道：「我覺得好像在哪兒見過，可是再也想不起來了。」曼楨聽了，便又仔細地看了看他的面貌，笑道：「我一時也想不起來了。可會是在上海碰見的？老伯可常常到上海去？」嘯桐沉吟了一會，道：「上海我也有好些年沒去過了。」……嘯桐忽然脫口說道：「哦，想起來了！」——這顧小姐長得像誰？活像一個名叫李璐的舞女。怪不得看著這樣眼熟呢！」〔註13〕

之後又有曼楨等一群人到清涼山遊玩的書寫。沈嘯桐的一席話爲之後世鈞與曼楨之間的關於曼楨姊姊舞女曼璐生活方式的分歧和爭論埋下了伏筆。

〔註9〕　葉君健：《遠程》，《葉君健全集第八集　長篇小說卷（五）》，第199頁。
〔註10〕　張愛玲：《十八春》，江蘇文藝出版社，1986年版，第38頁。
〔註11〕　張愛玲：《十八春》，第39頁。
〔註12〕　張愛玲：《十八春》，第151頁。
〔註13〕　張愛玲：《十八春》，第158～159頁。

父親去世後，世鈞的新生活在南京展開。之後，他還活在曼楨的記憶裏。比如受盡磨難的曼楨與慕瑾相遇後，不知情的慕瑾忍不住問道：「沈世鈞還常見吧？」曼楨微笑道：「好久不看見了。他好幾年前就回家去了，他家在南京。」〔註 14〕另外，還有世鈞從書中找出的當年曼楨寫給回到南京的他的一封信，使之讀後有了恍若隔世之感，也由此掀起了對曼楨強烈的思念。該書後來改寫時，對一些涉及政治和意識形態的敏感部分作了比較大幅度的修改。〔註 15〕

另外，在描述自己身世的遺作《小團圓》中也有這方面的內容。如「他（邵之雍）又回南京去了。初夏再來上海的時候，拎著個箱子到她這裡來，她以為是從車站直接來的。」〔註 16〕

二、中國現代漢英雙語作家南京書寫的意義

作為六朝古都，南京無疑擁有它的光榮與夢想，輝煌與璀璨，同時也有它的黯淡與慘痛，血淚與哀傷。南京這樣的城市所承載的故事和歷史的重量構成了它的城市品格，南京作為政治地理標記進入中國現代漢英雙語作家的作品中，在作家與讀者對歷史的再認知，對城市及其氣質的再發現、再構建和再塑造中具有了特別的意義。

意義一：進步與反動兩種勢力相互搏鬥的歷史敘述和愛恨交織的悲情敘述，共同構成了現代文學史上南京城市文學書寫的一個重要特質。中華民國建立前夕，南京是晚清軍隊與革命黨人戰鬥的主戰場之一，它在熊式一的作品中反覆出現；作為 1927 年後民國政府中央政權的所在地，又在葉君健的作品中不斷出現。一方面，這種不約而同的歷史描寫具有截然不同的意味——前者主要是揭示出首都南京及其政權之合法性，其一以貫之的主旨是向外國人講述中國近現代歷史，是為了告知歐美受眾中國人民自近代以來一直都是不畏強權、不懼艱難的，無論普通民眾還是上層人物在面對外來欺侮時多有堅定的戰鬥決心，有勇氣和信心繼續戰鬥直至勝利的一刻。這樣，南京就被打上了鮮明的進步之烙印；後者從農民革命鬥爭的星星之火出發，通過對農民革命在中國共產黨的領導下與代表大地主大資本家利益的蔣介石集團之間

〔註 14〕 張愛玲：《十八春》，第 268 頁。

〔註 15〕 關於此點，可以參閱拙著《張愛玲改寫改譯作品研究》，中國社會科學出版社，2013 年版，第 128～141 頁。

〔註 16〕 張愛玲：《小團圓》，北京十月文藝出版社，2009 年版，第 161 頁。

你死我活的鬥爭書寫，來達到述說革命政權的合法性、正當性和表現我黨高級領導人（林彪）的實際鬥爭智慧及其成長之目的。在這樣的描述裏，南京就成爲了反動陣營的所在地，成爲與「總統府」一樣的景觀。這樣的反差之出現，不僅由於熊式一的革命歷史敘述之基點和葉君健的不一樣，創作年代不一樣，受眾群體不一樣，最關鍵的還是作家的創作心態發生了質的變化。以葉君健爲例，應英國政府戰時宣傳部的邀請，他於 1944 年到倫敦宣講中國的抗日戰爭，其間開始在英國文學雜誌 Windmill（《風車》）上發表散文，在《新作品》上發表小說並引起英國文壇的注意。之後由英國的出版社陸續推出了小說集《冬天狂想曲》、《無知的和被遺忘的》以及長篇童話《雁南飛》、《藍藍的低山區》等，不可謂不多產。而此時期出版的《山村》以儘量避開黨派視角、採取比較中和的方式去書寫農村的鬥爭，場面激烈卻處處彬彬有禮、單向度的故事推進方式也非常符合歐美英語讀者的閱讀習慣。到了《曠野》和《遠程》中，小說裏一開頭就矛盾凸顯，正義與邪惡，善良與醜陋立即成爲對壘分明的兩極，因而南京就必然地被貼上了政治符號和政治標籤。這可以從他的創作由頭上找到原因，「我們那貧窮的故鄉，由於長年的鬥爭，產生了二百多位將軍。他們絕大部分是我同時代的人……於是有位將軍，吳昌熾司令，勸我接著寫下去。並且兩次陪我返回故鄉，參觀他當年戰鬥過的地方，同時安排我訪問了一些尚存的老紅軍。鄰近幾縣的黨史研究部門也給我提供了許多有關當年戰鬥和建立革命政權的資料。」〔註17〕近 40 年後，續寫「《寂靜的群山》三部曲」的葉君健已經不再是單純地刻畫自己的故鄉悄然而起的革命運動，而是試圖從故鄉輝煌而燦爛的革命歷史中去尋找能夠走出如此眾多的將軍之理由，又鑒於革命鬥爭你死我活的本質屬性和敘述革命史的需要，他對不同政治勢力的敘述和描寫與之前相比就很不一樣了。

另一方面，南京在張愛玲的情愛敘述中呈現出了另一番面貌。作家把《十八春》男主人公世鈞的家設置在南京，一個與上海保持著不算太長也不算太短的距離的城市。按小說中的說法，火車一個晚上可以到達。世鈞與曼楨的愛情最後因爲隔了南京與上海的距離而沒有結果。世鈞與翠芝在南京成家，日後夫妻倆之間卻談不上圓滿，隔閡越來越大。這種反「距離美學」的敘述方式和張愛玲其他小說（如《五四遺事》、《色戒》）中的「反高潮」的藝

〔註17〕 葉君健：《〈寂靜的群山〉後記》，《葉君健全集第八卷　長篇小說（五）》，第
　　　　219 頁。

術特徵一起共同構成了「張愛玲體」。小說中多次出現了南京的風光景致和風土人情，這明顯地構成了故事多向展開的一個場域，尤其是曼楨第二次南京行後──世鈞家庭的急劇變化，父親去世，母親要求他回家操持家庭生計，結婚生子傳宗接代，使其陷入兩難處境；曼楨姊姊曼璐爲彌補對祝鴻才的「虧欠」而精心設計，把其一步步推向火坑；世鈞與曼楨由於以上原因由第一次相遇相愛到第二次再相遇，有了 18 年之久。在這個看似喜劇的悲劇故事中，張愛玲筆下的南京展示出了它骨子裏的悲情氣質，比如對玄武湖五洲公園中貓頭鷹的描寫、對清涼山上一座廟宇中信女捐資而鑄成的鐵鼎及由此引出的對話之描寫，無不透露出作家在結構故事時的總體思考和細節上的精心設計。男女主人公無法比較誰更幸福，只能比較誰更不幸福。但時間與空間的交互作用，使得他們再也回不去了。在意圖寫給歐美讀者看的《小團圓》中，對屬於南京僞政府高級官員邵之雍的政治態度，也是曖昧的，延續著她一貫的書寫策略。

　　意義二：城市文化構建中的品格塑造。首先，上述作家筆下的南京是一個「角力場」。現代城市的表徵之一就在於它作爲一個巨大的、充滿了各種物質誘惑，能夠滿足多方面精神需求的實在或想像之空間，是具體可感又滿懷希望的。作爲民國時期的政治、經濟和文化的國家中心，在歷史敘述中，南京是敵對雙方過去、現在或未來的「決勝」場所。這一點在抗戰前後體現得尤爲清楚。情愛敘述中，南京是男女主人公感情的「角力場」，這裡既有他們的爭鬥，也有背後家庭的拉扯牽絆──世鈞忠於愛情選擇曼楨的話，就要離開家鄉南京，否則就會失去曼楨。各種尖銳、複雜的矛盾衝突在其中蘊蓄、發展、分化、爆發。其次，南京的文化鏡像。毫無疑問，文學家筆下的南京和歷史學家、畫家筆下的南京是有著非常大的分野的。城市之間，比如北京、上海和南京、廣州也一樣差別極大。在中國現代漢英雙語作家爲數不算太多的篇章之中，南京顯然是獨一無二的，不光是其在近現代史上的無與倫比的地位，也在於其對國家、民族、社會和個人命運所產生的巨大影響。從這個角度來看，南京的多災多難就是中國多災多難的一個最好的寫照。南京的歷史濃縮了中國的歷史，南京這座城市的精魂映照出了中國的魂魄。民族的血性與靈性、英雄和普通人的愛恨情仇、人性的諸般色相，也在其中得到了反映和投射。

　　意義三：在國家形象塑造過程中體現出的獨特性。中國現代漢英雙語作

家的作品在中西的受眾群體中產生了較好的傳播效果，使不同的受眾對中國南京具有了或明或暗的城市記憶。在熊式一和葉君健的筆下，南京所具有的城市特質是堅硬的，與暴力革命相伴隨的，是破壞者與反破壞者的戰場，兵家必爭之地；張愛玲筆下的南京，城市特質是陰柔的，談情說愛者可以各得其所。南京作爲民國政府首都這一事實影響著讀者的認知。在熊式一筆下，南京是不屈服的，它始終在不斷地反抗、抗爭，顯得堅韌和頑強，是一個值得敬重的城市；在葉君健筆下，南京是反動政治力量的巢穴，是革命鬥爭的對象；在張愛玲筆下，南京優美的環境風物中夾雜了不少的感傷，實際上也是對城市屢遭戰火毀壞、兵燹、生靈塗炭等遠兜遠轉的曲折表現。作家觀感不一，但由此來看，讓不同時期的中西受眾瞭解乃至知曉特定時期的中國，對中國在包括抗戰等重大事件上的地位進行評判，南京書寫確實產生了不小的作用，是國家形象塑造的一個結果，是獨一無二的。

總之，中國現代漢英雙語作家作品中的南京書寫既是他們歷史敘述與情感敘述在題材和跨文化交流上的必然選擇，也是他們在各自釐定的創作範圍內轉圜的結果。客觀上爲這座城市的文學、文化品質的不斷建構留下了可資參照的內容，又在國家形象塑造的過程中，不經意地推出了南京和南京形象，重要性自不待言。

抗戰文學關於南京保衛戰的言說 [註1]

趙　偉

（江蘇社會科學院文學研究所，江蘇南京，210013）

摘　要

　　抗戰時期，國民政府組織了慘烈的南京保衛戰。在此前後，不少作家從不同側面書寫此間見聞。有作品描繪了戰前南京軍民城防、疏散的情景；有的直接或間接表現國軍的英勇奮戰；還有作品控訴日寇暴行並探討我方在此次會戰中的得失。作品內容不一而足，體裁亦多種多樣，包括散文、詩歌、戰地報導等。南京在會戰前後之面影，借助文學生動呈現，歷史亦因之豐滿。

關鍵詞：抗戰文學、南京保衛戰、《文藝月刊》、《七月》

　　1937 年 11 月上海淪陷後，日軍奔襲南京以之迫使中國屈服。頑敵當前，國民政府堅持抗戰。1937 年 11 月 25 日，蔣介石公開表示，「吾人堅信，公理終必戰勝強權，抵抗到底至最後一寸土與最後一人，此乃吾人固定政策」；此後，唐生智代表軍事當局聲明將死守京畿；國府發言人 12 月 1 日稱中國方面倘「一息尚存，一彈尚在，南京均必抵禦到底」[註2]。12 月 4 日，中日交火，國軍拼死抵抗但終不敵日寇，至 12 日，守軍顯露崩潰之勢，當局下令突圍。

〔註 1〕 該文主體已於 2014 年發表，提交此次會議又經過部分刪改補充，特此說明。
〔註 2〕 仲足：《保衛南京》，《東方雜誌》第 34 卷第 20、21 號，1937 年 11 月。

13 日，南京淪陷，慘絕人寰之大屠殺隨即發生。

　　事過境遷，當年強敵壓境生死難料之際，國都情形如何，文學殿堂留下部分影像。這其中包括中外記者報導戰事進程的戰地通訊，藉此，交戰雙方之搏殺留下文字印痕；也有在戰火中逃離南京的民眾之回憶，他們或見證了戰前南京之佈防準備，或目睹了城破後日軍之血腥，並在此基礎上討論慘敗之教訓；此外還有悲悼死難軍民立志收復河山的詩性華章。相比於南京保衛戰的重大影響，上述文學作品並不算多，不過，在這一鱗半爪中，當年衛國男兒之血性與屠城日寇之殘暴依稀可見。

一、戰前圖景的記憶

　　中日淞滬酣戰之際，南京已遭敵轟炸，石頭城岌岌可危。「到了九月，整個南京市已半成空城，我們住的寧海路到了十月只剩下我們一家。鄰居匆忙搬走，沒有關好的門窗在秋風中劈劈啪啪地響著；滿街飛揚著碎紙和衣物，空氣中彌漫著一種空蕩的威脅。」人心惶惶，寂靜更添荒涼之感，尤其夜間，「月光明亮的時候敵機也來，警報的鳴聲加倍淒厲；在緊急警報一長兩短的急切聲後不久就聽到飛機沉重地臨近，接著是爆裂的炸彈與天際的火光。」〔註3〕戰火中求生，時過境遷仍歷歷在目，死神前亡命，僥倖逃脫不免心有餘悸。

　　1937 年 12 月，日寇逼近京畿，黍離之虞籠罩下，城內空氣更顯緊張，尚未抽身的王文傑勾畫了南京閉城前之景象〔註4〕。12 月 4 日，作家出中山門，見「城門只剩半扇開著，其餘的都用麻袋，水泥管，鋼條」填充堵塞；孝陵衛、麒麟門等沿途高地，「我軍已布置好堅固的陣地，炮手在那裏試炮，傳來隆隆的響聲，京湯路的中心，埋了很多的地雷，預料敵人進攻時，至少可以給他一個重大的打擊」；虎踞關內「工兵們正在挖掘工事，前進曲唱得徹霄」。唐生智堅請留守，郭外城內層層設防。然而，南京守軍大部新從淞滬撤下猶如強弩之末，面對日軍的飛機、火炮，當局仍以血肉之軀背水死守無異畫地

〔註3〕 齊邦媛：《巨流河》，生活・讀書・新知三聯書店，2011 年版，第 44 頁。齊邦媛時住南京，對 9、10 月間城內景象及逃難情形記憶猶新，限於抗戰文學的時間範疇，此不贅述。

〔註4〕 王文傑：《閉城之前》，《文藝月刊・戰時特刊》第 1 卷第 5 期，1938 年 1 月。《文藝月刊》1930 年 8 月首創於南京，王平陵主編，1938 年 1 月 1 日遷至漢口，同年 8 月 16 日再遷重慶，直至 1941 年 11 月終刊。刊物屬中國文藝社，接受政府資助，但編撰群體立場溫和，注重刊物的文藝性質而非政治宣傳。

為牢。眾將士置之死地嚴陣以待，前進曲恰似易水離歌，悲乎南京壯哉將士。敵情緊急，軍民攜手。作家所記，湯山周鄉長竭力配合守軍，「一方面，忙於調遣村上的壯丁，協助駐軍守哨；另一方面，繪畫村莊附近的地形，指示給那位姓劉的連長做作戰參考」。家國破碎，鄉民亦有抗敵之志，但也誠如周鄉長所歎，若無政府有效組織，民眾不得其用無異散沙。

　　大戰迫在眉睫，昔日喧囂街市現多人去樓空。作家舉目所至，「各商店各銀行的門上，貼了『暫停營業』的封條。太平路，中華路，不見一個行人，夜風吹著柏油路上的紙屑率率作響，著實令人可怕。燈紅酒綠的夫子廟，只留著一泓清水，聽不到秦淮河上的歌聲，也聽不到明遠樓上的鐘聲」。金融機關封庫停業，歌兒舞女難覓影蹤，昨日繁華斂跡息聲，景象雖則淒涼，但人員、物資提早轉移減少損失未嘗不是國家之幸。

　　三兩日的遊走觀察後，作家深感形勢緊張，遂於 12 月 7 日踏上逃亡之旅。至此，王文傑的鏡頭開始對準掙扎無依的升斗小民。作家晨起上路，發現「沿中山路出挹江門，馬路上鋪了一層薄霜，留了許多不規則的足跡」，不少人已星夜轉移。逃難民眾肩挑手提扶老攜幼，生的希望使人顧不得艱辛。跟隨作家視角，既看到芸芸眾生流離失所千難萬險，也發覺有人利字當頭趁機斂財。此時，好似生命之舟的江邊擺渡坐地起價，囊中羞澀的難民哀告無門，望江興歎一番只能另覓他途。投機求財，可歎世態炎涼，水漲船高，足見逃亡亂象。風雨飄搖之際，當局雖未置民眾於不顧，但倉卒間不免顧此失彼。大江南北欲渡無舟，路上交通暫存一線生機。浦口車站早已人滿為患，王文傑擠在人群中翹首企盼，「等到下午四點多鐘，路軌上開來一列客車，月臺上的人，你推我擠，畢竟是車少人多，容納不下，女人，孩子，都徘徊在車門口，幸虧有幾輛裝傷兵的車廂，還有幾個空位，就讓這些難民蜂擁而進」。趨利避害人之常情，疏散民眾多多益善。在這急於奔命的洪流中，欲裹創再戰的將士令人動容：「我親眼看見幾個傷痕（原文如此）未愈的傷兵，不忍離開南京，向他們的長官要槍，上前線殺敵，經長官用好言安慰，才肯爬進車廂」。負傷戰士飲恨撤離，而此刻南京仍有大批「佩了『衛戍』一字（原文如此，疑有誤——引者注）黃臂章的守城士兵，街頭巷尾，來往巡邏，他們個個具有與城存亡的決心。」面對民族與家國，抗敵將士已竭盡心力，若無留守干城捨命阻敵，豈有火車承載希望緩緩遠去。王文傑按時間順序行文，以第一人稱記述南京見聞筆墨細緻情感深沉。兵臨城下，將士舍生忘死，市

民自尋生路，十年建設一朝傾覆，山河破碎人如草芥。或許因成功轉移，作家雖寫到戰前氣氛的緊張但敘述從容，而就在作家乘車脫險之時，部分拱衛南京的將士已投入戰鬥。

二、紀實作品中的激戰

　　兵荒馬亂，南京城內外之戰鬥情形依舊有跡可循，不少戰地通訊即細緻刻錄了大戰現場的聲音、畫面。這些報導傳遞信息的同時注意修辭，其隨筆式的寫作風格、見微知著的細節描述及立場鮮明的評述文字使得作品兼具新聞性與文學性。12 月初，南京城郊的炮聲、城市上空日機的轟鳴與尖利的防空警報此起彼伏，敵人迫近，南京外圍國軍盡力遲滯敵寇。戰鬥牽動各方注意，採寫戰地通訊的隊伍裏不乏外籍人士。日隨軍記者小阪英一自上海奔往南京，據戰地見聞作《南京大攻略戰從軍私記》〔註5〕。按其所記，自南翔、嘉定、太倉至常州一線，「沿途都有炮壘、戰壕、火跡、彈痕，使人如親見激戰的面目。」斷壁殘垣戰火未熄，壕溝彈片鮮血尤殷。國軍拼死抵抗，日軍進展有限，遂企圖在精神上瓦解我戰鬥意志。12 月「九日下午，松井和松本雄孝曹長和粉川宗三伍長從飛機上向南京城內擲下勸降文」，桀驁的敵機掠過後是漫天紛飛的讕言，守軍以槍聲打破敵人的妄想。10 日，小阪英一到達麒麟門車站，耳畔隨即響起「猛烈炮聲——似在破天裂地，不，這個形容詞仍未能描寫出來呢，這是一種可怕的交射」。目睹國軍抵抗，小阪英一表示「出人意料」。看到陣亡者，作者憂心忡忡淚眼朦朧，日本士兵在震顫人心的廝殺中情緒低落，戰友淪為異鄉枯骨，而「火葬別人的人也不知什麼時候會被人火葬自己的。」這使得他們更加希望結束戰事盡快回國。七七事變後，日本派出大批記者如浜野嘉夫、小阪英一等隨軍，他們站在敵對角度進行戰地報導，但這些文章同樣為瞭解抗戰提供了參照。《世界展望》就認為小阪的報導「相當忠實」，藉此，不但看出國軍「英勇犧牲的情況」，「還可以看到敵軍士兵的厭戰心理和思鄉的傷感主義」。

　　小阪英一的軍中見聞情景交融地記述了中日之難解難分，協威列夫《南京之戰》〔註6〕則更直觀地報導了交戰雙方的軍事行動。南京外圍，中國軍隊

〔註5〕　〔日〕小阪英一：《南京大攻略戰從軍私記》，原載日本《文藝春秋》1938 年2 月特刊。《世界展望》1938 年第 2 期轉載，亦英譯。

〔註6〕　〔蘇聯〕協威列夫：《南京之戰》，原載 1938 年 2 月 21 日蘇聯《紅星報》，《時事類編》1938 年第 14 期轉載，李孟達譯。

「鎮江炮臺上的三十生的大炮」動地吼叫，致使日軍動彈不得，直至其嗓門更大的重炮隊登場；「在揚子江北岸的中國軍隊利用野戰炮反抗日本軍艦」，向來橫行的日本海軍只有求援；紫金山一帶「日軍的先鋒團企圖以襲擊奪取工事，終被擊退，且受很大的損失」，遂於入夜出動坦克衝軋，守軍以血肉抵抗，幾多國軍將士陣亡於隆隆的履帶下。國軍死戰，日軍每進一步都要付出巨大代價。日本「突擊隊的衝鋒團於十二月九日早晨進抵光華門，遇到了最猛烈的炮火，因受巨大損失，不得不在城下休息」，其炮隊向城門接連轟擊，經「十日晚間工兵在炮彈所穿的孔中放上炸藥才破壞了城門」，而此時迎接日軍的又是一場殘酷的肉搏。紫金山教導總隊的反擊令日軍錯愕，光華門守軍深夜縋城奇襲令日軍有來無回。至 12 日上午，南京屏蔽盡失，城內守軍準備巷戰不讓寸土。經中華門火拼，日軍開始爬城，但「中國軍隊直到十二月十二日夜間才放棄城門」。如此山窮水盡，仍有部分「忠勇的中國戰士不管中華門及光華門之陷落，仍然繼續防衛的戰爭」。在協威列夫看來，南京一役，日軍「耗費了很多的力量」，但其「基本的目的——在揚子江包圍和消滅中國軍隊並沒有達到」，中國軍隊仍「保存了自己的戰鬥力」，日後鹿死誰手猶未可知。

借助外人報導可以看出，南京保衛戰期間，國軍浴血鏖戰，抵抗之頑強出人意表，犧牲之大更令人扼腕。南京之戰以我慘敗收場，但大部守軍的確盡忠職守戰至最後。小阪英一詳細記述了其戰地見聞、感受，平緩的語調中，南京戰事與陣中生活夾雜各色感想一一呈現；小阪英一下筆細膩，協威列夫則情感直白筆法簡練。抗戰初期，蘇聯暗中援助中國，或受國家立場影響，作者以「有利的」、「持久」、「有效的」、「最猛烈的」等語形容國軍之抵抗，而以「極端微小」、「很大的損失」表現日軍進攻的收效與代價，並多次贊揚中國軍隊「出乎意料之外」的戰鬥意志，傾向性的表述態度鮮明。

較為詳細記述南京保衛戰的還有《南京之圍》〔註7〕。該文作者係「指揮抗戰的實際工作者，故寫抗戰軍事時較一般記者更為真切。」〔註8〕文章從上

〔註7〕 戾天：《南京之圍》，《抗戰週刊》第 1 卷第 20 期，1938 年 1 月 22 日。該文「流亡生活」詳述軍民逃亡場景，與《歲暮下行車》異曲同工。參見王政編：《抗戰吶喊》，人民文學出版社，2016 年版，第 67 頁。另，還在戰前，周瘦鵑即有同名《南京之圍》，乃假想南京被占之作，日後不幸言中。

〔註8〕 《編輯餘綴》：《抗戰週刊》第 1 卷第 20 期，1938 年 1 月 22 日。據該刊透露，關於抗戰，該作者另有《江陰大戰》一文待刊。

海撤守、南京佈防的「戰前姿態」講起，通過「血戰經過」再現 12 月 4 日至 11 日戰事進展，其中，重點描述了淳化鎮、塞公橋戰鬥，之後緊接「流亡生活」語調沉痛聲淚俱下。

以上紀實作品中，國軍表現可圈可點，但歷史不止一面，南京之戰尾聲，有將士潛伏殺敵，更多則陷入恐慌潰敗、奪路失序的境地。一時間，民心、士氣崩頹，奔逃場面混亂淒慘。王餘杞親歷此幕：城破關頭「城裏的部隊得到了撤退的命令，守城門的可沒有；一邊要退，一邊不要退；雙方沒弄明白就自己跟自己打了起來，打了一陣才拿出命令來看，可已經遲了，雙方犧牲不少！」指揮失靈，將士枉死，當局難辭其咎。部隊尚且失序，民眾更亂作一團，「逃難的人擠滿了城門洞，都想搶先出去，都擁擠的出不去，人一擠，被擠躺下去的就爬不起來，給踩死在下面。這就人重人，屍首重屍首，堆了半城門洞」；「過江沒有船——連小木船也找不著，大家就在附近一家木廠搶木板，伏在木板上，冒險渡長江！心慌意亂，力氣不繼，就掉了下去，一個，兩個，三個，四……無數個」，「行李箱籠堆滿江岸，銀行裏的鈔票滿地飛」〔註 9〕。撤退無序，軍民自相踐踏九死一生；組織紊亂，人多舟少搶渡喪命；在劫難逃，無數同胞滯留城中生死一線。目睹慘劇，作家內心沉重，緊張的敘述裏有不盡的惋惜與無奈。客觀上講，南京敗局無可避免，「我們是個工業落後的國家，我們不能自造飛機與坦克，四個月的東線鏖戰，已把我們所買來的那些重兵器，都相當的消耗了，我們將恃著血肉之軀，與極少數的重兵器，來守這大南京，雖然這是個龍盤虎踞的所在，在立體戰爭下，這是一個精神與物質對比的廝拼了」〔註 10〕。國力懸殊，消極防禦難挽頹勢。雖則如此，若當局計劃周詳從容撤退，兵民必可減少死傷，慘劇上演，實有人為因素。圍繞對南京激戰的描摹，小阪英一、協威列夫、王餘杞等從不同角度切入，涉及進攻、防禦、撤退各環節，又因各自身份流露出不同情感，進而體現其對戰事的考量、評價，中日在此番較量中的進退、得失由此略見一二。

〔註 9〕 王餘杞：《歲暮下行車》，《文藝月刊・戰時特刊》第 2 卷第 9、10 期，1939 年 1 月。王餘杞 1936 年 11 月曾出席北平作家協會成立大會並被推舉為主席團總主席。該協會提倡「國防文學」，成員包括李輝英、王西彥、孫席珍、曹靖華、楊剛等，具有一定左翼色彩，具體情況參見余修等人《北平作家協會成立大會速寫》，《光明》第 2 卷第 4 號，1937 年 1 月 25 日。

〔註 10〕 張恨水：《大江東去》，《張恨水全集》，北嶽文藝出版社，1993 年版，第 142 頁。

三、幸存者的控訴

　　日軍佔領南京後展開大規模屠殺，罪行髮指震驚世人，幸存者對同胞慘死情形之回憶、證言見諸報端、雜誌，後世更多方搜求證據屢有論述，斑斑血淚令國人泣下齒碎。在當時，日寇製造的巨大災難成爲國內關注焦點，圍繞於此，一方面揭露日軍暴行的文章湧現，另一面，痛定思痛，南京會戰所暴露的問題引發熱議，不少文藝刊物爲此發聲。

　　12 月 13 日，日軍進城，南京市民九死一生。《地獄中的南京》〔註 11〕以難民來信的方式，描繪了自 12 月 14 日至次年 1 月 10 日人間地獄之慘狀。作品主要講述了發生在金陵大學的姦淫擄掠，日軍肆意橫行罔顧人道，難民區亦無保障，男女老幼隨時有性命之虞。深陷牢籠，難民度日如年，「倭兵進城快一個月了，秩序還是那樣混亂。對於弱者的呼喊、強者的義憤，他們的態度就是『視而不見，聽而不聞』。他們從不會想起自己也有家室，也有父母兄弟姐妹妻子……他們簡直沒有人性。他們的軍事長官常誇口地說，征服南京是歷史上的創舉。他們當然不知道歷史，他們更不知道這大規模的、有計劃的、慘絕人寰的屠殺、焚燒、姦污等等鐵一般的事實才是歷史上的創舉。」見證日軍野蠻行徑的不止中國難民，外國媒體亦有所聞，《紐約時報》即披露了「一部分日本在華『徵傭軍』的紀律的崩潰狀況」，「這個事實已經使美國的一般輿論和華盛頓官場發生深刻的印象」〔註 12〕。喪心病狂，日軍罪惡罄竹難書，眾目睽睽，同胞遭遇驚心動魄。

　　《烽火》刊載《我在俘虜中》〔註 13〕，控訴日寇暴行的同時，還指摘了國民政府在戰鬥前後的敗筆。首先，國內輿論在相當時間內並未忠實於現實，一味報喜不報憂，直至兵臨城下。作者嘲諷道，對於局勢，報紙永遠樂觀：「半月來，報紙上何曾有過失利的消息，局勢退卻也堆上一些『策略』、『有計劃』、『誘敵深入』等等好聽的名詞，而在這些好聽的名詞下，炮聲是逼近南京城了」。作者筆下輿論似統一口徑，但偏離事實的報導只是自欺欺

〔註 11〕　南京淪陷區的一個難民：《地獄中的南京》，選自《日寇燃犀錄》，獨立出版社，1938 年 5 月版，原載《新民族》第 1 期。參見王政編：《抗戰吶喊》，第 55 頁。

〔註 12〕　《鬼畜的日軍在南京姦淫擄掠》：李房譯，選自《文摘》戰時旬刊第 8 號，1938 年 1 月 8 日出版，原載上海英文《大美晚報》1937 年 12 月 23 日。參見王政編：《抗戰吶喊》，第 63 頁。

〔註 13〕　李偉濤：《我在俘虜中》，《烽火》第 14 期，1938 年 5 月。

人。現實中，報刊導向難免受當局政策之影響，作者真正不滿的或許還在限制輿論的官方勢力，對此，左翼刊物大概體會更深。其次，具體到此次戰鬥，作者認為軍事當局無能且貪生。作品寫到，南京城破之際「那負有守土責任的長官」「早已離陣遠走」，「長官走了以後，南京就陷入混亂狀態」。從文章看，作者認定部隊長官於危難之際臨陣脫逃，致使軍民群龍無首心理極度恐慌最終陷入絕境。關於此項責難，南京慘敗尤其在無序撤退中造成大量人員死傷，軍事當局的確負有重大責任。不過，戰鬥中無論長官、士兵大都盡力作戰，突圍時亦有高級將領犧牲，作品單純強調長官臨陣脫逃且指代籠統，如此指控哀怨有餘嚴謹不足。

《烽火》而外，《七月》也參與到「查缺補漏」的行列。例如，刊物推出《當南京被虐殺的時候》、《魔掌下的兩個戰士》〔註14〕等，作品由南京慘狀引出漢奸問題進而討論政府作為。據作者眼見，南京有日軍逞兇作惡，同時不乏漢奸為虎作倀。在中華門搜查來往行人逮捕抗戰分子的除日軍外，還有漢奸。民族敗類腆顏事敵，欺壓同胞破壞抗戰。出城後，作者在郊外破廟遇到傷兵劉文舉，戰士滿腔悲憤痛斥漢奸：「我們正在前方用生命抵禦敵人的進攻，但後方突然發現了幾百個便衣漢奸，他們到處放火燒殺引誘敵人抄襲我們的後路」。打散的戰士四處尋找部隊，路遇「漢奸似的土棍」，「他們結夥繳我們散兵的械，賣給敵人。聽說每桿槍可以賣得五塊錢，難道為了五塊錢就出賣他們的良心和祖國嗎？」將士效命，怎料同胞相殘，漢奸橫行，豈顧民族大義，國民啟蒙，任重道遠。

南京何以慘敗，漢奸何由滋生，引起作者反思。「我」脫險後與開明鄉紳唐文安討論漢奸問題，作品由此轉入議論。唐認為漢奸之多，原因之一乃保甲制度「處置失當以及欺上瞞下的小老爺們」，「保甲辦好了就是沒有連生法（原文如此——引者注），也不會有漢奸的。下等漢奸容易清除，上等漢奸是最可怕的。直接漢奸易見，間接的漢奸那就難防了。一般不與民眾協調而又榨取的小官僚們，都是間接的漢奸」，就像利用制度漏洞「弄錢」的「區長鄉長小老爺們」，「這些漢奸如不剷除，根本就談不到組織民眾抵禦敵人」。漢奸登場原因複雜，僅靠保甲非能杜絕，不過，官僚謀取私利欺民誤國上行下效確是社會弊端。漢奸問題頭緒萬端，但軍事上的潰敗，在《七月》看來確是

〔註14〕 汝尚：《當南京被虐殺的時候》，《七月》第2集第8期，1938年2月。汝尚：《魔掌下的兩個戰士》，《七月》第2集第10期，1938年3月。

「冤有頭債有主」。《我怎樣退出南京的》〔註15〕明確指出，正因指揮者「毫無計劃的撤退」，故「損失了無數的財產（軍火和給養），成萬的未發一彈的弟兄們都成了甕中物！」此說不虛，南京失守，唐生智等向蔣介石請罪，報告中有「既不能為持久之守備，又不克為從容之撤退，以致失我首都，喪我士卒」〔註16〕等語，短短數行字，背後喪生之軍民不知凡幾。教訓慘痛，當局無可推諉，蔣介石在南嶽軍事會議做出檢討：「又南京的失敗，將士受了莫大的犧牲，國家受了無上的損失，這是我統帥一生的無上恥辱！」〔註17〕

軍事有過失，政治須改革。《失掉南京得到無窮》〔註18〕指出，經此一役我方損失不小，但冷靜下來放眼全局，「南京的失守，對於全面抗戰決不算是嚴重的打擊，剛剛相反，在無意中倒給予抗戰一個莫大的幫助」。作者認為此前中國政界腐敗，「中國的政治機構如果不改革，政治舞臺上的人物如果還不覺悟」根本難以抵禦外侮。南京本是「腐化的首都不足以領導全國的抗戰」，遭逢此難，達官貴人產業付之一炬，「官老爺們的腐化生活的憑藉，貪污卑鄙的成績也被摧毀了，如果這樣能促成他們的覺醒，加強他們抗戰到底的決心，於民族解放運動的前途是有莫大利益的」，從這個角度說，「失掉的是南京得到的將是無窮」。南京一敗，是撕心裂肺的痛楚也是繼續抗戰的契機，作者希望政府藉此澄清吏治從而領導民族解放，批評中仍有期待。不過，作者認為南京「那些飯店，咖啡館，影戲院」，「什麼院什麼部的衙門，什麼禮堂會場之類」與官僚私產一般，「都是與國計民生沒有什麼裨益的東西」，「在抗戰期間都是些無用的廢物」，失之不必可惜。此等建築不乏國家公器俱是民眾心血，作者「恨屋及烏」未免偏頗。《烽火》、《七月》刊載的這幾篇作品，多從幸存者角度講述南京慘變，在此基礎上討論我們自身所暴露的問題，文字夾敘夾議，沉痛、悲憤。《烽火》、《七月》編撰群體以左翼人士為主，他們心繫

〔註15〕倪受乾：《我怎樣退出南京的》，《七月》第3卷第5期，1938年7月。
〔註16〕《軍事委員會侍從室第一處主任錢大鈞匯轉南京衛戍司令長官唐生智副司令長官羅卓英、劉興呈蔣委員長為衛戍南京未能持久守備自請處分報告》（1937年12月24日），秦孝義主編：《中華民國重要史料初編——對日抗戰時期》第二編作戰經過（二），中國國民黨中央委員會黨史委員編印，1981年，第223頁。
〔註17〕《蔣委員長第一次南嶽軍事會議訓詞》（1938年11月28日出席第五次會講），秦孝義主編：《中華民國重要史料初編——對日抗戰時期》第二編作戰經過（一），中國國民黨中央委員會黨史委員會編印，1981年，第177頁。
〔註18〕耳耶：《失掉南京得到無窮》，《七月》第1集第6期，1938年1月。

民族命運，悲悼遇難軍民，但左翼激進的行事風格又使得《七月》等對政府態度格外嚴厲。南京潰敗，當局有過，《七月》等當然有理由就此展開討論、批評，但刊物「攻其一點不及其餘」的言論模式總讓人感覺其文藝宣傳夾雜強烈的政治傾向而非客觀的就事論事，在此，由刊物的態度，似乎也可以推測出中共對國民政府及其領導的南京之戰的某些看法。

南京保衛戰作為背景或主題，在《閉城之前》、《南京大攻略戰從軍記》、《失掉南京得到無窮》等作品中得到體現，內容大致涉及戰前之城防、疏散等準備；戰鬥期間國軍之奮戰及日寇屠城之殘暴、當局抗戰工作之不足。總體上看，直接表現國軍奮戰的作品為數不多。究其原因，首先，南京之戰中大量作家因政府撤退而雲散，少有戰鬥親歷者，作家缺乏親身體驗自然難以下筆；其次，慘敗潰退之結局也降低了人們對參戰部隊的評價；南京淪陷後，關注焦點更多集中於日軍暴行，對國軍戰鬥表現相對忽略。對於此次會戰當中所暴露的問題，《烽火》、《七月》等以在野身份，於議論中直抒胸臆，直白地批評政府在軍事、政治上的不足，且通過漢奸問題批判國民性，於救亡之時兼顧啟蒙，諸如此類其見解雖未全中亦有可取。

表現南京會戰的作品，須當一提的還有阿壟於 1939 年創作的《南京》。作家出身軍旅經歷抗戰，細節描寫更加真實。作品中心事件起於 1937 年 9 月敵轟炸南京，截至 12 月 20 日鄧光龍部撤出首都，描繪了南京保衛戰之前後情形。作品全面展示了我各兵種軍人在城內、外各個角落慘烈的戰鬥，揭露了日軍佔領南京後滅絕人性的姦淫、屠殺。作家從軍人角度分析、評價此次會戰，認為此戰「就是從戰術說，從防禦本身說，在相對的力的運用上，一樣有重大的缺陷」；「南京的防禦戰，我們雖然承認是不利的，劣勢的，脆弱的，但是並不等於說，它一定得那樣狼狽，非那樣落花流水不可」，「這是血淋淋的教訓」〔註 19〕。敵強我弱是現實，但當局在防禦、退卻等環節的確有重大失誤，對此，蔣介石、唐生智之檢討即是明證。《南京》之特別，還在於作家獨特經歷。阿壟自國軍部隊負傷後，輾轉延安進入抗日軍政大學，與中共人士接觸，其寫作得到胡風鼓勵、支持，下筆成文，中共政治、軍事、宣傳思想都會對作家產生影響，從而多側面考量國民政府之表現。也正是基於這段往事，有論者述及此作，往往突出阿壟下級軍官身份，強調作品對國

〔註19〕阿壟《南京》作於 1939 年，因故未能出版，本文所引版本為 2005 年寧夏人民出版社之《南京血祭》，第 200、201 頁。

軍下級官兵英勇奮戰的刻畫，指出作家以此反襯高層指揮者的顢頇、自私，與中共將國民黨高層與下級官兵相區別抑彼揚此的宣傳、統戰策略暗合，進而點出作品的進步性。問題在於，我們是否需要特別強調作品這種潛在的政治覺悟？《南京》的意義在於它對日寇大屠殺的揭露，在於對國軍乃至中華民族誓死抵抗精神的刻畫、頌揚。國民政府組織全國軍民八年抗戰，這場戰爭已「是屬於全民族、屬於全體中國人民，每一個將士都有血肉在內的」〔註20〕，面對抗日英靈，我們是否還需要刻意區分他們官階的高低、階級的成分〔註21〕。1939年2月，「周揚在《〈文藝戰線〉發刊詞》中指出：『抗戰以來文藝對現實的態度是消極的批判揭露多於積極的發揚。許多民族英雄的新的典型，無數可歌可泣英勇壯烈的事跡，都還沒有在文藝上得到應有的反映。』」〔註22〕在當時，作家對正面戰場之表現已有乏力之嫌，將士浴血少人問津，今天硝煙散盡，如果刻意利用作品對當局的批評，片面突出階級學說，只強調國民政府在抗戰中的過失，面對歷史，這是否有失公允。

四、結語

南京慘狀成為民族永遠傷痛，逝者難以瞑目，生者無限悲憤，只有收復山河才可告慰亡靈：

> 當我來到江漢匯流的武漢，／——我們這全國的心臟，／我心頭湧起了一股無限的悵惘。／並非因為我再度重遊，／有一些往事足堪回首；／那些船舶上裝載的來客，／如今是一群喪家的難民喧喧嚷嚷；／但黃鶴樓上的白雲呢，／依然千載如一的悠悠。／我的心像江潮似的起伏，／夢一般地蕩漾，／彷彿又想起六朝脂粉的金陵，／想起那十年建設的南京，／那裏是詩人謳歌的勝境，／那裏是政治經濟文化的中心，／那裏有百萬的人民相親相愛，／而今是一片廢墟，／蓬草生滿了荒徑，／那裏有巍峨的鍾山，／人們都按時瞻拜聖靈，／而今雨冷風淒，任狐兔奔走侵凌。／啊！雨花臺上

〔註20〕阿壟：《南京血祭·後記》，寧夏人民出版社，2005年版，第205頁。

〔註21〕經盛鴻對《南京血祭》有專節介紹，並對反映南京大屠殺的紀實文學有專章論述，參見經盛鴻：《戰時中國新聞傳媒與南京大屠殺》（上冊），第五章《記述南京大屠殺的紀實文學》，南京出版社，2010年版。

〔註22〕轉引自秦弓《抗戰時期作家與正面戰場的關係》，《抗戰文化研究》（第一輯），2007年。

的石子，想也被碧血污染的暗淡陰沉。／秦淮河畔的明月，怕已被妖氣籠罩的昏黑淒清！／呵！北極閣的鐘聲，快喚起聞雞起舞的志士！／雞鳴寺的梵語，應覺悟那些賣國求榮的人們！／是中華民族的子孫，要收拾棲霞紅葉的詩情，／執起干戈收復綿互六十里的雄城！／憶否？殺盡夷寇光復民族的明故宮之遺址？／憶否？誓死不屈血書篡字的方孝孺的忠魂？／寄語臺城上的楊柳，勿教他人攀折，／玄武湖的櫻桃，靜候著我們重來和您親吻。〔註23〕

此作採用詩歌形式，重在借景抒情。南京淪落敵手，武漢走上抗戰一線，在這裡，白雲送走黃鶴，江流哀悼故園，心繫故都的作者目睹此景撫今追昔不勝悵惘。記憶裏虎踞鍾山，一時形勝，眼前卻金陵易主，血染秦淮。金甌殘缺人心不死，抗日之志彌堅。昔日沉醉詩情畫意，如今知恥聞雞起舞，漢家忠魂威武，抗戰鐘聲震耳，拿起刀槍全民上陣驅逐外敵，復我山河。此後諸役，國民政府接受南京會戰的經驗、教訓，消耗敵人同時避免無謂犧牲，舉國悲憤裏，民族艱難崛起。

峥嶸歲月，作家萬般堅忍以筆為槍，表現南京保衛戰之悲壯，控訴日寇屠城之殘暴，討論政治、軍事之教訓，通過散文、詩歌、政論、戰地通訊等將血與淚的記憶存之文學殿堂為後人走進歷史提供線索，也使得民族的苦難、抗爭成為不褪色的光影，激勵來者牢記屈辱勿忘自強。

〔註23〕希孟：《南京的回憶》，《文藝月刊‧戰時特刊》，第 1 卷第 10 期，1938 年 4 月。

「蹉跎慕容色　煊赫舊家聲」
——論張愛玲筆下的南京形象

王翠豔

（中國勞動關係學院文化傳播學院，北京，100029）

　　作爲都市文學的代表作家，張愛玲所構建的城市版圖中，不止有華洋雜處、光怪陸離的香港和新舊雜陳、摩登繁華的上海，還有明麗荒涼、古樸陳舊的南京。如果說上海代表的是張愛玲城市文本中古典與現代、傳統與西化相交融的一面，那麼香港代表的就是其中現代、西化的一極，而南京，則代表了兩極中的另一極——古典和傳統。

　　較之曾經長期生活過的上海和香港，南京在張愛玲生活與文本中的地位顯然遠不及上海、香港那麼重要，但也並非如某些文章所言「張愛玲與南京的關係在『張學界』是忽略不計的」〔註1〕。南京不僅是張愛玲祖父母長期生活的城市，同時也是其父母的出生地和結婚地，對於始終醉心於古老的家族記憶的張愛玲而言，其作品中並不乏對南京的記憶與想像。本文謹以張愛玲創作於五十年代初期的小說《十八春》及1968年在《十八春》基礎上改寫而成的小說《半生緣》爲中心，參照其在小說《金鎖記》、《怨女》、《相見歡》和散文集《流言》、《對照記》中的相關敘述，分析張愛玲筆下的南京形象。

一

　　1950年4月25日至1951年2月11日，擱筆兩年之後的張愛玲，以筆名梁京在龔之方、唐大郎主持的《亦報》上發表了長篇小說《十八春》。這是張

〔註1〕唐偉超、史麗君：《揭秘張愛玲與南京的不了情緣》，《現代快報》2007年10月31日。

愛玲的第一部長篇小說，也是其首次將小說的場景延伸到一個自己並沒有太多直接體驗的城市——南京。小說的大部分故事依舊發生在上海，但也有近四分之一的篇幅涉及到南京城的景觀風物和南京人的生活百態。無論是就故事外的作者張愛玲的立場、還是以故事內的許叔慧的眼光（小說中的許多南京場景，都是以他的視角進行展現的）而言，小說都稱得上是一部上海人眼中的南京印象記。在這部印象記中，上世紀 30 年代南京的風景名勝、街景情韻、人情風俗乃至方言小吃都有全方位的展現。這一點，對於強調「細密真切的生活質地」（《紅樓夢魘》）、一再聲言「我只求自己能夠寫得真實些」（《〈傳奇〉再版的話》）的張愛玲而言，著實是不小的挑戰。對此，我們只需看其 1944 年 8 月在代表作《傳奇》出版的同時所發表的那篇《寫什麼》便可知曉：

> 初學寫文章，我自以為歷史小說也會寫，普洛文學，新感覺派，以至於較通俗的「家庭倫理」，社會武俠，言情豔情，海闊天空，要怎樣就怎樣。越到後來越覺得拘束。譬如說現在我得到了兩篇小說的材料，不但有了故事與人物的輪廓，連對白都齊備，可是背景在內地，所以我暫時不能寫。到那裏去一趟也沒有用，那樣的匆匆一瞥等於新聞記者的訪問。最初印象也許是最強烈的一種。可是，外國人觀光燕子窩，印象縱然深，我們也不能從這角度去描寫燕子窩顧客的心理罷？
>
> 走馬看花固然無用，即使去住兩三個月，放眼蒐集地方色彩，也無用，因為生活空氣的浸潤感染，往往是在有意無意中的，不能先有個存心。〔註2〕

然而，時隔六年之後，認為「走馬看花固然無用，即使去住兩三個月，放眼蒐集地方色彩，也無用」的住在上海的張愛玲，還是寫出了一個不乏「細密真切的生活質地」的南京城：蒼紫的城牆、明麗的玄武湖、荒寒的清涼山，雨夜裏泛著魚鱗似的光芒的鵝卵石路，隱在桂花的香氣中、樹葉上的積水大滴大滴的滴在人頭上的老式洋房，穿格子布襖褲、紫棠臉、糯米銀牙的船家女「奪姑娘」，著藕色緞子夾金繡花鞋或是烏絨闊滾的豆綠軟緞長旗袍的大戶小姐，整日彌漫著樟腦氣味、「陰暗而宏敞，地下鋪著石青的方磚……桌上擱著茶壺茶杯，又有兩頂瓜皮小帽覆在桌面上，看上去有一種閒適之感」

〔註2〕 張愛玲：《寫什麼》，《雜誌》第 13 卷第 5 期，1944 年 8 月。

〔註3〕的皮貨店以及「把萵筍醃好了，長長的一段，盤成一隻暗綠色的餅子，上面塞一朵紅紅的乾玫瑰花」〔註4〕的萵筍圓子和板鴨、鴨肫、竈糖、松子糕湊成的「四色土產」……張愛玲用精妙的筆觸深入上世紀 30 年代南京城的肌理，不僅寫出了她的外觀風貌，也寫出了它的內在情韻。她筆下的南京城與南京人的生活質感是如此細密真切，人們不免會產生這樣的想法：張愛玲筆下的南京，應該不是「想像的他者」那麼簡單，一定有什麼途徑，使張愛玲在「有意無意」中「浸潤和感染」到了南京的「生活空氣」。於是，一個最令人關注的問題便產生了：張愛玲究竟有沒有到過南京？

關於這個問題的答案，坊間不乏各種想像與傳說。比如，《金陵瞭望》2004 年第 12 期刊載的《傳奇才女張愛玲的「南京緣」》和《現代快報》2007 年 10 月 31 日發表的《揭秘張愛玲與南京的不了情緣》兩篇文章，都以頗為傳神的筆墨談到了張愛玲到過南京的若干細節。其中，《傳奇才女張愛玲的「南京緣」》提出了張愛玲曾往南京尋訪故宅並在雞鳴寺求籤、曾經為搭救柯靈而前往南京胡蘭成的住宅求援、曾為寫作《紅樓夢魘》而專門赴南京尋訪資料等三種說法〔註5〕，《揭秘張愛玲與南京的不了情緣》則在張愛玲曾往南京雞鳴寺求籤、曾為寫《紅樓夢魘》而專門赴南京三種說法之外，還提出了張愛玲曾與在南京工作的胡蘭成住在石婆婆巷 20 號、曾為了援助被胡蘭成拋棄的「舊愛」裘玉潔而專門到南京的說法〔註6〕，但所有這些說法都是無從稽考真偽的「傳說」〔註7〕，不足為憑。不過，張愛玲到過南京倒是確有其事的。在張愛玲 1994 年出版的《對照記》中，我們不難找到其確曾到過南京的例證：在寫到大學好友炎櫻時，她在介紹完炎櫻母親的情況後又盪開一筆提到「炎櫻的大姨媽住在南京，我到他們家去過，也就是個典型的守舊的北方人家」〔註8〕，這是目前能夠證明張愛玲確實到過南京的唯一資料。

儘管目前我們只能找到這樣一條關於張愛玲到過南京的資料，但張愛玲與南京的緣分卻絕沒有只是去了朋友的姨媽家一趟這麼簡單。南京這座城

〔註3〕張愛玲：《半生緣》，北京十月文藝出版社，2007 年版，第 47 頁。
〔註4〕張愛玲：《半生緣》，第 149 頁。
〔註5〕金萍：《傳奇才女張愛玲的「南京緣」》，《金陵瞭望》2004 年第 12 期。
〔註6〕唐偉超、史麗君：《揭秘張愛玲與南京的不了情緣》。
〔註7〕比如，張愛玲寫作《紅樓夢魘》是 20 世紀六七十年代在美國的事情，她不可能在四十年代就為了寫作這本書去南京尋訪資料，但是，誰又能否定她因為熱愛《紅樓夢》而去金陵一遊再遊呢？
〔註8〕張愛玲：《對照記》，北京十月文藝出版社，2007 年版，第 49 頁。

市，還關聯著張愛玲對自己祖輩的回憶。「滅太平天國後，許多投置閒散的文武官員都在南京定居」〔註9〕，這其中，就有時任兩江總督的張愛玲祖母的父親李鴻章和時任長江七省水師提督的張愛玲外祖父的父親黃翼升。在此之後，張愛玲的曾祖輩便在南京城生活下來，雖然日後也曾搬遷到其他地方居住，但南京依然是張愛玲祖父母、外祖父母長期生活的地方，同時也是其父母的出生地和結婚地。對於始終戀戀於古老的家族記憶並不惜在文字中一再「零零碎碎一鱗半爪」挖掘的張愛玲來說，她對於南京的一切都是珍惜和神往的。正如她在《對照記》中所說：「我沒趕上看見他們，所以跟他們的關係僅只是屬於彼此，一種沉默的無條件的支持，看似無用、無效，卻是我最需要的。他們只靜靜地躺在我的血液裏，等我死的時候再死一次。我愛他們」〔註10〕，有如此深厚的情感基礎，張愛玲熟悉南京的風景名物和人情生態也就不難理解了。

事實上，根據張愛玲在散文《私語》和自傳體小說《小團圓》中透露的信息，張愛玲不僅有許多親戚生活在南京，家中的傭僕中也有許多南京人（隨張愛玲母親嫁到張家的僕人都是南京人，其中包括母親的貼身丫環以及專門負責照顧弟弟的奶媽）。與這些僕人的朝夕相處也為張愛玲提供了近距離瞭解南京人的直接機會。比如，在《私語》中，瘦小清秀、「通文墨，胸懷大志」、常用毛筆蘸了水在青石砧上練習寫大字的「毛物」和他「生著紅撲撲的鵝蛋臉，水眼睛，一肚子『孟麗君女扮男裝中狀元』、非常可愛然而心機很深」的妻子「毛娘」都是南京人，他們一家使張愛玲對於南京的小戶人家產生了一種「明麗豐足的感覺」，雖然後來的張愛玲理性上知道自己的這種感覺是「與事實不符的」〔註11〕，但這種感覺卻一直縈繞於心。再比如，在《小團圓》中，因為跟兒子媳婦嘔氣而出來做傭人的余媽也是南京人，她生著「細緻的胖胖的臉」、常以「自傲」「斷然」的語氣說話，因為識字，她懂得很多「講古」，也常在舊書擔子上買寶卷念給大家聽。一旦灰心，她立刻辭工上路，並不考慮過幾日與主家的人一起走會省下一筆可觀的路費〔註12〕。與上海女人「世俗的精刮的」算計相比，余媽身上顯然有著更多的屬於南京人的「大蘿葡」特徵。此外，在與親戚的禮尚往來（《小團圓》寫「南京來人總

〔註9〕 張愛玲：《對照記》，第38頁。
〔註10〕 張愛玲：《對照記》，第49頁。
〔註11〕 張愛玲：《私語》，《流言》，北京十月文藝出版社，2009年版，第108頁。
〔註12〕 張愛玲：《小團圓》，北京十月文藝出版社，2009年版，第177～187頁。

帶鹹板鴨來」〔註 13〕）和跟僕人的朝夕相處中，張愛玲不僅瞭解了南京的風土人情，而且對南京的方言土語也稔熟於心，經常在作品中自如地使用南京的俗諺。比如，在《小團圓》中，作者以南京話「糟哚哚，一鍋粥」形容荀樺私生活的混亂，如果是不瞭解南京的人，是很難順手拈來如此有表現力的俗諺的。

<h2 style="text-align:center">二</h2>

對於始終認為「最好的材料就是你最深知的材料」〔註 14〕的張愛玲而言，其對南京的書寫還與她 1944 至 1947 年（尤其是 1944 到 1945 年）間與胡蘭成的一段戀情有著密切的關聯。南京，曾經是一個寄託著張愛玲無盡的思戀與熱切的想望的城市，因為那是二人熱戀時胡蘭成居住的城市。由於擔任汪精衛政權的文化次長，胡蘭成日常都在南京辦公，每月僅有幾日待在上海，胡蘭成頻繁往返於上海、南京以及人雖待在南京心卻惦念著上海的愛人的處境都與小說中的世鈞吻合。小說寫世鈞在南京「一想起曼楨，他陡然覺得寂寞起來，在這雨淅淅的夜裏，坐在這一顛一顛的馬車上，他這故鄉好像變成了異鄉了」〔註 15〕，活脫脫就是胡蘭成聲口，甚至也可能就是胡蘭成寫給張愛玲的情書中的句子。

雖然早在 1947 年 6 月，張愛玲已經以一封清堅決絕的訣別信斬斷了二人的夫妻關係，但與胡蘭成的愛戀依舊是她心靈深處的「情結」，這使她在安排小說人物的時候，不自覺地便把男主人公放在了胡蘭成的位置。正像她在給友人信中所表達的那樣：「我想表達出愛情的萬轉千回，完全幻滅了之後也還有點什麼東西在」〔註 16〕，《十八春》的寫作對張愛玲而言絕非簡單的「potboiler」〔註 17〕（為糊口而作——筆者注），而是有著自我療傷的意味。正如弗洛伊德所云「文藝作品都是藝術家現實生活中無法實現的願望的替代性滿足」，《十八春》結尾寫世鈞與曼楨重逢傾訴後的感受，「至少她現在知道，他那時候是一心一意愛著她的，他也知道她對他是一心一意的，就也感到一種淒涼的滿足」〔註 18〕，其實正是張愛玲自己為胡蘭成濫情所傷後的潛

〔註13〕 張愛玲：《小團圓》，第 193 頁。
〔註14〕 張愛玲：《小團圓》，第 5 頁。
〔註15〕 張愛玲：《半生緣》，第 55 頁。
〔註16〕 張愛玲：《小團圓》，第 153 頁。
〔註17〕 夏志清：《張愛玲給我的信件》，長江文藝出版社 2014 年版，第 50 頁。
〔註18〕 張愛玲：《十八春》，《張愛玲文集》第 2 卷，安徽文藝出版社，1992 年版，第

意識願望的自然流露。1968 年，張愛玲在美國將《十八春》改寫爲《半生緣》，卻斷然刪掉了這段曾令無數讀者低徊不已的心理描寫，原因就是 1968 年的張愛玲在經過近 20 年的歲月沉潛後，已經不似當年那般沉浸於這段情感，或者說她已經在《十八春》中完成了情傷的自我療治，無需再用這段話來安慰自己──畢竟，「已經是那麼些年前的事了」〔註 19〕。

　　胡蘭成的存在，與張愛玲魂牽夢繞的家族記憶一起，激活了張愛玲對南京的書寫願望；與此同時，胡蘭成在南京的經歷、見聞、感想、體驗，也使張愛玲間接地受到了這個城市的「生活空氣的浸潤感染」。在張愛玲的自傳體小說《小團圓》和胡蘭成的散文《今生今世》中，我們都不難找到類似的細節。比如，《小團圓》中寫「之雍（以胡蘭成爲原型的小說人物──作者注）回南京去了，來信說他照常看朋友，下棋，在清涼山上散步」〔註 20〕；也寫盛九莉（以張愛玲爲原型的小說人物──作者注）「狂熱的喜歡他這一向產量驚人的散文」〔註 21〕；《今生今世》則寫胡蘭成特意爲張愛玲踏看過張家的祖宅。所有這些，都爲張愛玲的南京書寫提供了細緻眞切的生活質感。更有意思的是，胡蘭成這一時期創作的爲張愛玲所激賞的一系列散文中，即有多篇涉及到他在南京的生活和對南京的印象的。比如，在散文《記南京》中，胡蘭成不僅細緻地描寫了南京的荒蕪和野趣，還特意以與張愛玲的上海形成對照的方式寫南京人的生活情味。在文章中，他引用張愛玲對《毛毛雨》的注解，稱上海有「一種特殊的空氣是弄堂裏的愛：下著雨，灰色水門汀的弄堂房子，小玻璃窗，微微發出氣味的什物；女孩子從小襟裏撕下印花綢布條來紮頭髮，代替緞帶，走到弄堂口的小吃食店去買根冰棒來吮著」，而南京「雖有小街小巷，還有高等住宅區，卻沒有那種弄堂房子。倘使下雨，地面上的泥漿就直濺進店鋪或人家裏來，風吹著人們的衣裳，雖在屋子裏，也像是在曠野裏的沒處躲。上海的雨是人間的雨，南京的雨可是原始的。……（南京）不但沒有弄堂房子，也沒有大公司、大戲院。南京不是市民的世界。在上海，人們到店鋪裏不買東西，光看看也有一種滿足。在南京的街上，可是沒有這種情味」〔註 22〕。張愛玲的創作中雖然沒有直接移植胡氏文章中的文字，但

---

　　301 頁。
〔註 19〕 張愛玲：《半生緣》，第 341 頁。
〔註 20〕 張愛玲：《小團圓》，第 153 頁。
〔註 21〕 張愛玲：《小團圓》，第 197 頁。
〔註 22〕 胡蘭成：《記南京》，《江淮月刊》1944 年 7 月。

無論是對南京整體情調的渲染還是對南京的雨、街道以及清涼山等景點的描寫，都隱約有著胡蘭成散文的痕跡。

三

　　張家在南京的老宅，我專爲去踏看過，一邊是洋房，做過立法院，已遭兵燹，正宅則是舊式建築，完全成了瓦礫之場，廢池頹垣，唯剩月洞門與柱礎階砌，尚可想見當年花廳亭榭之跡。我告訴愛玲，愛玲卻沒有懷古之思，她給我看祖母的一隻鐲子，還有李鴻章出使西洋得來的小玩意金蟬金象，當年他給女兒的這些東西，連同祖母爲女兒時的照片，在愛玲這裡就都解脫了興亡滄桑。〔註23〕

這是胡蘭成在《今生今世》對張家老宅的記敘。誠如其所描述的，對於祖宅淪爲瓦礫殘垣的境遇，早就洞悉「時代是倉促的，已經在破壞中，還有更大的破壞要來。有一天我們的文明，不論是昇華還是浮華，都要成爲過去」、并因爲「思想背景裏有這迷惘的威脅」而喜歡「荒涼」〔註24〕的張愛玲，是當然不可能有興亡之感或是懷古之思的。

　　但是，張愛玲對祖宅沒有「興亡之感」，並不意味著她對祖宅沒有感情或是瞭解的興趣。只是，她自有她的角度和立場而已。她所戀戀於心的，不是胡蘭成似的「舊時王謝堂前燕，飛入尋常百姓家」的滄桑感慨，而是祖父母「蓋了大花園偕隱，詩酒風流」的兒女情態。「我姑姑對於過去只留戀那園子。她記得一聽說桃花或是杏花開了，她母親就扶著女傭的肩膀去看」〔註25〕，《對照記》中姑姑對祖宅花園的描述，構成了張愛玲對南京宅院的總體印象，以致於她小說中一再營造出類似的意境和氛圍。比如，《相見歡》中寫上海伍太太眼中的荀太太家——「那次她到南京去住在他們家，早上在四合院裏的桃樹下漱口，用蝴蝶招牌的無敵牌牙粉刷牙，桃花正開」〔註26〕。「用蝴蝶招牌的無敵牌牙粉刷牙」這一充滿現代性的生活方式與「桃花正開」的四合院風光相應成趣，成爲張愛玲小說本文中饒有趣味的意象。類似的意象也

〔註23〕　胡蘭成：《民國女子》，引自《今生今世》，長安出版社，2013年版，第159～160頁。
〔註24〕　張愛玲：《〈傳奇〉再版的話》，《流言》，第156頁。
〔註25〕　張愛玲：《對照記》，第45頁。
〔註26〕　張愛玲：《相見歡》，《怨女》（小說集），北京十月文藝出版社，2009年版，第280頁。

見於小說《半生緣》中。作者這樣描寫南京大戶石翠芝的家：「進去就是個大
花園，黑沉沉的雨夜裏，也看不分明。那雨下得雖不甚大，樹葉上的積水卻
是大滴大滴的掉在人頭上。桂花的香氣很濃。……老遠就看見一排玻璃門，
玻璃門裏面正是客室，一簇五星抱月式的電燈點得通亮」〔註27〕，正因為南
京的現代化程度不足，所以它還沒有現代都市中到處閃爍的霓虹燈，它的夜
晚依舊是黑沉沉的，更襯得玻璃門裏的燈光有「通亮」的感覺。這種雨聲潺
潺、暗香浮動的情調，傳達出30年代南京城所特有的田園氣息。類似的都市
意境，不僅西化嚴重的香港沒有，摩登的上海也沒有。比如，同樣是這一時
期的花園洋房，上海虹口的祝家洋房有「煤屑鋪的汽車道」、「厚厚的冬青
牆」、「遼闊」的草皮和紫郁郁的紫荊花，洋派而現代；香港薇龍姑姑家的洋
房則是「長方形的草坪，四周繞著矮矮的白石卐字闌干」、「修剪得齊齊整整
的長青樹」、「纖麗的英國玫瑰，布置謹嚴，一絲不亂」〔註28〕，尤其是晚上
的燈光，「那白房子黏黏地融化在白霧裏，在綠玻璃窗裏晃動著燈光，綠幽幽
的，一方一方，像薄荷酒裏的冰塊」〔註29〕，給人以精緻、洋派而又有幾分
荒誕的感覺。三者對照，更加映襯出南京的古典氣質。這一點，是張愛玲以
熟悉香港的、上海人的視角所看到的南京的獨特之處。

的確，不同於公寓、百貨公司、電梯、咖啡館和車水馬龍所組成的上海
都市空間，30年代南京依舊保留了許多具有田園意味的空間意象。在《半生
緣》中，這些意象不止是人物活動的空間，同時也成為人物心情的寫照，坐
實了景物與情感打成一片的張氏特色。比如，小說第四回寫世鈞和叔慧乘馬
車送翠芝回家，叔慧與翠芝之間隱隱產生朦朧的情愫：

> 馬蹄得得，在雨夜的石子路上行走著，一顆顆鵝卵石像魚鱗似
> 的閃著光……毛毛雨，像霧似的。叔慧坐在馬車夫旁邊，一路上看
> 著這古城的燈火……馬車停下來，翠芝……把雨衣披在頭上，特地
> 繞到馬車前面來和叔慧道別，在雨絲與車燈的光裏仰起頭來說「再
> 見」〔註30〕。

這段話是張愛玲小說中少有的溫潤筆墨之一，既寫出了南京雨夜清新、古樸

〔註27〕 張愛玲：《半生緣》，第57～58頁。
〔註28〕 張愛玲：《沉香屑　第一爐香》，《傾城之戀》（小說集），北京十月文藝出版社，
　　　　 2009年版，第2頁。
〔註29〕 張愛玲：《沉香屑　第一爐香》，《傾城之戀》（小說集），第14頁。
〔註30〕 張愛玲：《半生緣》，第56～57頁。

而又迷離的意境，也揭示了叔惠與翠芝雖互有好感卻無法言說的惆悵。承續
這一情調，作者把第二天故事的發生地放在了煙水蒼茫的玄武湖。玄武湖不
但是南京城的標誌性景點，也暗合主人公朦朧的心境，「隔著水，遠遠望見
一帶蒼紫的城牆，映著那淡青的天，叔惠這是頭一次感覺到南京的美麗」
〔註31〕。縱然兩個人都沒有「成眷屬」的想法——聰明漂亮、世故練達的上
海職員叔惠清楚「像翠芝這樣的千金小姐無論如何不是一個理想的妻子」，翠
芝也知道「她家裏是絕對不會答應的」，但這並不妨礙二人之間情愫的滋長。
此時的南京城，與玄武湖裏清新樸實的船家女「奪姑娘」一樣，是明麗而可
喜的。

　　蕩舟玄武湖，顯示了南京城清麗的一面，但這既非南京城的全部，亦非
崇尚蒼涼美學的張愛玲著筆最力之處。南京城裏最吸引張愛玲的山水景致，
應該是《小團圓》中邵之雍常去散步的「清涼山」。或者是愛屋及烏，或者是
特意要選擇一個蕭索、寂寥的所在，張愛玲讓故事中的三對男女在寒冷的冬
季登上了避暑勝地「清涼山」。清涼山上，「走不完的破爛殘缺的石級。不知
什麼地方駐著兵，隱隱有喇叭聲順著風吹過來。在那淡淡的下午的陽光下聽
到軍營的號聲，分外覺得荒涼」。至於清涼寺，則是「慘紅色的粉牆。走進
去，幾座偏殿裏都有人住著，一個襤褸的老婆子坐在破蒲團上剝大蒜，她身
邊擱著隻小風爐，豎著一捲席子，還有小孩子坐在門檻上玩」〔註32〕，滿眼
都是破敗、凋敝的景象。這次張愛玲沒有正面寫叔惠和翠芝的情感，只是從
翠芝當晚向未婚夫提出解除婚約的行為，含蓄地揭示了叔惠的再次出現使翠
芝對叔惠的感情趨於強烈，但清涼山和清涼寺的殘破、荒涼，已經暗示出二
人情感的無法善終。而這樣的意境，也象徵了小說主人公世鈞和曼楨的情感
結局。作者之所以在1968年出版的《半生緣》刪掉了《十八春》中關於鼎的
一段描寫，也刪去了「曼楨和世鈞站在那裏發了一會怔。曼楨笑道：『這些都
是把希望寄託在來生的人。想必今生都是不如意的。這麼許多人。看著真覺
得慘然』」〔註33〕的感慨，就是因為這段描寫不僅意圖十分直露，而且也過於
重複囉嗦，作者前面關於清涼山、清涼寺的描寫已經足以預示小說此後的情
節走向了。

〔註31〕 張愛玲：《半生緣》，第67頁。
〔註32〕 張愛玲：《半生緣》，第166～167頁。
〔註33〕 張愛玲：《十八春》，《張愛玲文集》第2卷，第143頁。

作爲一個並非南京土生土長甚至連陳衡哲、張恨水、胡蘭成等其他民國作家的短期寓居經驗也缺乏的外來者，張愛玲只能以一個「異鄉人」的視角來完成她對南京的書寫。一方面戀戀於自己古老的家族記憶，一方面受其獨特的蒼涼美學所吸引，張愛玲的視野中，沒有秦淮河的繁華和夫子廟的熱鬧，而只有雨後玄武湖的寧靜和冬日清涼寺的荒涼。這一切，既吻合她對南京的記憶和想像，也與她一以貫之的美學風格相適應。

四

無法說清到底是家族記憶的成份更多，還是個人情感和想像的作用更大，南京城在張愛玲的筆下靜靜的散發著古樸、寧靜而又荒寒的氣息；而她筆下的南京人生活，也有著與這座城市相近的底色與情調。如果說其筆下的上海人因爲「傳統的中國人加上近代高壓生活的磨練」而生成了一種「奇異的智慧」，其筆下的南京人則在較爲穩定從容的環境中依舊保留了傳統中國人的價值觀念與生活方式。這一點在張愛玲的多篇小說中都有涉及。比如，在《相見歡》中，生活在南京的荀太太在「海派太太們」眼中別有一種「安詳悠嫻」的「文氣」〔註34〕；而在《怨女》中已搬到上海生活的姜老太太對南京時代家族生活的最深刻的記憶則是「那一邊房子是磚地……媳婦們立規矩的地方，一溜磚都站塌了」〔註35〕。而在明確以南京、上海的「雙城」設置形成「參差的對照」的《半生緣》中，南京的保守與傳統在上海的映襯下體現得更爲鮮明，近現代中國發展時序上的「傳統」與「現代」被借助地域空間上的「上海」、「南京」而共時展開。正如小說第五回那個「時代的列車」所比喻的那樣——

> 一上火車，世鈞陡然覺得輕鬆起來。他們買了兩份上海的報紙躺在鋪上看著。火車開了，轟轟隆隆離開了南京，那古城的燈火漸漸遠了。人家說「時代的列車」，比譬得實在有道理，火車的行馳的確像是轟轟烈烈通過一個時代。世鈞的家裏那種舊時代的空氣，那些悲劇性的人物，那些恨海難填的事情，都被丟在後面了。〔註36〕

南京與上海，由此在被悄然置換爲保守與現代的關係。正像張愛玲寫《傳

〔註34〕 張愛玲：《相見歡》，《怨女》（小說集），第281頁。
〔註35〕 張愛玲：《怨女》，《怨女》（小說集），第124頁。
〔註36〕 張愛玲：《半生緣》，第77頁。

奇》明確聲言「試著用上海人的觀點來查看香港」〔註37〕一樣，張愛玲筆下的南京自然也是她上海視角的產物。小說多次以上海人叔慧的視角看南京人的守舊。比如，叔慧和世鈞第一次送翠芝回家，翠芝一回家即換上「簇新的藕色緞子夾金線繡花鞋」。「簇新的藕色緞子夾金線」的清新、豔麗象徵著翠芝的青春而蓬勃的生命，而「繡花鞋」這一具有濃厚古典意味的服飾，又顯示了她所在家庭的保守性和她的舊女性身份，二者形成對照。就像叔慧所想的：「像翠芝這一類的小姐們，永遠生活在一個小圈子裏，唯一的出路就是找一個地位相等的人家，嫁過去做少奶奶──這也是一種可悲的命運。而翠芝好像是一個個性很強的人，把她葬送在這樣的命運裏，實在是很可惜」〔註38〕。叔慧跟世鈞說「這石小姐……她這人好像跟她的環境很不調和」指的正是翠芝頗為現代的個性與她守舊的環境之間的衝突，但在世鈞的眼中，卻是「她雖然是個闊小姐，可是倒穿著件藍布大褂」的不協調。叔慧作為上海人，能夠以外來者的視角敏銳地發現翠芝的個性與環境之間的不協調，他與翠芝的情感除了青年男女之間不自覺的互相吸引之外，也有著「因為懂得，所以慈悲」的知音與默契。世鈞的情形則剛好相反，作為與翠芝一起長大的土生土長的南京人，他無法省察翠芝與環境的衝突，因為他本身也是南京城的一份子。許多年來他關注的只是翠芝的「大小姐脾氣」，耿耿於懷的是母親因為自家的暴發戶身份而對翠芝家的巴結，和翠芝對自己的歧視。雖然他理性上嚮往自食其力的工程師身份，但內心深處依然頑固地保留著「家族少爺」的潛意識。再接下來，作者寫翠芝冒雨送叔慧出來，「叔慧不禁想起翠芝那雙淺色的繡花鞋，一定是毀了」〔註39〕，暗示翠芝已經不安於「繡花鞋」式的古典命運，而暗暗生發出新的思想與情懷。果然，第二天出現在叔慧面前的翠芝，已經是「烏絨闊滾的豆綠軟緞長旗袍，直垂到腳面上」，而腳上所穿的，則是一雙摩登的高跟鞋。從「繡花鞋」到「高跟鞋」的轉變，也是人物由保守走向現代的一次試練。因而，作者設計翠芝高跟鞋踏在旗袍腳上而弄斷鞋跟的情節頗為耐人尋味，一來，「軟緞長旗袍」與「高跟鞋」是古典與現代的搭配，揭示出翠芝在二者之間搖擺不定的心境，翠芝雖生長於保守的南京大家庭，但內心嚮往的是現代自主的生活；而「高跟鞋」踏在「旗袍」

〔註37〕 張愛玲：《到底是上海人》，《流言》，第 5 頁。
〔註38〕 張愛玲：《半生緣》，第 56～57 頁。
〔註39〕 張愛玲：《半生緣》，第 59 頁。

腳上而弄斷鞋跟，也顯示出翠芝尚不是十分適應自己的這種打扮方式，她的現代思想未必能夠貫徹始終。翠芝曾給家人留信「說要到上海去找事」，這種女性自立的行為，在 30 年代上海已經被視為一種具有現代意義的生活方式而在各個階層獲得了接受度（並非只有家境貧寒的人家才讓女性出門就業），但在南京的情形卻不然。如果翠芝果真出門就業，一定被她的家庭視為「家門之垢」，這一點從一鵬對曼楨的態度就可以看出來。果然，翠芝後來也放棄了自己的想法而逐漸回歸闊小姐和闊太太的身份。曼楨的情形則剛好與之相反，她出來工作固然是為了養家糊口，但也是她自立的現代女性態度使然，因而世鈞提出結婚的要求時她並不急於就做「女結婚員」。她寧肯自己勞累和經受相思之苦，也希望能夠擁有不依附家庭的獨立的生活（世鈞送她紅寶石戒指，「曼楨聽見說他是用自己掙的錢買的，心裏便覺得很安慰」〔註40〕；後來她嫁給祝鴻才時也申明「婚後還要繼續做事」〔註41〕），這種自立的女性態度，在當時就是現代女性的代名詞。有意思的是，小說第 10 回寫曼楨去南京，也因為「腳上穿著一雙瘦伶伶的半高跟灰色麂皮鞋」而把「腳上的凍瘡凍破了」〔註42〕。這個細節表明，貧窮、現代的上海女孩曼楨對傳統、保守、講究家庭門第的南京的水土不服，從一開始就已經注定了。即便沒有後來曼楨的一系列遭遇，她也未必能嫁給世鈞。在《更衣記》中寫過服裝變遷史的張愛玲，對於時代進步和思想發展而影響到服飾潮流的變化有清晰深刻的瞭解，她小說中的人物著裝，同時也是人物思想觀念的外化。這一點在香港導演許鞍華 1997 年改編的電影《半生緣》中得到了刻意的呈現：曼楨從出場到結尾絕大部分時間穿的都是半新不舊的西式裙裝（只有在下嫁祝鴻才前在小學教書的短暫一段穿旗袍），雖與原著描寫不符（原著小說中曼楨一開始穿的也是旗袍），但突出了曼楨作為上海人的現代身份；世鈞則從出場到結尾絕大部分時間穿的是西裝，而在南京街頭的一段穿的則是中式長衫。長衫與西裝、旗袍與西式裙服的變化，在不動聲色中顯現了著裝人的思想立場與身份特徵。翠芝穿繡花鞋的自如與穿高跟鞋的彆扭、曼楨在上海日常所穿的半高跟灰色麂皮鞋到南京卻引發凍瘡潰爛，既是真切細密的生活細節，也是人

〔註40〕 張愛玲：《半生緣》，第 168 頁。
〔註41〕 張愛玲：《半生緣》，第 297 頁。另外，在小說原著中，跟曼楨結婚時的祝鴻才經濟條件依舊是很好的，不似改編的電影中那麼潦倒。
〔註42〕 張愛玲：《半生緣》，第 167 頁。

物思想與處境的外現。

　　上海與南京在「參差的對照」中所顯示的傳統與現代的關係，不止體現在兩位女性的服飾對照上，也還體現在精明、活潑的上海男人許叔惠與溫厚、木訥的南京男人沈世鈞的性格差異上。世鈞曾經微弱地掙扎，試圖擺脫對大家庭的依附而與曼楨創造一種較為現代的自立的生活，但他很快便向家庭全面投降。這一點從他對家中皮貨店的情感變化也可以看出來，這爿店由「陰森而華麗的殿堂」變為「只剩下一種親切感」〔註43〕的過程，也是他對家庭由反抗、疏離到逐漸皈依的過程。這其中，雖與來自父母的情感壓力有關，但更多的還是他敷衍妥協、不肯爭取的個性使然。這樣的一種個性，既是屬於世鈞這一人物形象的獨特的「這一個」，也是上世紀30年代傳統（守舊）、溫厚（溫吞）、包容（妥協）的南京人個性的典型代表。在曼楨與世鈞發生誤會之前世鈞已選擇從上海辭職回到南京，其實在某種意義上也意味著他放棄了上海式的、依託於個人自立的現代中產階級小家庭生活而重新回歸到南京式的、依託於門第財富的傳統大家族生活。故而我們不妨做這樣的設想，即便沒有曼楨的被姦污和緊接下來的長期監禁，他和曼楨也未必能「有情人終成眷屬」。二人之間，還橫亙著兩種生活方式的衝突，一如張愛玲本人生活中的母親所代表的西化的、公寓式的現代生活方式和父親所代表的傳統的、老式洋房的遺老式生活方式。世鈞婚後應翠芝要求搬到上海過起小家庭生活，未嘗不意味著在時間的較量中上海式的現代小家庭制度對南京式的保守的大家庭生活方式的全面勝利。雖然這樣的分析未必是作者構思中的原意，以虛構文本作為城市生活史的材料也有些煞風景，但「形象永遠大於思想」，對於始終注重「社會小說」的「紀實性」的張愛玲而言，這樣的解讀應該是不違背其原意的。

結　語

　　區別於同代其他作家的南京書寫往往著眼於其「風流總被雨打風吹去」的往昔繁華或是作為民國新都的「勝景」或是由於南京大屠殺而造成的傷痛記憶，張愛玲筆下的南京仍舊充滿了灰撲撲的日常生活的質地。就像《傾城之戀》中香港的傾覆成就了流蘇的婚姻願望一樣，張愛玲作品中的時間／歷史與空間／城市只有在與「軟弱的凡人」發生關聯時才具有意義。寫香港

─────────────

〔註43〕張愛玲：《半生緣》，第160～161頁。

是如此，寫上海是如此，寫南京也是如此。在她的人生觀和寫作觀裏，「軟弱的凡人」比「英雄」更能代表「時代的總量」，「人在戀愛的時候是比在戰爭或革命的時候更素樸也更放肆」〔註44〕都是深入骨髓的信條。因而，儘管就歷史而言，南京就像「古董鋪子，到處都有些時代侵蝕的遺痕。你可以摩挲，可以憑弔，可以悠然遐想；想到六朝的興廢，王謝的風流，秦淮的豔跡」〔註45〕；就現實而言，30 年代的南京既是民國首都，也關聯著劇烈慘痛的大屠殺記憶，但她筆下的南京，卻依舊是幾對平凡兒女的戀愛、婚姻和舊家庭里老爺、太太、姨太太之間盤旋婉曲的利害算計。從這一意義上說，1950 年的張愛玲通過她小說中的南京書寫，再一次做出了背向潮流的選擇。也許，正是由於這種逆向的選擇，她才寫出了 30 年代南京城由於現代化程度不足而特有的那種暗香浮動的古典氣韻，也寫出了南京城兒女在傳統向現代變遷中不乏溫情又滿是蒼涼的生活情態。

〔註44〕 張愛玲：《自己的文章》，《流言》，第 188 頁。
〔註45〕 朱自清：《南京》，《中學生》第 34 號，1934 年 10 月。

《丹鳳街》與民國南京城市書寫

袁　昊

（四川大學文學與新聞學院，四川成都，610064）

摘　要

　　南京作爲文化名城，在歷史上有其固有的歷史文化形象。進入民國後，南京城市文化與文學形象發生變化，保守性與政治性成了其顯著特徵。而在南京城市書寫中，南京城市具體概貌卻變得模糊，張恨水的民國南京城市書寫，尤其是小說《丹鳳街》，卻記錄了其城市樣貌，是南京民國城市形象的文學顯現，具有重要的價值與意義。在具體書寫中，張恨水運用總體與局部映襯、由面到點、高視角多維度相結合的方法，構建了民國南京城市的文學形象，由此也開創了現代文學城市書寫別樣的路徑。

關鍵詞：張恨水、《丹鳳街》、民國南京、城市空間

一

　　南京作爲六朝古都，有著悠久燦爛的歷史文化和雄偉秀麗的山河美景，自古就有「江南佳麗地，金陵帝王州」的美譽，是中國四大古城之一。南京這座城市留給我們的印象，既有金陵王氣和秦淮金粉的歷史光輝，也有王氣憾然和氣象不再的悲情與落寞，甚至這種滄桑感成了南京城市形象主要的一

面。隨著王朝帝制的崩潰，南京成爲中華民國的首都，這種滄桑感似乎在國民政府的城市再造中漸漸消失，政治性與保守性成了民國南京城市的文化特色。民國南京這種新的城市印象逐漸成爲後來研究者對民國南京文學與文化整體評價的共識，「南京因爲民國時期首府的地位，無形中具有更多政治文化所賦予的保守色彩。」〔註1〕作爲民國首都的政治文化與抱持詩教的傳統文化相融合，共同鑄成民國南京的文化特徵。

從民國時期南京的文學與文化史事中也能證實這種城市文化特徵的存在，民國「南京的文學籠罩在文化保守主義的傳統之下，以古典文學爲基礎，試圖融合傳統文學與西方文學的精粹，形成藝術價值較高的文學作品，駁斥新文學中浮泛虛誇的成分，樹立與新文化陣營截然不同的溫厚廣博的文學規範。」〔註2〕在具體梳理民國南京文學整體面貌時，把南京文學分爲保守性的傳統文學和政治性的黨化文學，保守性的傳統文學體現在以「《學衡》派」爲主的舊式詩詞創作上，而政治性的黨化文學則體現在國民黨所發起的民族主義文學運動。對民國南京城市及文學的這種論斷似乎成爲民國南京研究的公論。但這一公論並不能作爲民國南京文學與文化研究的定論。任何結論都是針對具體的研究對象而言，而對象選取的範圍及多少，往往決定了該結論適用的程度。比如李歐梵的上海研究，他認爲三十年代的上海是極爲現代化的城市，其文學與文化體現了現代化的特徵。可盧漢超的研究卻認爲上海並不是那麼現代，甚至保有很強的鄉土特徵。李、盧二者的結論好像非常矛盾，一個現代一個鄉土，是不是二者中某一個的結論錯了呢。並不是如此。結論的相反是緣於二者研究的重點與選取的對象不一樣，二者的結論僅僅是基於他們所涉及的研究範圍，在其研究範圍內他們各自的結論是可靠的。與此相類，民國南京的城市文化與文學形象不可能只有單一的文化保守與政治保守這一個面向，民國南京還有別樣的文學與文化樣貌。而張恨水《丹鳳街》中民國南京書寫就提供了這樣一個樣本。

張恨水是現代通俗小說大家，一生創作 110 多部小說，是非常多產的小說家。因受新文學評價機制的制約，張恨水的小說並未受到較公正的評價。新時期以來張恨水研究越來越被重視，其中一個研究思路即是駁斥新文學批

〔註1〕 尹奇嶺：《民國南京舊體詩人雅集與結社研究·緒論》，中國社會科學出版社，2011 年版，第 3 頁。

〔註2〕 張勇：《文學南京：論二十世紀二三十年代南京文學生態·緒論》，中國社會科學出版社，2013 年版，第 5 頁。

評家對張恨水小說缺乏現代性特徵的指責，相反去證明張恨水小說具有很強的現代性﹝註3﹞，進而論證張恨水小說的獨特價值與貢獻，有論者認為張恨水「上承中國古今小說傳統，在沿著老百姓喜聞樂見的民族形式發展道路上，使通俗小說的現代化突進到一個新的水平，使輕視賤視通俗文學的某些知識精英作家也不能小覷這位通俗作家的存在，他是使通俗小說再度中興的頭號功臣。」﹝註4﹞直接論證張恨水小說的價值與意義不是本文的重點，但我們可以從另外的角度來看張恨水小說的獨特之處。

翻閱張恨水的小說，會發現除了採用章回體模式、敘事套路相似的共同特徵外，還有一個非常明顯的共同特徵，就是這些小說基本上都是對「城與人」的書寫。張恨水在塑造一個個形象生動的城市人物時，也構築了北京、重慶、天津、上海、南京等眾多城市的形象。這幾個城市中又數對北京與重慶書寫為多，南京反而不是他書寫最多的城市，只有《如此江山》、《九月十八》、《玉交枝》、《滿江紅》、《秦淮人家》、《丹鳳街》、《石頭城外》以及散文集《兩都賦》是以南京城與人作為書寫對象。然而，就是張恨水為數不多的南京書寫卻顯示了他小說寫作的變化。早期的北京書寫，更多的是把城市作為背景，城市本身並沒有主體地位，而他的南京書寫卻有了變化，城市從故事的背景轉為敘述主題，從「客體」變為「主體」。﹝註5﹞

實際上張恨水在南京寓居的時間並不長，1936 年初從上海到南京，1937年底離開南京到重慶，前後兩年。在南京期間，張恨水創辦了《南京人報》。到重慶後創作了幾部以南京為背景的小說，以及散文集《兩都賦》。《兩都賦》把南京和北京相提並論。張恨水非常喜歡南京，他認為南京的自然風物適合他的性情，對南京的「荒落、冷靜、蕭疏、古老、沖淡、纖小、悠閒」情有獨鍾。﹝註6﹞因此張恨水筆下的南京多「選擇背對著城市的繁華，淡化和隱沒了許多作為城市現代化的象徵，而去尋訪未被物質文明侵染，寧靜、質樸的

﹝註3﹞ 溫奉橋專著《現代性視野中的張恨水小說》（中國海洋大學出版社，2005 年版）就是代表，該著從「主題現代性」、「文體現代性」、「文化現代性」等方面來論證張恨水小說的現代性特徵。

﹝註4﹞ 范伯群：《中國現代通俗文學史（插圖本）》，北京大學出版社，2007 年版，第446 頁。

﹝註5﹞ 卞秋華：《張恨水小說中的南京書寫》，《中國現代文學研究叢刊》2013 年 4月，第 158 頁。

﹝註6﹞ 張恨水：《頑蘀幽古巷》，《張恨水文集・散文集》，洪江編，華中師範大學出版社，1997 年版，第 21 頁。

古城。」〔註7〕而這之中又以《丹鳳街》的南京書寫最爲出色，不僅書寫了民國南京市民社會的特徵，而且書寫出了民國南京古城特色的一面，顯示了民國南京城市形象的另一種面向。

二

城市作爲一龐大空間實體，難以認識與把握，與鄉村的穩定、熟悉、透明不同，城市往往是流動的，也不透明，讓人不易獲得對它的感受與認識。現代文學史上，描寫城市的作品，城市往往僅作爲背景與場所，少有對城市本身的關注。這些文學作品中的城市面目模糊、輪廓不清，難以表達現代中國城市的實相與整體性。但張恨水小說《丹鳳街》中的民國城市卻輪廓清晰，讓人一目了然。讀完小說，會對南京的丹鳳街乃至南京城市整體狀況有一個較爲可靠的認識。這都有賴於張恨水獨特的南京城市書寫方法。

在書寫丹鳳街的樣貌之前，張恨水先交代了丹鳳街的臨街唱經樓的情況，唱經樓「這樓名好像是很文雅，夠得上些煙水氣。可是這地方是一條菜市，當每日早晨，天色一亮，滿街泥汁淋漓，甚至不能下腳。在這條街上的人，也無非雞鳴而起，孳孳爲利之徒。」〔註8〕唱經樓的屬性，菜市場；菜市場上的人群多爲「孳孳爲利之徒」。這與我們所熟悉大城市市民社會極爲相似，毫無特點，「是條純南方式舊街」，但是這條舊街卻出現了新的現象，「現代化的商品也襲進了這老街，矮小的店面，加上大玻璃窗，已不調和。而兩旁玻璃窗裏猩紅慘綠的陳列品，再加上屋檐外布製的紅白大小市招，人在這裡走像捲入顏料堆。」〔註9〕儘管古舊老街湧進了現代化的商品，改變了市場風貌，但張恨水並未對這些新的現代化商品及這些商品所引起的人們觀念與生活上的變化進行書寫，他筆鋒一轉，不關注這些新現象，而是迅速進入唱經樓的鄰街丹鳳街。

丹鳳街是比唱經樓更大的街道，張恨水從三個方面來寫這條大街。一是寫丹鳳街的繁榮與熱鬧，「二三十張露天攤子，堆著老綠或嫩綠色的菜蔬。鮮魚擔子，就擺在菜攤子的前面。大小魚像銀製的梭，堆在夾籃裏。有的將兩隻大水桶，養了活魚在內，魚成排的，在水面露出青色的頭。還有像一捆青布似的大魚，放在長攤上砍了來賣，恰好旁邊就是一擔子老薑和青蔥，還很

〔註7〕 卞秋華：《張恨水小說中的南京書寫》，第158頁。
〔註8〕 張恨水：《丹鳳街》，人民文學出版社，1983年版，第1頁。
〔註9〕 張恨水：《丹鳳街》，第2頁。

可以引起人的食欲。男女挽籃子的趕市者，側著身子在這裡擠。過去一連幾家油鹽雜貨店，櫃檯外排隊似的站了顧客。又過去是兩家茶館，裏面送出哄然的聲音，辨不出是什麼言語，只是許多言語製成的聲浪。帶賣早點的茶館門口，有鍋竈疊著蒸屜，屜裏陣陣刮著熱氣，這熱氣有包子味，有燒賣味，引著人向裏擠。」〔註 10〕攤子多說明市場繁榮，魚肥菜鮮說明物產豐富，早點攤生意興隆說明市民經濟狀況較好。二是寫丹鳳街人多，「這裡雖多半是男女傭工的場合，也有那勤儉的主婦，或善於烹飪的主婦，穿了半新舊的摩登服裝，挽了個精緻的小籃子，在來往的籮擔堆裏碰撞了走，年老的老太爺，也攜著孩子，向茶館裏進早餐。這是動亂的形態下，一點悠閒表現。這樣的街道，有半華里長，天亮起直到十點鐘，都為人和籮擔所填塞。米店，柴炭店，醬坊，小百物店，都在這段空間裏，搶這一個最忙時間的生意。」〔註 11〕丹鳳街成了市民的舞臺，各色人都在這舞臺上穿梭，忙碌與悠閒相交織。三是寫丹鳳街街貌的古舊，「丹鳳街並不窄小，它也是舊街巷拆出的馬路。但路面的小砂子，已被人腳板摩擦了去，露出雞蛋或栗子大小的石子，這表現了是很少汽車經過，而被工務局忽略了的工程。菜葉子，水漬，乾荷葉，稻草梗，或者肉骨與魚鱗，灑了滿地。兩個打掃夫，開始來清除這些。長柄竹掃帚刷著地面沙沙有聲的時候，代表了午炮。這也就現出兩旁店鋪的那種古典意味。屋檐矮了的，敞著店門，裏面橫列了半剝落黑漆的櫃檯。」〔註 12〕通過對丹鳳街這三個方面的書寫，使我們能對丹鳳街整體概貌有一個較為完整的把握與認識，丹鳳街是民國南京的一條老街，是市民社會的典型代表，浸透著市民社會的日常永恒性特徵。

張恨水的丹鳳街書寫採用的是近距離的觀察與細描的方法，有些瑣碎，但更為真切。與此形成對比的是《子夜》開頭對上海的書寫，茅盾採用高空俯視的全局視角來寫上海的整體概貌，「太陽剛剛下了地平線。軟風一陣一陣地吹上人面，怪癢癢的。蘇州河的濁水幻成了金綠色，輕輕地，悄悄地，向西流，流。黃浦的夕潮不知怎樣的已經漲上了，現在沿這蘇州河兩岸的各色船隻都浮得高高地，艙面比碼頭還高約莫半尺。風吹來外灘公園裏的音樂，卻只有那炒豆似的銅鼓聲最分明，也最叫人興奮。暮靄挾著薄霧籠罩了外白

〔註 10〕 張恨水：《丹鳳街》，第 2 頁。
〔註 11〕 張恨水：《丹鳳街》，第 2 頁。
〔註 12〕 張恨水：《丹鳳街》，第 3 頁。

渡橋的高聳的鋼架，電車駛過時，這鋼架下橫空架掛的電車線時時爆發出幾朵碧綠的火花。從橋上向東望，可以看見浦東的洋棧像巨大的怪獸，蹲在暝色中，閃著千百隻小眼睛似的燈火。向西望，叫人猛一驚的，是高高地裝在一所洋房頂上而且異常龐大的 Neon 電管廣告，射出火一樣的赤光和青磷似的綠焰：Light，Heat，Power！」〔註13〕蘇州河，蘇州河的水，黃浦江的夕潮，蘇州河的船隻，外白渡橋的鋼架，電車，電線，洋棧，電光廣告，燈光，這些事物一一呈現，給人以上海極為繁華、極為現代的感覺。茅盾的上海描寫，具有極強的象徵意味，把上海高度資本主義化的特徵隱寓在這些物象中。更為主要的是，通過這種象徵化的書寫，實則暗含了作者對高度資本主義上海的情感與價值傾向，「軟風」、「濁水」、「叫人興奮」的「外灘公園裏的音樂」、「怪獸」似的「洋棧」、「小眼睛似的燈火」、「青磷似的」「電管廣告」光，這些修飾詞多偏貶義，由這些貶義性的詞語來描述整體的上海，實際上奠定了對之後整個上海城與人書寫的感情基調，否定與批判成了主色，而作為城市實體的上海本來面貌、上海城市與人群的日常狀態等，是模糊的甚至是抽象化的。張恨水的民國南京城市書寫平實自然，客觀寫實是其主要特徵。由這種客觀性的整體描寫，給予讀者較為真實可靠的南京城市印象，有利於加深對南京城市的認識，一定程度上也塑造了民國南京的城市形象。因客觀描寫城市而使城市定型，因定型城市而使城市形象進一步光大，這是一個雙向塑造的建構過程。

對民國南京城市的整體性描寫固不可少，而具體細微的聚焦同樣也很有必要，整體與局部結合、概貌與細節相配更能勾畫出城市的本真面貌。張恨水對南京丹鳳街的書寫遵循這一方法，在整體性地描寫完丹鳳街之後，他的筆深入丹鳳街市民居所的細微處，選取了幾個點來詳細書寫城市結構佈局。張恨水所選取的幾個點是陳秀姐家、童老五家、楊大個子家和許樵隱家。陳秀姐家、童老五家和楊大個子家屬於城市貧民階層，許樵隱家屬於上層紳士階層，陳秀姐家在丹鳳街，童老五家和楊大個子家在丹鳳街外，是民國南京另外的貧民聚居地，與丹鳳街陳秀姐家形成同類映襯；許樵隱家不在丹鳳街上，但與丹鳳街相距不遠，同丹鳳街陳秀姐家形成相反映襯。這四個家庭的細部描寫與整體性的丹鳳街描寫共同構成了民國南京城市樣貌特徵。在描寫這四個家庭的樣貌時，張恨水總體上採用的是對比手法，貧窮家庭與富裕家

〔註13〕 茅盾：《子夜》，開明書店，1933 年版，第 1 頁。

庭的對比，從道德品質等方面加以比較，道德品質又與財富多寡成反比，而
財富的多寡既從兩類人家不同的經濟狀況加以比較，又從兩家房屋具體狀況
來比較，尤其是後者的比較把民國南京城市不同階層的房屋特徵呈現出來，
有歷史記載的作用與價值。

　　陳秀姐家、童老五家和楊大個子家雖然都是底層平民，但是三家住房結
構是不一樣的。陳秀姐的房子非常低矮破舊，「矮小的人家，前半截一字門樓
子，已經倒坍了，頹牆半截，圍了個小院子。在院子裏有兩個破炭簍子，
裏面塞滿了土，由土裏長出了兩棵倭瓜藤，帶了老綠葉子和焦黃的花，爬上
了屋檐。在那瓜蔓下面，歪斜著三間屋子。」〔註 14〕陳秀姐家房屋特點是
「矮」、「破舊」、「小」，是丹鳳街底層貧民住房的典型特徵。童老五家和楊大
個子家實際上並不是他們自己的家，是他們租住的房子，除了有與陳秀姐
家房屋相通的破舊矮小的特徵外，童、楊二家房屋所在地不乏淡淡詩意、自
然環境較好。童老五家「堂屋開扇後面，正對了一片菜園。園裏有兩口三兩
丈見方的小野塘，塘邊長了老柳樹，合抱的樹幹，斜倒在水面上，那上頭
除了兩三根粗枝而外，卻整叢的出了小枝，像個矮胖子披了一頭散髮，樣子
是很醜的。那口小水塘裏，也浮了幾隻鵝鴨。這裡並沒有什麼詩意，那鴨子
不時的張了扁嘴呱呱亂叫。」〔註 15〕這樣的環境所在確實具有鄉村田園氣
息，不無詩意。楊大個子家旁邊的「一條流水溝上，並排有大小七八棵楊柳
樹，風吹柳條搖動著綠浪，電燈泡常是在樹枝空當裏閃動出來。看著三四隻
烏鴉，工作了一日，也回巢休息了，站在最高一棵柳樹的最高枝上，撲撲
地扇著翅膀，呱呱地叫。」〔註 16〕童、楊兩家雖窮，但是在貧窮之中仍不乏
沖淡自然的生活，顯示了南京鄉土氣息濃鬱的特點，這也就是張恨水對南
京特別喜歡的原因之一。「我必須歌頌南京城北，它空曠而蕭疏，生定了是合
於秋意的。」〔註 17〕「我在南京市，住在城北。因為城北的疏曠，乾燥，爽
達，比較適於我的性情。」〔註 18〕張恨水對鄉土的南京情有獨鍾，筆下流露
出不盡的繾綣之情。與此相反，對南京城市現代性的一面少有提及，在涉
及南京城市現代性的一面時也僅僅是一筆帶過，而不作過多關注，南京城

〔註 14〕　張恨水：《丹鳳街》，第 18 頁。
〔註 15〕　張恨水：《丹鳳街》，第 127～128 頁。
〔註 16〕　張恨水：《丹鳳街》，第 144 頁。
〔註 17〕　張恨水：《秋意侵城北》，《張恨水文集・散文集》，第 17 頁。
〔註 18〕　張恨水：《碩蘿幽古巷》，《張恨水文集・散文集》，第 21 頁。

南，「十次出門有九次是奔城南，也不光為了報社在那兒，新街口有冷氣設備的電影院，花牌樓堆著鮮紅滴翠的水果公司，那都夠吸引人。」〔註19〕報社、電影院、水果公司，基本沒有出現在張恨水幾本以南京為背景的小說中。

　　同這些貧民家庭形成對比的是南京上層紳士之家，如許樵隱家，許家的富裕不需詳細說明，單看許家房屋構建的宏闊就可見一斑。許樵隱公館「在丹鳳街偏東，北極閣山腳下空野裏。」「是幢帶院落的公館。」「他家大門，是個一字形的，在門框上嵌了一塊四方的石塊，上有『雅廬』兩個大字。兩扇黑門板，是緊緊的閉著，門樓牆頭上，擁出一叢爬山虎的老藤，有幾根藤垂下來，將麻繩子縛了，繫在磚頭上。這因為必須藤垂下牆來，才有古意，藤既不肯垂下來，只有強之受範了。這兩扇門必須閉著，那也是一點雅意，因為學者陶淵明的門雖設而常關著呢。」〔註20〕許家院子裏種有多種花草，很有氣派。許樵隱家內的陳設，僅就他的書齋來看，「有兩個竹製書架，一個木製書架，高低不齊，靠牆一排列著。上面倒也實實在在的塞滿了大小書本。正中面陳列了有一張木炕，牆上掛了一幅耕雨圖，兩邊配一幅七言聯：三月鶯花原是夢，六朝煙水未忘情。書架對過這邊兩把太師椅，夾了一張四方桌。桌旁牆上，掛了一幅行書的《陋室銘》。攔窗有一張書桌，上面除陳設了文房四寶之外，還有一本精製宣紙書本，正翻開來攤在案頭，乃是主人翁與當時名人來往的手札。」〔註21〕許家外形森然，內部雅致，儼然是殷富詩書之家。許家同陳、童、楊三家房屋結構差別明顯，但卻與它們共同構成了民國南京城市市民居所的豐富的多層次空間。

　　張恨水通過對民國南京城市由整體到局部細緻的書寫，勾勒出了它的基本面貌，使讀者能夠獲得民國南京城市文學形象的整體印象。張恨水並沒就此結束對南京城市形象的構建，他的眼光非常開闊，跳出南京這座城市，從更遠更高的角度來觀照南京。他設置了南京鄉下作為觀察的視點。連接南京城與鄉的是從城裏回鄉的童老五。張恨水設置城鄉對比的書寫結構，無疑使南京城市形象更加完整也更加清晰。

　　離南京城三十里的鄉下，就是鄉村田園美景的代表。「村莊園圃，一片綠

〔註19〕　張恨水：《日暮過秦淮》，《張恨水文集‧散文集》，第5頁。
〔註20〕　張恨水：《丹鳳街》，第5頁。
〔註21〕　張恨水：《丹鳳街》，第6～7頁。

地上，又是一堆濃綠，一堆淡黃，分散在圩田裏面。」〔註22〕各戶人家也都豐衣足食，就是到鄉下開茶館的洪麻皮也過得優哉遊哉極為愜意。洪麻皮在鄉下茶鋪的周邊環境，「一道小河溝，兩岸擁起二三十棵大柳樹。這正是古曆三月天，樹枝上拖著黃金點翠的小葉子，樹蔭籠罩了整條河，綠蔭蔭的。柳花像雪片一般，在樹蔭裏飛出去。水面上浮蕩著無數的白斑。有幾隻鵝鴨，在水面上游來遊去。」「在那柳樹最前兩棵下面，有一所茅屋，一半在水裏，一半在岸上。水裏的那屋子，卻是木柱支架著，上面鋪了木板，那屋子敞著三方朝水，圍了短木欄，遠遠看到陳設了許多桌椅，原來是一所鄉茶館子。」〔註23〕南京鄉下與南京城市形成對比，但更多的是對南京城市加以補充，使民國南京城與鄉銜接在一起，而不至於突兀。並且，通過這種空間上的大跨度書寫與對照，我們能獲得對南京城市的「透明性認識」，使其具有雷蒙·威廉斯所說的「可感知社區」的屬性，「小說家有意向人們展示所有，它們之間的關係是可知和可溝通的。」〔註24〕在通常情況下，「在有關城市的虛構文學中，經驗和社群基本上是不透明的；而在有關鄉村的虛構文學中，則基本上是透明的。」〔註25〕張恨水的南京城市書寫呈現的是南京城市鄉土特徵的一面，城市社區與人群都是在一種可見的空間內展開，我們能夠獲取其樣態與特徵。這是張恨水南京城市書寫的重要貢獻。

三

有論者認為張恨水的《丹鳳街》的南京書寫「帶有濃厚的象徵意義」〔註26〕，是對「桃花源式的鄉土生活的憧憬與渴望」、「其筆下的南京書寫，有著強烈的鄉村想像意識」。〔註27〕實際上，《丹鳳街》中的南京城市書寫非常寫實，是民國南京城市樣態的真實寫照，並不是對城市形象的想像與虛造。只不過張恨水選取的是與現代城市相反的城市傳統市民社會的一面加以書寫，在書寫傳統市民社會時，張恨水對市民社會的倫理道德等確實有想像與美化的成分，誇大了市民社會中所具有的俠義等精神品質，使讀者覺得

〔註22〕 張恨水：《丹鳳街》，第 221 頁。
〔註23〕 張恨水：《丹鳳街》，第 222 頁。
〔註24〕 〔英〕雷蒙·威廉斯：《鄉村與城市》，韓子滿、劉戈、徐珊珊譯，商務印書館，2013 年版，第 232 頁。
〔註25〕 〔英〕雷蒙·威廉斯：《鄉村與城市》，第 232 頁。
〔註26〕 卞秋華：《張恨水小說中的南京書寫》，第 157 頁。
〔註27〕 卞秋華：《張恨水小說中的南京書寫》，第 160 頁。

《丹鳳街》中的市民社會不太真實。這與張恨水寫該小說的政治歷史環境有關，《丹鳳街》寫於 1941 至 1944 年，〔註 28〕正值抗戰時期，雖然小說故事「十九為虛構」，但張恨水把「下層傳統社會」「有血氣」「重信義」的特點加以彰顯，以顯示中國民間社會在民族危難中是有骨氣且能夠擔當的。〔註 29〕但是，《丹鳳街》中的南京城市書寫卻基本照實所寫。也就是說，小說中的城市形象與社會形態為真，而人物故事為虛構。南京城市本身的書寫非但不是象徵與想像，而且還具有城市建築紀實的特徵。它所具有的鄉土色彩正是彼時南京城市的本真樣態，並不是作者鄉土情結與理想在城市書寫中加以表現使然。

至於張恨水為何要選擇且熱衷於對古舊鄉土城市的書寫，需要進一步深究。這或許與張恨水的生長環境、教育經歷、古典情結、對社會歷史的認識等方面都有關係，不能單一地歸因為張恨水「自身濃鬱的古典情懷」，簡單地認為張的民國南京城市書寫是「在都市『再造鄉土』，重塑桃花源。」〔註 30〕張恨水的《丹鳳街》，包括其他幾部以民國南京為背景的小說的城市書寫，甚至也包括他早期以北京為背景所寫的言情小說中的城市書寫，都有許多現代社會歷史研究價值，而不能僅僅看作是「鴛鴦蝴蝶派」小說，或者是通俗小說。正如陳平原指出的張恨水民國北京城市書寫的意義非凡，〔註 31〕張恨水的民國南京城市書寫同樣意義重大。張恨水實際上提供了一種文學寫作的可能，即一種文學寫作的「世俗現實主義」。說張恨水的文學寫作是「世俗」，是因為他關注傳統市民社會的歷史延續性，且非常看重這種延續性的重要作

〔註 28〕 《丹鳳街》是 1944 年出單行本時所改名字，原名為《負販列傳》，1941～1944 年連載於《旅行雜誌》。參見張恨水：《寫作生涯回憶》，人民文學出版社，1982 年版。

〔註 29〕 張恨水：《丹鳳街・自序》，第 1～2 頁。

〔註 30〕 卞秋華：《張恨水小說中的南京書寫》，第 158、161 頁。

〔註 31〕 陳平原比較老舍與張恨水對北京書寫的同與異，以顯示張恨水北京城市書寫的意義與歷史價值。陳這樣說到：「如果說老舍筆下的北京是只占整個北京的六分之一的西北角特寫，張恨水筆下的北京就是整個北京的概念圖。並且，和老舍對北京敘述時的『開門見山』，即沒有敷衍說明直接介入場景的手法不同，張恨水有時候是借作品中的人物之口傳達某個地方在北京的意義、歷史、由來等知識。特別是，張恨水經常將故事安排在異鄉人較集中的南城和東交民巷等繁華地區，那裏是老舍涉筆不多的地方，但卻是北京城市生活不容忽視的一個重要部分。」參見陳平原：《「新文化」的崛起與流播》，北京大學出版社，2015 年版。

用，張恨水的文學寫作基本是以市民社會為主，寫他們的喜怒哀樂、忠信孝義；說張恨水的文學寫作是「現實主義」，那是他有著非常明顯的寫實品質，張恨水小說中的空間與歷史非常清楚明白，空間架構穩定、歷史時間清晰，這使他的小說始終具有難得的穩定感。這種穩定感是現代文學中較為稀缺的元素，現代文學在第一個十年較多被啟蒙的激情所激盪，作品中空間與時間常常是被擠壓著的，第二個十年現代派湧現，強調「我」的感受與主體性地位，空間與時間變得瑣碎，更難以構成穩定的整體，第三個十年抗戰主旋律更難以讓作者靜下心來客觀地描寫空間與時間。從這個角度來看張恨水的文學創作，尤其是他的北京、南京以及重慶城市書寫，就具有難能的意義與價值。這種意義與價值在今天重新回頭梳理與研究現代文學時就更為凸現。

從「歷史」的南京到「現實」的蒙自
——抗戰體驗與朱自清散文風格的變化

李直飛

（雲南師範大學文學院，雲南昆明，650500）

摘　要

　　同是寫城市題材，朱自清的散文《南京》與《蒙自雜記》風格顯然不同，《南京》更多地表現出一種「歷史」的懷舊，《蒙自雜記》則在現實的基礎上給予人力量。這不同創作風格的背後，跟朱自清的抗戰體驗息息相關，朱自清在從北平遷到雲南的途中，體驗了古老中國的內地、戰爭的殘酷及中國民眾的力量，正是通過這種真切的抗戰體驗，朱自清實現了精神和創作上的一次提升，成為其生命中不可缺少的一環。

關鍵詞：《南京》、《蒙自雜記》、抗戰體驗

　　朱自清的散文向來以「縝密」、「溫柔敦厚」〔註1〕著稱，但這只是一個較為籠統的概括，不同時期的散文，不同的篇什，則應做具體的分析，比如同是城市題材，《南京》與《蒙自雜記》，就可謂是風格迥異。

〔註 1〕 錢理群等：《中國現代文學三十年》，北京大學出版社，2004 年版，第 154頁。

一、揉入「歷史」的《南京》

　　《南京》發表於 1934 年，是朱自清眾多地域描寫的散文中較為著名的一篇。這是一篇綜合介紹南京的散文，短短的幾千字，作者全面介紹了雞鳴寺、臺城、玄武湖、清涼山、莫愁湖、秦淮河、貢院、明故宮、雨花臺、中山陵、梅庵、六朝松、江蘇省立圖書館、中央大學圖書館等，簡直就是一份全面的南京旅遊指南，但是這種介紹並不是泛泛而談，在這篇散文裏，朱自清延續了他一向「縝密」的風格，對每一處的景物都進行了入木三分的介紹，比如介紹玄武湖：

　　　　一出城，看見湖，就有煙水蒼茫之意；船也大多了，有藤椅子可以躺著。水中岸上都光光的；虧得湖裏有五個洲子點綴著，不然便一覽無餘了。這裡的水是白的，又有波瀾，儼然長江大河的氣勢，與西湖的靜綠不同。最宜於看月，一片空濛，無邊無界。若在微醺之後，迎著小風，似睡非睡地躺在藤椅上，聽著船底汩汩的波響與不知何方來的簫聲，真會教你忘卻身在哪裏。〔註2〕

行文細密，敘述曲折，錯落有致，正是朱自清大多數散文的一貫風格。也正因為如此，朱自清的《南京》被黃裳譽為「高水平的介紹南京的短文」〔註3〕。

　　但《南京》讓人印象更為深刻的大概是文中到處彌滿著「懷舊」的文化氣息。散文的一開頭就墊下了全文「走入歷史」的基調：「逛南京像逛古董鋪子，到處都有些時代侵蝕的遺痕」，接下來的行文裏到處都彌漫著「懷舊」的情思：雞鳴寺是「懷舊」的絕佳位置；在臺城看歷朝的兵如何進城；在玄武湖邊上想七八年前的風景；清涼山像王石谷的手筆；華嚴庵裏憶明太祖與徐達；秦淮河邊記科考……整個南京都呈現出一種古香古色的韻味。朱先生對南京的歷史文化、掌故軼聞，簡直是信手拈來，如數家珍，這絕非是作者開頭所言的「只是一個旅行人的印象罷了」，若非一位「老南京人」，是無法對此作出深刻描述的。

　　當然，除了對歷史的懷古追憶，《南京》也表現出了作者對現實的隱約態度，在寫秦淮河一段，作者這樣寫道：

　　　　又在老萬全酒棧看秦淮河水，差不多全黑了，加上巴掌大，透

〔註2〕　朱自清：《南京》，吳為公、李樹平編：《朱自清散文全編》，浙江文藝出版社，1995 年版，第 192 頁。

〔註3〕　黃裳：《黃裳說南京》，四川文藝出版社，2001 年版，第 134 頁。

不出氣的所謂秦淮小公園，簡直有些厭惡，再別提做什麼夢了。貢
院原也在秦淮河上，現在早拆得只剩一點兒了。〔註4〕

對現實的不滿就含蓄地表現在其中了。

二、攫取「現實」的《蒙自雜記》

《蒙自雜記》是朱自清於 1938 年隨西南聯大遷到昆明後，因昆明校舍緊張，文法學院遷到邊陲小城蒙自辦學，三個月後遷回昆明於 1939 年寫成的。同樣是回憶城市，《蒙自雜記》也較為全面地介紹了蒙自城：蒙自城的整體、南湖、崧島、軍山、三山公園、糖粥店、海關和東方匯理銀行舊址，甚至寫得更為具體，更小，比如書店、文具店、點心店，直到人家的門對兒。同時，《蒙自雜記》也有著對景物的細緻描寫，比如說南湖的水，「到了夏季，漲得溶溶灩灩的」；寫尤加利樹，「高而直的幹子，不差什麼也有『參天』之勢，細而長的葉子，像慣於拂水的垂楊」；看到樹頭上的白鷺，「那潔白的羽毛，那伶俐的姿態，耐人看，一清早看尤好」……但是，對比起《南京》或者是之前的散文，朱自清在《蒙自雜記》裏面對景物的刻畫不再是那麼的細膩縝密，沒有了對事物的精雕細刻，更多了幾分簡潔明朗。介紹蒙自的城小，介紹南湖的水，介紹白鷺……都寥寥幾筆就將其形態勾勒出來，對比《荷塘月色》裏面對荷花的介紹，《蒙自雜記》裏對尤加利樹的寫法就明顯少了許多筆墨，簡直是兩套不同的筆法。

也許對比起《南京》來，《蒙自雜記》更為重要的不同是作者不再關注城市的歷史文化，更多的是加入了個人感受到的「現實」情趣，比如感到蒙自小得「像玩具似的……但住下來就漸漸覺得有意思」，寫「雷稀飯」的好人緣，寫邊散步邊看抗戰春聯，寫辦民眾夜校學生的積極，寫蒙自的衛生進步，寫火把節的熱鬧……這些都不再是單純的景物描寫，也不再是歷史想像，而是變成了活生生的現實感受。與《南京》以介紹景點、景物和揉入「歷史想像」不一樣，《蒙自雜記》更多的是敘述蒙自這座城市裏的人，人與人之間營造出來的「現實氛圍」，並且從字裏行間我們不難感受到朱自清對蒙自的這些情趣持一種讚賞鼓勵的態度，這也是與《南京》中含蓄地表達對現實的不滿有著不同的。

從《南京》到《蒙自雜記》，朱自清明顯創作了不同風格的散文，這種變

〔註 4〕 朱自清：《南京》，《朱自清散文全編》，第 193 頁。

化，正如李光榮所說的：「少了一些細膩和纏綿的感情，多了一些力量和明朗。」〔註5〕

三、抗戰體驗與朱自清散文創作風格的變化

從發表《南京》的 1934 年，到寫作《蒙自雜記》的 1939 年，短短的五年時間，朱自清散文的創作風格便發生了明顯的變化，從「歷史」回到了「現實」。這種變化，無疑只有返回到朱自清本人身上才能找到令人信服的緣由。

從個人來看，1934 年前後，朱自清的生活是「寧靜和稱心的」〔註6〕。這個時候的他早已成爲文壇名人，從《睡吧，小小的人》給他帶來詩名，《匆匆》、《槳聲燈影裏的秦淮河》、《綠》、《背影》、《荷塘月色》等膾炙人口的作品都已經問世，並且贏得了極高的評價；同時也於 1932 年成爲清華大學中國文學系主任；儘管有著喪妻之痛，但又與陳竹隱於 1932 年結爲夫婦，可謂是事業順利，感情有依。實際上，《南京》正是朱自清在主持完妹妹的婚事，夫婦倆在南京漫遊時留下的作品。從筆法與風格上來看，與他成名文壇的《綠》、《荷塘月色》等一樣，都寫得搖曳多姿，感情細膩，顯然，這種事業和生活的和順並沒有給他的創作帶來新的突破，依然沉浸在他舊有的格局裏面。

這跟他的心態有著莫大的關係。有研究者曾將朱自清一生的性格變化脈絡歸納爲：青年狂熱，既而狷介，中年中庸，暮年復狂。〔註7〕青年時候的朱自清也曾意氣風發，對社會活動表現出一種「狂熱」，投身於五四運動，參加北京大學平民教育演講團，「新潮社」、「晨光社」、「湖畔社」、「文學研究會」都有他活動的身影，詩歌《送韓伯畫往俄國》甚至表現出了他對共產主義思想的好奇與憧憬。然而，這種「狂熱」並沒有保持多久，五四退潮之後，朱自清陷入了彷徨、苦悶當中，參加革命，他當時沒有那樣的覺悟；自身的個性又不容他與反革命勢力同流；於是他選擇了一條特別的路。他 1928 年說：「我既不能參加革命或反革命，總得找一個依據，才可以姑作安心地過日子。我是想找一件事，鑽了進去，消磨了這一生。我終於在國學裏找著了一個題目，開始像小兒的學步。這正是望『死路』上走；但我樂意這麼走，也

〔註5〕 李光榮：《朱自清先生在昆明》，《新文學史料》2011 年第 3 期，第 38 頁。
〔註6〕 陳孝全：《朱自清傳》，北京航空航天大學出版社，2008 年版，第 262 頁。
〔註7〕 李彥姝：《論朱自清性格及政治心態的轉向》，《南昌大學學報》2012 年第 3
　　　　期，第 80 頁。

就沒法子」〔註 8〕，並宣稱「國學是我的職業，文學是我的娛樂」〔註 9〕。於是，朱自清開始與社會政治保持一定的距離，在國學研究上發力。寫作《南京》時，朱自清正值 36 歲，介於狷介與中庸之間，從他對南京歷史文化的讚美及欣賞朦朧中的幽幽古味，我們不難發現他對「古」的某種陶醉，對現實形成含蓄的批判也就不足爲奇了，依然沒有從「小我」中走出來。但朱自清顯然意識到了這種與現實社會保持一定隔離對他創作的影響，就在 1934 年，他談到：「過去的散文大抵以寫個人的好惡爲主，而以都市或學校爲背景；一般所謂『身邊瑣事』的便是。老這樣寫下去，筆也許太膩，路也許太窄」〔註 10〕，前期的抒情寫景散文多了，便會產生咀嚼身邊瑣事和寫大城市的感覺，使散文的圈子越寫越狹小，怎麼樣突破狹小，走向廣闊？朱自清認爲只有描寫內地，因爲「內地是眞正的中國老牌，懂得內地生活，才懂得『老中國的兒女』」〔註 11〕，內地描寫正可以「濟」散文寫作的窮。但這個時候身在象牙塔的朱自清，顯然無法完成深入內地的體驗。到了「七七事變」的時候，朱自清依然還在構思《文選序〈事出於沉思義歸乎翰藻〉說》，依然沉浸在個人構建的「安全避難所」〔註 12〕裏。

抗戰爆發，清華大學內遷，給了朱自清眞正走向內地的機會，使他不但深入到內地，而且來到了南疆。這種抗戰幾千里跋涉的體驗對朱自清的影響是極爲深遠的。西南聯大組建後，他於 1938 年在蒙自爲「清華第十級」紀念冊題詞時說：

> 諸君又走了這麼多的路，更多地認識了我們的內地，我們的農村，我們的國家。諸君一定會不負所學，各盡所能，來報效我們的民族，以完成抗戰建國的大業的。

這是他對學生說的，他自己又何嘗不是這樣呢？通過深入內地的這種體驗，極大地拓展了他的視野。

通過這種跋涉的體驗，朱自清更加眞切地瞭解了內地的中國，特別是民間大眾的疾苦。從長沙到達南寧，他看到：

〔註 8〕 朱自清：《哪裏走》，《朱自清散文全編》，第 566 頁。
〔註 9〕 朱自清：《哪裏走》，《朱自清散文全編》，第 566 頁。
〔註 10〕 朱自清：《內地描寫——讀舒新城先生〈故鄉〉的感想》，《太白》1934 年第 11 期。
〔註 11〕 朱自清：《內地描寫——讀舒新城先生〈故鄉〉的感想》。
〔註 12〕 陳孝全：《朱自清傳》，第 299 頁。

九折屏風水一方，絕無依傍上穹蒼。

妃黔儷白荊關筆，點染煙雲獨擅場。

——《畫山》

招攜南渡亂烽催，碌碌湘衡小住才。

誰分灘江清淺水，征人又照鬢絲來。

龜行蝸步百丈長，蒲伏壓篙黃頭郎。

上灘哀響動山谷，不是猿聲也斷腸。

——《上水船》〔註13〕

通過這種抗戰體驗，朱自清更直接地感受到了亡國及日本侵略的危機。在
1938 年 6 月 2 日朱自清到海防接陳竹隱及孩子時，看到時爲法國殖民地下的
越南人過著奴隸般的生活。在碼頭上、旅館裏，做苦力的越南人常被法國人
鞭打，朱自清看到這種情景，十分痛心，氣憤地對孩子們說：「我們要是亡了
國，也會像他們那樣受苦！」〔註14〕而陳竹隱的遭遇更加深了他的這種危機
感，陳竹隱在跋涉的過程中：

> 那時日本人的吉普車在城裏橫衝直撞。在告別北京時，我差一
> 點叫日本人的車撞上，結果我坐的三輪車翻了，車夫受了傷，我的
> 腳也崴了。我就是一瘸一拐地啓程南下的。在南下的船上，我們還
> 遇到日本人的搜查。日本兵把全船的人都轟到甲板上，排成一隊，
> 挨個檢查。他們認爲可疑的人，使用裝水果的大蒲包把頭一裹就拉
> 走，完全不由分説。看看這蠻橫的情景，眞使人體會到亡國的痛
> 苦。〔註15〕

而到達昆明之後，朱自清親眼見證了戰爭的慘烈。1938 年的 9 月 28 日，日機
九架突然空襲昆明，西南聯大租借的教職員宿舍、昆華師範學校被炸，死傷
甚多，中有少數學生。下午，朱自清到昆師去，「見死者靜臥，一廚子血肉模
糊，狀至慘」〔註16〕，這種直觀而令人震驚的體驗，絕非坐在象牙塔之內就
可以見到的。

不僅如此，通過這種深入內地的抗戰體驗，朱自清也感受到了中國民眾

〔註13〕 轉引自陳孝全：《朱自清傳》，第 262 頁。
〔註14〕 陳孝全：《朱自清傳》，第 299 頁。
〔註15〕 陳竹隱：《追憶朱自清》，文史資料出版社，1991 年版，第 163 頁。
〔註16〕 朱自清：《日記》，《朱自清全集（9 卷）》，江蘇教育出版社，1997 年版，第 325
頁。

的力量，在內遷途中的南寧，他看到了這樣的民眾：

> 皮鼓蓬蓬徹九幽，百夫爭扛木龍頭。
>
> 齊心高唱祈年曲，自聽勞歌自送愁。
>
> ——《龍門夜泊觀賽神》〔註17〕

他在看了劉兆吉的《西南采風錄》後大爲贊賞，欣然作序說：

> 這就是西南各省流行的山歌。四百多首裏有三分之一可以說是
> 好詩。這中間不缺少新鮮的語句和特殊的地方色彩，讀了都可以增
> 擴我們自己。還有「抗戰歌謠」和「民怨」兩類，雖然沒有什麼技
> 巧，卻可以見出民眾的敵愾和他們對於政治的態度；這眞可以「觀
> 風俗」了。〔註18〕

正是因爲經過這種抗戰體驗，感受到了民眾的力量，使朱自清認識到了抗戰
的偉大意義及對抗戰勝利的堅定，在紀念「七七事變」的散文《這一天》裏，
朱自清這樣寫道：

> 從前只知道我們是文化的古國，我們自己只能有意無意的誇耀
> 我們的老，世界也只有意無意的誇獎我們的老……從前只是一大塊
> 沃土，一大盤散沙的死中國，現在是有血有肉的活中國了。從前中
> 國在若有若無之間，現在確乎是有了。從兩年後的這一天看，我們
> 不但有光榮的古代，而且有光榮的現代；不但有光榮的現代，而且
> 有光榮的將來無窮的世代。新中國在血火中成長了。〔註19〕

這裡，朱自清感受到的不再是一個歷史中的古老中國，而是關注現實和未來
中光榮的中國，感受到了一個「有血有肉」的中國。

經過了抗戰體驗，朱自清的視野逐漸從「小我」走向了「大我」，寫作風
格也隨之從精雕細琢的縝密走向了明朗但又充滿了力量。當朱自清寫作《蒙
自雜記》的時候，已經跟著西南聯大經過千里跋涉從北平來到了昆明。夫妻
倆帶著孩子分別輾轉，這一路上的辛苦自不必說。就是到達了昆明，他們的
生活依然難以安寧，他們連最基本的生活都幾乎難以保障，1941 年 3 月 8
日，朱自清在日記中寫道：「本來諸事順遂的，然而因爲飢餓影響了效率。過
去從來沒有感到餓過，並常誇耀不知飢餓爲何物。但是現在一到十二點腿也

〔註17〕 轉引自陳孝全：《朱自清傳》，第 299 頁。

〔註18〕 朱自清：《西南采風錄・序》，《西南采風錄》，劉兆吉著，商務印書館，2000
年版。

〔註19〕 朱自清：《這一天》，《朱自清散文全編》，第 605 頁。

軟了，手也顫了，眼睛發花，吃一點東西就行。這恐怕是吃兩頓飯的原因。也是過多地使用儲存的精力的緣故」〔註20〕，可是就是在這樣的生活中，他筆下的蒙自充滿了各種趣味，行文之中並沒有頹勢，反而充滿了對抗戰的積極樂觀及對中國文化的一種自信，比如認為「抗戰春聯，大可提倡一下」、民眾夜校「成績相當可觀」，他看了彝族的火把節，認為「這火是光，是熱，是力量，是青年……暗示著生活力的偉大，是個有意義的風俗；在這抗戰時期，需要鼓舞精神的時期，它的意義更是深厚。」〔註21〕朱自清終於完成了他自己精神及創作上的一次提升。

可以說，從寫作《南京》到《蒙自雜記》的短短時間中，朱自清完成了其散文創作的一次大轉變，從歷史走向了現實，導致這樣的轉變，與其深切的抗戰體驗密不可分，這種體驗，又成為他轉變成民主戰士不可缺少的一環，最終成為他生命中濃墨重彩的一筆。

〔註20〕 朱自清：《日記》，《朱自清全集（9卷）》，第 143 頁。
〔註21〕 朱自清：《蒙自雜記》，《朱自清散文全編》，第 600 頁。

臺灣文學中的「民國南京」
—— 以《亞細亞的孤兒》、《臺北人》和《巨流河》爲中心

沈慶利

（北京師範大學文學院，北京，100875）

　　現代史上的南京，總令人聯想起在中國大陸已煙消雲散的「民國」。辛亥革命爆發後，孫中山於 1912 年元旦在南京宣佈就任中國民國臨時大總統，南京遂成爲新生中華民國的臨時首都。但僅僅過了三個月，隨著袁世凱在北京宣佈繼任總統，南京的首都地位便「夭折」。直到十五年後國民黨發動的北伐戰爭迫使北方軍閥政權土崩瓦解，1928 年蔣介石重新將「國都」遷至南京。直到今天，這座歷史上的六朝古都在承繼著中華民國曾有的輝煌與榮華的同時，又給人以無法擺脫「蔣家王朝」之歷史陰影的「刻板」印象。1928 至 1949 年的二十年期間，無疑是中國內憂外患、戰爭風雲密佈和國共兩黨激烈紛爭的時代，稱得上中國歷史中的「亂世」。然而那樣的「亂世」卻又是一個英雄輩出、自由奔放、大創造與大破壞、大危機與大變革並舉的時代。當我們在「太平盛世」的今天重溫那個「熱血」和「戰火」鑄就的「民國」時代，與其說是在懷舊，不如說是在召喚一種離我們漸行漸遠的理想精神，一種超越功利算計卻關乎民族國家的「舊夢」抑或「新夢」。南京與這種充滿青春朝氣的理想，有著太多剪不斷、理還亂的複雜糾結。而在臺灣作家那裏，南京則是多重意味的「中華民國」的複雜象徵。半個多世紀以來的臺灣文人作家，一直懷有一種痛切而深厚的「南京情結」。——那裏有著他們自己和父輩太多的記憶、夢想與回味。

　　本文試圖以吳濁流《亞細亞的孤兒》、白先勇的《臺北人》和齊邦媛的《巨

流河》為例，梳理和探討三位作家筆下的南京體驗和想像，並藉此對他們共同擁有的「南京情結」作一初步探討。

一、《亞細亞的孤兒》裏的南京：匆匆過客的「家園之城」

吳濁流的《亞細亞的孤兒》創作於 1943 至 1945 年期間，1946 年在日本最初出版。作為不可多得的臺灣文學經典之一，小說以主人公胡太明的人生經歷為主線，穿插了他在臺灣、祖國大陸及日本的不同見聞和體驗，淋漓盡致地表現了殖民地臺灣人民孤苦無依的悲苦情懷。整部作品一共分為五篇，其中第三篇詳細描述了太明初到大陸後居住在南京的觀感和體驗。我們發現胡太明是從上海「登陸」的，但上海除了給他以光怪陸離的摩登都市印象以外，並沒有讓他感到故國的特殊親切感：「上海這個地方雜居著中國人、歐美人和日本人等各種民族」，形成的是「一個不協調的調和局面」。這裡既有「口銜煙斗妄自尊大的西洋人」，也不乏「庸俗而略帶小聰明的日本人」，更到處充斥著叫花子和「路邊的病丐」，崇拜洋人的女人，和若無其事地挽著遊客「消失在黑暗中」的「神女」。〔註1〕

相對而言，作為首都的南京則寧靜祥和了許多，且以其深厚的歷史底蘊將太明深深吸引。可以看出作家本人對於南京懷有深厚而特殊的情愫，小說中不時出現的「上海路」、「書院街」、「太平路」、「建康路」、「中山東路」一類城市街道名稱，足以說明他對南京的城市交通該是多麼熟悉；而「芍園」、「明星大戲院」一類名稱，如今恐怕只有老南京人才能「心領神會」了。作家不僅讓主人公胡太明在南京的各大名勝古蹟中時時「遊走」，明孝陵、鼓樓、北極閣、雞鳴寺等等，都讓他流連忘返、陶醉其中；還讓他馬不停蹄地穿行於南京城的大街小巷，深入到普通百姓的家庭內部，以「局外人」和「新來者」的眼光觀察著南京市民的原生形態和生活情趣。無論是「紫金山巔的月亮」還是玄武湖畔的秋高氣爽，都讓他充分領略到了大自然的美景，「比起臺灣常見的那些叢山峻嶺」，紫金山「的確巍峨得多了」，「這種山嶽，只有在大陸上才能看得到的。」〔註2〕而胭脂井附近的臺城古蹟，則引發了他的無限感慨，像中國傳統文人一樣為之灑一掬同情淚。他時而與自己「夢寐難忘、深銘肺腑」的女子淑春一起泛舟玄武湖，渡過秦淮河，在五洲公園花前月下、

〔註 1〕 吳濁流：《亞細亞的孤兒》，《吳濁流代表作》，華夏出版社，1999 年版，第 92 頁。

〔註 2〕 吳濁流：《亞細亞的孤兒》，《吳濁流代表作》，第 90 頁。

卿卿我我，「在那黃沙彌漫的石壩街」攜手散步；時而與友人到「景陽樓」品
茗，縱談國家大事；或者獨自一人來到「福昌飯店六樓的一家咖啡室」小坐，
將夫子廟的街景「盡收眼底」。〔註 3〕總之，吳濁流筆下的南京具有一種天然
而熟悉的「家常感」。作家讓胡太明不僅像一個從容的外來遊客那樣，在對這
座城市的「深度遊」中細細品味著她那獨特的文化歷史魅力，更著意表現了
太明像一名普通市民那樣融入南京日常生活的渴望。可以看出他的確是想以
此爲「家」的。後來的情節發展也證明了這一點：胡太明在南京不僅收穫了
眞誠而豐富的友誼，還斬獲了愛情與婚姻，組建了自己的小家庭；他還一度
找到了適合自己的工作：任教於一所「模範女子中學」。「當春風開始吹拂的
時候，他跟學校和學生都已經混得很熟了。」〔註 4〕

　　太明與淑春兩人相愛一個多月後便宣告結婚，「在太平路附近築了新
居」。婚後的太明一度沉浸在「幸福的滿足」中，「宛如置身於溫泉中」不能
自拔。〔註 5〕雖然小說中的胡太明與幾位女性都先後發生了情感糾葛：早在家
鄉的鄉間公學校任教員時，他就既感受到故鄉女子瑞娥的朦朧愛意，卻又被
時尚性感的日本女孩久子所「迷惑」，並因向久子表白愛意遭到拒絕而自感
被深深「傷害」；到日本東京留學時又矚意於房東女兒鶴子，終因與久子「戀
愛失敗的教訓」而不敢再作「進一步的發展」。但與他面對日本女性的膽怯和
自卑態度形成鮮明對照，也與他對家鄉女子瑞娥的「不屑一顧」迥然有別，
他對淑春這類「所謂典型的蘇州美女」卻既愛慕又能平等交往，並滿懷自
信地「該出手時即出手」，一改其在臺灣和日本時的自卑或「自負」。筆者甚
至認爲，只有當胡太明來到南京，在南京生活的這段時間，他才眞正找回了
自我，也找到（當然也切實享受到）了渴盼已久的愛情，找到了心目中的
「家」。細讀小說中涉及南京的這一部分文字，其行文風格與其他部分相比也
顯得格外從容平靜。作者讓胡太明身處南京之時，才眞正從心底發出了「人
生的幸福就是健康，以及和志趣相投的可愛女性過著和平的生活」〔註 6〕一類
感喟。可見他確實是想融入到南京人的生活中去，小說中描寫道，他也像南
京人那樣穿起了傳統中國人的長袍，感覺「精神似乎也有些不同了」，在街上
行走的時候，也不再有人像以前那樣盯著他看，「使他覺得自己已變成和他們

〔註 3〕 吳濁流：《亞細亞的孤兒》，《吳濁流代表作》，第 124 頁。
〔註 4〕 吳濁流：《亞細亞的孤兒》，《吳濁流代表作》，第 101 頁。
〔註 5〕 吳濁流：《亞細亞的孤兒》，《吳濁流代表作》，第 113 頁。
〔註 6〕 吳濁流：《亞細亞的孤兒》，《吳濁流代表作》，第 103 頁。

同樣的夥伴。」〔註7〕可以想見如果沒有後來的時局動盪等原因，胡太明是做好了在南京「安家落戶」的長期計劃和期待的，他原本是以此作爲自己的「歸宿」的。

不過幸福的美夢總不能長久，婚後不久胡太明就感覺到了「淑春的轉變」。兩人最先發生的爭執，是因妻子「在金陵大學畢業以後」何去何從的問題而起。太明希望淑春「以主婦的身份」專心料理家務，而淑春作爲一名接受過新式教育的現代女性，卻堅決主張「到社會上去謀生」，甚至明確向太明申明：「我是不願意受家庭束縛的，結婚並不是什麼契約，我不能因婚姻而失去自由啊！」〔註8〕以今天的眼光審之，很難判斷淑春這些「偏激的意見」有什麼過錯，她對丈夫將自己視爲「訂立長期契約的娼婦」的指責，也並非全無道理。其實太明本人也感覺到自己「已經算是舊時代的人物」，腦子裏裝的還是「封建思想」，可惜他缺乏必要的自我反省和批判，因而喪失了自我改進的能力；更重要的是，身爲丈夫的太明對妻子缺乏包容、理解和信任，相反卻時時被狹隘的嫉妒心理所控制：妻子在自家與人打麻將，因爲「不願打牌」而躲到臥室裏「去睡了」的太明卻「怎麼也睡不著」，耳朵裏充斥著的是「不知自愛的妻那種令人心驚肉跳的放蕩的笑聲」；妻子帶他一塊兒去舞廳跳舞，太明卻無法容忍「自己妻子那妖冶的酮體，在每個男人的懷抱中，依舊交換著和他們共舞！」〔註9〕凡此種種，終至夫妻兩人之間的感情裂痕越來越大。但筆者以爲這一「婚姻悲劇」的發生，與其說責任在身爲妻子的淑春一方，不如說更多地在丈夫胡太明這裡。先是因爲胡太明被淑春的美貌所征服而「神魂顛倒」，過於草率而急切地與之結合，爲後來兩人婚後的情感裂痕埋下了伏筆；後又因太明沒有完全實現自己的「愛情理想」而瞻前顧後、左顧右盼，對妻子心生怨憤和厭棄之心，致使兩人離心離德，甚至到了崩潰的邊緣。

今天的一些臺灣本土論和「臺獨」論者反覆強調胡太明是這場婚姻的「受害者」，甚至從胡太明的「失敗婚姻」中大肆發揮臺灣人與大陸人之間的「隔閡」，顯然有失偏頗和扭曲。筆者以爲與其從「省籍」、「族群」或「國族」角度對之斷章取義，倒不如借鑒男權主義抑或女性主義視角稍加審視：胡太

〔註7〕 吳濁流：《亞細亞的孤兒》，《吳濁流代表作》，第 96 頁。
〔註8〕 吳濁流：《亞細亞的孤兒》，《吳濁流代表作》，第 113 頁。
〔註9〕 吳濁流：《亞細亞的孤兒》，《吳濁流代表作》，第 117 頁。

明作爲一名（臺灣）小知識分子對淑春的「始亂終棄」，充分暴露了他那軟弱自私、優柔寡斷的性格缺陷。至於太明在中日戰爭全面爆發的前夜，由於自己的臺灣人身份而被國民黨警察以「間諜」嫌疑秘密軟禁，雖然可視爲大陸當局對臺灣同胞的懷疑和不信任，從而對太明這類滿懷報國熱情而投奔到祖國大陸的臺灣志士，可謂劈面澆了一盆冷水。但倘若對大敵當前的特殊戰爭環境稍作考察，不難發現其中也有不少「情有可原」或「不得已而爲之」的苦衷。細讀小說中的《幽禁》等章節，作家既渲染了胡太明被國民黨特務監禁時那「陰森恐怖的氣息」，也突出了負責審訊他的那位「高級特勤科長」的「紳士風度」，太明向他傾訴了自己「對於中國建設的眞情」，科長則被太明的拳拳愛國之心而感動，並且相信太明不是日本間諜，「但是我無權釋放你，這是政府的命令，我是不得不扣留你的。」〔註 10〕人生有時候終究逃不過理與法、法與情之間的尖銳衝突。胡太明最終在女學生素珠的冒險幫助下成功「越獄」而逃的情節設計，更爲小說平添了不少浪漫傳奇的色彩。他與素珠之間的詩書暗語和傳情，足以令人回味無窮。這與後來太明被日本殖民當局強徵「入伍」及皇民化高壓時期的精神崩潰與失常，自然是有天壤之別的。只是他的這次被監禁「入獄」，徹底阻斷了太明長做南京人的夢想。他原本是要以此爲家的，卻終究成爲這座古老都市的匆匆過客。

作爲過客和「守舊者」的胡太明，對於生活於南京的淑春一類新潮「進步女性」的審視，不能不說是相當深刻有力的。淑春一方面眞誠而熱切地追逐著社會上的一切新思想和新觀念，頭頭是道地談論著「新生活運動」、「男女平等」、「婦女解放」等時髦口號，另一方面對於「新生活」的理解則除了打牌、跳舞等新舊享樂方式之外，就是走上街頭組織群眾運動。而她生完孩子、恢復體力後便把孩子交給女傭看管，甚至連報紙掉在地上都懶得撿起，家務完全依賴女傭的服侍，一派舊式貴族小姐的派頭；她最熱衷的就是在群眾遊行中拋頭露面，高呼「打倒日本帝國主義」、「抗戰救國」一類口號，或者發表即興演說。在太明看來，妻子的演說「除了帶著強烈的煽動性以外，絲毫沒有什麼內容，那僅是由許多武裝的詞句堆砌而成的『感情論』而已。」然而這些貌似慷慨激昂的口號與煽動性話語，卻大受群眾的歡迎。太明詫異於像妻子這類「不僅毫無軍事常識，就連自己國家的軍備情形也一無所知」的淺薄女性，居然也能「高唱主戰論」。爲此深感憂慮的他甚至想到「歷史上

〔註 10〕 吳濁流：《亞細亞的孤兒》，《吳濁流代表作》，第 119 頁。

的那些欺詐行爲,實在是由於大多數民眾太愚蠢所致」。〔註11〕與之迥異的則
是一些「看準形勢」的高層官員極力散佈失敗主義和投機情緒:「中國遲早逃
不出滅亡的厄運,既然遲早要滅亡,爲什麼不趁未滅亡以前,彼此多做幾筆
生意呢?」〔註12〕持投機主義態度的官員如此,「識時務」的普通人同樣如
此,「爲了將來的飯碗問題,不如趁早學一些日語。」於是我們發現,大敵當
前的南京城內湧現出前所未有的「日語熱」,其中既有爲了抗日鬥爭的需要而
對日語的強化學習,也不乏暗暗做好了充當「順民」準備的人們加緊了學習
日語的步伐。——被懷疑爲「間諜」的臺灣人胡太明對抗戰前夕南京城內種
種亂象的審視,或許只是吳濁流的「小說家言」,然而直到今天依然不無警醒
意義。

二、《臺北人》中的南京:失落了榮華舊夢的「天堂國都」

　　筆者曾在《溯夢「唯美中國」》一文中提到,白先勇筆下的那群「臺北
人」,其實是被迫從大陸流離到臺北的一群「臺北客」。他們昔日在中國大陸
一個個享受著無與倫比的青春和浪漫,榮耀與奢華;但淪落到臺灣這座「孤
島」之後,卻一個比一個窮困潦倒,甚至陷入窮途末路的可悲境地。而無論
是他們朝思暮想的親人和戀人,還是熱血澎湃的理想與追求,乃至整個人生
的存在價值和意義,都統統留(準確地說是「埋葬」)在了海峽對岸的祖國
大陸。〔註13〕他們暫時「寄居」在臺北這座完全格格不入,也不屬於他們的
城市,不過徒具生命的空殼而已。——或者憑藉對當年在祖國大陸榮華生活
的回味和緬懷而聊度餘生;或者懷抱一絲重返故園、親人團聚的幻想,勉強
支撐著自己傷痕累累的心靈。而當這幻想的泡沫徹底破滅之日,也就是他們
精神崩潰、生命終結之時。

　　《臺北人》中大大小小的人物雖然分別來自祖國大陸的不同地區和省
份,但作者提及最多的地方卻是南京、上海和桂林這三座城市。對它們的描
述和回想,也典型地體現出作家白先勇的故國情思和家國情懷。桂林是白先
勇的故鄉,他在這裡度過了生命最初的七年;1945 年抗戰勝利後,白先勇曾
隨父母到南京短期居住,不久又定居上海(1946～1948)。而相對於上海這座
最能直觀地折射出現代中國社會動蕩變遷的摩登都市,作爲古老都城的南京

〔註11〕吳濁流:《亞細亞的孤兒》,《吳濁流代表作》,第 125 頁。
〔註12〕吳濁流:《亞細亞的孤兒》,《吳濁流代表作》,第 129 頁。
〔註13〕沈慶利:《溯夢「唯美中國」》,《中國現代文學研究叢刊》2013 年第 9 期。

與當時國民政府抗戰勝利後凱旋「還都」的歡樂氣氛融為一體，對於僅僅九歲的白先勇而言，更像是難忘的「驚鴻一瞥」。縱覽《臺北人》中的十四篇小說，涉及南京或以南京為敘事背景的作品，至少有《一把青》、《思舊賦》、《秋思》、《遊園驚夢》、《國葬》等。在白先勇這裡，南京是一座夢幻之城，天堂之城，也是一座歷史之城，記憶之城，是永遠的心靈家園，是一座美輪美奐卻再也「回不去」的仙境般的「國都」。

小說《一把青》開篇，便是「抗日勝利，還都南京」那一年，敘述者「我」作為一名「中下級空軍」的眷屬，從閉塞偏僻的四川「驟然回返那六朝金粉的京都」，「到處的古蹟，到處的繁華，一派帝王氣象，把我們的眼睛都看花了。」〔註14〕抗戰勝利後的南京呈現出的是一種朝氣蓬勃，欣欣向榮的繁華氣象。作為這座都市「時尚」標誌之一的，便是那些偶而出現在城市街頭的英姿勃發的飛行員。他們既是讓人仰慕的戰功赫赫的國家英雄，又是令人側目的時尚前衛的新潮一代。他們常常身穿「美式凡立丁空軍制服」，手上挽著一個打扮入時、花枝招展的年輕姑娘在城市街頭「搖曳而過」，為這座城市平添了不少靚麗的風景。經歷了艱苦卓絕的八年抗戰，這些戰鬥英雄們可謂苦盡甘來，到了該享受勝利果實和愛情滋味的時候了。小說女主人公朱青便是在這樣難得的時代際遇中，結識了年輕有為的飛行員郭軫，兩人一見鍾情，不可救藥地墜入愛河並結婚。但隨著國共內戰的爆發，郭軫所在的飛行大隊被派往前線，不幸在「民國三十七年的冬天」機毀人亡。郭軫的死亡徹底改變了朱青的人生軌跡，讓她「脫胎換骨」並失去了心靈和靈魂的寄託。小說通過「南京時期」和「臺北時期」兩個截然不同的時空，刻意營造了兩個性格對照鮮明的朱青形象：一個是發育尚未完全的少女，羞怯青澀的同時也透露著青春可愛的純情；一個是成熟妖嬈、「愛吃童子雞」的風騷女人，在聽天由命、隨遇而安、處變不驚的同時，也淪落為麻木不仁、放縱肉體享樂的行尸走肉。從「南京」到「臺北」的時空轉換，在此儼然成為從精神到肉體、從「天堂」到「煉獄（或者說地獄）」的跌落。其中最「觸目」的對比，便是朱青同樣在得知丈夫或戀人死亡噩耗時截然不同的反應。南京時期的她聽到郭軫飛機失事的消息，第一反應便是無法接受這一事實，「她抱了郭軫一套制服，往村外跑去，一邊跑一邊嚎哭，口口聲聲要去找郭軫。有人攔她，她便亂踢亂打，剛跑出村口，便一頭撞在一根鐵電線杆上，額頭上碰了一個大

〔註14〕 白先勇：《一把青》，《臺北人》，上海文藝出版社，1999 年版，第 17 頁。

洞」，〔註15〕可謂是哭天搶地、「尋死覓活」；但多年後在臺北面對戀人小顧的死亡，朱青卻是出奇的平靜，從當年的痛不欲生到今日的輕描淡寫、「從容應對」，朱青的「身心劇變」不知是讓人欣慰還是令人心酸？

如果說朱青在紙醉金迷的生活中麻木了肉體和神經而「樂不思蜀」，她與《永遠的尹雪豔》中「總也不老」的尹雪豔一樣，都給人一種「商女不知亡國恨，隔江猶唱後庭花」的沉痛感，那麼呈現於《思舊賦》、《秋思》等作品中的臺北與南京之間的「今昔對比」，則被刻意地將個人命運的失意淒涼與「國破家亡」的悲哀融彙交織，彼此映照，進一步加深了作品的悲劇蒼涼意味。《思舊賦》中曾經戎馬生涯、顯赫一時的「李長官」，晚景卻不勝淒涼，李家大小和僕人們「死的死，散的散」：妻子逝去，兒子癡呆，女兒與人私奔，僕人們則四散而去。曾經轟轟烈烈的日子，如今卻只能存活於記憶和回味中。那座位於臺北「南京東路一百二十巷」的李公館，簡直就是家族衰頹和破敗的活標本：作爲「整條巷子中唯一的舊屋」，它與周圍「新式的灰色公寓水泥高樓」可謂形成了鮮明的對比。李宅破爛的房屋頂上那殘缺的瓦片；從屋檐縫隙中長出的那一撮撮野草，以及大門上「鏽黑的鐵座子」，無不在訴說著房屋主人的落寞和失意。而兩位老女僕——羅伯娘和順恩嫂在這座幾近廢墟的園子裏的閒話對談，則很容易使我們想起「白髮宮女在，閒坐說玄宗」的古人詩句。只是她們談論的不是傳說中的「玄宗」，而是昔日的南京：

> 「二姊，你還記得我們南京清涼山那間公館，花園裏不是有許
> 多牡丹花嗎？」
>
> 「有什麼記不得的？」羅伯娘哼了一下，揮了揮手裏的抹布，「紅
> 的、紫的——開得一園子！從前哪年春天，我們夫人不要在園子裏
> 擺酒請客，賞牡丹花哪？」〔註16〕

當年「南京清涼山那間公館」的春意盎然、萬紫千紅，與今日臺北城內這座李宅的雜草叢生、人丁凋敝，無疑有著天壤之別。從南京到臺北，失去的不僅是榮耀與光華，還包括了青春與活力，夢想和希望。牡丹、芍藥、菊花一類鮮花的意象，在中國傳統文化裏不僅是富貴人生、美好歲月的象徵，它們的凋敝敗落往往也意味著美好人生的轉瞬即逝；白先勇非常善於通過這些意象切入古老中國的審美傳統，與古人一再抒發的容顏易老、青春易逝，烈火

〔註15〕 白先勇：《一把青》，《臺北人》，第 26 頁。
〔註16〕 白先勇：《思舊賦》，《臺北人》，第 84 頁。

油烹之榮華富貴，轉眼便成空的凄涼人生況味交相輝映。同樣在《秋思》中，華夫人身處臺北的自家花園，嗅著眼前「一捧雪」菊花的芳香，腦海裏浮現出的卻是抗戰勝利後與丈夫在南京久別重逢、「班師回朝」時的盛大景象：那年秋天，「日本鬼打跑了，陽澄湖的螃蟹也肥了，南京城的菊花也開得分外茂盛起來」，一身戎裝、英姿勃勃的丈夫「帶著他的軍隊，開進南京城」，那是何等的意氣風發！她更忘不了當年與丈夫手挽手走進南京住宅那座開滿菊花的花園，「滿園子裏那百多株盛開的『一捧雪』，都在他身後招翻得像一頃白浪奔騰的雪海一般。」〔註17〕而同樣是「一捧雪」這樣的菊花名種，臺北住宅裏的菊花卻已有不少腐爛死去，散發著死亡的腥臭氣息；南京花園裏的菊花則永遠燦爛輝煌，因爲它們始終與青春、光榮和夢想相連。——只存在於記憶和懷念中。

　　將「南京」與「臺北」的「天壤之別」演繹得最爲淋漓盡致的，則非《遊園驚夢》莫屬。這篇小說不像《一把青》那樣，將女主人公的人生分爲「南京」與「臺北」兩個截然不同的時空，但就作家筆下的這群貴婦人身處臺北卻完全沉浸在過去的「南京時代」而言；就他們魂牽夢繞著以「南京」爲標誌的故國、故園和故鄉里的親人與戀人而言，可以發現「南京」不僅是貫穿首尾的一個中心意象，而且整篇《遊園驚夢》可以說完全籠罩在南京的「陰影」之下。如果說他們在臺北的生活只是徒具其「形」，那麼「南京時期」的青春年華和榮華富貴才是其「神」；在今日落寞懷舊的「錢夫人」與當年「風頭正盛」的「藍田玉」之間，在「竇夫人」與「桂枝香」之間、在眼前殷勤勸酒的「程參謀」與當年讓藍田玉「只活過那一次」的「鄭參謀」之間，是「形」與「神」之間、「空殼」與「內核」之間、「襯托」與「被襯托」之間的截然分野。離開了「南京」及其背後的文化歷史傳統和藝術淵源，當然就無法準確把握這篇小說的真正內涵。

　　小說一開始，女主人公錢夫人坐計程車應邀來到竇公館。當接待她的老侍從劉副官講著一口「蘇北口音」與其敘舊之時，錢夫人略帶驚愕地打量了他一下，便立刻想起：「對了，那時在南京到你們大悲巷公館見過你的。」〔註18〕這一兩句短短的問候之語，已爲勾起錢夫人對南京往事的回憶埋下了鋪墊；緊接著錢夫人的著裝再次涉及「南京」：時隔多年後的她依然穿著那件

〔註17〕 白先勇：《秋思》，《臺北人》，第 141 頁。
〔註18〕 白先勇：《遊園驚夢》，《臺北人》，第 150 頁。

「墨綠杭綢的旗袍」,她念念不忘的是「這份杭綢還是從南京帶出來的呢」,
雖然已經陳舊得「發烏」,但她總捨不得在臺北當地買件新的將其換掉,因爲
「臺灣的衣料粗糙,光澤扎眼,哪裏及得上大陸貨那麼細緻,那麼柔熟?」
〔註 19〕在突出強調錢夫人對「臺灣衣料」的「偏見」之餘,刻意表現的是她
內心深處不可抑止的對「南京往事」的懷舊;而錢夫人與宴請他們的竇公館
女主人公竇夫人剛一見面,就從竇夫人「果然還沒有老」的相貌容顏中,聯
想起「臨離開南京那年,自己明明還在梅園新村的公館替桂枝香請過三十歲
的生日酒」〔註 20〕的往事。之後錢夫人及其周圍人們的一言一行、一舉一動
都與「南京」息息相關:他們彼此之間都是「以前在南京時」的故交朋友;
口中談論和心中所念的,也離不開「以前在南京時」的那些陳年往事。錢夫
人的丈夫錢鵬志將軍則是因爲當年在「南京夫子廟得月臺」聽了她的《遊園
驚夢》,將她收爲「填房夫人」的。遙想當年在南京,誰人不知「梅園新村的
錢夫人」?作爲將軍夫人的她,「南京那些夫人太太們,能償過她輩分的,還
數不出幾個來。」〔註 21〕而作爲「崑曲梅派正宗傳人」的她,想當年又是怎
樣的藝壓群芳,獨佔鰲頭!只是當年的「藍田玉」如今已是美人遲暮,榮華
不再。時光匆匆、星轉鬥移之間,一切都成爲了過眼煙雲。作爲落寞貴婦的
錢夫人,甚至對那些「個個旗袍的下擺都縮得差不多到膝蓋上去」的旗袍款
式都看不「入眼」,並勾起她對昔日「南京」的留戀與懷念:「在南京那時,
哪個夫人的旗袍不是長得快拖到腳面上來了?」〔註 22〕在「臺北」與「南京」
之間,呈現出的是無所不在的「今不如昔」。昔日的南京埋葬了錢夫人這類貴
婦的所有光榮與夢想、美好的青春與戀情,今日的錢夫人早已「失魂落魄」,
這豈不也是她再也無法像在南京得月臺的時候那樣,以吳音軟語唱出《遊園
驚夢》裏的經典唱段的眞正原因?

　　永遠的南京!永遠的天堂!歷史上的南京既孕育了中國文人心中最詩意
也最愜意的生活方式,也因經歷了太多的興亡更替而成爲人們撫今追古、感
慨萬千的對象。南京及其背後的吳越文化地域,曾一度興起最輝煌燦爛、典
雅瑰麗又從容淡定的東方文明,也曾造就中國歷史上最優美雅致的貴族文化
傳統和審美藝術形式。但這種充滿詩意的貴族文化傳統,因爲常常與女性化

〔註 19〕白先勇:《遊園驚夢》,《臺北人》,第 152 頁。
〔註 20〕白先勇:《遊園驚夢》,《臺北人》,第 154 頁。
〔註 21〕白先勇:《遊園驚夢》,《臺北人》,第 161 頁。
〔註 22〕白先勇:《遊園驚夢》,《臺北人》,第 158 頁。

的陰柔難以切割，所以在歷史上她面對一次又一次北方「莽漢」和「蠻夫」
們的野蠻強暴和征服，始終難以「保全其身」。然而在遭受一次又一次的「屠
城」和「屠殺」之後，南京依舊巍然挺立。她既是一座榮耀之城，也是一座
傷心之城；是一座苦難之城，也是一座堅韌之城、幸福之城。她在一代代文
人們的愜意舒適和憂傷感喟中，在「流水落花春去也」的喟歎與「潮打空城
寂寞回」的淒涼唱和中，建構起了中國文化和文學最爲深厚悠久的詩意與唯
美精神。白先勇的《遊園驚夢》便是將這一興亡感喟、悵惋人生的藝術傳統，
借助於西方意識流等現代派手法發揮到極致的代表性作品之一。戲如人生，
人生如夢！「南京」便是這樣一個意味深長的「失落之夢」。失落的南京，失
去的天堂！而當「家亡」與「國破」融爲一體，世事無常與「黍離之悲」交
相輝映的時候，這種感傷美學往往能體現出了中國文藝的最高境界之一。不
可忽略從《遊園驚夢》中的錢夫人到《秋思》裏的華夫人，她們心中年輕英
俊的「白馬王子」都與「南京」融彙在了一起。錢夫人心中的「白馬王子」，
不僅「馬是白的」，「路也是白的」，而且「到中山陵的那條路上兩旁種滿了白
樺樹」；〔註23〕甚至《國葬》中的老義僕秦義方，在參加「李故將軍一級上將
浩然」的葬禮時，眼前浮現出的也是「抗戰勝利，還都南京那一年」，李長官
到南京紫金山中山陵謁陵的景象。——無論如何，「南京」都是心之所屬、魂
之所繫的所在。然而，如同曾經的榮華早已不在，曾經的「南京」他們同樣
再也「回不去」了。

三、《巨流河》裏的南京：青春永駐的「精神之城」

不同於吳濁流的《亞細亞的孤兒》和白先勇的《臺北人》，齊邦媛的《巨
流河》是一部個人回憶性質的長篇紀實文學。該書於 2009 年由臺北天下文化
出版公司出版發行，2011 年北京三聯書店出版了簡體本，並在海峽兩岸產生
了不小的反響。如同以虛構爲標誌的小說往往能更爲深刻地揭示出社會歷史
的眞實一面，以「紀實」或「寫實」爲旗幟的「記憶文學」，也難免會融入虛
構想像的成分。而正因爲有了這些眞眞假假、虛虛實實地交織在一起的「記
憶」抑或想像，原本苦難深重「不堪回首」的歷史，由此變得更加有滋有味、
生動活潑、多姿多彩起來。齊邦媛在《巨流河》中反覆抒寫的那個令她刻骨
銘心、無法忘懷的「南京」，是與父親及永遠的精神家園、初戀情人和令人神

〔註23〕 白先勇：《遊園驚夢》，《臺北人》，第 171 頁。

傷的少年情懷不可分割的。南京留下了她最難忘的童年記憶和愛情傳奇，同時也埋藏著她最引以爲憾的青春夢想。

《巨流河》中首次提到南京，是 1930 年初「我」隨著母親、哥哥和姥爺從瀋陽坐火車經過三天兩夜的長途跋涉，輾轉北京等城市，最終抵達當時的中華民國首都南京，與久別的父親團聚：火車在「濃鬱的白色蒸汽裏」駛進南京下關火車站，透過霧汽他們看到站在月臺上等候著的父親，卻是一位「英俊自信、雙眼有神的陌生男人」，他那筆挺的身子和剛毅的神情，近乎完美地體現了少年齊邦媛心中的「理想父親」形象。與之相比，父親要迎接的那位他「十九歲時被迫迎娶的妻子」，以及妻子身邊「兩個穿嶄新棉袍的鄉下孩子」，卻顯得「土氣」並拘謹。他們以膽怯和遲疑不安的目光，打量著眼前這個陌生的男人，懷著前途未卜的憂慮注視著父親背後那座巨大而現代的「南方大城」。置身於這座大城的茫茫人海中，陌生的父親無疑成了唯一的依靠和「孤注一擲」式的寄託。但也正因爲父親，使得南京成爲作者心目中「最接近故鄉的地方」，使他們擁有了一個溫暖幸福的家。〔註 24〕

父親沒有辜負他們的寄望，他既高大偉岸又溫和平易，既威嚴正直又體貼入微。對於從「東北鄉下」投奔自己的妻兒，他沒有任何的嫌棄。父親像堅石一樣的存在給了一家大小難得的幸福感。——聽著隔壁父親溫和沈穩地對母親「輕聲細語」的說話聲，年幼卻已早早懂事的「我」便能安然入睡。〔註 25〕父親對於子女更是教導有方並以身作則。他乘車在工作途中看到腳踩進泥濘不能自拔的女兒，「他叫司機出來把我的鞋從泥裏拔出來給我穿上」，卻不讓孩子搭坐自己的公務車去上學；甚至連帶有「機關頭銜」的公務信紙，他也絕不讓子女私用：「一則須知公私分明，再則小孩子不可以養成炫耀的心理。」〔註 26〕父親還告誡年幼的邦媛絕不可撒謊。父親的教誨令「我」終生受益，「使我一生很少說謊」，「即使要跟人家說一點善意的謊話，都很有罪過感。」〔註 27〕

齊邦媛筆下的父親富含學養，滿懷識見，更敢作敢爲，勇於擔當。〔註 28〕無論是年輕時的他先後赴日本東京和德國柏林求學，在異國他鄉尋求救國救

〔註 24〕 齊邦媛：《巨流河》，生活・讀書・新知三聯書店，2011 年版，第 158 頁。
〔註 25〕 齊邦媛：《巨流河》，第 13 頁。
〔註 26〕 齊邦媛：《巨流河》，第 13 頁。
〔註 27〕 齊邦媛：《巨流河》，第 14 頁。
〔註 28〕 齊邦媛：《巨流河》，第 14 頁。

民之良藥；還是學成回國後戎戈鐵馬，馳騁於北中國的蒼茫大地；乃至在民
族危亡之際挺身而出，「夾著腦袋」深入東北淪陷區，秘密聯絡抗日志士，無
不顯示出他為了國家民族而赴湯蹈火在所不辭的大無畏的英雄氣質。尤其值
得稱道的是，父親不僅有著鋼鐵一樣的意志，他不畏權勢、仗義執言、敢於
「犯上」，還具有非同尋常的遠見卓識。早在德國留學時期，他通過博覽群書
和比較中西近代歷史而覺悟到：「只有真正的知識和合理的教育才能夠潛移默
化拯救積弱的中國，而不是激動熱情的群眾運動。不擇手段只達目的的革命
所遺留下的社會，文化問題需要更多的理性解決，才能彌補。」〔註29〕基於
這樣的識見，他在風雨飄搖的國難當頭更加痛切地認識到教育的重要性。經
多方籌措，於1934年在北平報國寺創辦了「國立中山中學」，兩年後（1936）
因局勢動蕩而搬遷至南京郊外的板橋鎮。全面抗戰爆發後，又隨國民政府離
散到四川、廣西等地，顛沛流離卻始終「絃歌未絕」，不僅接濟和培養了大批
從東北流亡到內地的貧家子弟，也為當時的抗戰培養了不少英雄義士，而這
一切都離不開父親的不懈努力。女兒眼中的父親已近乎一個不朽的英雄，一
個永恒的傳奇。父親的一生當然並非一帆風順，他有過振臂一呼鋌而走險的
激流勇進，也有過孤注一擲起兵失敗後亡命天涯的悲愴，但歷經動蕩和危亡
變局，父親依舊像一座小山巍然挺立，成為支撐起家國大業的中流砥柱。只
要「父親」在，女兒的「家國」就在，心靈的依靠也在，心中的理想乃至信
仰就不會消失。這是「女兒」齊邦媛的幸運，也是那一代文人知識分子的幸
運。當年齊世英參與籌劃的郭松齡針對張作霖的倒戈兵變，對於「改變東北
命運」所起的作用，史家自會有不同的看法，然而一群年輕人的熱血澎湃抑
或頭腦發熱，「圖謀大計」的個人雄心和「救國救民」的一片熱心（當然也可
以說成一種自我想像）之間的錯綜交織，卻是不爭的事實。

　　齊邦媛刻意塑造的「父親」的高大形象，不僅顛覆了1949年後大陸讀者
心中長期固定的卑劣猥瑣的「國民黨反動派」的刻板印象，也與民國時期招
致民怨沸騰的貪污腐敗的國民黨高官，以及臺灣鄉土作家筆下的那些趾高氣
揚、專橫跋扈、招搖撞騙的國民黨「接收大員」們迥然有別。不過也許更值
得追問的是：歷史為什麼沒有按照齊世英這類知識分子願景中的方向前進？
或者像齊邦媛父親那樣清廉且有遠見的國民黨高官，為什麼終究只能「無力
迴天」，抱恨一生？

〔註29〕齊邦媛：《巨流河》，第15頁。

「南京」既然與「父親」融爲一體，也就自然而然地隱喻了新生和希望，代表了「蒸蒸日上的新中國」。因而齊邦媛筆下的南京幾乎囊括了一切美好的事物，南京的一切也都充滿了「新氣象」。連他們家當年租住的「新房子」對面的高大槐樹，一到初夏便盛開的那一串串「淡黃色的香花」，也成爲了她「終生的最愛」；每天早上他們去「鼓樓小學」上學沿著的新修的「江南鐵路鐵軌」，也給她以新奇或煥然一新的美好印象。〔註30〕更讓作者記憶深刻的，是南京中央政府倡導的「新生活運動」和「全民建設新中國」的號召。當時的南京大街小巷到處貼滿了「不許吐痰」、「振作圖強」的「新生活運動標語」，身爲南京小學生的作者還曾積極響應過政府的號召張貼過這些標語，見證了南京城的「舊貌換新顏」。齊邦媛關於南京的童年記憶，當然不乏苦難和不幸，1934年她患了嚴重的肺病，一度生命垂危。在醫生的建議下她被送到一家德國人開設的「北平西山療養院」。她在那裏目睹了許多病友的死亡，感受到前所未有的孤獨和痛苦。——肺病當時作爲不治之症帶給人的身心痛苦，可以從魯迅、白先勇等人那裏略見一斑。小小的邦媛在記憶中，每當有病友逝去就會有工人在其病房撒上石灰，因而她稱之爲「撒石灰的童年」。〔註31〕但這「撒石灰的童年」也是與南京無關的，或者因爲遠離父母、遠離南京，至少被作者有意無意地與記憶中的「南京」實施了切割。

作者筆下的南京簡直可以說是新生的「中華民國」的一個肉身原型：

> 一九二八到一九三七年以南京爲首都的中國充滿了希望，到處都在推動新建設。那段時期，近代史上有人稱爲「黃金十年」，日本有正式記錄提到，軍方主張早日發動戰爭，不能再等了。因爲假如現在不打中國，待她國勢強盛起來，就不能打了。〔註32〕

不能否認當時「以南京爲首都的中國」的確生氣盎然，但「到處都在推動新建設」的與其說是全中國，不如說僅僅限於南京等中心城市。而當年南京中央政府積極倡導和大力主張的「全民建設新中國」，不知是否盡數囊括了西北荒野地區那些飢寒交迫的人們？或者雖在理論上包含在實踐中卻難以顧及？總之地域和地區發展的不均衡，無疑是當時的民國政府難以破解的困境之一。尤其是東南沿海地區的富庶繁華與西北地區的破敗蕭條，南京等少數大

〔註30〕 齊邦媛：《巨流河》，第 28 頁。
〔註31〕 齊邦媛：《巨流河》，第 28 頁。
〔註32〕 齊邦媛：《巨流河》，第 29 頁。

城市的「蒸蒸日上」與廣大農村地區的困頓停滯形成的反差簡直太過強烈，要不怎麼會有陝北兵亂的興起和「赤匪」的做大呢？

　　南京之所以讓齊邦媛如此刻魂牽夢繞，還因爲那裏埋葬著她的初戀情人，她心目中的青春偶像張大非。根據作者記述，張大非的父親因爲在擔任僞「滿洲國」的瀋陽縣警察局長期間，接濟地下抗日人士而「被日本人在廣場上澆油漆燒死」，一家八口四散逃亡。他從東北輾轉流離到內地，看到報國寺旁「廟門上貼著『國立中山中學』招收東北流亡學生的布告」，經過考試選拔後被錄取，「食宿一切公費，從此有了安身之所」。〔註33〕對於張大非等孤苦無依的「流浪兒」而言，父親創辦並任校長的中山中學，絕不僅僅是一個暫時的棲身之地，而是早已凝聚爲一個「血淚相連」的大家庭。無數像張大非這樣無家可歸的少年，在這裡得到了世間少有的關愛、同情和尊重，並成長爲報國殺敵的戰鬥英雄。張大非的不幸身世和經歷也深深撥動了身爲校長千金的「我」的特殊心弦：「我永遠記得那個寒冷的晚上，我看到他用一個十八歲男子的自尊忍住號啕，在我家溫暖的火爐前，敘述家破人亡的故事——和幾年前有個小男孩告訴我他爸爸的頭掛在城門上一樣悲慘。」〔註34〕不過僅僅只有憐憫和同情，並不足以贏得邦媛這類（知識）少女的芳心；吸引「我」的也不單是張大非那特有的「憂鬱溫和的笑容」，和在落寞中的「和平」與「寧靜」，最主要的是他將上帝的福音帶到了「我」身邊。原來張大非在流亡期間曾被一所教會學校收留，在那裏他可以「盡情求告一個父親的保護和愛」，於是一無所有的他信奉了基督教。浸潤於基督教的文化海洋，他那無依無靠的心靈才漸漸獲得了安詳和寧靜，並孕育出一種堅毅勇敢的精神品格。「有一次，他帶來他自己的那本小小的、鑲了金邊的《聖經》給媽媽和我看，說這是離家後唯一的依靠。」〔註35〕從此，那本小小的《聖經》連同張大非這個人便對我產生了特殊的吸引力。

　　儘管涉及張大非的文字在書中並未占很多篇幅，但我們依然可以發現張大非與「父親」一樣，是貫穿整部《巨流河》的靈魂人物之一。張大非不僅與「父親」相關，——父親創辦的學校收留並培養了他，他也將愛與溫暖回報給了他們。——更與偉大的「天父」緊緊相連。根據作者的敘述，張大非

〔註33〕　齊邦媛：《巨流河》，第39頁。
〔註34〕　齊邦媛：《巨流河》，第39頁。
〔註35〕　齊邦媛：《巨流河》，第40頁。

在每個最迫切需要的關鍵時刻及時出現：南京板橋時期，有一次「我」跟隨「哥哥和七八個同學」去牛首山郊遊，卻被遠遠地落在了後面。正當她「在半山抱著一塊小岩頂」而「在寒風與恐懼中開始哭泣」時，驀然回首，卻看到「張大非在山的隘口回頭看我」，那流溜於眼中的同情與關懷，令十二歲的邦媛從此終生難忘，「數十年間，我在世界各地旅行，每看到那些平易近人的小山，總記得他在山風裏由隘口回頭看我」〔註36〕；南京陷落後，邦媛一家逃離到漢口，母親卻在旅途顛簸中得了急性腸炎而一度生命垂危，正當「我」一個人站在母親病房門口而手足無措之時，張大非及時趕到醫院，跪倒床前「俯首祈禱」。在親人的呼喚、醫生的救治和上帝的保祐下，齊邦媛母親奇跡般地轉危為安。而張大非也在來去匆匆之間，交給「我」一隻小包，裏面包著一本「和他自己那本一模一樣的《聖經》，全新的皮面，頁側燙金。」〔註37〕這本齊邦媛珍藏一生的寶書，引導並決定了她一生的信仰。張大非也由此成為了「我」與上帝之間的使者。作者還通過張大非的兩次自我更名，勾勒了他那非同尋常的傳奇般的人生經歷：家亡國破後他將父母給自己取的喻意「吉祥」的名字張乃昌，改為「張大非」；為了參加空軍又將「大非」改名為「大飛」；1945 年抗戰勝利前夕，卻不幸以身殉國，如一道劃過夜空的閃電，照亮了少女齊邦媛的靈魂。「張大飛（非）的一生，在我心中，如同一朵曇花，在最黑暗的夜裏綻放，迅速闔上，落地。那般燦爛潔淨，那般無以言說的高貴。」〔註38〕在作者筆下，這一人物幾乎集合了「初戀情人」、「大哥哥」、人生導師、傳道者乃至「精神之父」等不同角色於一身。死去的英雄更成了神，他與上帝同在，與作者心中最崇高神聖的愛和信仰同在。

因為與張大非的特殊淵源，作者筆下的「南京」更被深深地打上了一層關乎「精神」和「信仰」的特殊烙印。她自 1937 年底逃離南京，一生中只回過南京兩次：1945 年抗戰勝利後返回南京，她參加了張大非「殉國週年追思禮拜」；1995 年 5 月，七十五歲的齊邦媛再次回到南京居留三天，重新造訪了位於紫金山的航空烈士公墓。在三千多位中國空軍烈士的名字裏找到了那塊編號為 M 的，刻有張大飛姓名、籍貫和生卒年的墓碑。但飽經滄桑的作家立在烈士碑前，卻近乎本能地質疑那言簡意賅的短短一行字，能否讓烈士張大

〔註36〕齊邦媛：《巨流河》，第 40 頁。
〔註37〕齊邦媛：《巨流河》，第 48 頁。
〔註38〕齊邦媛：《巨流河》，第 370 頁。

飛的靈魂得以歸依？〔註39〕曾經的血與火的交織，曾經的慷慨激昂都已煙消雲散，但精神的高貴、信仰的堅定卻可以超越歷史而永存。《巨流河》中對張大非的生動敘述，再次驗證了「青春、愛情和死亡」這一敘事模式的不朽魅力。不論古今中外還是虛構想像、回憶抑或「寫實」，它都能激盪起人們心中最深沉持久的浪漫情愫。而當青春與「戰鬥」、愛情與家國大業乃至上帝、信仰融爲一體的時候，則更容易營造出一種深邃的情感和唯美的想像。由此以來，「南京」在作家心中甚至化身爲青春永駐的「上帝之城」、「精神之城」，具有了崇高神聖的非凡意義。但也正因如此，如同遼寧鐵嶺只是她心中的「紙上故鄉」一樣，南京也已成爲她的「紙上家園」。更何況如今已「面目全非」的現實中的南京，想必也與他們記憶或幻想中的「南京」越來越遠，甚至已成爲完全陌生的兩座城市？

〔註39〕齊邦媛：《巨流河》，第 366 頁。

南京的社會相：
論吳濁流作品中的南京書寫

李金鳳

（西南大學文學院，重慶，400715）

摘　要

　　吳濁流的南京書寫主要體現在四部作品中：散文《南京雜感》、小說《亞細亞的孤兒》以及自傳回憶錄《無花果》和《臺灣連翹》。吳濁流的南京書寫，主要包含三個方面的內容：一是難以避免的「南京情調」的描繪與「金陵懷古」式的歡惋；二是客觀記錄了日偽時期南京的社會面貌和生活狀態，再現了淪陷時期戰禍慘淡的情景，另一方面又呈現了南京市民與日本政權、日軍相安無事的祥和場面；三是從「南京的社會相」中瞭解中國的真實狀況，探尋中國性格和國民精神。吳濁流發現，中國整個社會富於浪漫型、僥倖性，南京市民懷抱著夢似的宿命人生觀，機會主義與候差主義大行其道；在順應天命的同時又極具享樂主義與悠閒至上的思想，在會餐、看戲、麻將、洗澡中消磨人生。在中日戰爭的歷史境遇中，由於身份的特殊性、體驗的深刻性、認同的茫然與迷惑、中日臺比較的視野，吳濁流的南京書寫具有流動性、獨特性與複雜性，還原了 40 年代那具有大海般高深莫測、強大同化力與包容性的中國社會。

關鍵詞：吳濁流、南京書寫、日偽時期、中國性格

　　1941 年 1 月 12 日，41 歲的臺灣人吳濁流從基隆港登船，渡過臺灣海峽，16 日抵達上海，參觀完上海的市容之後，18 日前往目的地南京。1942 年 3 月21 日離開大陸回到臺灣。吳濁流在南京生活和工作的這一年多，獲得了真實的大陸體驗，經驗的深刻和複雜促使他在返臺之後寫出了詳盡的旅行札記《南京雜感》、臺灣史上著名的小說《亞細亞的孤兒》以及自傳回憶錄《無花果》和《臺灣連翹》。本文即以這四部作品為參照，尤以《南京雜感》為主，探討吳濁流筆下的南京書寫。〔註1〕

　　吳濁流的南京書寫與大陸作家相比，顯著的相同點在於，「南京情調」的書寫與「金陵懷古」式的歡惋在作品中得到了詳實和細緻的呈現。作為一個異鄉人，吳濁流饒有興趣地描繪著南京這座城市的名勝古蹟、地方色彩和市井風味。作品中的凡夫俗子、三教九流、大街小巷、名勝古蹟、地方風俗、飲食習慣等，凝聚成獨特的「南京風味」與「南京情調」；瀏覽和巡視著歷史厚重、變幻無常的南京城，「無論站在那一角落，懷古之情都會暗暗地沸湧出來。」〔註2〕六朝的臺城之柳已無法覓見，充滿人文風情的隨園如今已荒廢，面對南京眾多古蹟，吳濁流不止一次地發出物換星移而人事全非的滄桑之感。誠如葉兆言所言，在南京這樣頗具古董的城市裏，太容易產生懷舊情緒。「到南京必懷舊，懷舊一定惆悵。」〔註3〕因而「金陵懷古」式的感傷與歡惋在吳濁流的作品中緩緩流淌，終與大陸作家的南京書寫彙聚成「懷舊」的主題大奏章。但是，作為一個從出生之日起就生活在日據時期的臺灣人，吳濁流的南京書寫必然與大陸作家的南京書寫有著極大的差異。身份的特殊性與異文化的碰撞促使吳濁流的南京書寫具有非同一般的獨特氣質。除了難以避免的「南京情調」的書寫與「金陵懷古」式的歡惋之外，通過吳濁流的南京書寫，我們還可以觀察到日偽時期南京的社會面貌以及他對中國性格、國民精神的探尋與思考。

〔註1〕　《南京雜感》、《亞細亞的孤兒》第三篇、《無花果》第八章、《臺灣連翹》第 7部分都涉及到南京的書寫，在內容上多有重複。凡涉及到重複的內容，以《南京雜感》作為主要的引用對象，它比後三部作品更概括、更詳細。
〔註2〕　吳濁流：《吳濁流作品集——卷 4：南京雜感》，臺北：遠行出版社，1977 年版，第 54 頁。
〔註3〕　葉兆言：《煙雨秦淮》，南方日報出版社，2002 年版，第 11 頁。

一、身份的尷尬與真實的體驗：異文化碰撞

作為土生土長的臺灣人，吳濁流之所以離開臺灣，是因為郡視學公開凌辱臺籍教員，吳濁流抗議無效，憤而辭職，從而結束了近二十年的教師生涯。吳濁流懷著解放與嚮往的喜悅心情到達大陸。那麼，當他回到祖國母親的懷抱，中國人是否會接納和認同自己的同胞呢？吳濁流一到南京，鍾壬壽就囑咐他，對外就說是廣東梅縣人，切不可表明自己是臺灣人。因為在中日戰爭時期，當時的臺灣人常被懷疑為日本間諜。吳濁流曾分析，造成這種局面的原因多半是戰前日本人把不少臺灣的流氓遣到廈門，讓他們經營賭場和鴉片館，並讓他們充當日本的間諜，又以治外法權包庇他們，致使大陸人對臺灣人產生誤會，對臺灣人持有戒備心理，提到臺灣人就視為走狗。弔詭的是，中日開戰之後，日本政府也不再信任臺灣人，加上不少臺灣人投入到祖國大陸的抗日戰爭中，臺灣人經常受到日本憲兵、特務和警察的監視。真正到了大陸，吳濁流才知道臺灣人所面對的問題是複雜的。〔註4〕

如果他的身份是大陸人，根據後來的大陸慣例，我們大可視之為「漢奸」，在道義上譴責其行為。但由於他的身份是特殊的臺灣人，不能簡單地以民族主義情緒和道德預設進行綁架。設身處地地從歷史情境出發，我們可以深切地感受到臺灣人在中日兩國的夾縫之間生存的艱難以及身份的尷尬。這種夾縫間的生存，身份的尷尬，不被雙方認同的孤獨心境，在《亞細亞的孤兒》這本小說中得到了詳盡的演繹。小說主人公胡太明在日本留學時，藍就告誡他不能表明自己是臺灣人，對外宣稱就說是福岡或熊本地方的人，但胡太明在參加中國同學主辦的演講會時，坦率承認自己是臺灣人，不料當時與會的人露出了侮蔑的神態，紛紛猜測他是間諜。同樣，在大陸時期，曾就告知胡太明不能對外宣稱是臺灣人。儘管如此，胡太明還是因為臺灣人的身份被當成間諜，抓進監獄。好不容易逃出監獄，到了臺灣又被日本特務跟蹤、監視。這一系列情節表明了臺灣人身份的尷尬與兩難，既不被日本人認同，也不被中國人認同，從而成為無法靠岸的「孤兒」。「我們無論到什麼地方，別人都不會信任我們。……命中注定我們是畸形兒」。〔註5〕一

〔註 4〕 吳濁流：《無花果》，臺北：前衛出版社，1990 年版，第 125 頁。吳濁流：《臺灣連翹》，臺北：前衛出版社，1993 年版，第 106～107 頁。

〔註 5〕 吳濁流：《吳濁流作品集——卷 1：亞細亞的孤兒》，臺北：遠行出版社，1977 年版，第 120 頁。

個被兩國拋棄的「孤兒」來到中國大陸，必然要面臨身份的尷尬與文化的衝突。

因此，當吳濁流來到南京，就遭遇了種種衝突與矛盾的地方，時刻提醒他那複雜的身份。作為一個寓居在南京的看客，吳濁流對南京的觀察和描寫始終處在一個比較的視野中，潛意識中無時不刻不冒出一個臺灣或大阪的鏡像。但由於自身的混沌與矛盾，吳濁流對中國的態度是曖昧的、含混的、迷惘的，既有批評也有贊賞。

首先，吳濁流發現他聽不懂中國話。「登陸後，我發覺到一句話也聽不懂。雖然是自己的祖國，但予人感受卻完全是外國。」〔註6〕「從上海起，我就很注意地聽著鄰座旅客的私語，可是一點也聽不懂。心想既然是中國話，和臺灣話總會有一點相像的地方，努力想聽出一點什麼，結果還是徒然。」〔註7〕這就從語言的角度將臺灣人與大陸人進行了區分與隔離，凸顯出臺灣與中國分屬不同政權統治的事實。在臺灣，吳濁流接受了完整的日式教育，將日語作為國語對待，重要文學創作幾乎都以日語創作。在「他國」的日本，他不會遇到任何語言障礙，然而到了「本國」的中國，自以為臺灣話就是中國話的一部分的吳濁流，竟然發現自己聽不懂官方的標準語言。同文同種之人都無法溝通和交流，這樣一種落差，曾使他十分沮喪和焦慮：「在上海登陸之後，我的自信心已減去一半，到鍾公館一看，我向來的自信心已完全不知去向，每天心焦得無法自遣。首先，我得學國語。不管做什麼，不會說相當流暢的國語是不行的。這無論如何要花上半年或一年的工夫。想到半年間不能有什麼作為，前途不覺垂下了暗翳。」〔註8〕進退維谷的處境讓不可知的未來蒙上了陰影。語言是融入南京生活的關鍵所在，為了能聽懂中國話，吳濁流在南京的初始階段不得不每天學習國語。在吳濁流的自傳回憶錄中可以發現，語言不通對他的工作和生活都產生了嚴重的影響。身處南京的吳濁流真實遭遇了語言的障礙和隔閡。

其次，吳濁流對大陸人的衛生習慣相當不滿意。當他在南京站下車時，看見鄰座的姑娘，穿著優雅卻踩著座椅去取行李，「鞋印鮮明地留在椅子上」，沒有擦拭就坐下了。「於是，一直到剛才我心裏所懷抱的不安的心情一

〔註6〕 吳濁流：《無花果》，第122頁。
〔註7〕 吳濁流：《吳濁流作品集——卷4：南京雜感》，第55～56頁。
〔註8〕 吳濁流：《吳濁流作品集——卷4：南京雜感》，第57～58頁。

下子消失了，厭惡地皺起了眉頭，而姑娘似乎並無所覺。」〔註9〕初到南京原本有許多不安和緊張，但看到鄰座姑娘的不文明行為，吳濁流突然覺得自己比大陸人更文明、更有教養。《南京雜感》和《亞細亞的孤兒》這兩部作品中曾多次對大陸人的衛生習慣進行抨擊和擔憂。吳濁流坦言，他來到南京後，「未曾見到過清水」〔註10〕，秦淮河的水「混濁而呈暗黑色」，「有名的南京緞子，便是用這烏黑的水浸染的，而且這顏色居然絕對不褪，才是不可思議的。」〔註11〕他親眼看過船夫掬起玄武湖的濁水送入口中，這地方的孩子們大概也以為水都是濁的。「中國的浴室，並不乾淨」，他以為「若洗澡水進了眼睛，恐怕眼睛要瞎掉」。〔註12〕有一次在蕪湖接受張司令的邀宴，「因飯館的女侍送來的毛巾黑黑的」，因而拒用。〔註13〕吳濁流對此種情況的厭惡恰恰彰顯了他的殖民身份。重視衛生習慣，遵守文明行為，保護自然環境，正是日本政府殖民臺灣五十年來的結果。僅在衛生方面，日本設立了衛生警察，專職監督人民在日常生活中注意公共衛生。嚴屬的公共衛生政策，使得臺灣人的生活環境變得清潔健康。顯然，吳濁流接受過這樣的培養和教育，當他來到中國大陸，首先遭遇的就是衛生習慣、行為教養方面的衝突。

最後，當吳濁流來到神往的中國大陸，他驚訝地發現，中國是一個藏污納垢、無所不包的「海洋」。他遇到了各色各樣的人物：「有口銜煙斗的妄自尊大的西洋人，有庸俗而略帶小聰明的日本人，有盲目崇拜西洋的女人，也有叫化子和路邊的病丐……此外還有體軀壯碩但已完全去勢的印度人，他們腰間掛著『盒子炮』，神氣活現地守望在銀行、公司和工廠的門口，如今這些人除了乖乖地替別人當忠實的『看門狗』以外，再也沒有其他的生路了。不過，印度人雖然還算馴良，但那掛在腰間發著黑光的鋼鐵殺人武器——『盒子炮』——太明因為看不順眼，總覺得有些不舒服。」〔註14〕上海就是一個大雜燴，各式各樣的外國人在中國領土上作威作福。在南京，他同樣遭遇了一個龐雜髒亂的所在。南京人的泡澡、打牌、看戲在他看來是一種娛樂至上、

〔註9〕 吳濁流：《吳濁流作品集——卷4：南京雜感》，第55頁。
〔註10〕 吳濁流：《吳濁流作品集——卷4：南京雜感》，第70頁。
〔註11〕 吳濁流：《吳濁流作品集——卷4：南京雜感》，第67頁。
〔註12〕 吳濁流：《吳濁流作品集——卷4：南京雜感》，第60頁。
〔註13〕 吳濁流：《吳濁流作品集——卷4：南京雜感》，第63頁。
〔註14〕 吳濁流：《吳濁流作品集——卷1：亞細亞的孤兒》，第123頁。

麻痺精神的不良嗜好。他親眼目睹兒童教育的缺失，阿媽的偷懶與盜竊，新式女性的膚淺與虛榮，一般大眾的散漫與冷漠等等。在他看來，中國猶如一個藏污納垢的大海，「不論什麼樣的，全抱擁在懷中」。〔註15〕

　　儘管吳濁流對他所遭遇的對象持批評與厭惡的態度，但他卻不由自主地、難以控制地喜歡上了大陸的某些東西。他以為這就是「大陸的魅力」。「大陸的魅力，是社會自由，富於娛樂性、機會性，生活形式簡單，富於人性之故。在大陸的人，沒有不被這魅力迷住的。」〔註16〕吳濁流在不知不覺中也受到了這種魅力的感召。譬如，被他一直詬病的不乾淨的澡堂，他發現，「洗過兩三次後，對浮泛著污垢的洗澡水就會不以為意」，「到後來，自己也喜歡去了」。〔註17〕「他對於自己竟會被中國澡堂子那種不可思議的魅力所誘惑，內心不禁產生一種茫茫然的矛盾感覺。最初曾帶他去的時候，他只覺得內部骯髒不堪，對它毫無好感，誰知今天竟對中國澡堂子發生如此濃厚的興趣。」〔註18〕他親眼看見南京的日本人在不知不覺間改換了生活方式，尤其是日本姑娘，很喜愛穿漢服，卻不見中國姑娘穿和服。這些真實奇妙的感受和體驗引起了他的思考和探索。他最終發現「中國儼然像海」，具有一種「偉大的同化力」〔註19〕，「不知不覺間會使異鄉人的感覺和神經受到麻痺的中國社會那種不可思議的同化作用。」〔註20〕「有潔癖的日本人，在中國住上三年、五年，便會習慣於環境，不知不覺間被同化。在污濁的後街，也會瞥見有教養的紳士，像中國群眾一樣站著解手的。想到明知麻將之害、阿片之毒而被感染的，叫人不寒而慄。」〔註21〕這樣一個既有魅力又危險的大海，即便日本武力征服了中國，最終能否在文化上征服中國卻是值得懷疑的。在「回不去的文化中國與被命定的政治日本」〔註22〕中撕扯穿行的吳濁流，其內心是矛盾、掙扎又茫然，既感到進退維谷又愛恨交加，顯示出複雜、曖昧的情感態度。中、日、臺三個國度，風俗、習慣、人情、歷史都具有顯著差異，吳濁

〔註15〕吳濁流：《吳濁流作品集——卷4：南京雜感》，第89頁。
〔註16〕吳濁流：《吳濁流作品集——卷4：南京雜感》，第115頁。
〔註17〕吳濁流：《吳濁流作品集——卷4：南京雜感》，第60頁。
〔註18〕吳濁流：《吳濁流作品集——卷1：亞細亞的孤兒》，第129～130頁。
〔註19〕吳濁流：《吳濁流作品集——卷4：南京雜感》，第114頁。
〔註20〕吳濁流：《吳濁流作品集——卷1：亞細亞的孤兒》，第130頁。
〔註21〕吳濁流：《吳濁流作品集——卷4：南京雜感》，第89頁。
〔註22〕徐千惠：《日治時期臺人旅外遊記析論》，2001年臺灣師範大學國文學系學位論文，第94頁。

流深處其中，「簡直如置身異域」〔註23〕，必然會遇到異文化的碰撞與衝突。正是這種碰撞與衝突，吳濁流獲得了深刻的大陸體驗，激發了他日後對中國大陸的反覆書寫。

綜上所述可以得知，吳濁流的南京書寫必然與大陸作家的南京書寫不同。特殊的「孤兒」身份，認同的茫然與迷惑，日式的思維和觀念，現代意識的眼光，當吳濁流將個人的心路歷程、真實體驗書寫於筆端，就塑造了一個與眾不同的南京面貌。吳濁流的南京書寫中潛藏著一部「三城記」，他筆下的南京是和日本、臺灣作對照之後產生的鏡像之城，更是日僞時期南京面貌的一面鏡子。

二、日僞時期南京的社會面貌

吳濁流於 1941 年至 1942 年間旅居南京的那段時間，南京正處於日本和汪僞政權的統治之下。最早發表的遊記《南京雜感》中，詳細記錄了日僞時期南京的社會面貌和生活狀態。其後發表的小說《亞細亞的孤兒》和自傳回憶錄《無花果》、《臺灣連翹》，也都零星涉及到日僞時期南京的社會面貌。

必須要指出的是，吳濁流在這幾部著作中對大日本帝國及其暴政的態度是迥異的。在不同的時間點上書寫的南京由於政治格局、歷史狀態的不一，吳濁流對日本帝國的態度是變化的、複雜的、微妙的。

確切地說，在四十年代寫作的作品《南京雜感》和《亞細亞的孤兒》中對日本帝國的揭露和批評是少量的、含蓄的、隱晦的。也許讀者會提出異議，因爲在後期出版的《南京雜感》中吳濁流加了這樣一段重要的序言：「廣袤幾千里，擁有五千年的歷史和五千年的文化的祖國，憑筆者這一點點經驗，不敢確信能瞭解眞相，不過，我是把淪陷時期戰禍慘淡的情景，就所見聞依實寫下的，因此，對眞相的瞭解，也許更爲便利。如果讀者諸君，依此而窺見祖國的一斑，而能聞到大陸淪陷時期的氣息，這就是筆者引以爲幸的了。」〔註24〕這段文字非常明顯地說明了吳濁流寫南京遊記的目的是想依實呈現「淪陷時期戰禍慘淡的情景」，但是他又有些擔憂，怕讀者諸君不能「聞到大陸淪陷時期的氣息」。在他自謙說辭的背後實際上隱藏著這樣一條信息，那就是他在《南京雜感》中對淪陷時期南京的慘狀並非是大寫特寫的著墨重點。

〔註23〕 吳濁流：《無花果》，第 123 頁。
〔註24〕 吳濁流：《吳濁流作品集──卷 4：南京雜感》，第 50 頁。

這是身爲大日本殖民身份的吳濁流的無奈和痛苦。因此，筆者一直強調，吳濁流的南京書寫大部分是在特殊情境、尷尬身份下寫作的，必然與正義凜然的大陸作家的南京書寫不同。尤其值得注意的是，吳濁流的這一段序言，是在「民國四十年二月十二日」補寫的，而最初發表於《臺灣藝術》的《南京雜感》是在「民國三十一年」連載的，當時並沒有這個後加的「序」。相隔九年時間，臺灣的國際形勢與政治面貌早已改頭換面，作爲不受日本帝國殖民的、自由的中華民族的臺灣人，面對南京的歷史書寫，自然要揭露日本帝國的侵略和破壞。筆者這樣說，並非要標新立異，而是正文中的《南京雜感》的重心，並不像序言中所說的那樣是純粹暴露「淪陷時期戰禍慘淡的情景」。當時的吳濁流，他的興趣在於盡力地探尋中國的性格，探究龐大的中國是如何運轉於大地。作爲記者的他寫下南京遊記，並非是有意揭露日僞時期南京的社會面貌，而是想通過中國政府的中樞地「南京」這一窗口來增加他對祖國大陸的觀察和瞭解。

在七十年代寫作的作品《無花果》和《臺灣連翹》則更多地涉及到對日本帝國的描寫，對其侵略和野蠻行爲進行譴責和批判。在《臺灣連翹》中，吳濁流在第 7 部分的開頭就用一大段話表達了對日本帝國的憤慨和對大陸淒慘狀況的同情：「當我憧憬著那四百餘州廣闊無際的土地上，有著自由而遠涉大陸，沒有想到原來中國大陸上也是屬於日本人的天下，因爲在這兒也聞不到些微的自由氣息。像上海、南京，戰爭早已過了四年的時間，可是街道上卻清晰地遺留著戰爭殘骸的陰暗影子。街頭上，那些成群的乞丐們、失業遊民、野雞（娼妓）群、人力車群，彷彿洪水一般洶湧著。簡直就是家破人亡的人間地獄！到處都有轟炸的殘痕。從上海到南京，沒有一個完整的車站，全部都是臨時搭蓋的木板房。在這個一片廢墟中，從日本人到西洋人，以及具有走狗特權的野雞階級等，在昂首闊步著。在大多數的日本人眼中，並沒有他人的存在。連中國人存在的意識都沒有，只有傲慢的侵略意識在泛濫著……」〔註 25〕吳濁流筆下的南京如同人間地獄。他還預言大日本帝國必將走向失敗。一是日本國內物質缺乏日益嚴重，在經濟上會垮臺；二是珍珠港事件後，「中國終於加盟英美陣容，再不是孤立了」〔註 26〕；三是「看到在南京的日本人的橫蠻作風，可以想見因得不到民心而終究難逃失敗的命運。」

〔註 25〕吳濁流：《臺灣連翹》，第 103 頁。
〔註 26〕吳濁流：《無花果》，第 137 頁。

〔註27〕身為日本籍的吳濁流在四十年代的作品中是根本不敢提及的，這樣的議論只能出現在七十年代的作品中。吳濁流甚至大膽轉述日本人上野先生對日軍暴行的批判。曾任隨軍記者的上野兄曾向他坦言：「從蘇州而南京，他目睹殺戮與暴行，回想那一幕，禁不住慷慨激昂起來，極口抨擊日本的大陸政策之誤，甚至斷定日本必受天譴」。〔註28〕可想而知，這些話在當時要是被聽到了，「只有上斷頭臺一途了」。吳濁流也只能在日本戰敗後才敢如此議論時局，並且強烈表達自己的情感和態度。一方面，吳濁流為祖國的滄桑、淒慘感到「可悲可憫」，同情大陸人的生活；另一方面也為日本人的暴行、蠻橫感到憤慨，「在心中緊灑憤恨的淚水」〔註29〕。這種情感和態度的流露在四十年代的作品中是沒有的。

於是，這四部作品就形成了一個戲劇性的參照。雖然對日本的態度是不同的，有趣的是遊記《南京雜感》是涉及到南京書寫最多的，也是最詳細地描寫了日偽時期的南京面貌。儘管吳濁流的重心在探尋「中國的性格」，儘管它對日本帝國的揭露和批評是含蓄、隱晦的，但仍然可以用新聞記者的中立、客觀的態度去描述，在字裏行間我們依然可以探知日偽時期南京的社會面貌和普通大眾的生活狀況。

在「一探祖國究竟」的精神支撐下，吳濁流隨著「時代的推進力」來到了南京。當吳濁流進入南京城，他看到街上到處貼著刺目的標語：「和平反共建國」、「建設東亞新秩序」、「擁護汪主席」……這些標語表達了日偽時期的統治特色和政治訴求，強烈凸顯了汪偽政權的傀儡性質。這三個標語雜糅在一起，吳濁流在遊記中僅用「給人一種怪異的感覺」〔註30〕就結束了他的議論。一個剛到南京的他鄉客覺得「怪異」，恰恰彰顯了南京的複雜與多變，它經歷了多種政權更迭。在南京生活的市民，自然也隨著政權的變化被綁架和被蹂躪。南京失守後，大日本帝國進行了慘無人道的大屠殺，導致原本還算繁華穩定的國民政府的首都一夜之間變成了人間地獄。「自敵軍進城後之一月，全部南京淪入黑暗時代，難民區外火焰蔓延，焦土一片，搶劫橫行，渺無人煙；難民區內屠殺姦淫，任意摧殘。內外殺氣重重，毫無半分市景。」〔註31〕

〔註27〕吳濁流：《無花果》，第 135 頁。

〔註28〕吳濁流：《無花果》，第 130 頁。

〔註29〕吳濁流：《無花果》，第 123 頁。

〔註30〕吳濁流：《吳濁流作品集——卷 4：南京雜感》，第 57 頁。

〔註31〕陳鶴琴、海燕：《首都淪陷記》，蔡玉洗編：《南京情調》，江蘇文藝出版社，2000 年版，第 396 頁。

「火焰四起、濃煙滾滾、陰風慘慘、鬼氣森森」這十六個字形象描述了南京陷落的慘況。日本佔領南京之後實行「自治」，組建了「維新政府」，直到 1940 年 3 月 30 日，汪精衛國民政府在南京粉墨登場。至此，南京處於日本帝國與汪僞政權的雙重統治之下，汪僞政權不過是傀儡政權，最終的統治者仍然是大日本帝國。吳濁流在南京的這一年，以作家的敏感、記者的敏銳，眞實地觀察到了日僞時期南京的社會面貌和市井生活。

首先，吳濁流發現日僞統治下的南京特別貧困，普通老百姓的生存十分艱難。吳濁流非常細心地觀察著南京日常生活的狀況，他的描寫涉及到街上的趕驢人、車夫、農民、乞丐、兒童、小商人、日軍、警察、食堂、學校等等，無處不在他的關注中。吳濁流發現，鼓樓醫院的對面是街市中的大眾食堂，普通老百姓常聚集在這露天的攤子買早餐。「南京的人民，早上一起來，就買一根油條或一個甘薯，一邊喝著白湯，一邊珍重地一點一點地放進嘴裏品嘗的光景，頗引人注目。看他們的樣子，彷彿非常好吃。」〔註 32〕非常普通的食品，南京市民卻像捧著山珍海味一樣「珍重地一點一點」地吃，食物的匱乏讓南京市民覺得饅頭和豆漿都是奢侈品，出賣勞動力的多數情況下只能「以玉黍汁或甘薯汁當主食」，大米根本沒錢購買，冬天就只吃二餐，早餐不進食。儘管如此，市民的生活還是捉襟見肘。法幣貶值，玉蜀麥粉又漲價了，襯衫和日常用品又漲價了，十字路口的車夫只好將車費提高到 3 元，「本來就很少人坐，漲了車費，恐怕更沒有人坐了。」車夫們只好無奈地「凄然地笑了笑」。〔註 33〕生活困難，沒吃沒喝，南京的孩子們就不愛玩，不愛遊戲，「他們的遊樂場所是垃圾堆，那裏朝暮聚集著孩子們，在搜尋東西。試把一堆垃圾倒倒看，立刻就會有三五個孩子集攏來。他們就如雞爬尋食物一樣小心地搜求。釘、紐扣、玻璃屑、破碗片、錫罐子、鉛、木片等什麼都好，針一枚也要檢去。」〔註 34〕玩和遊戲原本是孩子們的天性，但在貧困面前，一切都變異了，孩子們最愛「在垃圾堆玩耍，在陰溝裏洗手腳」。〔註 35〕經濟狀況如此窘迫，孩子們的教育自然也成問題。年齡層次不一的孩子們無法分層教學，只能上簡陋不堪的露天學校，「在日本大使館旁邊的鼓樓公園的小崗上

〔註 32〕 吳濁流：《吳濁流作品集——卷 4：南京雜感》，第 95 頁。
〔註 33〕 吳濁流：《吳濁流作品集——卷 4：南京雜感》，第 97 頁。
〔註 34〕 吳濁流：《吳濁流作品集——卷 4：南京雜感》，第 80～81 頁。
〔註 35〕 吳濁流：《吳濁流作品集——卷 4：南京雜感》，第 82 頁。

的樹下，四、五十個小孩子並排著椅子在讀書，謂之林間學校像是蠻好聽的，實際上是沒有教室，只好露天上課。狀元巷狹窄的巷子牆下，也排著數十張椅子，數十個小學生專心地在此用功。黑板、講臺、講具等現代教育的器具全付闕如，敞篷也沒有。狀元巷這個小巷子，排水差，不論什麼時候都濕漉漉的，近鄰是殯儀館，實在是陰慘的地方。這樣的露天教授隨處可見，這意志是夠壯觀的，這是戰禍帶來的可憐現象，令人不能不同情。」〔註36〕沒有教室，沒有現代器具、場地潮濕，教學環境糟糕，戰禍導致南京兒童的學校教育相當簡陋和淒慘。這還算很幸運，「中國的就學率，沒有正確的統計，大概是百分之二十左右」〔註37〕，大部分的孩子們根本無學可上，失學兒童相當普遍。整個南京的教育體制處在失序的混亂狀態中，呈現出難以改觀的困境。

南京的貧困導致街頭的乞丐和娼妓特別多，多到令人不寒而慄的地步。吳濁流剛到大陸，最使他覺得可怕的是「野雞（私娼）的泛濫和乞丐的成群」。〔註38〕「只不過三四天的見聞就使我深感做一個中國人的悲慘。洪水般的野雞，乞丐的奔流，都是為求生存的人們的可憐影子。」〔註39〕在遊記《南京雜感》中尤其對乞丐這一群體進行了反覆的描寫。譬如在《雞鳴寺的熱鬧》這篇文章中，吳濁流談到在中元節，他和上野君一同到雞鳴寺散步。他看見南京的善男信女成群結隊去進香，「那天，眾多的乞丐，在路的兩旁，從行政院旁邊一直排到山上，百人百態。有頭髮全白，古銅色的臉，放一張磚在前面，有人走過，便用頭去碰擊磚頭，滿臉鮮血淋淋的乞丐，瞎了眼的，腳瘸了一半的，抱著孩子哭的，面孔蒼白得支持不住自己的，衣衫襤褸渾身污垢的孩子、姑娘、老夫、老婦等，多得無法數盡。」〔註40〕千姿百態，悲慘可憐，這讓吳濁流以為南畫中表現的僊人，描繪出種種的奇態，大概是以乞丐為主題。他還想起在孩提時代，曾隨母親到寺廟裏去看過十八重地獄的圖景，「幾乎懷疑是那種風景的再現」。〔註41〕雞鳴寺的乞丐們就如生活在十八重地獄裏的人們，為了得到進香人的一點零錢，齊刷刷聚集在雞鳴寺等

〔註36〕 吳濁流：《吳濁流作品集——卷4：南京雜感》，第83頁。
〔註37〕 吳濁流：《吳濁流作品集——卷4：南京雜感》，第83頁。
〔註38〕 吳濁流：《無花果》，第122頁。
〔註39〕 吳濁流：《無花果》，第123頁。
〔註40〕 吳濁流：《吳濁流作品集——卷4：南京雜感》，第9頁。
〔註41〕 吳濁流：《吳濁流作品集——卷4：南京雜感》，第9頁。

待機會，看似是熱鬧的雞鳴寺，不如說是淒慘的雞鳴寺。雞鳴寺的乞丐並不算最多，吳濁流發現，乞丐最多的地方是夫子廟，不給錢就追趕路人。在《街頭的歎息》這篇文章中，吳濁流就提到一件被乞丐追趕的事情。在一個寒冷的夜晚，大街上行人稀少，他和 K 君一同上朱雀路的酒家喝酒，在路上碰上一個乞丐要錢，因吳濁流口袋裏沒帶小錢，所以就沒給。但是「乞丐哀切地叫著，跟了十公尺、二十公尺。看出了沒想給錢的形勢，他更大聲更悲切地苦訴著，又跟了五四、十公尺。這樣，仍沒給錢，於是他便嚎啕悲鳴起來，邊哭邊哀求，那可憐的哭聲在黑暗裏，格外地悲慘。差不多跟了一百公尺時，他幾乎莫命地狂號起來。K 君才從口袋裏掏出一點錢給了他。他使我的酒醒了，頭上江南的月亮淒然放著光。」〔註42〕「悲切地苦訴」、「嚎啕悲鳴」、「邊哭邊哀求」、「莫命地狂號」，「在中國，要淪落為乞丐，非相當淒慘的人不能做」〔註43〕，若不是到了山窮水盡、生死攸關的地步，在大寒冷的夜晚，這乞丐大概也不會這麼執著地乞討。這瘋狂的行為、悲涼的處境不禁讓他感到江南的月亮都是淒慘的。吳濁流曾分析乞丐多的原因：「乞丐幾乎說得上是戰後的特產，無論到那裏都很多。」〔註44〕這看似客觀的分析仍不能逃避日偽統治的責任與過失。乞丐如此眾多，說明當時的南京處於一種畸形變態的發展中，根本無力承擔任何福利制度。戰後南京的大眾生活處於非常貧困的階段。面對這樣的困境，吳濁流雖然意識到了戰爭的原因，也對中國的未來充滿疑慮，他以為「不從社會政策上求根本的解決是不行的」〔註45〕。習慣於被日本殖民統治的吳濁流在四十年代寫作中絲毫不敢譴責日偽統治的無能和殘酷，反而以為是無可厚非的「戰後特產」，這不禁讓人感到意味深長。

據相關部門統計，「到 1939 年，有 73%的人失業，評價工資比戰前下降了 60%。市郊周圍農村地區，農具損失估計達 500 萬美元以上，農作物和牲畜的損失超過 1500 萬美元。」〔註46〕在國際救濟委員會最後的工作報告中詳細概述了當時的形勢：「整個南京市民的生活水平十分接近戰前中國各城市較

<hr />

〔註42〕 吳濁流：《吳濁流作品集——卷4：南京雜感》，第 92 頁。

〔註43〕 吳濁流：《吳濁流作品集——卷4：南京雜感》，第 92 頁。

〔註44〕 吳濁流：《吳濁流作品集——卷4：南京雜感》，第 92 頁。

〔註45〕 吳濁流：《吳濁流作品集——卷4：南京雜感》，第 93 頁。

〔註46〕 轉引自〔加〕卜正民著，潘敏譯：《秩序的淪陷：抗戰初期的江南五城》，商務印書館，2015 年版，第 179 頁。

貧困的階層，後者的生活水平是社會工作者在中國不同城市調查所得。」「這兩年發生的事件使本地居民的生活水平低到那樣的水平，很多人都處在生存的邊緣上。南京處於令人絕望的、非常畸形的困境中。軍隊和政府的自然本性使通貨膨脹繼續惡化，這導致了潛在的、更大的危機，經濟發展毫無希望。」〔註47〕這幾段話非常清楚地說明了南京如此貧困是與當時的日本軍隊和政府有關的，也是這場戰爭、日本的屠城造成了南京絕望、畸形的困境。在日偽時期路過南京的黃裳曾寫道：「一九四二年過南京，那正是汪精衛開偽府於金陵的時候，在日寇鐵蹄下的南京一片荒寒蕭瑟，古城的一切都籠罩在悲涼沉重的氣氛中。」〔註48〕作為記者的黃裳，他看到日偽時期南京的景象是滿目瘡痍、民生凋敝。吳濁流身處其中，囿於身份限制，不能大膽地過多暴露和譴責，但他仍難能可貴地真實再現了日偽時期南京社會的悲慘面貌和南京市民的貧困生活。這或許就是當初吳濁流想要在臺灣出版《南京雜感》而不被日本當局「理解」，審查後「未曾獲得許可」的原因所在。〔註49〕

其次，吳濁流迷惘地發現，戰後的南京市民與日本政權、日軍存在相安無事的和諧場面。南京淪陷之後，日軍對南京城的屠殺、姦淫、劫掠、焚燒，按理講，南京市民應對日本政權和日軍是充滿悲憤和仇恨的，懾於武力和生存，普通老百姓不敢公然對抗，但至少仇日情緒該是有的。然而，在吳濁流的敘述中並非如此。在《小商人和日軍》一文中說道，南京新街口一帶，小商人的露天攤子順著大街的兩旁排列著，販賣毛巾、鞋子、皮箱、印章、日用雜貨、紀念品等東西，「顧客是日本軍人」。為了毛巾和紀念品的價格，小商人和日軍討價還價，就像在與南京市民做生意一樣平常安樂。為了能讓日軍買東西，「他們殷勤地喚起日本軍人的心情來做生意。被江南的陽光曬成古銅色的軍人的面上泛起了笑容，顯得更紅了。」〔註50〕小商人是「殷勤地」，日軍的面上「泛起了笑容」。這樣一幅情景，竟讓筆者有一種錯覺：這不是被罪惡的日軍屠殺過的南京城，而是中央國民政府統治下的南京。吳濁流在《慶祝和遊行》一文中還寫道，在南京每一次有什麼慶祝，都要遊行。各商會、各種團體、各鄉、各保、各里，「都競鬥匠心，做成各種各樣的東西來遊行」。

〔註47〕 轉引自〔加〕卜正民著，潘敏譯：《秩序的淪陷：抗戰初期的江南五城》，第180頁。

〔註48〕 黃裳：《〈南京情調〉序》，蔡玉洗編：《南京情調》，第1頁。

〔註49〕 吳濁流：《吳濁流作品集——卷4：南京雜感》，第50頁。

〔註50〕 吳濁流：《吳濁流作品集——卷4：南京雜感》，第94頁。

吳濁流在南京期間經歷過的最盛大的遊行是正月十五的遊行。「各種團體、各學校學生、首都警察等，排成蜿蜒的行列，通過一個地點，要費數小時。街頭上的民眾，站在戶外參觀這行列，夫子廟一帶更是夜深而不知眠，快活得令人無法想像大陸的某處還有戰爭。」〔註51〕南京經常有遊行，不過是日本帝國營造一種歌舞昇平、歌功頌德、粉飾太平的假象，然而參與其中的民眾的態度和情緒則值得我們體味。處在日偽統治下的南京市民在節日的遊行中是如此快活和麻痺，這種情緒和狀態與當時的戰爭格格不入。吳濁流曾分析造成這種行為的深層原因。他認為：「中國國民在長時間裏，在遭受許多的政變中，不知何時，已訓練、養成了他們的習性，對事變不表露出任何表情。」〔註52〕這是一種明哲保身的處事態度。「他們深知發一點小牢騷、小不平，不但無濟於事，反而會引來殺身之禍。每一次政變，他們的身邊常有敵我雙方派來的偵探或間諜的眼睛在亮著。輕聲的說出了不該說的話，被當成反動份子，那就完了。」〔註53〕中國民眾對時局不關心是因為中國人沒有「法定的自由」，小心謹慎、保全自身才是最重要的。「因為在戰爭下的南京，並沒有所謂的法律。只要認為你是敵人，『砰』的一槍就可以解決。現在的南京，那幾十萬的冤魂，漂浮在各個角落，只要一想，就令人毛骨悚然。」〔註54〕日軍的暴虐和屠城給民眾帶來的陰影是深遠的，中國歷史上普通民眾遭遇的殘酷也讓他們明白，任何政府上臺都是「一丘之貉」，做慣了順民的他們「都能勝任」；如果碰上不壓迫他們的政權，則會採取支持和默認的態度。

面對南京市民的狂歡，吳濁流突然覺得，他們也會像被殖民的臺灣省一樣，在日本帝國的統治之下忘記中華民族的身份，在國家和民族認同方面失去警覺性。「究竟歷史將如何變遷，我幾乎無法判斷了。」〔註55〕淪陷的南京已被日偽統治多年，中日戰爭誰勝誰負難以預料，在美國尚未參戰之前，普遍的看法是中國的前途是暗淡的，勝利的希望是渺茫的，因此才會在歷史上出現那麼多的漢奸和合作者，乃至有汪偽政權的產生。在《臺灣連翹》中，吳濁流提到有不少人做了「建軍」的走狗，通過這種投資來發財。「在長江的蕉湖上游，有個名叫沙家洲的小島。島上只駐了十多個日本士兵而已，因此

〔註51〕 吳濁流：《吳濁流作品集——卷4：南京雜感》，第94頁。
〔註52〕 吳濁流：《吳濁流作品集——卷4：南京雜感》，第84頁。
〔註53〕 吳濁流：《吳濁流作品集——卷4：南京雜感》，第85頁。
〔註54〕 吳濁流：《臺灣連翹》，第107頁。
〔註55〕 吳濁流：《吳濁流作品集——卷4：南京雜感》，第94〜95頁。

不能夠維持島上的治安。於是有個富裕的中國人，拿出錢買了一百枝槍，雇了數百個人員獻給日軍，協助日本駐軍擔任治安任務。像這種情形叫『建軍』。」〔註56〕你死我活的中日戰爭期間，中國人竟與日軍團結合作，做出損害國家和民族利益的行為。歷史的混沌、複雜性也在於此。誠如張懌伯所言：「時間能徹底改變一切，比如將稀奇古怪之物改變為司空見慣的東西，將零星侵擾改變為日常控制，將征服看成是下一個政權。時間能不動聲色地讓人們認為屈服於軍事統治是一種錯覺，而且時間也能使抵抗看上去是一種錯覺。」〔註57〕在無法預料的不確定狀態中，誰能知曉中日戰爭誰勝誰負？在時間的流逝中，普通市民漸漸以為日本就是下一個政權，為了能夠繼續生存和發展，中國民眾向來「習慣於被征服」，「對已習慣於政府這種治理方法的人而言，日本人『奪取』政權沒什麼值得害怕的」。〔註58〕日本人也意識到了這種情況。「『滿鐵』研究人員在中國北方農村做調查時發現，村民對國民黨和日本人一樣不感興趣，對合作者亦然。所有這些都是必須適應的外來者，也僅限於此。日本人很容易發現這一點，它使『佔領政府』似乎可以成為這些民眾的政府，無所謂好壞，而且不需要為這種只顧自己不顧他人的統治作任何道歉，就取得了合法性和代表公眾的資格。」〔註59〕日本政府輕而易舉地取得了對南京的控制權，普通老百姓順應天命似地順從和習慣於日偽的統治，才會在吳濁流的眼中看見一片祥和的景象。

三、南京的社會相：中國性格與國民精神

　　吳濁流在中日戰爭期間來到南京最重要的目的是「一探祖國究竟」。過去由於受到日本殖民教育的片面灌輸，對中國大陸多有誤解之處，在來大陸之前，他對中國的瞭解僅限於日本教科書上的見識：「對於南京的關心，是中日戰爭開始以後的事。在這以前，因不曾有過交涉，所以連究竟是怎樣的所在，都不曾去想過。對中國——自己的祖國——也是一樣的。依日本教科書的教育：鄰國是個老大之國、鴉片之國、纏足之國，打起仗來一定會敗的國家，外患內憂無常的國家。雖曾想去看個究竟，由於沒有機會，學生時代的歪曲

〔註56〕　吳濁流：《臺灣連翹》，第 109 頁。
〔註57〕　〔加〕卜正民著，潘敏譯：《秩序的淪陷：抗戰初期的江南五城》，第 284 頁。
〔註58〕　〔加〕卜正民著，潘敏譯：《秩序的淪陷：抗戰初期的江南五城》，第 283 頁。
〔註59〕　〔加〕卜正民著，潘敏譯：《秩序的淪陷：抗戰初期的江南五城》，第 283～284
　　　　頁。

的觀念，無法拔除，一直懷抱在心中。」〔註60〕在南京工作生活的這一年中，吳濁流希望通過自己的雙眼真正地去瞭解中國的真實狀態。他以為，南京是中國政府的中樞地，華北、華中、華南、華僑等知識階層彙聚於此，某種意義上可謂大中國的縮圖。「若能憑這樣的南京社會的諸面目，提供讀者對中國的性格的一點瞭解，則是作者意外的收穫了。」〔註61〕由此可知，吳濁流費心寫下南京遊記，是為了從「南京的社會相」中探尋中國性格和國民精神，因此這一部分的書寫佔據了作品中的大部分。

南京最初留給吳濁流的印象是南京的火車站，「因為在上海悠閒數日的緣故，以看慣了使都市人的神經尖銳化的大廈高樓的眼光，眺望南京車站的瞬間，感覺南京火車站窄小得太不像中國首都的玄關了。」〔註62〕不是戰禍的緣故，而是原本面貌就如此，這不禁讓人大失所望。作為一個政治都市的南京，看不見氣派的高樓大廈，看不見一支工廠的煙囪，而是一個地道的田園都市，「觸目所見都是菜園、桑園、墓地以及湫隘的巷路」〔註63〕，「有小山、沼澤、大廈，也有草頂的粗陋小屋。寬五十公尺的近代道路，貫穿市的南北、東西，而這乾道，有時成了羊群家鴨的遊步場，有時趕著豬群的百姓的姿影點綴其中，出現了南畫上都少見的珍奇風景。」〔註64〕現代化與鄉土氣融合在一起，給人一種怪異、衝突的感覺。吳濁流認為，中國「地廣人稀」，有華北、華中、華南、華僑，言語風俗皆不相同，粗看彷彿支離破裂似的，但是，在中國社會的眾相中，「一定有一個不動的中樞支配一切，成為社會構成的根本。」「這個中樞，應該說是中國的性格吧。」〔註65〕概而言之，通過「南京」這一窗口，吳濁流在作品中主要從以下幾個方面來探討中國性格與國民精神。

（一）機會主義與候差主義：普通民眾的精神面貌

吳濁流在南京是做記者工作的，由於新聞採訪的需要，經常在大街小巷中穿梭來往，因此有不少與底層民眾接觸的機會。作為一個細緻的觀察家，他發現了下層階級維持和延續生命的一些生存手段，並詳細地寫下了他們的

〔註60〕 吳濁流：《吳濁流作品集──卷4：南京雜感》，第51頁。
〔註61〕 吳濁流：《吳濁流作品集──卷4：南京雜感》，第52頁。
〔註62〕 吳濁流：《吳濁流作品集──卷4：南京雜感》，第55頁。
〔註63〕 吳濁流：《無花果》，第124頁。
〔註64〕 吳濁流：《吳濁流作品集──卷4：南京雜感》，第52～53頁。
〔註65〕 吳濁流：《吳濁流作品集──卷4：南京雜感》，第52頁。

生命活動軌跡。他感受最深的是南京市民普遍富於機會主義，不按規則辦事，實行「候差主義」，「第一是靠機會，第二還是靠機會」〔註66〕，耐心等待機會，適時抓住機會，說不定就能碰上陞官、發財的機會從而改變自己的命運。「社會富於浪漫型、僥倖性，貧窮也沒有悲觀的必要。因而人生與空想及甜美的希望相連繫，自然懷抱著夢似的世界觀。為了這樣的夢，只是等待機會，而沒有得到機會就終其一生的也很不少。但人生多夢想，活在溫情與希望之中，即使貧，也少不平，更不為苦。」〔註67〕這段話恰當地表達了民眾的生活方式和精神狀態。在《南京雜感》中，吳濁流進一步對阿媽、傭人、門房、茶房、車夫等底層民眾的生活樣貌與精神狀態進行了詳細的敘述。

吳濁流在南京曾雇傭過阿媽，對阿媽的印象非常不好。他妻子跌傷骨頭的時候做不了家務，不得不雇傭阿媽。但請的阿媽飯量很大，一人能吃四五個人的飯菜，卻不好好幹活，「只能偷東西，幾乎什麼也幹不了，非一一指示她，她就什麼也不做。」〔註68〕吳濁流在報社要工作，回來還要照顧小孩，陪妻子上醫院，請了阿媽也是忙得團團轉。阿媽的好吃懶做，實在讓他厭惡，因此在《南京雜感》中專門寫了一篇文章《阿媽的世界和傭人》對此進行評價和論述。文中認為，阿媽是屬於南京的特定階級，阿媽原本是做下女工作的，煮飯、掃地、洗衣、照顧孩子等工作，但阿媽與下女顯著的不同，不在工作，而在階級。阿媽具有把一切都看開了的世界觀。這種世界觀「自知天命，自安於天命，自始就是不要努力」，「因而不知不平、不滿。只要默默地隨著自己的命運活下去便好。所以努力、向上、發奮、功名、事業，都與之無緣的」，「對她們而言，每天每天的麵包，是唯一的希望。」〔註69〕只要活下去就好，一幅「馬馬虎虎」的處事態度，「悠閒自在的，也不想努力做事」，做了壞事也是任人責罰不爭辯。有時又「像野狗似地，搜尋著獵物。因此，稍不留意，無論什麼東西，都會被她們竊去。中國的都是有賊仔市場，這裡的商品大都是從阿媽或傭人之流來的。」〔註70〕顯然，吳濁流對於阿媽這一階層評價甚低。這種自知天命、只求活著的宿命人生觀，在大部分時候是在消耗生命、行屍走肉，乃至不思自律，私自盜取主人財物，成為普通民眾當

〔註66〕吳濁流：《吳濁流作品集——卷1：亞細亞的孤兒》，第134頁。
〔註67〕吳濁流：《吳濁流作品集——卷4：南京雜感》，第115頁。
〔註68〕吳濁流：《無花果》，第134頁。
〔註69〕吳濁流：《吳濁流作品集——卷4：南京雜感》，第73～74頁。
〔註70〕吳濁流：《吳濁流作品集——卷4：南京雜感》，第74頁。

中令人頭痛的一個階層。

在《在夫子廟的世相》一文中，吳濁流仔細觀察了夫子廟的社會相。夫子廟可謂是南京的縮圖。這裡有電影院、茶館、戲臺、相士、賊子市場等，無論是白天還是夜裏都很熱鬧。夫子廟的白天，聚集著遊手好閒之徒。排著棋盤等待各種人士來下棋。圍觀的人群中「有尋求機會來一個大賭的，也有等待命運的人」。他們愚蠢地、認眞地懷著捕捉雲彩的希望「想以空手捕捉大魚」，渴望能居中做連絡工作。〔註71〕在《茶館和小費》一文中，吳濁流繼續寫道，中國人經常出沒在夫子廟的茶館中，他們「往往要一杯茶，鄭重其事地啜飲著，以那一杯茶，在茶館裏渡過半日。」看來頗爲閒逸，其實並非來玩，也不是來工作，而是在漫無目的地等待機會。「全憑命運，等待機會的來臨的悠閒，恐怕非中國人不能做到的。」奇怪地是，在吳濁流看來是這樣愚蠢的事情，竟然也會意外地賺到大錢。「這些機會主義者，邊啜著茶，邊傾聽別人的談話，機會來了，便很自然地參與他們的談話，爲其獻力、幫助、連絡，更進而爲其工作策劃，而取得謝禮或傭金。」〔註72〕到了夜裏，夫子廟「露天的夜店成排，尤其是相士，排出幾十張桌子，爲人判斷命運。每一個都有很多顧客。桌子旁聚集著紳士、淑女、車夫、野雞等，有得意的也有失意的，都是相信自己命運的人。」〔註73〕各個階層的人都相信命運，等待命運的垂憐，以爲只要運氣好，機會巧，就可以一路順風、實現夢想。在骨子裏，中國人的面貌仍然是封建的、迷信的。

在南京的百態人生中，吳濁流發現了中國人的生財之道：「在南京或上海不論賣或買，居中連絡，便可得一成或二成傭金。如果斡旋一百萬元的物品的買賣成功了，從買主、賣主都可以索得傭金，是非同小可的。」〔註74〕他發現中國的經濟結構都是富於機會性與僥倖性的。「中國的社會，沒有一分資本也能做大事。有精細的計劃，獲得有利的事業或權利，資本家便會光憑信義，付出五萬十萬，甚至數十萬元，任你經營。所得利益也絕不獨吞，而按比例分配。又空手捕獲大魚的也多。這就是說，只要做成大買賣的中間介紹人，便能得到終生不虞匱乏的財產。」〔註75〕除了做連絡工作的介紹費是靠

〔註71〕 吳濁流：《吳濁流作品集——卷4：南京雜感》，第86～87頁。
〔註72〕 吳濁流：《吳濁流作品集——卷4：南京雜感》，第71頁。
〔註73〕 吳濁流：《吳濁流作品集——卷4：南京雜感》，第86頁。
〔註74〕 吳濁流：《吳濁流作品集——卷4：南京雜感》，第71～72頁。
〔註75〕 吳濁流：《吳濁流作品集——卷4：南京雜感》，第116頁。

機會得來的，做官吏也是機會主義之一。所謂「做官發財」，做了官便能得到財產。運氣好，獲得好地位，做了一年官吏，便能得到一生吃不完的財產。做官是發財的手段，談不上理想和信念。並非人人都能做官，對於底層民眾而言，他們的生財之道是小費。吳濁流發現，中國的小費特別多。「南京和上海是小費的社會，一切都要小費。連自己的傭人或下女，沒有給小費，也沒有好臉色給你看。」〔註76〕這是吳濁流在南京遭遇的真實狀態，原本是份內的事情，還要額外增收小費，若是不給小費，事情就辦不好，若給了小費，就能「即刻見出效果來」。〔註77〕在接受了日式教育的吳濁流看來，通過做官發財、介紹費、小費都相當於變相賄賂。在潛意識中吳濁流覺得這是國民劣根性的表現之一。

在此，吳濁流提出一個重要的命題，那就是如果要將中國的前途明朗化起來，「阿媽、傭人、門房、茶房」的生活態勢與精神世界是值得特別關注的。他以為：「阿媽、傭人、門房、茶房，顯示著中國社會的一種裏面的情形，顯然具有潛勢力，看來雖像無力的人，要是善於利用，靠她們的連絡，有時居然能把艱巨的事，輕而易舉地完成。」因此，社會不安的陰影裏有這些人在活躍。「把這些人淨化了，中國社會的明朗化的工作，恐怕就完成過半了。」〔註78〕普通民眾充滿機會主義與候差主義傾向，他們沒有更多的生存機會，大部分做些連絡、偷盜等工作。要將中國的前途明朗化，淨化中國人的心靈，底層民眾的生活和精神世界就必須得到關注，他們代表著中國的性格與國民的精神，構建了中國的社會相。

不過，吳濁流對中國民眾並非都持批評態度，在《洋車夫的夢和忍耐心》一文中，吳濁流對車夫這一階層的表現給予了極大的讚賞。尤其是陪伴吳濁流採訪新聞而四處奔跑的曹氏青年洋車夫，其認真工作的執著態度與毫無怨言的敬業態度，更令他歡服。在南京，洋車夫很多。吳濁流以為，中國的車夫看起來樂天而頹廢，像落伍者，但他們的精神和阿媽可完全不同。阿媽是放棄一切，甘於命運的人。但人力車夫卻不同，他們誠信守序、吃苦耐勞、樂觀而有夢想。「他們有堅強的生活力，他們之中，也有胸中懷著成功美談或成功傳記，從遙遠的鄉間出到都市，憧憬將來的成功而勞動的青年。他們以

〔註76〕 吳濁流：《吳濁流作品集──卷4：南京雜感》，第72頁。
〔註77〕 吳濁流：《吳濁流作品集──卷4：南京雜感》，第73頁。
〔註78〕 吳濁流：《吳濁流作品集──卷4：南京雜感》，第75～76頁。

偉大的忍耐心與貧苦戰鬥，爲最後的夢——自己也和客人一樣住洋樓、坐洋車——而奮鬥著。」〔註 79〕南京的洋車夫具有堅毅的性格、敬業的態度與積極的人生觀。無論颶風下雨還是酷暑寒冬，洋車夫長年累月、一如既往地在南京街頭奔波賺取生活費，顯示了強大的生命力和中國勞動力的偉大，預示著中國的未來並非暗淡無澤。

（二）享樂主義與悠閒至上：南京市民的生活方式

吳濁流初到南京的鍾公館，從北處可隱約看見紫金山的中山陵，「簡直沉不住自己」。這時鐘同學就告訴他：「焦急是大陸生活的禁物。像長江水一樣，悠悠然最好。能玩就玩，等待機會，才是最聰明的生存方式。」〔註 80〕剛開始還懷疑，但在融入南京生活的過程中，吳濁流逐漸感受到了南京市民那種悠閒、享樂的生活方式。

吳濁流發現南京市民的三大娛樂方式是會餐、看戲、麻將。「這三大娛樂，是中國社會各階層相通而最被喜好的。……在中國，無論老少、男女、官民，一有空閒，就耽於此樂。」〔註 81〕這話確實一針見血，道出了中國人的國情。先說會餐，俗話說，民以食爲天，食，色，性也。任何人不能不吃飯。在中國，會餐吃飯就成爲一項人情交往、娛樂社交的重要方式。在飯桌上就能解決許多問題，談情說愛、求情辦事皆可。在一個物質條件差、娛樂方式單一的中國，看戲也就成了娛樂消遣的重要門徑。京劇是土生土長的中國國粹，話劇是移植到中國的外來戲劇。傳統戲曲與現代戲劇在南京這座城市相當發達，廣大市民愛看戲的尤其多。在《南京雜感》中，吳濁流就提到南京市民十分愛看戲。

> 南京的戲，大都是平劇，以夫子廟爲中心，劇院都聚集在此周圍。我隨著傅君進入南京大劇院、明星，走過一家又一家。劇院經常是客滿的。不論男女老幼，皆精通戲劇和歌曲。題材大都是歷史故事或取材於唐宋時代的小說。有名的戲子出場，唱起名曲，聽眾便熱狂地發出感歎之聲，整個戲院便成了歡呼的坩堝。戲子表演出妙技，鄰席的叔叔嬸嬸當然不用說，連紳士淑女也像被舞臺吸住了似的，神志恍惚，茫然出神。因此，紳士也好，淑女也好，自吟一

〔註 79〕吳濁流：《吳濁流作品集——卷 4：南京雜感》，第 77 頁。
〔註 80〕吳濁流：《吳濁流作品集——卷 4：南京雜感》，第 57 頁。
〔註 81〕吳濁流：《吳濁流作品集——卷 4：南京雜感》，第 61 頁。

曲自然不足爲奇，更有的具有飾演一個角色的本領。〔註82〕

從這段描寫中不難發現，南京市民不僅喜愛看戲，而且精通戲曲，屬於不折不扣的戲迷。在看戲的同時，南京市民也愛新興的娛樂方式：看電影。吳濁流曾寫到南京市民在對待兩部電影《西施》和《家》的那超乎尋常的熱情和執著的態度。「上映《西施》時，樓上樓下，都擠滿了觀眾，而且這種盛況每天持續著。明星的個人的技巧雖不差，全盤地看來，似乎落後了些。觀眾是網羅了各階層的人。」在放映《家》時，「第一次上映，雖有十天時間，由於每天客滿，我終於錯過了。第二次映了兩個星期，還是沒法看到。第三次再來的時候，排除萬難，在蜿蜒的長蛇陣中等待了一個鐘頭，才買到票，進了場。」〔註83〕由此可以看出，南京市民的娛樂風氣很興盛。統攝各個階層、各種身份的娛樂方式是打麻將或打牌。胡適曾戲稱：英國的國戲是板球，美國的國戲是棒球，日本的國戲是相撲，中國的國戲自然是麻將了。他還曾痛心疾首地說道：「男人以打麻將爲消閒，女人以打麻將爲家常，老太婆以打麻將爲下半生的大事業！……我們走遍世界，可曾看見哪一個長進的民族，文明的國家，肯這樣荒時廢夜的嗎？」〔註84〕胡適的夫人江冬秀是個麻將迷，視牌如命。每當麻將局三缺一時，江冬秀總是要拉胡適上麻將桌，這應是胡適真實的體驗與憂慮。這種擔憂和痛心在吳濁流的作品中得到了詳實的呈現。在《亞細亞的孤兒》這部小說中，吳濁流敘述到，自從中國人賴來到了曾公館以後，每天晚上都要打牌，胡太明「幾乎每天晚上要爲他們應付到深更半夜才睡……打到兩點以後，太明就昏昏欲睡，感到非常勉強。」〔註85〕緊接著就敘述了一件因癡迷於打麻將而不顧孩子生病的情形。故事中，曾、曾太太、賴和胡太明四個人一起打麻將（打牌），曾的小孩大概患了傷風，老是打噴嚏、哭鬧、發燒，女傭多次請示，曾和曾太太都置之不理，最後胡太明實在看不下去要求不打了，曾家才發現小孩病得很嚴重，醫生診斷得了急性肺炎，「叮囑他們必須留心看護」。「太明聽了不覺黯然神傷，心想打牌的害處也和吸鴉片差不多。」〔註86〕打麻將（打牌）癡迷到這種程度，這不禁讓人不寒而慄。日本是一個非常勤苦的民族，從上到下兢兢業業。吳

〔註82〕吳濁流：《吳濁流作品集——卷4：南京雜感》，第64頁。

〔註83〕吳濁流：《吳濁流作品集——卷4：南京雜感》，第66頁。

〔註84〕胡適：《漫遊的感想》，《生活》週刊第3卷第14期，1926年2月9日。

〔註85〕吳濁流：《吳濁流作品集——卷1：亞細亞的孤兒》，第130頁。

〔註86〕吳濁流：《吳濁流作品集——卷1：亞細亞的孤兒》，第133頁。

濁流深受日式教育影響，自然明白一個勤勞奮鬥的民族絕不會做麻將的信徒，「麻將只是我們這些好閒愛蕩，不愛惜光陰的『精神文明』的中華民族的專利品。」〔註87〕

吳濁流發現，在中國娛樂很徹底，「娛樂場所很多，麻將、四色、天九、骰子、雙六等，一旦愛上，便會廢寢忘食。」〔註88〕廢寢忘食之後就會忘記正事，忘記奮鬥和追求，就連現代新女性也染上了這種不良習氣。吳濁流認為，「中國的現代女性完全陷溺在虛榮與解放的思想中，無軌道的享樂在無知階級少見，有錢有閒階級為多。她們和她們，若不通於打牌、吃飯、看戲，就認為不是紳士淑女似的。上下一氣，耽於麻將而熬通宵的事，一點也不稀奇。有閒階級的人們，打麻將而疲勞了身體之後，就到浴室或戒煙所（吸食鴉片的地方）去。」〔註89〕吳濁流失望地發現，時代新女性，追求的不是思想上的自由，經濟上的獨立，人格上的偉大，而只是想要和男性平等，囫圇吞下西洋思想，走出家庭，和男人一起闊步街道，吃喝玩樂，談情說愛，「把戀愛看作和吃糖果一樣，老是吃巧克力會使人起膩的，有時必須換換口味，嘗嘗別的糖果；她們認為男人也要常常更換，而且她們實際上也的確如此。」〔註90〕所以把戀愛當做遊戲，求得了性的解放，卻丟棄了中國傳統女性的優點，「忘了煮飯，嫌背孩子，要和男人爭地位，要吸煙，要在舞廳跳舞。」〔註91〕「在上海、南京的街頭徘徊的女性，大都是指使阿媽去工作，自己則耽於麻將和戲的。往好的方面說，她們無非是企圖打破五千年來的歷史的矛盾，而大多確實無意識地追逐著現象罷了，只是靠淺薄的感覺在跳躍而已。」〔註92〕這樣的新女性，吳濁流發自內心地感到厭惡：「賤得不得了」。對於中國女性的解放思想，也是「不能令人讚同的多。」〔註93〕新女性欲走出家庭與男性並駕齊驅，這本身是進步的，但卻只是停留在表面的抗爭上，並未在觀念和行為上做一番徹底的革新。正是因為這樣，吳濁流對所謂的新女性的所作所為、所思所想頗有意見，內心深處無法苟同。

〔註87〕 胡適：《漫遊的感想》。
〔註88〕 吳濁流：《吳濁流作品集——卷4：南京雜感》，第115頁。
〔註89〕 吳濁流：《吳濁流作品集——卷4：南京雜感》，第59～60頁。
〔註90〕 吳濁流：《吳濁流作品集——卷1：亞細亞的孤兒》，第147頁。
〔註91〕 吳濁流：《吳濁流作品集——卷4：南京雜感》，第62頁。
〔註92〕 吳濁流：《吳濁流作品集——卷4：南京雜感》，第88頁。
〔註93〕 吳濁流：《吳濁流作品集——卷4：南京雜感》，第62頁。

　　在《亞細亞的孤兒》這本小說中，吳濁流演繹了一段胡太明與淑春相識、戀愛到結婚、生女的戀愛史、家庭史。淑春是金陵大學的學生，接受的是教會教育。袁昌英就指出，教會學校有一個共同的缺點：「只顧貫注地將西洋貨輸到她們腦子內去」，卻不問「學生所學的於她們將來對於本國社會的貢獻，需要不需要，適用不適用」，從而「造成一些純西化的只會說外國話的女子。」〔註94〕吳濁流筆下的新女性淑春熱衷於打牌、跳舞、政治運動，不管家庭生活，不管丈夫也不顧女兒，這讓胡太明痛苦不堪，在精神上完全無法交流和溝通。這一情節的演繹與他在南京觀察到的新女性的缺陷不謀而合。從吳濁流對新女性的態度與評價中可以看出，他的女性觀是傳統、保守、刻板的，但在某方面的確道出了那個時代的女性解放誤入了某些誤區。誠如吳濁流所言：「禮教之邦的禮衰微之後……到新文化確立以前，會有長時期的混亂吧。」〔註95〕新時代女性的解放帶來的混亂和迷失需要在時間的磨合和催化中得到修正和改善。正是對南京新女性的觀察和瞭解，吳濁流發現中國女性的解放道路還很漫長。

　　當然，接受了現代教育的吳濁流，他對中國新女性的態度是複雜多變的。大體上是批評，在某些方面也有讚賞。譬如，他在南京長期接觸過一位新女性，是教他北京語的教師，對這位女性，吳濁流是尊重和欣賞的。首先覺得她長得美：「我的老師眼睛很美，牙齒也白，舉止溫文，行動柔和。」其次認為她是個工作認真、有教養的女性。「雖然約定一天教一個小時，有時她也連續教兩小時或三小時。很正經的，不談功課以外的閒話。一拿出教科書，她就捧書教讀。教完了，就馬上告辭離去。和罹患打牌、吃飯、看戲三大病的中國現代女性比起來，實在健全很多。」〔註96〕對於南京的女學生，吳濁流也是喜歡的，她們既善於修飾自己，打扮得漂亮得體，在性格上又是溫柔可愛的：「南京的女學生溫柔而不愛多辯」。她們還常常去看衛生、繪畫、學藝的展覽會，「三人、五人或十人成一堆，也只默默地觀賞，不會批評也不會雜談，確可領會到儒教的教養。」〔註97〕凡是具有儒教教養的女性，吳濁流從內心裏感到讚同，特別看重女性的修養、氣質和節操。這代表了他對女性的欣賞要求和角度。

〔註94〕袁昌英：《遊新都後的感想》，蔡玉洗編：《南京情調》，第293頁。
〔註95〕吳濁流：《吳濁流作品集——卷4：南京雜感》，第87～88頁。
〔註96〕吳濁流：《吳濁流作品集——卷4：南京雜感》，第59頁。
〔註97〕吳濁流：《吳濁流作品集——卷4：南京雜感》，第79頁。

在《亞細亞的孤兒》和《南京雜感》這兩部作品中，吳濁流對中國的澡堂都加以詳細的描述。中國的澡堂是很不乾淨的，水面上漂著污垢，愛好乾淨的吳濁流起初是不敢下水的，心想洗澡水進了眼睛都要瞎掉，但後來竟然喜歡去了。喜歡那裏的溫暖、安逸和舒適。中國人洗澡前一般要在脫衣室內安樂椅上睡一覺，「悠閒的中國人，並不馬上入浴，而先瞌睡，在睡中逍遙。」睡完之後「在最恰當的熱水中靜靜地浸著」，泡完就躺在池上的長木板上，「浴夫就用手巾來擦污垢。那擦拭的方法極為高明、親切、細心，從手指到腳趾尖全身無一處地方不擦拭。」〔註98〕整個擦洗的過程是非常「痛快」的，擦洗完之後就回到脫衣室的椅子坐下給拍腳，在這按摩的過程中達到了人生幸福的巔峰：

> 在高高低低拍打的律動中，享受人生最大的樂趣和幸福。中國人常傲倨地一邊讓人拍足，一邊閱讀黃色新聞。讀著報，被拍著腳，就會快樂得睡去。那時，一切都會忘記，孩子的病，父母的凍寒，都將不再記起，借債有多少都不再關心。以不遜於王侯的心情，橫在浴室的一隅呼呼睡去，太陽便會毫不躊躇地落下去。從這夢中醒來後，要吃飯，要打牌，要看戲，全隨當時的心情移動腳步，不同的快樂又等在前頭。〔註99〕

中國式的澡堂具有超級享受、麻痺精神的功能，能在一方澡堂內「實現」王侯的待遇，心境也如王侯般安逸和舒暢。作為一個臺灣人，本身覺得它「內部骯髒不堪，對它毫無好感」，卻在體驗過之後對中國澡堂發生濃厚的興趣和喜愛。這讓吳濁流感受到大陸強大的同化力，如同大海那樣具有深不可測的同化力與包容性。

總體而言，吳濁流的敘述試圖保持客觀和中性。但實際上，他對中國的娛樂方式是批判的，批判中帶有迷惘的成分，既覺得很迷人又不太理解。他清醒地知道，這三大娛樂方式盛行的背後是一個悠悠然、娛樂性的中國，直指「有錢便是天國」的中國現實：「有錢便是世界上最能自由、最能縱情的國度」〔註100〕，「要吃要喝，誰也不會來干涉」〔註101〕。這也許是「大陸的魅力」。在魅力的背後實際上也是大陸的悲哀。一個貧富懸殊分明、享樂主義盛

〔註98〕吳濁流：《吳濁流作品集——卷4：南京雜感》，第60頁。
〔註99〕吳濁流：《吳濁流作品集——卷4：南京雜感》，第61頁。
〔註100〕吳濁流：《吳濁流作品集——卷4：南京雜感》，第61頁。
〔註101〕吳濁流：《吳濁流作品集——卷4：南京雜感》，第115頁。

行、悠閒至上的中國，與日本、西方國家相比差距巨大，仍然走在封建時代的道路上。「雖逐漸呈現出近代國家的面目，內容則依然是封建的。」〔註 102〕這是南京的社會相，也是中國的社會相。

　　卡爾維諾說：「在路過而不進城的人眼裏，城市是一種模樣；在困守於城裏而不出來的人眼裏，它又是另一種模樣：人們初次抵達的時候，城市是一種模樣，而永遠離別的時候，她又是另一種模樣。」〔註 103〕吳濁流的南京之行比較恰當地印證了這個說法。面對城市這個複雜的文本，不同的人有不同的看法。吳濁流作品中的南京書寫不過是眾多書寫中的一種。然而由於其身份的特殊性、體驗的深刻性、中日臺比較的視野，吳濁流的南京書寫呈現了一幅複雜、多元、微妙的畫面，讓我們再次回味和體察了日偽時期南京的社會相以及 40 年代的中國社會。

〔註 102〕吳濁流：《吳濁流作品集——卷 4：南京雜感》，第 117 頁。
〔註 103〕〔意〕伊塔洛·卡爾維諾著，張宓譯：《看不見的城市》，譯林出版社，2006年版，第 126 頁。

民國南京舊體詩人雅集與結社綜述

尹奇嶺

（阜陽師範學院文學院，安徽阜陽，236029）

　　南京是有重要歷史文化地位的城市，自從五代之後一直保持著人文之盛，雖間有衰歇，如社會動蕩等造成的文物摧毀、文人星散，但社會安定後，依然凝聚。大量名勝古蹟，璀璨的詩文，一草一木、一磚一瓦都有動人的傳說與故事。孔稚圭、沈約、謝混、顏延之、謝靈運、王儉、謝朓、何遜、陰鏗、江總、常建、李白、杜甫、劉長卿、劉禹錫、白居易、權德輿、杜牧、溫庭筠、李商隱、皮日休、許渾、韓偓、羅隱、王安石、蘇軾、李綱、張孝祥、楊萬里、劉克莊、文天祥、王守仁、宗臣、焦竑、顧起元、文徵明、徐渭、杜濬、施閏章、姚鼐等等，這一長串名字幾乎涵蓋了中古以後中國文學史上的所有大詩人，他們都在南京留下過詩篇。晚清太平天國運動給南京造成了災難性影響，南京城成為兵燹之地的中心，被攻被圍，屢遭踐踏。但洪楊之亂後的恢復也是很快的，南京基本上又逐漸恢復了人文之盛。1900 年 5 月陳散原（三立）移家南京，顧雲、繆荃孫、徐乃昌等文壇碩彥紛紛前來看望，邀宴雅集、酬詩唱和，門人後輩登門探望者接踵而至，以詩文向陳散原請益者更是絡繹不絕，帶動、活躍了南京的文化氛圍。伴隨著陳三立的風雅韻事也在文人圈子裏流傳。如劉成禺在《金陵今詠本事注》中提到一則趣事：

　　　　陳伯嚴（三立）世丈，卜宅青溪時，出門茫不識路。一日冒鶴
　　亭（廣生）語陳丈曰：予今日閒遊顧樓街，見橫波茶樓，入座呼茗，
　　樓上楹柱，聯語極佳。曰：淚海生桑，如此江山奈何帝；眉樓話茗，
　　無多煙月可憐人。街以顧名，橫波茶樓，云即眉樓遺址。陳丈莞然。

當夜大雪嚴寒，一人呼車，往橫波茶樓，天明返家，終夜遍尋不得，蓋忘顧樓街名也。予在匡廬，詢及訪橫波茶樓舊事。陳丈曰：乘興而往，興盡而返，何必見橫波茶樓耶？一誦聯語，橫波身世，已逸味在胸中矣。〔註1〕

民國時期，特別是在國民黨政權定都南京的一段時間，南京為京畿所在，各類人才被吸納進來。國民黨政權之內，集聚了大量在新文化運動中的成名人物，如羅家倫、傅斯年、段錫朋等，後來連胡適也被任命為國民政府的駐美大使。同時國民黨政府裏也有于右任、葉恭綽等舊派色彩濃重的文化人身居高位。國民政府雖然是通過政治革命取得政權的，但其文化態度總體上是溫和的，帶有保守性質，這樣新舊文學在南京其實保持了一種「市場狀態」，呈現一種溫和的兼容氣象。一些上層知識精英，喜歡以舊體詩詞形式調侃戲謔，留下了妙趣橫生的文字，如金毓黻日記裏就有這樣的記載：「往者楊杏佛亦喜為打油詩，如在南京中央研究會開會時得一律云：『龍行虎步上樓房，雀噪鴉鳴入議場。兒女成行談節育，望梅止渴鬧分贓。皺眉都歉先生胖，掉舌難當博士剛。最是天文臺上雨，雞林個個落泥湯。』先生胖謂傅孟真，博士剛謂胡剛復也。」「胡剛復每與人談，則刺刺不休，而趕汽車每遲誤時刻，杏佛以詩嘲之云：『一說二三句，拖談四五時。乘車六七秒，八九十回遲。』此詩係套用『一去二三里』四句之調，而語意尤雋妙。」〔註2〕民國時期南京舊體詩詞的雅集與結社很多，但絕大多數史料已經在滄桑變幻的歷史進程中灰飛煙滅了，具體數量已不可考，但就能夠查找的現存史料來看，民國時期南京的舊體詩詞的雅集與結社是非常普通的現象。

一、以大學為中心的雅集與結社

南京濃鬱的古典文化氛圍，在大學校園裏尤其濃厚，一批著名國學大師，如王伯沆、汪旭初、吳梅、黃侃、汪辟疆、胡小石等一流古典文化學者，利用三尺講臺的舌耕之地，使高雅、深邃的古典文化魅力征服了眾多學子，共同營造了校園內的古典文化的氤氳氣氛，舊體詩詞之風已經形成了一種校園時尚。在民國南京，以大學師生為中心的結社著名的有三個：一是潛社，二是上巳詩社，三是梅社。

〔註1〕 劉成禺：《金陵今詠本事注並序》，見《逸經》第二十五期。
〔註2〕 金毓黻：《靜晤室日記》（第六冊），遼瀋書社，1993年版，第4698頁。

1. 潛社

潛社是民國南京師生雅集最爲持久的，也是成果最爲豐碩的，有《潛社詞刊》、《潛社曲刊》、《潛社彙刊》、《潛社詞續刊》等傳世。根據吳梅的回憶，這個社團的開始時間並不很明確，大致從甲子（1924 年）持續到丁丑（1937 年），中間有停歇，後來又重續，前後十多年時間。潛社主要是在南京活動，20 年代末 30 年代初吳梅一度任教上海光華大學，也把潛社的活動帶到那裏〔註3〕，吳梅離開光華後上海的潛社活動也就消歇了。大體看來，潛社活動可以分爲前後三個階段。1924～1926 年爲第一個階段，吳梅在東南大學詞曲班的教學活動激起同學強烈興趣，帶動了學習填寫詞曲的熱情，參加吟唱的有四十人之多，直至北伐軍興，東大停辦，社集才結束。〔註4〕1927～1936 年爲第二個階段，東南大學易名爲中央大學復課，在同學們的強烈要求下，中大請吳梅回來任教，復課後，吳梅專教南北曲，社集的主要內容也隨之改爲南北曲。在吳梅日記裏，有在中大第一次雅集的記錄：

> 此次鐘集，因旭初（汪東）、小石（胡光煒）、伯沆（王瀣）、曉湘（王易）在座，胡、王爲東大舊友，曉湘新來校，汪雖同鄉舊識，但自東南改中大，始來校任國文系主席也。旭初喜詩鐘，遂與諸君及諸生同作云。首拈牽、便二字首唱。旭初云：「牽機竟賜重光藥，便面能遮庾亮塵。」小石云：「便殿從容陪漢主，牽車撩亂泣近仙。」小石又云：「便面章臺張尹過，牽絲海嶠謝公來。」伯沆云：「牽來唐帝玉花馬，便與周郎赤壁風。」余云：「便與東風銅雀鎖，牽來秋袂玉蟲寒。」諸生中仲騫云：「牽機賜藥情何慘，便座談經跡已陳。」次拈釋、悲二字二唱。余云：「七釋猶存枚叔法，五悲誰慰照鄰窮。」又云：「帝釋垂纓傳法象，儒悲鼓瑟示聲聞。」餘人皆未作。又拈語、揚二字三唱。伯沆云：「蟲欲語冰忘是夏，鷹能揚武記興周。」小石云：「愁賦揚靈成放士，願留語業作詞人。」旭初云：「亭過語兒悲越國，潮生揚子接胥江。」余與曉湘皆未作。又拈葉、牌二字四唱。小石云：「御膳遞牌除授重，陳編掃葉校讎難。」旭初云：「帆隨楓葉辭牛渚，路記松牌到象州。」余云：「卯飲頭牌扶薄醉，

〔註3〕 這是以吳梅和盧前爲中心的詩詞結社活動，沿襲了南京結社的名稱，而社員主要是上海光華大學的學生。

〔註4〕 參見尹奇嶺：《民國南京舊體詩人雅集與結社研究》，中國社會科學出版社，2011 年版，第 114 頁。

午妝眉葉門新描。」又云:「報曉辰牌傳絳幘,點妝午葉畫青眉。」
時曉湘以葉、牌二字不佳,別拈蓮、近二字作四唱,眾皆不從。惟
諸生王起一聯至佳:「每為風蓮思太液,轉因日近憶長安。」餘人未
作。繼拈山、冢二字五唱。小石云:「接籬已倒山公醉,中饋能持冢
婦賢。」余云:「莫問東西山下路,誰知醒醉冢中人。」諸生季青云:
「愁聞向秀山陽笛,細讀曹娥冢上碑。」繼作嬉詠體,拈題得石鼓
水仙。曉湘云:「春風玉佩無行跡,吉日車攻此嗣音。」小石云:「鵝
絹雙鈎傳趙繪,駝甎十碣怨金邊。」又云:「舊拓從來推范閣,新詞
誰與繼蘋洲。」又云:「大野幸能留獵碣,空祠誰與薦寒泉。」又云:
「祠畔當齊陳寶古,淩波如見洛神來。」是集極歡而散。〔註5〕

1932～1933 年一段時間,在吳梅身上發生了兩件事,影響了吳梅的興致。一
是「一・二八」戰火把吳梅借給商務印書館複印的南北曲珍本秘笈燒掉了,
這批書籍是商務館張元濟出面借的,藏在涵芬樓裏,結果有二十七種被焚毀,
這讓吳梅很受刺激。另一件事情是 1933 年 6 月 3 日與黃侃翻臉,也大大影響
了心情,潛社活動亦隨之漸衰。潛社活動一度中輟後,1936 年 3 月又開始重
舉社課,直到日寇入侵,中大被迫內遷,社員風流雲散,才被迫中斷,這是
潛社活動的第三個階段。

潛社所以持久,與吳梅的核心作用分不開。吳梅為潛社規定了三條社規:
一、不標榜;二、不逃課;三、潛修為主。從第二、第三條中明顯看出,潛
社有以吳梅為中心的教學性質,活動地點、活動方式、活動內容,都有吳梅
個人的風格。吳梅酷嗜詞曲,一生耽迷不已,卓然大師,加上他性情溫和,
學生多樂與陪侍。在詞曲的教學方面,吳先生是講究實踐的,注重在作詞造
曲的實踐中體會詞曲之美,涵養興味,使人一旦進入,就耽迷陶醉,從而形
成較為固定的唱和團體,使詞曲的練習經常化。

2. 上巳詩社

上巳詩社出現在 1928～1929 年之間,與這一名稱同時出現的還有一個褉
社。和沈衛威、張亞權兩位先生的觀點一致,筆者也認為上巳詩社和褉社其
實是同一詩人團體的不同稱呼。根據現有資料,上巳詩社的活動情形並不清
晰。集中刊載上巳社活動的刊物有兩個,一是《國立中央大學半月刊》,另一

〔註 5〕 吳梅:《吳梅全集・日記卷》(上),河北教育出版社,2002 年版,第 28～30
頁。

個是《制言》，可以說是上巳詩社的兩次集體亮相。大致可以確定的是上巳社在 1928 年上巳日成立的，其後的社集活動共五、六次。社集參加的人員主要有黃侃、汪東、王伯沆、汪辟疆、王曉湘、胡小石、汪友箕、陳伯弢、何魯等九人，幾乎都是中央大學教授。上巳詩社的發起和活動，與黃侃的關係甚密。沈衛威先生說：「4 月 3 日（農曆戊辰閏二月十三日）他與汪旭初等九人泛舟玄武湖看桃花時，引起極大的詩興，並誘發了結社的興趣，且得到同人的響應」〔註6〕。柳詒徵和何魯雖加入了詩社，而共同活動的記錄並不多，這個詩社友朋聯誼，唱和娛樂的隨意性質很明顯。從張亞權所考證的汪辟疆題扇詩來看，吳梅也曾參與過上巳詩社的活動。據金毓黻《靜晤室日記》記載，在 1941 年 4 月 7 日，汪辟疆曾拿出黃侃手寫墨跡若干紙，其中有涉及上巳詩社：

　　己巳二月，與去年上巳詩社諸人照相於南京中央大學六朝松下，既成，各題一詩。

　　　　名爲六朝松，誰知眞與假。松既不自知，我豈知松者。六朝松

　　　　陳君信耆宿，考訂老常勞。江山挺雄俊，科第因英豪。陳伯弢先生

　　　　王君有道者，心寬輕境促。既擅談天口，復有尋山足。王伯沆君

　　　　王君敦內行，常有鶴原悲。四海一子由，此外知心誰。王曉湘

　　　　我愛小孤山，突兀江流裏。借問去君家，水程可幾里。汪辟疆

　　　　小石最勤劬，於學無不研。手拓三代文，心希千載前。胡小石

　　　　簷雨夜浪浪，聞音意慷慨。何期千載下，重得聽霓裳。吳瞿安

　　　　總角締深交，衰遲意深厚。精神日往來，何在接尊酒。汪旭初

　　　　雖言未嘗言，雖默未嘗默。言與不言同，未嘗不自得。自評。

　　　　沾衿何所爲，悵然懷古意。秦俗猶未平，漢道將何冀。又自評。

　　　　以上凡十首。〔註7〕

這個詩社沒有堅持很久，只有五、六集就消歇了。以黃侃的個性是很難合群的，友朋與之相處，往往要忍讓才能全交。因此，不難理解，這個社以黃侃爲核心的話，當很難持久。加之，當時南京的各種結社很多，零散的雅聚更是家常便飯，詩社的聚散並不爲人注意。

〔註 6〕 沈衛威：《文學的古典主義的復活——以中央大學爲中心的文人禊集雅聚》，《文藝爭鳴》2008 年第 5 期。

〔註 7〕 金毓黻：《靜晤室日記》（第六冊），第 4723～4724 頁。

3. 梅社

上世紀三十年代，在國立中央大學的校園活躍著很多團體，其中有一個全部以女生組成的詞社——梅社〔註8〕，時光過去了七十多年，當年的才女都已過世，有關的資料只能在當年詞社成員及師友的詞集和回憶錄中零星收集到，用這些碎片只能部分拼接出當年活動的某些情景，雖然不夠清晰，但詞社大致經過還是基本清楚的。梅花，高潔堅貞，在古典文化中一直是詩文品題的對象。選擇梅社作爲詞社的名稱，直接的原因是第一次社集選擇在梅庵的六朝松下，於是訂名爲「梅社」。這個命名的另外一個解釋是標明爲吳梅弟子，也是合乎情理的。第一次社集發生在 1932 年秋天，共有五個女生參加。這五個女生的班次不同，班次最高的是王嘉懿，班次最低的是尉素秋，其他三位是曾昭燏、龍芷芬和沈祖棻。這個詞社是女生的一個自發團體，沒有清規戒律，後來相繼入社的還有杭淑娟、徐品玉、張丕環、章伯璠、胡元度，幾乎囊括了當時中大最著名的才女，可謂盛極一時。對於梅社的成員來說，除了從小接受的古典教育，奠定了古典文學的基礎之外，更爲重要的是中大一批頂尖級古典文學學者言傳身教的影響，將古典文學美輪美奐的一面傳達給了一代莘莘學子，在對古典文化口誅筆伐的新文化大潮中，營造了一個自外於時潮的古典文化的教學和唱和環境。

當年這些詞社中的女生各有一個筆名，均爲詞牌名，填詞的時候就用這筆名署上。這些筆名是社友民主討論，「共同選定」產生的，別具匠心而又恰如其人，如杭淑娟是「聲聲慢」，徐品玉是「菩薩蠻」，章伯璠是「虞美人」，龍芷芬是「釵頭鳳」，張丕環是「破陣子」，尉素秋是「西江月」。〔註9〕以沈祖棻的筆名爲例，她的筆名爲「點絳唇」，這是與其當時被推爲「眉樣第一」，擅於描眉的趣事相關。多年後，沈祖棻在《摸魚子再寄素秋》一詞中憶及當年「眉樣第一」的往事：

　　記秦淮、勝遊歡宴，驚風何事吹散？狂烽苦逐車塵起，經歲間

〔註8〕 與其同名的，還有 1926 年（丙寅）創設於常熟的梅社。該社是以刊代社，聯絡詩友的文學社團。社址在常熟。發起人爲季辛盧，發刊《梅社月刊》，編輯主任爲金病鶴。該刊「專爲提倡風雅而設，無論詩文詞曲，苟有一藝即可投稿，來稿經本社採錄認爲社友」，「詩文與詞曲同徵，散儷與古今並錄」，「志在闡幽，凡前人著作未經刊行者，可將原稿擇尤送來，以便分期登載」，「每年舉行雅集一二次，以聯友誼。由發起人隨時召集」。（見南京圖書館藏《梅社月刊》中《簡章》與《徵文啓》）

〔註9〕 尉素秋：《秋聲集·校後記》，臺北：帕米爾書店，1984 年版，第 112 頁。

關流轉。歸路遠。歎故國、盟鷗卻向巴江見。離愁又滿。甚歌席深杯，燭窗秋雨，都化淚千點。　　茶煙外，錦瑟華年偷換。朱弦難譜哀怨。江郎彩筆飄零久，今日畫眉都懶。往在南雍，嘗推眉樣第一，秋每以相戲。因賦詩解之曰：誰憐冷落江郎筆，不賦文章只畫眉。君莫管。任扶病、登樓更盡望京眼。流光易晚。問斟酌詞箋，商量藥裹，何日鎮相伴？〔註10〕

除了潛社、上巳詩社、梅社之外，當時大學校園內的舊體詩詞的雅集和結社活動應該還有很多，限於資料，不能一一舉例。下面摘錄吳梅的一則日記，以窺端倪：1937 年 4 月 13 日，「丁南洲來，同往梁園，客滿，退至老萬全，並邀君匋至，則中大諸生及汪辟疆方行詩社」。〔註11〕從這條日記我們可以推知，當時師生之間的詩社、詞社還很多，舊體詩詞的唱和作為一種生活方式在古典氛圍濃重的中大、金大的校園生活中是很活躍的。

二、官宦為中心的雅集與結社

在一個有幾千年詩教積澱的國度，民間涵養的詩教傳統是非常深厚的，更加上「試帖詩」曾是幾個朝代的科舉考試內容，在國家政權力量的參與下，對詩教的重視是任何其他民族所無法比擬的，南京又是文人輩出的「詩城」，詩教的傳統更為深厚。〔註12〕除了大學校園之外，民國時期的大量雅集和結社活動是在社會中發生的。

1. 白下——石城詩社

白下——石城詩社是民國南京三十年代重要結社之一。白下詩社和石城詩社有接續關係，基本是同一批人在不同時期的結社，白下詩社之名只用了一年多時間就改為石城了，一直活動到 1937 年初夏南京陷落前夕。活動時間前後持續五年左右（1932～1937）。石城詩社在民國廿四年（1935）和民國廿六年（1937），分別出了《石城詩社同人詩草第一集》和《石城詩社同人詩草第二集》。第一集收錄了 38 人的作品，第二集收錄了 42 人的作品。通過仔細比對，兩集都加入的為 27 人，變動幅度 1／3 還多，可見是一個並不穩定的

〔註10〕 沈祖棻著，程千帆箋注：《沈祖棻詩詞集》，江蘇古籍出版社，1994 年版，第 68 頁。
〔註11〕 吳梅：《吳梅全集·日記卷》（下），河北教育出版社，2002 年版，第 870 頁。
〔註12〕 胡小石：《南京在文學史上的地位》，《胡小石論文集》，上海古籍出版社，1982 年版，第 138～146 頁。

詩社。這個詩社的成員多數是官場中人，真正熱心詩藝，癡迷做詩的人不多，詩社的「聯誼性」很明顯，出版的詩集裏滿眼酬酢之作，如吳兆枚的《題鄭曉雲檢察長名將百詠》、伍勳銘的《擬譚院長組庵七夕篇原韻》等等。白下——石城詩社的意義在於，使我們認識到在民國南京舊體詩詞唱和雅集的普遍性，即便名不見經傳的人，也在以舊體詩詞的形式大量吟詠，如劉子芬在《石城詩社同人詩草第一集序言》中揭示的：「同人平日所為詩各有專集，詩之多者，無慮萬首，少者亦不下數百首」。

2. 如社

如社是民國南京三十年代中後期一個以詞為主的社團，有關這個社團的相關活動，有些零星的資料，如唐圭璋、盧前、徐益藩等人的回憶性文章，一般只有片言隻語，只能描述一個大概。如社成立於 1935 年，1937 年南京陷落後消歇，基本成員大概有十三個，至少雅集了十八次。經常參加社集的有程木安、吳白匋、楊聖褒等人。詩社的參與者有些是不在南京居住的，如壽鑈，他是魯迅老師壽鏡吾先生的兒子，民國初年定居北京。再如周樹年，是揚州商會的會長，是地方領袖級人物，也不經常在南京。這些人雖不經常參加雅集，但是參與社課，成為如社的外圍成員。在吳梅的日記裏，常有社集記錄，摘錄一則如下：

（1936 年 3 月 18 日）

下午應如社課題，作〔依鳳嬌近〕，寄同人。……

依鳳嬌近　如社第九集，賦柳，次草窗韻

三月芳辰，舊家池館千縷，對人時起回波舞。凝白灑江城，水玉點羅屏。一抹婷婷染素，梨雲同嫵。　天意難猜，南陌春韶何處？南國陰晴何據？麗景長安遍煙霧。花遲譜，絳仙正怯新風露。

正推敲之際，得廖鳳書此作，不以玉韻為是，此各人見解不同，無妨也。但詞不甚佳。今錄下。

前調　倦鶴自滬寄示〔泛清波〕詞因拈此調率贈

行篋新詞，麗情歌滿江左，萬花喧海樓中坐。笙壁語丹螭，柳陌囀黃鸝，憶得當時雨臥，長淮燈舸。　應喚春嬌，妝閣眉峰低鎖，吹徹銀簫遙和，夢綺霞光瀾涴。杯飛墮，鳳雲正掠紗窗過。（廖恩燾）

塗金錯彩，不知於意云何，此學夢窗而得其晦澀者也。〔註13〕

3.汪偽時期舊體詩詞的繁盛

汪偽政權是在一片尊孔復古的聲浪中提倡舊體詩詞創作的，汪精衛、江亢虎、梁鴻志等政府要員，是這一舊體詩詞唱和潮流中的核心人物，有大量的詩詞刊載。在這些汪偽上層人物的推動下，四十年代南京的舊體詩詞唱和呈現繁榮局面。從舊體詩詞的研究和創作上來看，有專刊集中發表分散的詩詞唱和，以龍沐勳編輯的《同聲月刊》為例，就有刊載大量的詩詞創作，以及有關詩詞曲研究的文章。舊體詩詞的出版也開始復蘇，在「詩壇近訊」和「詞林近訊」欄目上常有這方面的報導。

汪偽時期的南京，比較著名的雅集有西園雅集、橋西草堂雅集等。西園是汪偽政府行政院所在地的一個花園，西園雅集以梁鴻志為中心，由他召集。橋西草堂雅集以李釋堪為中心，大概從 1942 年秋天開始，每逢週末，李釋戡都在橋西草堂舉行雅集，稱為「星飯會」，陳方恪與龍榆生、陳道量、高子漢、郭楓谷、陳柱尊、黃燧、何嘉、潘其璿、湯澹然、楊無恙、張次溪、陳嘯湖、冒孝魯、錢仲聯、陳伯冶以及日人今關天彭等是常客。（「星飯會」實際上是由汪精衛、梅思平開支經費，以李釋戡出面，聚集、拉攏寧滬一帶淪陷區的學者文人，同時以《學海月刊》支付稿費形式，給予生活津貼。〔註 14〕）主要以研討詩藝、增進創作水平為主要功能的雅集有以龍沐勳為中心的「冶城吟課」。參與汪偽時期南京舊體詩詞唱和的作者情況，是比較複雜的，包括上層政治人物、社會名流、學界精英、遺老遺少、舊體詩詞的愛好者等等。舊體詩詞在四十年代汪偽政權下的復興，讓我們看到文化在國破家亡之際深厚的撫慰功能。汪偽政權上層人物和依附他們的文人，都不約而同地寫起了舊體詩詞，躲進詩詞格律之中，在吟哦中抒發鬱悶和苦惱，在互相慰藉中減輕痛苦的程度。這種情形也讓我們看到了傳統文化巨大的包容性，和對傳統文化的多元利用。

三、大型雅集活動

民國時期，傳統文學樣式受到新文學嚴重擠壓，但是新文學打壓之下的反彈力，也使民國這一時段裏以舊體詩詞為內容的大型雅集活動增多，動輒

〔註13〕 吳梅：《吳梅全集・日記卷》（下），第 691 頁。
〔註14〕 潘益民、潘蕤著：《陳方恪年譜》，江西人民出版社，2007 年版，第 156 頁。

幾十人，在規模上也很大，隱隱有展示舊體文學存在並與新文學分庭抗禮的潛在心理。下面選擇發生在掃葉樓、豁蒙樓、玄武湖三個文化名勝之地的幾次大型雅集加以說明。

民國時期，清涼山上的掃葉樓至少舉辦過兩次令人矚目的文化盛舉。一次在己巳年（1929年），由潘宗鼎、釋寄龕等組織的宴集，共有三十六人參與了詩詞唱和，掀起了掃葉樓文化人彙聚的一個小高潮。第二次是癸酉年（1933年）掃葉樓登高，由邵元沖、曹湘衡、陳藹士、冒鶴亭、曾仲鳴、黃秋嶽六人發起組織，參加盛會的有七十多人，加入題詠的達八十七人之多，將掃葉樓的文化盛會推上了民國時期的最高潮。

緊接1933年掃葉樓登高雅集，1934年接連舉行了兩次規模更大的舊體詩詞雅集活動。一次是上巳日玄武湖修禊雅集，另外一次是重九日豁蒙樓登高雅集。這兩次雅集在曹經沅主持下，所作詩文結集在一個冊子裏。甲戌年（1934）兩次大型舊體詩詞盛會有以下特點：1、都在傳統民俗節日舉辦；2、都有德高望重的主盟人以資號召；3、都爭取了很多人參加；4、積極擴大影響，徵集未參與的人加入唱和，並刊刻詩集，以資傳世留名。舊曆三月三的上巳日，九月初九的重陽日，是大型文人雅集最容易發生的時間。隨著時代的發展，本意上宗教色彩濃鬱的傳統節日，漸漸濾去了宗教神道的一面，保留了放鬆歡聚的人道一面。

四、結語

在民國場域，文人雅集的傳統依然延續，儀式化特徵明顯的大型雅集也時有發生。由於新文學的突飛猛進，舊體文學漸漸在公共文學空間裏成爲弱勢的文類。從舊體詩詞在報紙、期刊等公共空間的登載變化來看，民初以來在大趨勢上逐漸式微。筆者以上海圖書館編撰的《中國近代期刊篇目彙錄》第五和第六冊爲藍本，對近現代期刊做過較爲全面的掃描：1912～1917年，這是文學革命還沒有倡導的時段，從娛樂性刊物到學術性刊物，從地域性刊物到全國性刊物，從域內刊物到域外刊物，從校園刊物到社會刊物，甚至從男性刊物到女性刊物，種種不同類別，都有對舊體詩詞的刊載，「泛文」的文化特性非常明顯，古典詩詞的「漁歌晚唱」在民國開初的五年裏，還是主要的歌調。1917～1922年，這是文學革命發生後的時段，情況發生了很大變化，登載舊體詩詞的刊物日漸減少，欄目日漸刪削，白話詩和翻譯詩大量增多。

如 1917 年 3 月創刊於上海的《太平洋》月刊，開始設有「文苑」欄目，刊登梅園、樊山、一廠、寧太一、演生、呂碧城、劉宏度、陳彥通等人舊體詩詞作品，後來這個欄目時常被刪省。再如 1919 年 1 月 10 日創刊於北京的《國民》月刊，開始的時候設有「藝林」欄，刊載的「詩錄」「詩餘」多爲黃侃、汪東、吳瞿安、章炳麟、顧名等人的舊體詩詞作品。第 2 卷第 1 號就改「藝林」爲「新文藝」，登載新文藝作品，如俞平伯、羅家倫、黃日葵、常乃德等人的作品。

對句聯詩，是文化身份的象徵，同時也是一種智力遊戲，在不少人那裏，常常表現爲純粹的逸樂價值。逸樂作爲價值，李孝悌曾爲之正名，他說：「要爲逸樂這個軟性、輕浮的，具有負面道德意涵的觀念在學術史上爭取一席之地……在主流之外，如何發掘出非主流、暗流、潛流、逆流乃至重建更多的主流論述，也是我們必須面對的課題。」〔註15〕超越於逸樂價值之上，以超功利的美學眼光來看，舊體詩詞聯對所體現出來的高超精妙的語言技巧，所內蘊的審美價值之深醇獨特，帶給人美妙的審美享受，也不能不讓人驚歎不已。與舊體詩詞在公共文學空間衰歇並存的，是舊體詩詞在文化人私下空間裏依然葆有蔥蘢的活力，這是湮沒在中國現代文學史經典話語之下眞實文學生態的一部分。傳統文化問題是一個深厚的問題，一種文化經過漫長的歷史歲月而形成，在不知不覺中形成一個民族的內在規定性，化入潛意識，表現爲一種不自覺的思維習慣和行爲習慣，貫徹在日常生活的點滴之中。舊體詩詞作爲傳統文化的一部分，也是內化在民國時期文化人的精神結構裏的東西，舉凡新文化和新文學的開創者，包括陳獨秀、胡適、魯迅、周作人、沈尹默等人都有大量的舊體詩詞的唱和，並不能自外於這一文化共性之外。晚清封建帝國的衰敗並最終滅亡，垮掉的只是帝國的政治，一批文武大臣和接受私塾書院教育的傳統知識分子並沒有隨之逝去，其中的優秀分子在歷史時空中仍具有很大影響，古典文化因他們而傳承，舊體詩詞因他們傑出的創作而魅力不減，各自都形成了無形的團體，有追隨的門生故舊，營造了古典文化和舊體詩詞的氛圍。

〔註15〕李孝悌：《序——明清文化研究的一些新課題》，李孝悌編：《中國的城市生活》，新星出版社，2006 年版，第 8 頁。

聞一多在南京的詩歌工作〔註1〕

李光榮、王　進

（西南民族大學文學與新聞傳播學院，四川成都，610041）

摘　要

　　聞一多在南京的詩歌貢獻一直被人們所忽略。實際上，南京一年聞一多做了大量詩歌工作並取得了較大的成就。無論工作多重，生活多累，詩歌仍然是他全部生活的重心。他繼續北京時期的新格律詩思考，致力於推動新格律詩的發展，進行詩歌創作、譯介和研究，拓寬了新格律詩的道路，對新格律詩做出了獨特的貢獻。南京時期還是聞一多從事文學教學的起步，由詩人轉向學者的開端。

關鍵詞：聞一多、南京時期、詩歌貢獻

　　聞一多在南京居住過一年。在人的一生中，一年太短，所以聞一多的這一年常常被研究者忽略。但是，一年對於不同的人，意義是不一樣的。在聞一多四十七年的生命歷程中，一年已不算太短。而這一年，正是聞一多奔向而立之年的盛年，是聞一多由漂泊而定居的一年，是正式執鞭於文學講壇的

〔註 1〕　本文係國家社會科學基金項目《西南聯大文學作品編目索引與綜合研究》（編
　　　　號 15BZW128）的前期成果，西南民族大學文新學院中國語言文學碩士一級
　　　　學位點建設項目（編號：2016XWD-S0501）的成果，西南民族大學民國文學
　　　　研究中心的成果。

開始，是由詩人轉向學者的開端，當然也是詩歌成就顯著的一年，因此，南京一年是聞一多研究中不可忽視的一年。而研究聞一多南京時期的工作和成就，對於深化新格律詩和新月派的研究有意義，對於南京民國文學的建設也是一項基礎性的工作。

1927 年 7 月，聞一多到南京，進南京市土地局任職。這是他自上年以來在上海多方求職而復失業後所得的工作，所抱的希望可想而知。可工作起來，聞一多很不適應，心情鬱悶。東南大學文學院院長宗白華得知，禮聘他爲外文系教授兼系主任。旋，國民政府確定東南大學併入第四中山大學（次年春改爲中央大學），聞一多被聘爲外文系英文門副教授，〔註2〕9 月開學，兼外文系主任。這是聞一多 1926 年 3 月辭去國立藝術專門學校教職之後獲得的第一份穩定工作，心裏較爲滿意。聞一多在單牌樓過家花園裏租了房子。11 月，父母妻兒從老家湖北浠水遷來，過上了安居樂業的生活。聞一多的心情可謂快樂幸福。〔註3〕

聞一多在中央大學講授英美詩歌、戲劇、散文。這是聞一多從事文學教學工作的開始。雖然他教的還不是後來最擅長的古代文學，但已從藝術教學轉到文學教學了。這是他人生中工作重心的一次大轉折。劉恒認爲：「聞一多系統研究中國古典文學，可以說是開始於武漢大學。」〔註4〕中央大學的外國文學工作可以說是聞一多由藝術到古代文學的橋梁。從那時開始，聞一多專致於文學工作，直到逝世。儘管這之前他有文學研究，這之後有藝術工作，不過主要方面是之前做藝術，之後治文學了。這正如朱自清所概括的聞一多詩人、學者、鬥士的人生道路一樣：「學者的時期最長，鬥士的時期最短，然而他始終不失爲一個詩人；而在詩人和學者的時期他也始終不失爲一個鬥士。」〔註5〕朱自清把聞一多學者生涯的開始確定在 1929 年任教青島大學。以詩人、學者劃分聞一多的人生，確實是這樣。但僅以專業學術工作而言，聞一多任教於中央大學已經開始了，青島大學是繼續，而在青島大學之前還有一段武漢大學的經歷呢。以教學而言，1926 年聞一多曾在上海吳淞國立政

〔註 2〕 中央大學爲初設，規定只聘副教授。

〔註 3〕 參見季鎮淮編：《聞一多先生年譜》、聞黎明、侯菊坤編：《聞一多年譜長編》、王康著：《聞一多傳》等，其他書不一一列出。

〔註 4〕 劉恒：《聞一多評傳》，北京大學出版社，1983 年版，第 183 頁。

〔註 5〕 朱自清：《聞一多怎樣走著中國文學的道路——〈聞一多全集〉序》，《朱自清全集》第 3 卷，江蘇教育出版社，1996 年版，第 320 頁。

治大學任教授兼訓導長，但很快就因長女逝世而離開，他返回，政治大學即遭北伐軍封閉。總之，中央大學是聞一多從事文學教學和研究工作的開端。僅憑這一點，聞一多的南京時期就不應該被忽視。

更何況，聞一多的教學和研究的中心工作是詩歌呢。1928 年 3 月《新月》雜誌在上海創刊，聞一多爲編輯之一。由於身在外地，不能做實際的編務工作，但他自己投稿，並推薦他人稿件，支持了編輯的工作。在中央大學，陳夢家、方瑋德、費鑒照等學生跟隨聞一多學詩，後來在詩歌創作和翻譯上都取得了較大成就。而聞一多南京時期主要的詩歌工作是寫作格律詩，翻譯十四行詩和探討詩歌理論三個方面。

一、詩歌創作

聞一多在南京時期發表或創作的詩歌有《口供》、《你莫怨我》、《你指著太陽起誓》、《答辯》、《回來》等。《口供》1927 年 9 月 10 日發表於上海《時事新報·文藝週刊》第 1 期，創作時間不可知，大約寫於聞一多進中央大學之前，從「可是還有一個我，你怕不怕？——蒼蠅似的思想，垃圾桶裏爬」的句子來看，可能寫於他職業屢屢受挫的時候。詩歌敘寫了一個詩人對自然、文化、祖國的愛，追求高尚雅潔的美學情趣，同時也表達了一種怨毒的思想情感。詩歌反映出詩人多面的精神因素，打破了一些詩歌的單純描寫，既顯出波特萊爾式的美醜轉換，又符合現代心理學對人性的多層揭示，因而真實可信。聞一多把這首詩放在詩集《死水》的第一首，有似全書的序或自白，可以作爲理解聞一多回國以來思想和詩歌的鑰匙。

《你指著太陽起誓》是聞一多較爲滿意的詩。抗戰期間他編選《現代詩鈔》，選入了自己的九首詩，此詩排在第一，可見他對這首詩的重視。詩歌寫愛情，但這是一個愛情悲劇，情人「指著太陽起誓」：「海枯石爛不變」，然而卻又轉身投入他人的懷抱。幸好「我早算就了你那一手」，所以能夠清醒冷靜地對待情人的誓言。詩的主題是揭露愛人誓言的不可信。詩歌把「海枯石爛」的虛假誓言寫得一波三折。這首詩最讓人注意的是它的形式——十四行體。十四行體早已引入中國，非聞一多首用，但《你指著太陽起誓》卻是聞一多較早的十四行詩。這說明，聞一多這時在關注並試驗十四行體。他接著寫出了十四行《回來》。

《回來》寫的也是愛情，不過不是《你指著太陽起誓》那種戀愛中的情

愛，而是夫妻間的深情。「我」帶著滿身的疲乏回家，想著像往常那樣享受妻子提供的「優渥的犒勞」，卻不意家裏「都是寂靜」。雖然妻子只是「出門」，可是「我」在「彷徨的頃刻」間，「嘗到／生與死間的距離，無邊的蕭瑟」與「恐怖」、「悽惶」，以及「孤臣孽子的絕望」。「我」對妻子的依戀之情凸顯畢盡，而鋪襯在「我」的感情後面的是平日裏妻子對自己的關愛。夫妻間的深厚感情用「回來」的一個細節刻畫出來，詩人的感觸與筆力非同一般。聞一多自編《現代詩鈔》沒選這首詩，或許是因為這首詩內容的單純吧？

南京時期聞一多詩歌生活中的最大事件是詩集《死水》的出版。它是決定聞一多詩壇地位的集子。此前聞一多出版《紅燭》，收集他從清華到美國時期的詩，那愛國主義的思想，浪漫主義的情調，唯美主義的態度及「藝術的忠臣」之形象鳴響詩壇，論者多把聞一多與郭沫若相提並論。《死水》的出版，進一步提升了聞一多的詩名。其特色表現為思想的深邃與情感的節制，新格律理論的實踐與定型，浪漫與現實風格的並呈，藝術技巧的高超嫻熟等，顯示出詩人對新詩去散漫化的努力，是詩人苦心孤詣營造的藝術殿堂。如果說《紅燭》尚有《女神》相比對的話，《死水》則讓論者感覺「無以倫比」了。今天看來，《死水》體現了新詩發展歷程中一個階段的水平，開闢了新詩的規範化道路，代表了新格律詩歌流派的成就，是文學史上地位崇高的集子。這裏舉詩集出版後兩位詩論家的評論作一些認識吧：

沈從文於 1930 年 4 月 10 日在《新月》上發表《論聞一多的〈死水〉》，認為「這詩集為一本理知的靜觀的詩」，「以一個『老成懂事』的風度，為人所注意」。文章將《死水》與朱湘的《草莽集》作比較，與當時的所有詩人作參照，得出了這樣的認識：「在文字和組織上所達到的純粹處，那擺脫《草莽集》為詞所支配的氣息，而另外重新為中國建立一種新詩完整風格的成就處，實較之國內任何詩人皆多。……這是近年來一本標準詩歌！……在將來，某一時節，詩歌的興味，有所轉向，使讀者，以詩為『人生與自然的另一解釋』文字，使詩效率在『給讀者學成安詳的領會人生』，使詩的真價在『由於詩所啓示於人的智慧與性靈』，則《死水》當成為一本更不能使人忘記的詩！」文章極力推崇《死水》的技巧：「一首詩，告我們不是一個故事，一點感想，應當是一片霞，一園花，有各樣的顏色與姿態，具各樣香味，作各種變化，是那麼細碎又是那麼整個的美，欣賞它，使我們從那手段安排超人力的完全中低首，為那超拔技巧而傾心，為那由於詩人做作手藝熟練而讚歎，《死水》中

的每一首詩，是都不缺少那技術的完全高點的。」文章也指出《死水》的缺點：「使詩在純藝術上提高，所有組織常常成為奢侈的努力，與讀者平常鑒賞能力遠離」。〔註6〕《死水》出版後，曾受到朋友如朱湘、饒孟侃、陳夢家等的讚譽，由於他們跟自己關係密切，聞一多不願確信。他讀了沈從文這篇文章，心情十分高興，對自己的詩作更有了信心。他在給朱湘和饒孟侃的信中說：「那篇批評給了我不少的興奮。……實在他是那樣的沒有偏見的說中了我的價值和限度。」〔註7〕因此把沈從文視為「知音」。的確，沈從文在北京時曾和聞一多一起探討過新格律詩的理論，一起寫新詩，他是《死水》集所收作品創作情況的見證人之一，他以史家的眼光和論者的公允去運用詩歌的鑒賞力，寫出來的評論當然能公正而切中要害。

另一篇重要評論是蘇雪林的《聞一多的詩》，發表在1934年1月1日出版的《現代》第4卷第3期上。文章對比《紅燭》而評論《死水》的技巧與風格：「《紅燭》是一九二三年出版的，《死水》則在一九二八年。短短的五年內，技巧有驚人的進步。譬如說《紅燭》注意聲色，《死水》則極其淡遠；《紅燭》尚有錘鍊的痕跡，《死水》則到了爐火純青之候；《紅燭》大部分為自由詩，《死水》則都是嚴密結構的體制；《紅燭》十九可以懂，《死水》則幾乎全部難懂。這真是一個大改變，一個神奇的改變，我幾乎不信，兩本詩集是出於同一人之手」，「而《死水》卻是樸素的，淡雅的，不著一毫色相。讀了《紅燭》又讀《死水》，好像卷起了大李將軍金碧輝煌的山水，展開了倪雲林淡墨小品，神思為之灑然！但《死水》的淡，並不是淡而無味的淡。《紅燭》的色現在表面，《死水》卻收斂到裏面去了」，「《死水》字句都極矜鍊，然而不教你看出他的用力處，這是藝術不易企及的最高的境界」。〔註8〕這些評語顯示出論者那敏感細微的心靈，所論又是精當確切的，今天看來仍不過時。

二、詩歌翻譯

南京時期聞一多詩歌工作的另一成就是翻譯詩歌。他翻譯或發表了郝斯曼的《櫻花》、《春齋蘭》、《情願》、《「從十二方的風穴裏」》，Sara Teasdale（通

〔註6〕 沈從文：《論聞一多的〈死水〉》，《沈從文全集》第16卷，北嶽文藝出版社，2002年版，第109～114頁。

〔註7〕 聞一多：《致朱湘、饒孟侃》（1930年12月10日），《聞一多書信選集》，人民文學出版社，1986年版，第224頁。

〔註8〕 蘇雪林：《聞一多的詩》，《現代》第4卷第3期，1934年1月1日。

譯為莎拉·提絲黛爾）的《像拜風的麥浪》，埃德娜·聖－文森特·米蕾的《禮拜四》，拜倫的《希臘之群島》，哈代的《幽舍的麋鹿》，《白朗寧夫人是情詩》等，還完成了與葉公超合譯的《近代英美詩選》二卷，可謂豐富。

郝斯曼（A. E. Haosman），又譯為霍斯曼，今多譯為豪斯曼，聞一多譯為郝思曼或郝士曼，英國最負盛名的古典主義學者和著名詩人，其詩歌具有濃重的悲觀主義色彩，內容大多哀歎美景不常，青春易逝，愛人負心，友情多變，具有民間歌謠風格，追求簡潔而不枯燥。他一生離群索居，郁郁寡歡，被認為是「一位頗具『魏晉風度』的詩人與學者」。〔註9〕聞一多此時一連譯了郝斯曼的四首詩，可見對他的推崇。聞一多對郝斯曼的評價，在後來為費鑒照的《現代英國詩人》一書所寫的《序》裏有所表達：「這裏所論的八家：哈代、白里基斯、郝思曼……，沒有一個不是跟著傳統的步伐走的。」「跟著傳統的步伐走」，而又能推陳出新，這是聞一多高評郝斯曼的原因，還有一個重要原因是他的詩講究格律。

《櫻花》刊登於1927年10月18日《時事新報》的《文藝週刊》第5期，署「郝思曼著」。詩歌寫春天去看櫻花的感觸。詩歌對櫻花有「鮮花沿著枝枒上懸掛，……給復活節穿著白衣裳」的描寫，但詩歌的主旨不在描寫景物的美好，而是另有所言。我國古人說：「人生七十古來稀。」這句話在英國大概也適用。詩人自信人生有「七十個春秋」，「我的七十個春秋，／二十個已經不得回頭」，「只剩下五十個給我」了。雖然時間飛逝，人生短促，詩人並沒有產生及時行樂的情緒，而是要抓緊時間生活，因此寫出了「五十個春不算多來」的句子，寬慰自己並沒有浪費時光。這首詩是郝斯曼的早期詩作，與他後來的詩歌風格還不一樣，積極的人生態度十分明顯。聞一多選譯這首詩，或許正是被這種人生態度所吸引。聞一多把它翻譯成嚴謹的格律詩。全詩分為三節，每節四句，節與節之間看上去勻稱；十二行詩每句八字，行與行之間整齊。全詩每句三或四個停頓，大致相當，最妙的是每兩句的停頓數相同，兩句末字的韻母也相同，也就是說每兩句一韻，全詩共用了六個韻，讀起來朗朗上口而又顯得活潑。詩歌突出了櫻花的「白」色，顯得單一卻只能如此；詩歌的用詞普通平常，卻準確簡練，如「懸掛」、「懸」，「春秋」、「春」的運用，恐怕不只是考慮到字數問題，還注意了詞與詞之間的關係。聞一多不愧為新格律詩理論的創建者，一首譯詩也完全符合他所概括的「三美」理論。

〔註 9〕 竹桑：《詩人與學者 A.E.郝斯曼》，《讀書》1988 年第 10 期。

　　同樣是譯詩，《春齋蘭》也使用了格律。全詩共四節，每節五句，排列爲一三句頂格，二四五句退兩格，既勻稱又活潑；全詩十二行，每行八字，儘管有的詩行有標點，看起來較爲整齊；詩歌每節均用雙韻，一三句末字同韻，二四五句末字同韻，每節換韻；用詞講究精鍊，有書面意味。若說不足，大概在過份講究技巧，損害了詩句的口語和通俗化，有的詞如「待」、「許」的運用；有的句子如「蓮馨你還看得見他」爲了拼湊韻腳與上下文不夠協調。這首詩刊登於 1927 年 12 月 31 日《時事新報》的《文藝週刊》第 16 期，原作者署「郝士曼」。詩末有「譯者注：春齋蘭（Lent Lily）便是 Daffodil，或譯作水仙花。」這首詩是詠水仙花的。但詩未取吟詠花朵的角度，而是說它的早敗：與它同時開放的蓮馨花、迎風花依舊開著，水仙花衰敗無影了。詩人號召大家趕快上山去「把水仙花都帶回來」，是不忍美好事物的殘敗。詩歌有黛玉葬花的舉動，卻沒有傷春之感。詩人的意思似乎是，該去的就讓他去吧，愉快地收拾殘局。

　　《情願》的情調則截然相反，傾吐出無奈的傷感。詩人希望「能永遠」「沉醉」，「無奈人又有時候清醒」，得不到內心的寧靜。這是一首抒情詩，只有兩節，起得突兀，收得平緩，節奏由快到慢，氣勢由洶湧到平靜，但最終還是焦躁不安，難以得到寧靜。請看第一節：「是酒，是愛，是戰爭，只／要能永遠使人沉醉，／我情願天亮就醒來，／我情願到天黑就睡。」譯詩仍然是格律體。原詩刊登於《新月》第 1 卷第 4 號，1928 年 6 月 10 日，署「郝士曼著」。

　　《「從十二方的風穴裏」》仍署「郝士曼著」，譯者署「與饒孟侃合譯」，刊載於《新月》第 1 卷第 7 號，1929 年 9 月 10 日。詩歌刊登時聞一多已經離開南京，但離開的時間不長，根據月刊的出版週期推斷，此詩譯於聞一多在南京之時。詩歌吐露詩人的困惑：有「消逝」之念，但「還有一息的留連」；同時也表達出詩人的掙扎：「講出來，我立刻回答；／我能幫你點什麼忙」。詩歌和《情願》一樣短，但內容卻有發展、有轉折，不停頓於某一點的詠歎，給人以閱讀的興趣。這首詩很能代表郝斯曼的詩風。詩歌的表達很有些新異——詩人把自己分離成兩個人，「我」和「你」對話，避免了詩人主體的單一敘述，豐富了表現力，具有現代派的風味。饒孟侃和聞一多都是新格律詩歌理論的提倡者，因此這首譯詩具有嚴謹的格律。全詩三節，每節四行，一三句頂格，二四句退格，每句均爲八字，具有建築美；用詞準確、生動、

流暢，能傳達出詩歌獨特的情調，雖是譯詩，卻沒有生澀的詞語和顛倒的語句，語言中國化了，此係繪畫美；詩句以三頓爲主，間以四頓，既有一定的規律，又有變化，第二句起韻，第四句押韻，每節換韻，讀起來順口，節奏感強，又不至於呆板，富有音樂美。譯成這樣的格律形式，非行家裏手難以達到。

聞一多譯詩的另一個重要成果是《白朗寧夫人的情詩》。白朗寧夫人又譯爲布朗尼夫人或勃朗寧夫人，是一個傳奇人物。她十五歲時騎馬不幸跌落致下肢癱瘓，在二十四年的床褥生活中，心情格外淒清悲涼。不意在她三十九歲那年，比她小六歲的詩人羅伯特‧白朗寧走進了她的生活，愛情的魔力使她奇跡般地站了起來！在白朗寧的陪伴下，她愉快地度過了十六年，五十五歲那年，幸福地離開人世。她受惠於愛情，感謝愛情，於是拿起筆來歌頌愛情，用十四行體寫出了她心中暗流奔湧的愛情，在白朗寧和朋友們的鼓勵下，彙集成冊出版。詩集驚動了英國詩壇，六年間三次再版，並走向了世界。詩歌被視爲莎士比亞之後最好的十四行，白朗寧夫人被尊爲維多利亞時代最受尊敬的詩人之一。

《白朗寧夫人的情詩》共四十四首，聞一多譯出二十一首，分兩次發表在 1928 年 3、4 月出版的《新月》第 1 卷第 1、2 號上。聞一多翻譯白朗寧夫人的詩出於兩個目的：一是推介白朗寧夫人的詩歌，二是輸入十四行體。聞一多的翻譯很讓人興奮，在首刊《白朗寧夫人的情詩》的時候，徐志摩抑制不住內心的激動寫了一篇介紹文章加以推薦：「在這四十四首情詩裏白夫人的天才凝成了最透明的結晶，這文學史上是第一次一個好透徹的供承她對一個男子的愛情」，「這四十四首情詩現在已經聞一多先生用語體文譯出，這是一件可紀念的工作。因爲『商籟體』（一多譯）那詩格是抒情詩體例中最美最莊嚴，最嚴密亦最有彈性的一格」，「一多這次試驗也不是輕率的，他那耐心先就不易，至少有好幾首是朗然可誦的。當初槐哀德與石磊伯爵既然能把這原種從意大利移植到英國，後來果然開放成異樣的花朵。我們現在，在解放與建設我們文學的大運動中，爲什麼就沒有希望再把它從英國移植到我們這邊來？」〔註10〕只是，徐志摩說聞一多譯出了四十四首，但我們見到的只有二十一首，不知其餘爲什麼沒有發表。白朗寧夫人情詩的內容，早有定論，聞一多翻譯的老辣精確也有人論及，這裡只想提請讀者注意聞一多選擇十四行

〔註10〕 徐志摩：《白朗寧夫人的情詩》，《新月》第 1 卷第 1 號，1928 年 3 月 10 日。

來翻譯的意義。顯然，大力提倡新格律詩的聞一多翻譯十四行，是爲了爲新詩增添一種新的詩體。深入瞭解聞一多的徐志摩，當時就點破了他的這一層用意。

聞一多在南京的詩歌翻譯工作的另一個可喜成績是完成了《近代英美詩選》的翻譯。這部譯詩是與葉公超共同翻譯的，分爲兩冊，一冊英國的詩，一冊美國的詩。《新月》第 1 卷第 6 號刊登了廣告：「中國的新詩是從那裏演化出來的？一般詩人的背景都受過些甚麼影響？能答覆這個問題的人，自然知道現在中國的新詩和英美詩──尤其是和近代英美詩的密切關係。這兩本詩選的目的，是在介紹近代英美詩中最能引起我們的興趣的作品，一百多家詩人不同的個性都包括在裏面，還附有各詩人的傳略和精當的短評。……聞一多先生在新詩壇的地位早已經爲一般人所公認。葉公超先生又是中國唯一能寫英文詩的詩人。他們倆位把這精選拿出來貢獻給大家，不是文藝界的幸福是什麼？」〔註11〕但這部譯詩筆者並未曾見到，不敢妄談。

通觀聞一多的翻譯詩歌，一律使用了格律。格律體構成了聞一多翻譯詩歌的一大特點。這是自然的。聞一多來南京的頭一年即 1926 年，一幫青年詩人聚集在北京的西京畿道「聞先生那間小黑房子裏，高高興興的讀詩」，〔註12〕試驗新詩的體式，形成了新格律詩派，4 月《晨報·詩鐫》創刊，一首首格律詩相繼問世，5 月，聞一多的理論文章《詩的格律》發表，新格律詩的強勁春風吹進中國詩壇，催發了新詩的生命力。遺憾的是，6 月，《詩鐫》停刊，詩人各奔他處，新格律詩派自行解體了。聞一多不甘心，徐志摩不甘心，饒孟侃也不甘心。他們堅信自己詩歌道路和理論的正確，希望經過自己的努力刷新詩壇的面貌，於是，他們在南方又繼續推進新格律詩。作爲新格律詩的核心人物，新格律理論的創立者和著名作者，聞一多自然會堅持自己的道路，採用格律體創作和翻譯詩歌了。聞一多選擇格律體詩歌來翻譯或者說把詩歌翻譯成格律體，其意義表明：格律體詩不僅在新詩創作上能夠獲得成功，而且在翻譯詩歌上也能夠獲得成功。他從翻譯詩歌這方面證明了新格律詩的巨大價值，讓詩界又一次確信新格律詩的生命活力。

〔註11〕 《新月》第 1 卷第 6 號，1928 年 8 月 10 日。

〔註12〕 沈從文：《談朗誦詩》，《沈從文全集》第 17 卷，北嶽文藝出版社，2002 年版，第 244 頁。

三、詩歌理論

聞一多南京時期詩歌工作的再一個突出方面是詩歌理論建設。

這首先是「商籟體」的譯名與輸入。

關於商籟體的名稱，據許霆考證，「最早賦予它中文譯名的是胡適。他在1914 年 12 月 22 日的日記中談到自己寫的英文十四行詩《世界學生會十週年紀念》時說：『此體爲桑納（sonnet）體，英文之律詩也。』但這譯名當時沒有公開，後來也不通行。接著賦予『sonnet』譯名的是『少年中國』詩人李思純。1920 年 12 月，他在《少年中國》發表詩論《詩體革新之形式及我的意見》中明確譯成『十四行體』。這時也作這種譯法的是聞一多。他在 1921 年 5 月 28 日爲《清華週刊》寫的《評本學年〈週刊〉裏的新詩》中，說浦薛鳳《給玳姨娜》的『行數、音節、韻腳完全是一首十四行詩（sonnet）』。到 1922 年寫成《律詩的研究》時，他則把它譯爲『商勒』。1928 年 3 月發表翻譯的《白朗寧夫人的情詩》，聞一多正式給『sonnet』以『商籟』的譯名。一般來說，此後人們主要使用『十四行』和『商籟』兩個名稱，且二者混用。」〔註 13〕這段話提供了兩個意思，一是聞一多較早認識了十四行詩，二是聞一多最先譯爲商籟體。聞一多少年時代即喜愛詩歌，1920 年他就發表了數首新詩。清華學校是一所留美預備學校，對英文水平的要求很高，閱讀外文是對學生的基本要求。愛好加視野，聞一多接觸到十四行，並開始注意了。關於「商籟體」的定名，上引徐志摩的話中已注明是「一多譯」。這裡還可以引朱自清的話來說明聞一多對於商籟體的貢獻：「他也試驗種種外國詩體，成績也很好。後來又翻譯白朗寧夫人十四行詩幾十首，發表在《新月雜誌》上；他給這種形式以『商籟體』的譯名。他是第一個使人注意『商籟』的人。」〔註 14〕朱自清以詩歌史家的眼界，肯定商籟體是聞一多的譯名，並且說聞一多「是第一個使人注意『商籟』的人」。就是說，此前商籟體或十四行體在中國已經得到使用了，但沒有引起人們的注意，自聞一多定名開始，人們才眞正關注商籟體。

而引起人們關注商籟體的是他翻譯的《白朗寧夫人的情詩》。因此，聞一

〔註13〕 許霆：《中國詩人移植十四行體論》，《江蘇社會科學》2010 年第 3 期，第 174 頁。

〔註14〕 朱自清：《詩的形式》，《朱自清全集》第 2 卷，江蘇教育出版社，1996 年版，第 397 頁。

多翻譯發表的《白朗寧夫人的情詩》實在是詩歌史上的重要事件。朱自清對此亦有準確的評價：「北平《晨報・詩刊》出現以後，一般創作轉向格律詩。所謂格律，指的是新的格律，而創造這種新的格律，得從參考並試驗外國詩的格律下手。譯詩正是試驗外國格律的一條大路，於是就努力的儘量的保存原作的格律甚至韻腳。這裡得特別提出聞一多先生翻譯的白朗寧夫人的商籟二三十首。他儘量保存原詩的格律，有時不免犧牲了意義的明白。但這個試驗是值得的；現在商籟體（即十四行）可以算是成立了，聞先生是有他的貢獻的。」〔註15〕聞一多輸入商籟體的意義這裡已說得很明白，無需再多言了。

　　關於商籟體的理論，聞一多一直想寫篇文章談談，可總是忙就拖延了下來。直到1931年2月，陳夢家寄自己創作的商籟體詩歌《太湖之夜》等去請教他，他才在覆信裡談了它的規則。這時聞一多已在青島大學了。他說：「大略地講，有一個基本的原則非遵循不可，那便是在第八行的末尾，定規要有一個停頓。最嚴格的商籟體，應該前八行為一段，後六行為一段；八行中又以每四行為一小段，六行中或以每三行為一小段，或以前四行為一小段，末二行為一小段。總計全篇的四小段，（我講的依然是商籟體，不是八股！）第一段起，第二承，第三轉，第四合。講到這裡，你自然明白為什麼第八行尾上的標點應是『。』或與它相類的標點。『承』是連著『起』來的，但『轉』卻不能連著『承』走，否則轉不過來了。大概『起』『承』容易辦，『轉』『合』最難，一篇的精神往往得靠一轉一合。總之，一首理想的商籟體，應該是個三百六十度的圓形；最忌的是一條直線。」〔註16〕陳夢家收到信，才明白了商籟體形式的基本要求。他如獲至寶，卻不願獨享。當時他正在參與編輯《新月》，便將信擬名為《談商籟體》發表在《新月》上了。數十年後，孫黨伯、袁千正主編《聞一多全集》，把這篇文章放在「文藝評論」卷裡，可見主編認為這篇文章屬於理論探討，而非一般的通信。此是後話，寫在這裡有助於對聞一多商籟體貢獻的理解。

　　其次是介紹「先拉飛主義」。

　　「先拉飛」是拉飛兒（Raphael）之前的意思，現譯為「拉斐爾前派」。最先使用「先拉飛」的是一群僑居意大利的法國畫家，要在畫裡恢復拉飛兒以

〔註15〕朱自清：《詩的形式》，《朱自清全集》第2卷，第373頁。
〔註16〕《聞一多全集》第2卷，湖北人民出版社，1993年版，第168頁。

前即中世紀的樸質作風。1848 年，英國畫家、詩人、雕刻家羅瑟蒂、韓德、米蕾等七人組成「先拉飛兄弟會」，既搞美術又搞文學，「主張掃除拉飛兒以後的種種秀麗，纖細習氣，恢復早期作家的簡潔、眞誠與篤實；還有當時那物質的潮流和懷疑的思想，他們也要矯正，因此他們要在畫裏表現出那中世紀的『驚異，虔誠，和懍栗』等等的宗教情調」，〔註17〕被稱爲「先拉飛派」。不久，兄弟會解散，先拉飛派消失了。這次運動在英國藝術史上影響不小。「先拉飛主義」在當時的批評界引起了不少爭辯。聞一多借「先拉飛主義」「來標明當時文學界的一種浪漫趨勢」。

　　聞一多之所以介紹「先拉飛主義」，是「先拉飛主義」「有意用文學來作畫，用顏料來吟詩」，形成了「在詩裏表現畫，在畫裏表現詩」的特色，從而產生「美術和文學從來沒有在同一個時期裏，發生過那樣密切的關係」的現象。我們知道，聞一多是學美術出身的文學家，主張詩歌要表現出「繪畫的美」，注意到「先拉飛主義」並作介紹當屬自然。由於「藝術型類的混亂是『先拉飛派』的一個特徵」，聞一多的文章寫得較長且不易理解。

　　聞一多緊扣「畫中有詩」和「詩中有畫」作論。文章先批評「先拉飛派」的畫。「先拉飛派」畫家從濟慈的詩中獲取養分，體現出唯美思想與古典浪漫情懷，表現爲「宗教的象徵主義，和半禁欲，半任情的憂傷情調」。是的，他們熱心於宗教。中心人物羅瑟蒂注重表現「靈魂美」，「神秘化」；「羅斯金的主意是要藝術有一種最高無上的道德的目的，⋯⋯他注重的是繪畫的『思想』，不是『語言』。」對於偏執靈魂和神秘而忘記自己身處的現實，聞一多指出：「神秘的含義誰也承認是十分豐富，豐富的含義總算表現得夠分明的了。但是把它當作畫看未免太分明了，因爲所謂『分明』的理智的瞭解，不是感覺的認識，所以在文學裏可以立腳，在畫裏沒有存在的餘地。」對於偏重道德和思想而忽略語言表現本身，聞一多認爲：「他們靈感的來源既不眞，他們的作品當然是空洞的，軟弱的，沒有紅血輪的」，並且，「那裏是『思想』和『語言』的分野？在繪畫裏，離開線條和色彩的『語言』，『思想』可否還有寄託的餘地？」這樣，文章認爲他們「在畫裏表現詩」違背了藝術的規律。「畫中有詩」的偏頗認識了，「詩中有畫」的問題就容易解決。因爲它的偏頗也與「在畫裏表現詩」相同。聞一多承認外國「從莎士比亞，斯賓叟以來的詩人，誰不會在文學裏創造幾幅畫境？」中國「從來那一首好詩裏沒有畫，

〔註17〕《聞一多全集》第 2 卷，第 151 頁。

那一幅好畫裏沒有詩？」但羅瑟蒂及「先拉飛派」走過頭了。文章說：「總結一句話，『先拉飛派』的詩和畫，的確是有它的特點，『先拉飛主義』，無論在詩和畫方面，似乎是一條新路。問題只是藝術的園地裏到底有開闢新畦畛的必要與可能沒有？」文章最後說：「先拉飛派」的「詩中有畫，畫中有詩」，「簡直是『張冠李戴』，是末流的濫觴；猛然看去，是新奇，是變化，仔細想想，實在是藝術的自殺政策。」聞一多否定了「先拉飛主義」。

聞一多爲什麼會在這時寫這篇文章？李樂平認爲：「因爲其時他是極端唯美主義論者的緣故」和爲了「間接地批評左翼文學功利追求的偏頗，含蓄地和革命文學倡導者相對抗」。〔註18〕我以爲除此之外，是聞一多對自己兩年前提出的新詩「繪畫的美」的進一步闡述。聞一多似乎在說：新詩的「繪畫美」是有限度的，不能以詩去充任繪畫的職能。同時還與聞一多那時對「商籟體」的熱情有關。因爲「羅瑟蒂本人的集子裏就有一大堆題畫的商籟體」。聞一多在閱讀羅瑟蒂商籟體詩的時候，發現了「先拉飛派」以詩作畫的弊端，由此擴展開去，討論「先拉飛主義」的理論和實踐，從而得出了詩歌包括商籟體不能那麼寫的結論。更有可能的是聞一多對「先拉飛派」早就了然於心，那時譯商籟體又想起了它，便把原有的思想表達出來。無論如何，這篇文章仍然包涵了聞一多對於商籟體詩的思考。

還有是交流創作經驗。

南京時期的聞一多在信件中談過一些作詩的經驗。這些經驗對於詩作者有指導意義，有的對文學理論的建設也有價值。聞一多所談，概括起來有以下幾點：

1. 注意文學的普遍性。1928 年，左明給聞一多寫信，並寄詩請教他。他於 2 月給左明覆信。信中說：「譬如划船姑娘固然可以引起你的愛憐，但是也未始不可引起一般人的愛憐。你若把你和她兩人的關係說得太瑣碎，太寫實了，讀者便覺得那是你們兩人的私事，與第三者無關。你要引起讀者的同情，必須注意文學的普遍性，然後讀者便覺得那種經驗在他自身也有發生的可能，他便不但表同情於姑娘，並且同情於你。然後讀者與作者契合爲一，——那便是文學的大成功了。」〔註19〕

〔註18〕 李樂平：《聞一多對「先拉飛派」的批評及其原因》，《清華大學學報》2013 年第 2 期。

〔註19〕 聞一多：《致左明》（1928 年 2 月），《聞一多書信選集》，第 217 頁。

2. 感情平靜後寫詩為好。在給左明的信中，聞一多還談到自己在什麼情況下寫詩的問題。「我自己做詩，往往不成於初得某種感觸之時，而成於感觸已過，歷時數日，甚或數月之後，到這時瑣碎的枝節往往已經遺忘了，記得的只是最根本最主要的情緒的輪廓。然後再用想像來裝成那模糊影響的輪廓，表現在文字上，其結果雖往往失之於空疏，然而刻露的毛病決不會有了。」〔註20〕

3. 商籟體不易寫。1928 年聞一多在致饒孟侃的信中說：「昨天又試了兩首商籟體，是一個題目，兩種寫法。我也不知道哪一種妥當，故此請你代為批評。這東西確乎不容易。正因為不容易，我才高興做它。」〔註21〕這封信的寫作日月不詳，《聞一多書信選集》作「3、4 月間」，《聞一多全集》和《聞一多年譜長編》作「4 月」。「一個題目，兩種寫法」的那首商籟體，或許就是 5 月 10 日發表於《新月》第 1 卷第 3 號的《回來》。詩是哪一首無關緊要，重要的是明白聞一多在這裡告訴我們：寫商籟體「確乎不容易」；「正因為不容易，我才高興做它」。這是聞一多知難而進的精神與勇氣的真實表達。

總結聞一多南京時期的詩歌工作，主要為寫詩、譯詩和論詩三個方面。而這三個方面的共同之點是詩的格律。聞一多寫的是格律詩，譯的是格律詩，論的也是格律詩。他圍繞著格律詩而工作。因此，可以把南京時期的詩歌工作看作他北京時期的繼續。由此可以認識到，聞一多對新格律詩的理論是自信的，他以實際行動推進新格律詩的發展，要把新格律詩穩固地建立在中國詩壇上。所以，聞一多南京時期的詩歌貢獻是對新格律詩的貢獻。

〔註20〕 聞一多：《致左明》（1928 年 2 月），《聞一多書信選集》，第 217～218 頁。
〔註21〕 聞一多：《致饒孟侃》（1930 年 3、4 月間），《聞一多書信選集》，第 219 頁。

南京時期陳夢家的創作和社會活動

子 儀

（浙江嘉善地稅，浙江嘉善，314000）

摘 要

陳夢家在中央大學時期受到聞一多、徐志摩的提攜，還得到胡適的器重，其間與方瑋德、方令孺、宗白華等人交好，組織小文會，出版《夢家詩集》、《不開花的春天》，編選《新月詩選》，成了後期新月派的中流砥柱。

關鍵詞：民國南京、中央大學、陳夢家

陳夢家，1911 年 4 月 20 日生於南京，祖籍浙江上虞。早年他是新月派後起之秀，是聞一多、徐志摩的得意門生，當他還不到二十歲，還是個學生的時候，就因《夢家詩集》的出版而一舉成名。後來他轉入古文字學、考古學的研究，抗戰爆發後在西南聯大任教，四十年代他在美國爲蒐集青銅器資料而出入各大博物館、大藏家之間，回國後任清華大學教授。他在甲骨文及殷商史、商周銅器及銘文、漢簡及漢代西北史地這三個領域都留下了代表性著作《殷虛卜辭綜述》、《西周銅器斷代》和《漢簡綴述》，達到了治學上的高峰，至今無人能與之匹敵。他的交遊又極其廣泛，胡適、聞一多、徐志摩等器重他，西南聯大教授錢穆、朱自清、吳有訓、王力、潘光旦、金岳霖等與之友善，他與考古學家夏鼐、曾昭燏、董作賓、馬衡及建築學家梁思成、林

徽因和詩人郭小川、艾青、臧克家等交好，與收藏家王世襄、張珩、張伯駒、謝稚柳、丁惠康、譚敬及美國的盧芹齋等交往頗多，對於史學界前輩如徐森玉、王獻唐、于省吾、容庚等，陳夢家都非常尊重，還有如目錄版本學家王重民、圖書館學家袁同禮、書法家啓功等，相互之間留下很多往來書信。因爲陳夢家才情高傲、性格直爽，在歷次政治運動中受到衝擊，1966 年9 月 2 日在「文革」中受迫害至死。

2016 年是陳夢家先生誕生 105 週年、逝世 50 週年，現選取陳夢家南京時期的創作和社會活動成文，以此紀念陳夢家先生。

一

中學時代，陳夢家開始了他人生的社會活動，同時也開始了他的文學創作。

從現存的史料來看，他最早的社會活動，當屬參加孫中山逝世紀念活動。1925 年，孫中山在北京逝世，各地舉行追悼活動，在一個雨天的公園，陳夢家參加了南京舉行的追悼會。追悼會上，有一位戴銀邊眼鏡的剃了光頭的小四川人站在臺上作長長激烈的演說，「雨愈下愈大，他的嗓子也漸漸提高，每一個聽眾的腳在泥水裏種了根，我們全淋濕了。」〔註 1〕小四川人號召臺下的人和他站在一條戰壕裏，很多人眞的和他站在了一起。可是這之後不久他自己卻變了方向，而且聽說他死了。追悼會回來的路上，一位無錫的朋友低低地告訴陳夢家，他也暗暗地加入了國民黨，並且讓陳夢家也去參加，「你也應該進去。聰明的現代人知道在舊旗子快要落下的時候，搶先去歸屬一面新的旗子，你會知道日後的大方便僅僅在於這一試。雖然是冒險，但是流血的人多著呢，這也不過如像彩票的投機一樣。」〔註 2〕陳夢家看到他這種投機的色彩，並沒有理會。

雖然陳夢家不曾參加過什麼黨團組織，但他卻參加了一個小社團，小社團中各類人混雜相處，後來知道國民黨人、共產黨人等都有，不料因此他被當局和學校誤會。「不幸我在那時候（中學時代）竟給人認爲一個拿新旗子的人，一個危險的小人。那原因是我們曾經集成一個小會社，各色的人都有，

〔註 1〕 陳夢家：《十六年夏前後》（一），轉引自趙國忠：《陳夢家的集外文》，《春明讀書記》，花城出版社，2011 年版，第 125 頁。

〔註 2〕 陳夢家：《十六年夏前後》（一），轉引自趙國忠：《陳夢家的集外文》，《春明讀書記》，第 125 頁。

我們沒有共同的旗子，只是『新』是每一個人的表記。我們出過十幾期週報，可憐我那時候只爲每星期應份分擔一部印費。我是從那時起開始寫文章，並且和一般後來變成危險的人物交往。」〔註3〕中學時代，產生了陳夢家的處女作，他開始寫文章寫詩，那時的詩都是些無格律的小詩。那十幾期的週報，不知叫什麼名字，現在又不知道流落何方了。

週報只辦了十幾期，時代的紛亂過早地打碎了他們年輕的夢，一會兒是北伐戰爭，一會兒是「四・一二」政變，這使得他的朋友，有的亡命在別國，有的死在刀鋒下，有的關在監獄裏發胖了。陳夢家自己，則被誤解了，差點被學校開除：

> 有一回，我被人疑爲亂黨的。那是在中學將要解體的那一年（民國十五年）。舍監先生請我去（這位歡喜喝酒嚴屬的老舍監，後來死了，他眞是一個好人）。他把門鎖起，告訴我警察廳搜到一本名冊，那上面有一個姓陳的，他說是我。「你年紀青」，他溫和的說。「把一切實情說來罷，我們會饒恕你的；說，你在國民黨裏擔任什麼？」……這學期的終了他們評定我應該開革，我不曉得可是爲這原因。〔註4〕

事實上，陳夢家班上另一位姓陳的山東人，白天是「國家主義者」，晚上則變成「革命黨」，這位山東人和另一位只在晚上出沒的革命黨人湖南人是朋友，而湖南人認定陳夢家是他精神的朋友，故此陳夢家發現自己被當局誤以爲是革命黨了。

1927 年初春，在南京一所的中學，因爲戰事，同學沒有來，陳夢家一個人病倒在中學的樓上。

> 白天，一個齋夫來打一會水就不再來了。上帝保祐我，我的隔室住了唯一的一個小人，每回他到我房裏來，在我床上掛著的一塊有名的「橋林大幹」上用刀割下一片吃，每回他吃了一片就爲我去取水，我在床上大燒大昏。但是晚上，我的好香乾不能引誘他來，他老早上床睡了。只有那位湖南人，他是晚上出來的勇士，他來爲我洗身，帶一些水果來。這些可感的舉動，使我喜歡他；他勸我病

〔註3〕 陳夢家：《十六年夏前後》（一），轉引自趙國忠：《陳夢家的集外文》，《春明讀書記》，第 125 頁。

〔註4〕 陳夢家：《十六年夏前後》（一），轉引自趙國忠：《陳夢家的集外文》，《春明讀書記》，第 127～128 頁。

好了去赴他們的會：「時局緊極了，你曉得！我們預備動，你老早是我們精神的同志，不會不答應加入我們的常會的罷」？我不會拒絕，我答應他明天就去開會。這位有狐臭的湖南人得意的去了，他握我的手說：「明天一準」！這樣一個明天，許是影響我一生的大關鍵，我不能想了。但是上帝沒有把這樣偉大的明天交給我，他給我的明天是我回到上海的家了：父親催我回去，我的姊一定要我離開南京。〔註5〕

就這樣，陳夢家一度離開他寄住的南京三姐家，回到上海父母的家裏，他做起了父親的書記員，每天早上和父親一起去基督教的編輯部廣學會，每天他為父親謄寫幾千字，編輯廣學會辦的雜誌《明燈》。

北伐軍逼近上海。為配合北伐進軍，上海工人舉行了第三次武裝起義，在閘北一帶最先和北洋軍閥交戰，陳夢家一位同學名吳光田，就在北伐進軍的過程中被奉軍砍死。

起義工人總司令就住在陳夢家的家所在的胡同裏，他佩著兩支手槍帶著四名護兵，每天坐馬車到總司令部去，陳家的門口突然多了八名工人兵保衛。陳夢家看到，斧頭鐮刀的紅旗子各處飄揚。「四·一二」政變之後，家門口的這些工人都不見了，紅旗子被扯下，形勢逼人，禁止紅顏色，有一些人被發現草帽裏有一根紅線就被殺頭了。

1927年6月，陳夢家回到同樣是白色恐怖的南京，各處又聽到殺人的消息。陳夢家關心那位湖南人，去他的舊寓找他，後來得知，因為他是共產黨首領，將被處極刑。

我到南京正是六月的太陽燒人的時候，各處又聽到殺人的消息，他們正在清理雜色的旗幟。我很關心那位湖南同志，人說革命軍進城他成了要人了，但是我去他的舊寓找他時居停主人不許我提他的名字。「先生，你曉得這是要殺頭的」，他說：「誰提到這位名字就是罪名，因為他是亂黨。」我悄悄的出來，像是去到裏面租房子似的，對門顯赫的一處警察分駐所，我明白這意思。就在不久，我去參加某一處要人的演講大會，在旁人看的報紙上，我發現大大幾個黑字：「某人，共黨首領，已拘獲將處極刑。」我害怕了，好像我

〔註5〕 陳夢家：《十六年夏前後》（二），轉引自趙國忠：《陳夢家的集外文》，《春明讀書記》，第129頁。

有罪一樣，我確是犯了罪，一種該殺頭的罪，因爲他是我的朋友，他說過我們是精神的同志。幸好這時清理亂黨的法子是搜查有沒有紅線或紅書，絕不在人心上去搜查小紅旗子的。我雖然沒有任何旗子。怕這「害怕」會被人定爲罪名的，所以我對自己說：「要說不認識這位精神的同志。」一些聰明人居然用我的愚蠢法子得到官位。〔註6〕

二

1927 年 9 月，陳夢家在中學未拿到畢業證書的情況下考入國立第四中山大學法律系。國立第四中山大學的前身可追溯到 1902 年創辦的三江師範堂，1906 年改兩江師範學堂，1911 年辛亥革命後停辦，1914 年在原址創辦南京高等師範學校，1921 年更名國立東南大學，1927 年更名國立第四中山大學，1928 年又更名江蘇大學，同年再更名國立中央大學。爲行文的方便，這裡統稱爲中央大學。

陳夢家住在大學的男生宿舍，一處名叫小營的地方，周圍是一片營地，小營 304 室是他詩文中經常出現的地名。小營這片土地給他帶來很多遐想。

這時的聞一多正在這所大學任外文系主任，教英美詩、戲劇和散文。1927 年冬天，在大學隔壁的單牌樓過家花園聞一多寓所，陳夢家第一次拜會他的老師聞一多。三十年後，陳夢家回憶起他初次見到的聞一多：「他的身材寬闊而不很高，穿著深色的長袍，紮了褲腳，穿著一雙北京的黑緞老頭樂棉鞋。那時他還不到三十歲，厚厚的口唇，襯著一付玳瑁邊的眼鏡。他給人的印象是濃重而又和藹的。」〔註7〕顯然，聞一多留給陳夢家的第一印象是非常深刻，以致三十年之後陳夢家回憶起來，細節依然清晰如常。

聞一多在 1928 年秋離開國立中央大學前往武漢大學，他只做了陳夢家一學年的老師，但正是這一年的時間，奠定了兩人一生的關係。毫無疑問，南京時期，陳夢家是聞一多最得意的學生，後來在青島，則是最得力的助手，後來在昆明，又是最親密的同事。

在這之前，聞一多已經出版了《紅燭》、《死水》，於是，格律化的新詩開

〔註6〕陳夢家：《十六年夏前後》（二），轉引自趙國忠：《陳夢家的集外文》，《春明讀書記》，第131～132 頁。

〔註7〕陳夢家：《藝術家的聞一多先生》，《夢甲室存文》，中華書局，2006 年版，第130 頁。

始影響陳夢家，「十六歲以前，我私自寫下一些完全無格式的小詩，又私自毀了。十七歲起，我開始以格律束縛自己，從此我所寫的全可以用線來比量它們的長短。」〔註8〕這時的陳夢家開始用筆名陳漫哉發表詩作，詩《可憐蟲》發表於 1928 年 1 月 14 日上海《時事新報‧文藝週刊》第 18 期，據陳子善教授考證，這是目前發現的陳夢家最早發表的詩作。不久，陳夢家又在《京報副刊‧文藝思潮》發表三首新詩，如《一個鄰居的弗蘭克林》、《復成橋》、《痛歌：悼一一二二慘案死者》，在國立中央大學反日救國運動大會編輯的《國難》發表《夜聞》等。在這些詩裏，依稀可以找到一點往日的思想痕跡，畢竟，年輕的血管裏奔流的是沸騰的血液。

　　1929 年 1 月，陳夢家創作了他一生中影響最大的一首小詩《一朵野花》。

　　《一朵野花》清新、自然，散發著無限的生命動力：

> 一朵野花在荒原裏開了又落了，
>
> 不想到這小生命，向著太陽發笑，
>
> 上帝給他的聰明他自己知道，
>
> 他的歡喜，他的詩，在風前輕搖。
>
> 一朵野花在荒原裏開了又落了，
>
> 他看見青天，看不見自己的渺小，
>
> 聽慣風的溫柔，聽慣風的怒號，
>
> 就連他自己的夢也容易忘掉。

這首詩寫於南京雞鳴寺大悲樓閣。雞鳴寺是陳夢家喜歡去的地方：「我記起雞鳴寺，平常三兩天去一次，和尚會為我泡頂濃的綠茶，無論在寒天，在炎日，落雨或飛雪，我都會孤零零地去坐半天，想。我尤愛冬天下大雨時躺在中間炕上烘火，看窗外的天，直到天黑，月亮照在雪地上依然是亮亮的。我度過不少瘋子的日子，在雪泥當中摔跤，睡在滿是雪的臺城上。我回到家，母親笑我一件穿了十天的長裳的後擺冰成一塊硬板了。」〔註9〕雞鳴寺、臺城、玄武湖直至中央大學的小營，南京古城給陳夢家帶來夢幻般的詩情。

〔註 8〕　陳夢家：《〈夢家存詩〉自序》，《陳夢家詩全編》，浙江文藝出版社，1995 年版，第 214 頁。

〔註 9〕　陳夢家：《信》第二部第五函，陳夢家、方令孺：《信》，《新月》月刊第 3 卷第 3 期。

這之後，陳夢家不斷有詩和散文、小說問世。

三

1929 年 5 月，陳夢家結束了一次戀愛。

關於他的這次戀愛，具體情況其實並不太明瞭，但是一年之後，由於一個偶然因素，促使陳夢家多次在他的詩文中提到這次戀愛。

這個偶然因素源於一個露水的早晨。

1930 年 5 月的一個早晨，陳夢家走出門，經過一個池塘，走過一座橋，來到一個整齊的花園。春天的花園中，冬青樹碧綠，玫瑰、紫藤、木薔薇、白繡球花等開滿了花，飛鳥在天空中又飛又叫。一派春天美麗的景象。這時陳夢家看到，「白的大繡球開著滿樹，從遠處我隱約看見一點紅圍巾的顏色。」

於是陳夢家好笑起來：「看著白繡球花躲著的紅圍巾，我好笑起來。這樣好的五月的早晨，香的花，新鮮的露珠，鳥的聲音。」這句「好笑起來」，是否意味著這情景對陳夢家多麼熟悉，這情景令他想起去年的五月，一個女人曾經做過同樣的事，用紅圍巾給花藤紮彩。這似乎是對一個人的暗號，表明這個女人對某個男人的心動或者相約，但顯然，這些不是為陳夢家安排的，於是陳夢家寫下《露水的早晨》，這首詩在收入《夢家詩集》時改為《露之晨》：

> 我悄悄地繞過那條小路，
> 不敢碰落一顆光亮的露；
> 　是一陣溫柔的風吹過，
> 　　不是我，不是我！
>
> 我暗暗地藏起那串心跳，
> 不敢放出一隻希望的鳥；
> 　是一陣溫柔的風吹過，
> 　　不是我，不是我！
>
> 我不該獨自在這裡徘徊，
> 花藤上昨夜是誰紮了彩；
> 　　這該是為別人安排。
>
> 我穿過冬青樹輕輕走開，

讓楊柳絲把我身子遮蓋；

這該是爲別人安排。〔註10〕

回過頭來再看他的散文《五月》，他在1930年5月17日的一個雨夜不經意地寫下這些文字，彷彿是給這首《露水的早晨》作了一個注解：

現在我是一個人了，我記得清楚去年的五月，這五月的園子裏，我是曾經觸破我的手摘過一朵花給一個人的，她是走了。看到花比去年長得更好，露水又新鮮的，雖然有點子淒涼，但不曾落淚。想到隔幾天刮一陣風下大點子雨我會快樂起來，地上一定掉滿玫瑰的瓣子，而憔悴了。

……

我完全虛空的回來，卻是異常輕快。坐在我的椅子上，吐一圈圈的煙。忽然我想起那愚蠢的小女人，她一定在燈光下埋怨我了，她的心裏刻著我薄情的符號。實在的，一切淺薄的笑和肉的閃動使我厭倦了，我連一點興趣也沒有來玩弄女人的青春。讓她對更好的對手，在相互欺騙中完成那一幕喜劇。我的職務在監守我的秘密，等到那可以買賣的心拆開她花花綠綠的包紙和商標時，我必得分手。說一聲再會！

因此我離絕了這個小女人，她不曾嚴守她小靈魂的秘密，全盤的用各種醜的手術想掩飾那淺薄的心，我早看清了。讓她去傷心，不問她詛咒我成什麼樣子。她用一個平常的商人的目光來和一個心的富有者論價，那一定要失敗的。這些在靈魂上患貧窮病的人，不在她們的眼淚上估量價值。〔註11〕

所以陳夢家又說，「這該是一個多好的早晨，紫藤花和木薔薇都開著，而這應該不是一個人散步的地方。」不是一個人散步的地方，那應該是適合兩個人談戀愛的地方。

在1930年8月給方令孺的信中，陳夢家也說起過這次戀愛：

「露水的早晨」是一個春晨，露水掛滿小園的冬青樹上，我一個人走在那兒，看見白繡球樹下坐著一個女人——那人我記起，曾經在深夜我一個人徘徊在這寂寞的小園中時，聽見過她的情話，她

〔註10〕 陳夢家：《露之晨》，《夢家詩集》，中華書局，2006年版，第14頁。

〔註11〕 陳夢家：《五月》，《夢甲室存文》，第86、87頁。

的笑，我好傷心。〔註12〕

應該是白繡球花躲著的紅圍巾，但如果對方令孺說紅圍巾，還得解釋一翻吧，於是直接就說是一個女人——我猜想這是他不說紅圍巾的原因。

這次的戀愛早就過去，但在一年之後的 1930 年，陳夢家在他的詩文中一次次地提及，應該是那次戀愛對他的觸動很大的，從「她用一個平常的商人的目光來和一個心的富有者論價」這句話來看，似乎這個女子很看重金錢一類的利益關係——因為很多這樣的因素打擊了陳夢家。學生時候的他，總是過於矛盾，他迷惘、他彷徨，還有著與他的年紀不相符的冷靜，於是他喜歡「逍遙在我的幻夢裏。」

四

陳夢家的生活已經離不開他的詩了，在以後的一段時間裏，詩友方瑋德、方瑋德的九姑方令孺和老師徐志摩又陸續走進他的詩生活。

大約在 1929 年的下半年，陳夢家和方瑋德認識，自此，兩人結為最親密的詩友，後來一起成為後期新月派的中流砥柱。

方瑋德，安徽桐城人，1928 年 9 月進入國立中央大學外文系攻讀英國文學。方瑋德出生於桐城派世家，家學淵源深厚，自幼喜愛文學，和陳夢家認識之後，兩人相從過密。

桐城方氏主要有三方：桂林方、魯䴔方、會宮方，他們同姓不同宗。桂林方祖籍安徽休寧，宋末自池口遷桐，顯達最早，人文蔚盛，桂林方取「折桂登科如林」之意，被稱為縣裏方、大方，方以智、方苞、方孝標、方觀承、方東美等名流大家皆出此支。被人稱頌的桐城方氏，指的就是方苞所屬的桂林方。

方瑋德家族是桐城方氏中的魯䴔方，即小方，其始祖方芒由當時所屬徽州的婺源走獵入桐城，定居於縣城西北十公里的魯䴔山，因之得名，魯䴔方起初以打獵為生，又稱「獵戶方」。魯䴔方氏一門，詩書閥閱，出了不少名人，「姚門四傑」之一的方東樹、方東樹的族弟方宗誠都是著名的理學家；方宗誠之子方守彝、方守敦都是書法家和詩人；方守彝的女兒方淑蘭之子宗白華是著名的美學家；方瑋德是方守敦長子方孝旭之子，他和他的九姑方令

〔註12〕陳夢家：《信》第二部第五函，陳夢家、方令孺：《信》，《新月》月刊第 3 卷第 3 期。

孺同是新月派詩人；方守敦二子方孝徹之子方筠德，是著名的話劇演員；方守敦二女方素娣之婦方瑞，原名鄧譯生，後來嫁給劇作家曹禺，方瑞的妹妹鄧宛生，是音樂家，其夫卓明理，是作曲家，《草原之歌》就是他倆作詞作曲的；方守敦三子方孝岳是位著名的學者，著有《中國散文概論》、《中國文學批評》等，其子舒蕪，現代文學評論家；方守敦五女方令完，建國後兩次受高教部委派，前往東德和波蘭教授漢語言文學。方氏一門大雅，由此可見。

方瑋德住在中央大學附近成賢街上一個名叫文德里的地方，他三伯父（堂伯父）方孝沖家裏。不過那時三伯父已去世，三伯母帶著她的六個兒子住在那裏。方瑋德的到來，給伯母一家帶來歡樂，幾個堂弟非常喜歡這位表哥，尤其是年齡相近的雙胞胎兄弟方琦德、方珂德兩兄弟，這時正在讀中學，以後雙雙考取清華大學，他倆與方瑋德最為相得，堂弟方璞德就是後來的楊永直，曾任上海市委宣傳部長，堂弟方琯德後來成為戲曲家，不過這時都還小。

來到南京的方瑋德心情是愉快的，文學上，有知己陳夢家相伴，生活上，他還常喜歡到娃娃橋九姑方令孺家，和九姑一起散步、閒談。方令孺是方守敦的四女，在大家族中排行第九，侄子輩都呼她為九姑。方令孺嫁到南京，曾隨丈夫一起到美國留學。方瑋德到南京讀書時，方令孺剛從美國歸來，但是夫妻關係名存實亡，丈夫另娶外室長住在上海，她帶著三個女兒住在南京娃娃橋丈夫所在的有著高牆大院的大家庭裏，侄兒方瑋德的到來，給她帶來很多安慰。此時，方瑋德表兄宗白華正在中央大學哲學系執教，方瑋德和宗白華這兩個年輕人活躍在方令孺身邊，共同的愛好，給方令孺沉悶的生活帶來很大的變化。後來，由於方瑋德的介紹，方令孺也認識了陳夢家，從而激發了方令孺的創作欲望。

南京蔚藍的天空裏，詩歌的情韻在蕩漾。

差不多同時，新月派靈魂人物徐志摩來到中央大學。那時的徐志摩，為了滿足妻子陸小曼花費著鉅額開支的奢侈生活，不得不多處兼職，他在擔任上海光華大學教授和中華書局編輯職務的同時，從 1929 年 9 月起兼任中央大學外文系教授講授歐美詩歌，每週來中央大學講課兩次。方瑋德正是外文系的學生，就這樣，徐志摩和方瑋德、陳夢家都熟悉了起來。

因為徐志摩的緣故，在 1929 年 11 月出版的《新月》第 2 卷第 9 號上，

陳夢家發表了詩《一朵野花》、《爲了你》、《你儘管》、《遲疑》，四首詩都以陳漫哉的筆名發表。方瑋德首次在《新月》上發表《海上的聲音》等四首詩是在 1930 年 4 月。

《一朵野花》一經發表，陳夢家的詩名很快地傳播開來了。有評論家認爲：「野花的生存態度是詩人禮贊的生存態度。照詩人看來，被束縛在時間和空間範疇中的人類，無疑是同野花一樣短暫與渺小，但，人類應該像那朵野花，不悲觀，不自歎，珍惜生命的價值，在人生的生存搏鬥中獲得自我超越。這首詩雖然僅僅寫了荒原上的一朵盛開的野花，但蘊含於詩中的卻是一種向上的生命力。」〔註13〕

這段時間的陳夢家，詩和散文創作不斷，一些作品發表在《新月》雜誌上，還有一些作品如詩《棲霞山緋紅的楓葉》、散文《獄》和《某女人的夢》、詩論《詩的裝飾和靈魂》、文論《文藝與演藝》等發表於《國立中央大學半月刊》。

年輕的陳夢家是幸運的，他先後成爲新月派兩大名家聞一多、徐志摩的愛徒，又有詩友方瑋德爲伴，文學的風帆猶如一輪新月已經高高張揚在星空！

陳夢家和方令孺認識是在 1930 年春天。1930 年 4 月底或 5 月初，夕陽下的玄武湖上，方令孺經方瑋德介紹認識了陳夢家。陳夢家給方令孺帶來的是新奇，是喜悅，是感動。幾個月之後，方令孺在給陳夢家的信裏這樣寫道：「今年初夏，在玄武湖上看見你同瑋德，都像春花一般的盛年在金色的黃昏中微笑……那天玄武湖的風景，可以象徵我們的友誼，澹泊的光裏，兩個生命在波動，都向著人生直爽的路走，你想是不是？……我非常歡喜認識你，這使我不致時時要用心機做人。向使全世界的人都大了，老了，我真不願意在這世上多留一刻。」〔註14〕玄武湖風光和陳夢家一起，直打動了方令孺一顆詩人敏感的心。

陳夢家的感受卻要複雜得多，但對於落日下的玄武湖同樣有著美好回憶，他在心裏比較著上海家周圍的環境：「上海是一團煙氣，噪雜而且紊亂的，鑽進我的陋小的雜亂的家，我有很多理由惋惜，在帳子裏不會有好的

〔註13〕 鮑昌寶：《〈一朵野花〉賞析》，《語文世界‧初中版》2008 年第 2 期。
〔註14〕 方令孺：《信》第一部第二函，陳夢家、方令孺：《信》，《新月》月刊第 3 卷第 3 期。

夢，在玄武湖的落日裏，給我一點對於人的趣味，在一種不快意的戲劇將要閉幕的時分，一種平安是意外的……在湖裏一些有趣的諧談，這常常是一個悲角的不關大緊要的插白，我有那心情看城頭上的雲彩和落日，那眞不是我所能想到的。一種愉快把我另外裝置在一個自然的誘惑中，我忘記了自己。」〔註15〕多愁善感的詩人，他年輕的心裏總有一些揮之不去的憂鬱和矛盾。

這年夏天，父親病重，陳夢家多次回到上海家中。十多年來，父親爲《神學誌》這份雜誌付了太多的心血：「父親那時用盡心力編輯神學雜誌，這雜誌是在教會內享有盛名的。於是他每晚極遲的睡，因失眠而得了嚴重的肝病幾至於死。」〔註16〕7月中旬，陳夢家陪父親在杭州一個鄉下荒山裏度過五天五夜，父親酷愛這個荒村，雖然病重，仍然來到此地。三年前父親也到過這兒，那時可以飛步走。

大約此時，方瑋德因割治副丸炎已經兩度住院，住在南京城南醫院。

維繫著陳夢家和方瑋德、方令孺之間的聯繫是書信，有一天，從鄉下荒山裏來到杭州城站火車站時，陳夢家致信方令孺，並要求念給病中的瑋德聽：「我從杭州一個荒山里正好要回上海。住得太悶，要死，五日五夜只是向天發愁，那裏太荒涼，沒有聲息。早上，一點新的氣象流來，上帝，我笑了。先是一種預感，在晚上我頂害怕，帳子掉下了幾回。正好一輛汽車停在這蜿蜒的山道上，我哥和姊夫來了，我們趕緊收拾起東西，催促年老氣喘的父親回上海。可是他，太酷愛這荒村，不滿十家人，他自己偏要受苦，這是命。病得太凶，我一個人守著他，整天整天的怕，沒法。可好，我們要回上海，熱鬧，你想不想荒涼？你的信就在那一會轉來了。」〔註17〕

8月中旬，陳夢家一家搬家了，從天通庵搬到了滬西海邊一個安靜的小村，一個名叫桃源村的地方。在桃源村的家裏，陳夢家收到方令孺九頁的長信，拆信的時候，大風裏吹過一路琵琶聲，在給方令孺的覆信中，信前先寫下詩《琵琶》。

陳夢家和方氏姑侄頻繁地書信往來。不用說，方令孺和方瑋德的信裏都

〔註15〕陳夢家：《信》第二部第一函，陳夢家、方令孺：《信》，《新月》月刊第 3 卷第 3 期。

〔註16〕陳夢家：《青的一段》，《夢甲室存文》，第 100 頁。

〔註17〕陳夢家：《信》第二部第三函，陳夢家、方令孺：《信》，《新月》月刊第 3 卷第 3 期。

含著悲，方瑋德的病，方令孺複雜的家事，這讓陳夢家難過。有一次，他和朋友在霞飛路的咖啡館談詩，並且念海涅的詩，心情輕快，可是一回到家，看到南京飛鴻，心裏又輕快不起了。

8月底，在滬西桃源村家中，陳夢家抄下他和方令孺的往返書信，並寫下序文，結成以《信》為題的一組文字，正文用了《你披了文黛的衣裳還能同彼得飛》的題目，發表在 1930 年底《新月》雜誌第 3 卷第 3 期上。這些精美的文字，在當時產生了廣泛的影響。

1930 年 9 月初，陳夢家回到南京，此時方瑋德也康復出院。大約在 9 月上旬，徐志摩應約來到方令孺家。那是一個傍晚時分，剛上燈的時候，陳夢家、方瑋德還有一個「聰明的女孩子」，都在方令孺家等徐志摩。一年後方令孺回憶：

> 一會他來了，穿一件灰色的長袍，那清俊的風致，使我立刻想到李長吉杜牧之一班古代的詩人。我們登園後的高臺，看河水印著暮雲，志摩同我家老僕談那一道古橋的歷史。晚上我們都在橘子色燈光下圍坐，志摩斜靠著沙發，在柔和的神態中，講他在印度的故事。說，晚上睡在床上看野獸在月光下叢林裏亂跑，又有獐鹿繞著他臥床行走。那時候我們都忘記了自己——成年人的心——同孩子一樣笑樂。門外有一架藤蘿，他走了時候對我說：
>
> 「在冬天的夜裏，你靜靜的聽這藤蘿花子爆裂的聲音，會感到一種生命的力。」〔註18〕

另有一次，徐志摩、方令孺、陳夢家、方瑋德等人一起暢快地遊園，之後，他們還相約騎驢子上棲霞山看楓葉，可惜後來因為志摩有事在上海耽擱，棲霞山沒去成，後來寫信來對南京的朋友說，不要急，總有一天會償還這餐紅的宿願的。

這時節，還有一位朋友名田津生，南京六合人，曾在輔仁大學、清華大學讀過書，後來考入中央大學外文系四年級，是「一個面黃肌瘦的青年人，頭髮經月不理，說話結結巴巴的，嘴里老含著煙斗」〔註19〕，這樣一個人，但他對於文學很有深造，所以大家一起，也是非常投緣。

〔註18〕方令孺：《志摩是人人的朋友》，《方令孺散文選集》，上海文藝出版社，1982 年版，第 2 頁。

〔註19〕沈琴：《回憶田津生》，《中國文藝》第 5 卷第 6 期。

　　除了上面提到的這些人，常任俠也是在這一年認識的。常任俠，安徽人，
1928 年作爲特別生進入中央大學，大約 1930 年上半年，他通過宗白華結識了
陳夢家、方瑋德、方令孺等。常任俠也寫詩，他和朋友組織了土星筆會，創
辦《詩帆》，後來也轉入學術研究。

　　因爲這些人──徐志摩、陳夢家、方瑋德、宗白華還有田津生等人的出
入，娃娃橋方令孺家及文德里方瑋德的住處，漸漸成了一個小文會組織，陳
夢家在《瑋德詩文集》後記裏說：「寫這一卷詩時（十八年至二十年）我們都
在南京讀書，其時志摩先生每禮拜來中大講兩次課，常可見到；瑋德的九姑
令孺女士和表兄宗白華先生也在南京，還有亡友六合田津生兄，我們幾個算
是個小文會，各人寫詩興致正濃，寫了不少詩。」〔註 20〕

　　詩興正濃，陳夢家、方令孺和方瑋德還設想辦一份《詩刊》，不久，陳夢
家到上海和徐志摩商量《詩刊》事宜，徐志摩很欣喜。後來陳夢家回憶說：「十
九年的秋天我帶了令孺九姑和瑋德的願望，到上海告訴他（指徐志摩）我們
再想辦一個《詩刊》。他樂極了，馬上發信四處收稿；他自己，在滬寧路來回
的顛簸中，也寫成了一首長敘事詩──《愛的靈感》。」〔註 21〕

　　1930 年秋，方令孺到新成立的國立青島大學擔任國文系講師，那時聞一
多也到了青島大學，徐志摩則辭去了上海和南京的職務，應胡適之邀，任北
京大學教授，兼北京女子師範大學教授。南京的氛圍散淡了些，《詩刊》卻要
創刊了……

五

　　1930 年秋天，陳夢家又有過一次戀愛。巧的是，他和方瑋德愛上了同一
個女孩。這次戀愛給他帶來感情上的糾葛，也在某種程度上影響了他和方瑋
德之間的友情。

　　11 月，陳夢家有了一次短暫的旅遊，是到江蘇的江陰，住在了劉伶巷的
怡園，又遊了適園，登上君山眺望長江，想到南京，想到同泰寺的鐘、紫金
山的雲、臺城的晚霞，想到南京的戀人。11 月 12 日晨，於江陰作詩《秋旅》。
因爲戀人的牽掛，又匆匆回到南京。在大約年底創作的《不開花的春天》一
文裏，有這樣一段：「到小城住了兩夜了，一切都好，且靜。我們宿在一家花

〔註 20〕　陳夢家：《〈瑋德詩文集〉跋》，《夢甲室存文》，第 155 頁。
〔註 21〕　陳夢家：《紀念志摩》，《夢甲室存文》，第 141 頁。

園裏，晨昏聽到廟角上掛著的鐵馬兒在秋風裏響，我是不能不回來了。」說
的應該是事實。對照詩《秋旅》，有著相仿的內容：

> 廟殿四角上的幽鈴清脆的響。
>
> 教心熬著難受；荒蕪的適園
>
> ……
>
> 爲你，今天早晨我得離開江陰：
>
> 江陰，多美一個死寂的古城，
>
> 長日長夜只是安詳，只是靜，
>
> 沒有塵沙飛，沒有煩囂的市聲

在陳夢家回到南京後的十天裏，應該是發生了一些事，他和戀人之間，他和
好友瑋德之間。11 月 21 日夜，於南京中央大學小營 304 男生宿舍，陳夢家創
作了長詩《悔與回——獻給瑋德》。爲回應陳夢家，11 月 23 日，方瑋德創作
同題長詩《悔與回——獻給夢家》。11 月 25 日夜半，陳夢家又作詩《再看見
你》，詩裏流淌著「春光一道的暖流」。

筆者很認同藍棣之教授的分析：

> 從《秋旅》、《再看見你》、《悔與回》三首詩裏可以見出一個愛
> 情故事……這一段感情過程，按時間順序來說依次是江陰秋旅，悔
> 恨，最後是「再看見你」。然後我們現在看到的在詩集裏的順序，是
> 《悔與回》一詩，雖寫在前，卻放到後面去了。這大概是在編集子
> 時，情況又有了變化，詩人想表明他最終又回到悔恨交加的處境。
> 總之，青春期是躁動而不平靜的，愛情故事也起伏無定，然而一旦
> 寫成了詩，文本就彷彿是永恒的了，而在詩人，這一切早就過去
> 了。〔註22〕

據說，趙蘿蕤晚年時，有人曾問她，陳夢家的情詩是不是寫給她的，趙蘿蕤
說是寫給孫多慈的。鄭重曾經拜訪過晚年的趙蘿蕤，在他的文章裏，也說到
陳夢家和孫多慈的戀愛：

> 他那充滿青春朝氣的生命，載著勃發的詩興，寫下了《秦淮河
> 的鬼哭》、《炮車》、《古戰場的夜》等富有現實意義的詩篇，同時也
> 寫優美抒情的愛情詩篇，在詩中表達了他愛的純眞，愛的眞誠，愛

〔註22〕 藍棣之：《〈夢家詩集〉前言》，《夢家詩集》，中華書局，2006 年版，第 4～5
頁。

的苦惱，愛的死去活來，這時他和孫多慈相愛，向孫多慈獻上愛的
詩篇。〔註23〕

2012 年春天，筆者曾專程到北京訪方令孺的侄女方瑝先生，她親口告訴我的
一件事曾讓我大吃一驚：她同父異母的大哥方瑋德也曾戀過孫多慈。不過吃
驚之後，我理解了《悔與回》，因爲有這樣的背景，才有這兩首同題詩的出
現。也理解了一則發表在 1934 年 8 月 19 日《東南日報》上的消息，題目爲
《陳夢家方瑋德復和》，那上面的字印得模糊，大致的意思是：陳夢家和方瑋
德同在中央大學時，喜寫詩，因結識徐志摩，受到鼓勵，常在《新月》發表
作品，他們本來感情很好，後來因爲同時追求一位女同學，各不相讓，遂成
情敵。畢業後，陳往燕京大學宗教學院研究，方往廈門大學任助教，彼此音
訊斷絕，最近那女同學與另一紈綺子弟訂婚，於是彼此釋然。陳貽方以長
詩，且告之悔，方亦回贈詩，並說下學期往清華大學研究院求學，相見的機
會正多。這則消息所說的時間並不準確，但對我們瞭解陳方之間當年發生的
故事有些幫助。對照陳夢家和方瑋德的《悔與回》，對照《不開花的春天》，
我們不妨作個合理的推測：《秋旅》、《悔與回》、《不開花的春天》都和孫多慈
有關，甚至陳夢家詩中多次寫到的鐵馬的歌，也應該有孫多慈的影子。

　　孫多慈 1930 年秋作爲旁聽生進入中央大學，因爲她是安徽安慶人，孫多
慈的父親把孫多慈介紹給同鄉教授宗白華認識，又因爲方瑋德與宗白華的關
係，由此孫多慈認識了方瑋德。小說《不開花的春天》裏，其勒的原型顯
然是方瑋德，小說中男女主人公的初次相識在一個病室，他和她同去慰問
其勒的病……這也很可能是真實的。不過，孫多慈很快得到了老師徐悲鴻
的器重和關照，1930 年 12 月，徐悲鴻以他自己和孫多慈入畫，畫下《臺城月
夜》。

　　約 1930 年底或次年初，陳夢家以這段愛情故事爲藍本，創作了自傳體小
說《不開花的春天》。《不開花的春天》分爲自序、敘詩、信（上）、信（下）
等幾個部分，以書信的形式記敘了一個愛情故事的終結。這部小說於 1931 年
9 月由良友圖書印刷公司出版，小說出版之後，反響極大，僅一年的時間就重
版了五次。

〔註23〕 鄭重：《陳夢家：物我合一的收藏境界》，《海上收藏世家》，上海書店出版社，
　　　　2003 年版，第 358 頁。

六

約 1930 年 12 月初，陳夢家和方瑋德的同題詩《悔與回》由詩刊社出版。
12 月 10 日，在青島的聞一多寫信告訴朱湘、饒孟侃《悔與回》出版的事，並
且高度評價他的兩個學生說：

> 陳夢家、方瑋德的近作，也使我欣歡鼓舞。夢家是我的發現，
> 不成問題。瑋德原來也是我的學生，最近才知道。這兩人不足使我
> 自豪嗎？便拿《新月》最近發表的幾篇講，我的門徒恐怕已經成了
> 我的勁敵，我的畏友。我捏著一把汗自誇。還問什麼新詩的前途？
> 這兩人不是極明顯的，具體的證明嗎？
>
> ……
>
> 彷彿又熱鬧起來了。夢家、瑋德合著的《悔與回》已由詩刊社
> 出版了。大約等我這篇寄到，正式的詩刊就可以付印。〔註24〕

12 月 29 日，聞一多致信陳夢家，繼續對《悔與回》的稱贊，即是後來的《論
〈悔與回〉》：

> 《悔與回》自然是本年詩壇最可紀念的一件事。我曾經給志摩
> 寫信說：我在捏著把汗誇獎你們——我的兩個學生，因為我知道自
> 己絕寫不出那樣驚心動魄的詩來，即使有了你們那樣哀豔淒馨的材
> 料……
>
> 瑋德原來也在中大，並且我在那裏的時候，曾經與我有過一度
> 小小的交涉。若不是令孫給我提醒，幾乎全忘掉了。可是一個泛泛
> 的學生，在他沒寫出《悔與回》之前，我有記得他的義務嗎？寫過
> 那樣一首詩以後，即使我們毫無關係，我也無妨附會說他是我的學
> 生，以增加我的光榮。我曾託令孫向瑋德要張相片來，為的是想藉
> 以刷去記憶上的灰塵，使他在我心上的印象再顯明起來。這目的馬
> 上達到了，因為湊巧她手邊有他一張照片——我無法形容我當時的
> 愉快！現在我要《悔與回》的兩位詩人，時時在我案頭，與我晤對，
> 你們可能滿足我這點癡情嗎？〔註25〕

聞一多這樣的欣喜，他要來陳夢家和方瑋德的照片，從此他的案頭上，多了
兩位年輕詩人與其默默交流。

〔註24〕《聞一多書信選集》，人民文學出版社，1986 年版，第 224 頁。
〔註25〕《新月》第 3 卷第 5、6 期合刊，約 1931 年 4 月。

　　由於眾人的努力，1931 年 1 月，由徐志摩主編的《詩刊》終於創刊了！這個刊物，是我國現代文學史上繼朱自清、俞平伯等創辦的《詩》、徐志摩、聞一多等創辦的《晨報・詩鐫》以後第三個專門發表詩作的刊物。《詩刊》的創刊，普遍認為，這是後期新月派形成標誌。《詩刊》創刊號上，彙集了後期新月派的強大陣容，孫大雨、朱湘、聞一多、饒孟侃、方令孺、陳夢家、方瑋德、梁鎮、俞大綱、沈祖牟、李惟建、邵洵美、徐志摩、梁實秋等。陳夢家詩《悔與回——獻給瑋德》、方瑋德詩《悔與回——獻給夢家》及陳夢家的另兩首詩《雁子》、《西歌行》，同時刊於《詩刊》創刊號。

　　徐志摩還一再強調，《詩刊》緣於少數幾個朋友的興起，在《詩刊》創刊號的前言中他說：「現在我們這少數朋友，隔了這五六年，重複感到『以詩會友』的興趣，想再來一次集合的研求。」〔註 26〕在《詩刊》第二期的前言中又說：「《詩刊》的印行本是少數朋友的興會所引起；說實話我們當時竟連能否繼續一點都未敢自信。」〔註 27〕這少數幾個朋友，正是陳夢家、方瑋德、方令孺等人。在《詩刊》創刊號的前言，徐志摩並且交代：「本期的稿件的徵集是夢家、洵美、志摩的力量……校對是夢家與蕭克木君。」〔註 28〕道出了陳夢家在《詩刊》中所起的作用。

　　同在 1931 年 1 月，陳夢家的第一本詩集《夢家詩集》也出版了，新月書店初版，徐志摩題簽。詩集共四卷，收入作者 1929 年到 1930 年的詩作四十首，另加序詩一首。《新月》上的《夢家詩集》有過這樣的廣告：「這是一冊最完美的詩。其影響一方在確定新詩的生命，更啓示了新詩轉變的方向，樹立詩的新風格。這集詩的特長，在形式與內容的諧和，是正如德國哲人斯勃朗格爾所說：最高的形式即是最圓滿的表現。這詩集將是最近沉默期中的一道異彩，是一冊不可忽略的新書。」〔註 29〕

　　《夢家詩集》的出版，讓陳夢家名滿天下，也引來當時的文壇領袖之一的胡適的關注。

　　1931 年 1 月下旬，因為翻譯莎士比亞事，胡適前往國立青島大學接洽事宜。1 月 24 日，在去青島的船上，胡適看起了《夢家詩集》，覺得其中的小詩

〔註 26〕徐志摩：《〈詩刊〉序語》，《徐志摩全集》第三卷，天津人民出版社，2005 年版，第 367 頁。

〔註 27〕徐志摩：《〈詩刊〉前言》，《徐志摩全集》第三卷，第 373 頁。

〔註 28〕徐志摩：《〈詩刊〉序語》，《徐志摩全集》第三卷，第 368 頁。

〔註 29〕《新月》第 3 卷第 4 期。

不可多得，長詩也比較成功，接著寫道：「此君我未見過，但知道他很年青，有此大成績，令人生大樂觀。」〔註30〕胡適在青島，還特別向方令孺談起陳夢家的詩，表達了他的歡喜。

等到 2 月初國立青島大學放寒假，方令孺回到南京，向陳夢家轉達了胡適的話。6 日，陳夢家致信胡適，希望得到胡博士的批評：

> 適之先生：
>
> 　　令孺女士到南京，告訴我你教她轉告我你歡喜我的詩，我很慚愧，二十年過得太荒唐，平常少讀書，所以後此想多多閱讀中西的詩，覺得自己能力總不夠。今天志摩先生有信來，提到你給他的信，我們同感到詩在今日又有復興的光景，但自己也深覺應該更加振奮才好。關於我的詩，盼望你能寫一封信批評一下。前在上海，無緣晤教，不知以後可有機會見到。南京大雪，天冷，恕我寫得草率。
>
> 此請
>
> 　文安
>
> 陳夢家 上　二月六日〔註31〕

此信發出後，陳夢家即與朋友遊玩無錫走太湖山中，並作詩《太湖之夜》。回到南京不久，胡適的覆信很快就到了，他在信中特別提到陳夢家的詩《一朵野花》，謂他和聞一多均極愛這一首，尤其是第二節。這就是後來發表在《新月》第 3 卷第 5～6 合期上的《評〈夢家詩集〉》。

> 夢家先生：
>
> 　　今日正在讀你的詩，忽然接到你的信，高興的很。
>
> 　　這一次我在船上讀你的詩集和《詩刊》，深感覺新詩的發展很有希望，遠非我們提倡新詩的人在十三四年前所能預料。我們當日深信這條路走得通，但不敢期望這條路竟在短時期中走到。現在有了你們這一班新作家加入努力，我想新詩的成熟時期快到了。
>
> 　　你的詩集，錯字太多，望你自己校一遍，印一張勘誤表，附在印本內。
>
> 　　你要我批評你的詩集，我很想做，但我常笑我自己「提倡有心，實行無力」，故願意賞玩朋友的成績，而不配作批評的工作。自己做

〔註30〕 曹伯言整理：《胡適日記全編》第 6 卷，安徽教育出版社，2001 年版，第 42 頁。
〔註31〕 曹伯言整理：《胡適日記全編》第 6 卷，第 54～55 頁。

了逃兵，卻批評別人打仗打的不好，那是很不應該的事。

我最喜歡《一朵野花》的第二節，一多也極愛這四行。這四行詩的意境和作風都是第一流的。你若朝這個方向去努力，努力求意境的高明，作風的不落凡瑣，一定有絕好的成績。

……

我說不批評，不覺寫了一千多字的批評，豈不可笑？寫了就送給你看看。

你有不服之處，儘管向一多、志摩去上訴。你若願意發表此信，請送給《詩刊》或《新月》去發表。

你若寄一冊《詩集》給我，我可以把我的校讀標點本送給你，看看我標點校勘錯了沒有。

胡適　廿、二、九夜〔註32〕

信中，胡適還具體分析了《夢家詩集》中的優缺點，提出了一些修改意見。從信裏可以看出，這位文壇領袖對於陳夢家這位新詩人有著多麼大的鼓勵！收到信後的陳夢家復致信胡適，感謝胡適對《夢家詩集》的「熱誠的精細的批評」，信中詳細地談了詩集的情況，因為感覺錯字太多等原因，希望胡適能幫忙讓書店在最近期內重印一冊校正本，也談到新詩的前途，並且提議編一本《新月詩選》。

《新月詩選》是在這樣的背景下產生的，完成時間是在 1931 年夏天，陳夢家中央大學畢業回到上海的天通庵家中，9 月由新月書店在上海出版，是新月派的重要作品集。《新月詩選》選取了徐志摩、聞一多、饒孟侃、孫大雨、朱湘、邵洵美、方令孺、林徽因（當時用林徽音的名字）、陳夢家、方瑋德、梁鎮、卞之琳、俞大綱、沈祖牟、沈從文、楊子惠、朱大枬、劉夢葦等 18 人的詩作 81 首。也由於胡適的關係，《夢家詩集》在短短半年之內就再版了，再版後的《夢家詩集》增加了第五卷「留給文黛」。《夢家詩集》的再版本如今很難見到，所以曾經有人懷疑《夢家詩集》的再版本是否存在過，其實不用懷疑，筆者曾在北大圖書館見過這個版本。

1931 年 2 月上中旬，南京接連十天下雪，陳夢家受了傷寒，但是在病中，於 18 日夜的中央大學宿舍，他最後完成了自傳之一《青的一段》。在這篇傳記中，陳夢家回憶了家族、父母、兄妹及自己在十歲以前的生活、學習

〔註32〕　《新月》第 3 卷第 5、6 期合刊，約 1931 年 4 月。

情況，是一段「嫩，又鮮明，有著十分的可愛」的日子。

這年的春節假中，陳夢家兄弟等人回了一次老家上虞，留下詩作《白馬湖》。

七

1931 年 7 月，陳夢家中央大學畢業，拿到一張律師執照，但他沒有當過一天律師。大學畢業的陳夢家，有時回到上海父母家，有時仍住在南京。

11 月 18 日，徐志摩到了南京，陳夢家陪老師去了雞鳴寺。在雞鳴寺的樓上，他倆之間有過唯一一次嚴肅的談話。幾十年後，陳夢家有過回憶：「窗外是玄武湖的秋光。他無心賞閱深秋的景秋，和我談起他的生活來了。他說這樣活不下去了。『這樣的生活，什麼生活，這一回一定要下決心，徹底改變一下。』他並沒有說怎樣改，我那時也不大懂。」〔註 33〕也在這一天，陳夢家於雞鳴寺大悲樓閣作詩《鐵馬的歌》。

第二天，11 月 19 日，徐志摩坐飛機自南京飛北平，在濟南開山附近飛機觸山，機毀人亡，年僅三十五歲。

徐志摩飛機失事的次日，11 月 20 日，陳夢家得到消息，他在第一時間給方令孺寫信告訴她這個消息，傷感人事真是無常。這一天晚上，在南京，陳夢家作詩《弔志摩》。對於老師徐志摩意外的喪生，陳夢家是悲傷的，想起了老師的很多，「他對於年青人的激勵，使人永不忘記。一直是喜悅的，我們從不看見他憂傷過──他不是沒有可悲的事。」〔註 34〕也因為這件事，他和胡適之間一度有了頻繁的聯繫。11 月 21 日，陳夢家致信胡適：

> 適之先生：
>
> 　　昨午驚悉志摩先生濟南山下焚死，南中友好無不同聲衰慟。弟擬為其編集遺作，存平詩稿文件，可否檢出郵下，弟當負責整理之。
>
> 前次先生南下駕臨白下，曾數探尊址未獲，致無法晤教，甚為悵悵。
>
> 志摩先生屍骨昨已有人往收，此間或許舉行追悼會。匆此不一，即請
>
> 大安
>
> 　　　　　　　　　　　　　　　陳夢家　敬上
>
> 　　　　　　　　　　　　　　　十一月二十一夜

〔註 33〕陳夢家：《談談徐志摩的詩》，《夢甲室存文》，第 149 頁。
〔註 34〕陳夢家：《紀念志摩》，《夢甲室存文》，第 141 頁。

《詩刊》稿件存平不少，亦請匯寄。《詩刊》仍擬出版也。

陳夢家最先想到的，是爲老師徐志摩編遺著，當然，這也是徐志摩生前對他的要求，在給胡適的另一封信裏，陳夢家寫道：

適之先生：

二十五日大箚奉悉，慰甚。茲寫就《弔志摩》詩一首，另郵寄上，乞代交追悼會。此間友好於徐靈過寧時，在下關車站致祭，皆流淚。唯追悼會而未定何日舉行。

今早接一多先生來信，囑弟與先生共同整理志摩詩全集，此事不悉書店方面已著手否？猶憶今夏在滬時，志摩曾面囑弟編《志摩詩選》，事未成，而志摩死矣。弟現甚願司輯錄志摩詩全集之責，以應詩人生前之囑託，並謝數年指引之恩，盼先生即以此意向書店提及，俾於寒假回滬時成完之。

《詩刊》四期將出紀念專號，現正擬寫一哀悼之長文，並論詩人之詩。弟明春擬去青島，一多先生來信，允爲設法安插，弟意《詩刊》可交青島方面負責編輯，先生以爲如何？

令孃女士已赴平，見否？秣陵昨日降小雪，天時已漸寒。此請文安！

小弟　夢家　拜上

二十九日

應該是陳夢家編的《新月詩選》讓徐志摩頗爲滿意，所以他要求陳夢家爲他編詩選，只是當時的他根本不會想到這麼快竟然千秋百代了。不過徐志摩眞沒有看錯人，不管在他生前還是身後，陳夢家都努力踐行了自己的承諾，想想後來那麼多人（都是徐志摩的密友！）爲了爭奪徐志摩的英文康橋日記而鬧得滿城風雨、是非不斷，那麼陳夢家的道義就顯得極其可貴了。

學者韓石山先生在他的《徐志摩傳》一書裏，寫到方瑋德時，曾有這樣的一段話：「和那些確實是或者自命是志摩學生的年輕詩人相比較，他比誰都可貴的是，生前他不一定是志摩最密切的朋友，死後卻成了志摩的最眞誠的哀悼者。比誰寫的悼念詩文都多。」我不太同意這個觀點。方瑋德在志摩故世後的短短三年裏寫了六篇詩文悼念，確實是眞切地哀悼了志摩，但陳夢家的悼念一點也不遜色。陳夢家在他的一生裏共寫了懷念志摩的詩文五篇，其中最初的三年裏寫了四篇，數量上不是最多，但他的《紀念志摩》長文全面

地分析了徐志摩的四冊詩集，接著說：「眞的，志摩給我們的太多了；這些愛心，這些喜悅的詩，和他永往前邁進的精神，激勵我們。」最主要的是陳夢家的行動更見分量，他在志摩故世後，馬上想到編遺著作，又主編《詩刊》第 4 期，出了志摩紀念專號，兩者僅用一個月的時間，在 1931 年 12 月就完成了徐志摩第四本詩集《雲遊》的編輯，同月完成《詩刊》第 4 期的編輯，這樣的速度可以說是驚人的。原計劃 1932 年 1 月出版，只是由於淞滬戰爭的爆發，這兩種都推遲到了 1932 年 7 月出版。陳夢家在編完《雲遊》和《詩刊》第 4 期之後，開始考慮編輯徐志摩全集，但這時出現了康橋日記風波，全集也就耽擱了。如果不是當時一些人的私心，依陳夢家的努力，今天我們或許可以看到完整的徐志摩全集的，但如今，康橋日記可能再無「生還」的希望了。

　　1932 年，「一‧二八」淞滬抗戰爆發。戰爭爆發的次日，陳夢家和其他三位同學一起，來到上海南翔，投身到抗戰前線中。三月初，中日雙方宣佈停戰。不久，陳夢家離開南京來到青島，做了聞一多的助教。到了青島的陳夢家還想把《詩刊》繼續下去，但那時的他，人微言輕，《詩刊》也就煙消雲散了。

民國南京之傳媒與歷史記憶

訓政理念下的革命文學
——南京《中央日報》（1929～1930）文藝副刊之考察

張武軍

（西南大學文學院，重慶，400715）

引　論

　　1949 年之後很長一段時間，我們的文學研究和文學史書寫，把 1928 年開始的左翼文學樹爲 30 年代文學主潮，或乾脆以「左聯十年」或「左翼十年」來命名。大家要麼忽略南京國民政府成立之後的文藝理念及文學活動，要麼把其斥爲和革命文學相對立的反革命文藝。上世紀 80 年代以來，伴隨著現代文學研究界的平反思潮，有關國民黨文藝研究的禁區也有所突破。尤其是 1986 年，《南京師大學報》刊登了一組有關國民黨右翼文學研究的文章，《關於開展「國統區右翼文學」研究的若干問題的思考》（秦家琪）、《從〈前鋒月刊〉看前期「民族主義文藝運動」》（朱曉進）、《從〈黃鐘〉看後期「民族主義文藝運動」》（袁玉琴）、《國民黨 1934 年〈文藝宣傳會議錄〉評述》（唐紀如）。這組專題論文的發表，預示著有關國民黨的文學研究將迎來巨大突破，文學南京也勢必成爲研究界的一個重要話題。作爲突破研究禁區的系列論文，論者仍在傳統革命文學史觀的邏輯下展開論述，不過，他們的問題意識尤其是對未來進一步研究該命題的構想，特別值得我們關注。這組系列論文提出了研究國民黨右翼文藝的兩大議題，首先是怎樣知己知彼地研究和闡述「國統區右翼文學的產生、演變過程」，如何把握「國民黨的文藝政策和策略」；另外一個議題就是對國民黨的民族主義文藝和民族國家關係問題的涉及，儘管論者對國民黨的民族主義文藝基本持否定性的評價，但無疑爲後來的研究開

啓了新方向。事實也是如此，此後南京國民政府文藝的研究基本上圍繞著上述兩大議題展開，即國民黨文藝統制問題以及民族主義文藝和民族國家形象建構問題。

　　毫無疑問，民族國家話語的引入，爲南京國民政府文藝的重新定位提供了新的可能。只要我們稍稍清理一下既往的研究思路，就不難發現，在告別過去的革命文學史觀的同時，學界基本確立了現代性研究範式。有關現代性的理論可謂眾說紛紜，而把民族國家建構和現代性關聯起來則是備受關注的一種研究思路。劉禾曾提出，「『五四』以來被稱之爲『現代文學』的東西其實是一種民族國家文學（著重號爲原文所有，筆者注）。這一文學的產生有其複雜的歷史原因。主要是由於現代文學的發展與中國進入現代民族國家的過程剛好同步，二者之間有著密切的互動關係。」〔註1〕很顯然，在民族國家建設這一命題上我們無論如何都繞不開南京國民政府，不管我們是否同意「黃金十年」的說法，南京國民政府與現代中國的形塑則是不爭的事實。作為建國方略最重要的文宣領域，則有政府和官方明確主導的民族主義文藝運動和思潮。因此，超越過去簡單的意識形態對立，進而從民族國家建構的角度來考察南京國民政府的文藝，無疑爲這一命題開拓出無限寬廣的研究空間，文學南京的意義也被凸現出來。

　　倪偉在其代表性論著《「民族想像與國家統制——1928～1948南京政府的文藝政策及文學運動》的前言中，明確提到：「我認爲，20世紀中國文學研究是20世紀中國研究的一部分，它應該緊扣住中國的現代性來展開論題，探討中國特殊的現代性是如何在文學的創作、生產以及演變過程中呈現出來的，也即是說中國文學的現代性是如何得以實現的。……我個人更感興趣的問題是文學與現代民族國家建設之間的關係，即文學是如何被整合進民族國家建設的方案之中的？它在民族認同或是民族意識的形成過程中發揮了什麼樣的作用？……把現代文學放在民族國家建設的大背景下加以審視，可以使我們對20世紀中國文學獲得一種新的認識。正是基於上述思考，我選擇了南京國民黨政府的文藝政策和文學運動作我的研究課題。在我看來，南京國民黨政府在其統治時期所制定的文藝政策以及策動的文學運動，在表面上看來，是爲了對付左翼文學的，完全是出於政黨意識形態鬥爭的需要，但是再往深裏

〔註 1〕 劉禾：《語際書寫：現代思想史寫作批判綱要》，上海三聯書店，1999年版，第191～192頁。

想，這一切又是和國民黨所制定的建國綱領緊密關聯的。換言之，國民黨政府所推行的文藝政策在一定程度上可以說是其建國方略在文藝領域裏的具體實踐。由此入手，我們可以對文學與現代民族國家建設之間的互動關係展開具體的分析，從一個側面揭示中國現代性艱難而獨特的過程。」〔註2〕

之所以如此詳細援引倪偉專著的前言說明，不僅因爲這一著述是南京國民黨政府文藝研究的代表性成果，更在於倪偉的這種研究視角、研究模式，爲這一領域的研究者所普遍採用。其他涉及國民黨文藝的博士、碩士論文，例如北京師範大學錢振綱的博士論文《民族主義文藝運動研究》（2001 年）、復旦大學周雲鵬的博士論文《「民族主義文學」論》（2007 年）、湖南師範大學畢豔的博士論文《三十年代右翼文藝期刊研究》、華東師範大學牟澤雄的博士論文《（1927～1927）國民黨的文藝統制》（2010 年）、南開大學房芳的博士論文《1930～1937：新文學中民族主義話語的建構》（2010 年）等等，這些論文大都著重涉及國民黨政府文藝政策和民族國家建構，大家也都共同指向一個文學思潮，即民族主義文藝運動。

（一）

民族主義文藝運動是 20 世紀 30 年代文壇的一件大事，相關研究著述已經相當豐富，參與的社團和人員考證也較爲詳盡〔註3〕，這一運動的官方背景已成學界共識。但是，有關民族主義文藝運動如何成爲官方的文藝政策和運動，大家卻語焉不詳。1930 年 6 月 1 日在上海成立的前鋒社及《民族主義文藝運動宣言》的公佈，正式標誌著國民黨官方民族主義文藝思潮和運動的展開。可問題在於，從南京國民政府成立到 1930 年六七月間這段時間，南京國民政府的文藝政策、理念和文藝活動究竟有些什麼？有關這一點，學界鮮有人論及或一筆帶過，很多關注南京國民政府文藝的著述雖說從 1928 年談起，但實際上大都從 1930 年明確的民族主義文藝政策及運動出來之後談起，並以此回溯南京國民政府成立之後的文藝理念。不少學者都認爲，1928～1930 年這個時期正展開革命文學論爭，而國民黨官方完全缺席。「在 1928 年『革命文學』的激烈論戰中，新生的國民黨政權，實際上是處在一種尷尬的邊緣

〔註2〕 倪偉：《「民族」想像與國家統制——1928～1948 南京政府的文藝政策及文學運動》，上海教育出版社，2003 年，前言第 9 頁。
〔註3〕 參見錢振綱：《民族主義文藝運動社團與報刊考辨》，《新文學史料》2003 年第 2 期。

位置，既不能控制和引導論戰的走向，亦不能提出一個有力的對抗話語。」
〔註4〕倪偉也這樣提到，「『革命文學』口號的提出，引出了一場激烈的文學論
戰，當時有影響的代表性文學刊物，像《語絲》、《小說月報》和《新月》等，
都被捲入了這場論戰。由於論戰各方缺乏必要的理論準備，又加上囿於宗派
主義的門戶之見和個人意氣之爭，『革命文學』論爭並沒有達到應有的理論水
準。論戰各方堅持己見，互相攻伐，上演了一場爭奪文學話語權力的混戰。
儘管如此，這場論戰卻在客觀上擴大了無產階級文學的影響，使馬克思主義
的意識形態得以迅速地傳播開來。令國民黨人頗為難堪的是，在這場爆熱的
文學論戰中，他們竟然無從置喙，提不出什麼獨到的見解和主張，當然就更
沒有能力來引導和控制這場論戰的走向了。」〔註5〕

　　其實，不論是在 1928 年之前還是在 1928 年之後，國民黨人從來都沒有
放棄過革命的大纛，然而不少論及南京國民政府文藝政策和文藝運動的著
述，卻基本只關注國民黨文藝中的民族主義文藝思潮而無視其革命文學倡
導。這樣的論述主觀預設了南京國民政府與革命文藝的絕緣，並由此框定國
民黨相關文藝與民族主義文學的天然聯繫。

（二）

　　認為南京國民政府成立伊始在文藝上尤其是革命文學論爭中毫無作為，
這種觀點本身就基於對革命和革命文學的簡單化理解、狹窄化認知。過去，
我們一談革命文學總是和共產黨人或傾向共產黨人的左翼關聯起來，這顯然
來自後來人的刻意建構和有意遮蔽。其實自 20 世紀 20 年代以來，革命就是
一個各家競相追逐的神聖事業，歷史學者王奇生認為，從 1920 年代以來，革
命從過去的國民黨的「一黨獨『革』到三黨競『革』，三黨是指最有影響力
的三大政黨，中國國民黨、中國共產黨、中國青年黨。「1920 年代的中國革
命，本是一場由不同黨派、群體以及精英與大眾所共同發聲（贊成或反對）、
組合（推動或抗阻）而成的運動。我們有必要盡力『復原』和『再現』那個
年代裏不同黨派『眾聲喧嘩』的狀態。」〔註6〕1927 年之後，三大政黨之間革

〔註 4〕趙麗華：《〈青白〉、〈大道〉與 20 年代末戲劇運動》，《中國現代文學研究叢刊》
　　　2007 年第 1 期。
〔註 5〕倪偉：《「民族」想像與國家統制──1928～1948 南京政府的文藝政策及文學
　　　運動》，第 6 頁。
〔註 6〕王奇生：《革命與反革命：社會文化視野下的民國政治》，社會科學文獻出版
　　　社，2010 年版，第 68 頁。

命的理論和宣傳較之過去更加多元，尤其各政黨內部因對大革命的不同態度
裂變爲不同派別，革命聲音更加「喧嘩」。

各大政黨、各種派別眾聲喧嘩的革命聲音，是我們理解 20 世紀 20 年代
以來革命文學豐富性與複雜性的基本前提，也是我們重構革命文學歷史譜系
的基本依據。而報紙副刊尤其當時頗有影響的《中央日報》及文藝副刊，是
我們「復原」和「再現」那個年代「眾聲喧嘩」革命聲音的最好依據。例如
武漢《中央日報》副刊上積極倡導的無產階級革命文學〔註7〕，這既表明國共
兩黨曾經在革命文學上高度一致，也說明並非到了 1928 年無產階級革命文學
才蓬勃興起，才擴大影響；上海《中央日報》副刊可謂是「革命與反革命」、
「紅與黑」交織中的「摩登」〔註8〕，即便是南京國民政府成立之後，其黨報
的重要副刊卻依然由後來大名鼎鼎的左翼作家田漢、丁玲、胡也頻等人把持，
由此可見革命話語之於國民黨人，之於中國文學摩登性、現代性的重要意義。
遷寧之後的《中央日報》及副刊，其革命性固然不像武漢《中央日報・中央
副刊》那麼激進，也似乎不像上海《中央日報》文藝副刊那麼複雜，但是只
要我們翻檢南京的《中央日報》及其副刊，革命仍然是最爲核心的語詞，統
一革命理論，統一革命宣傳是《中央日報》各個版塊 1929 年以來最核心的任
務。《中央日報》每日報頭刊登「總理遺囑」，黑體提示「現在革命尚未成功」
〔註9〕，其各個版面所談論所言說的大都關涉革命，各個副刊討論和倡導的也
是革命文學，其實有研究者已經注意到了這一現象〔註10〕，但並未意識到《中
央日報》副刊倡導革命文學的歷史意義和價值。

副刊《大道》是《中央日報》1929 年遷寧後最爲重要的一個副刊，它得
名於孫中山先生最喜引用的「大道之行也，天下爲公」，這是《禮記・禮運》
中的一句。《大道》並非純粹的文藝副刊，徵稿要求爲「二千字左右研究黨
義，討論問題，發揮思想的文字」〔註11〕，以「介紹世界思潮，黨義宣傳，

〔註 7〕 見拙作《國民革命與革命文學、左翼文學的歷史檢視——以武漢〈中央副刊〉
爲考察對象》，《中國現代文學研究叢刊》2015 年第 5 期。

〔註 8〕 見拙作《「紅與黑」交織中的「摩登」——1928 年上海〈中央日報〉文藝副刊
之考察》，《文學評論》2015 年第 1 期。

〔註 9〕 「總理遺囑」從 1932 年 7 月開始在報頭位置消失，代之爲廣告宣傳之類內容。

〔註10〕 參見付娟的《〈中央日報・青白〉副刊（1929～1930）與國民黨文藝運動》，
四川師範大學碩士論文 2008 年，作者注意到了 1929 年《中央日報》革命文
學問題，但仍然用固有的革命觀來看待《青白》副刊上的革命文學倡導。

〔註11〕 《本刊啓事》，《中央日報・大道》，1929 年 4 月 6 日。

以及社會實際問題的討論」〔註12〕爲辦刊思路，文章內容包括「評論，研究，譯述，社會狀況，談話，書報批評，文藝，遊記，通訊，隨感錄數種」〔註13〕，作者隊伍大都爲國民黨黨政要員、名人、理論家。可以說，《大道》副刊刊登的基本都是關乎國民黨黨義和革命理論的重要文章，雖說徵稿要求2000字左右，實際上我們常看到連載好幾期的長篇宏文；雖說標榜「討論問題」，實際上常是國民黨的高官和理論家直接宣講政策，「黨國氣息」濃重的理論宣導，是《大道》副刊最爲顯著的特徵。因此，雖非純粹文藝副刊，但《大道》卻對我們理解國民黨的文藝理念、文藝政策、文藝運動，有著至關重要的作用，更何況《大道》副刊上有很多明確關於文學方針的論述。《大道》比較集中的話題就是國民黨革命理論的闡述，胡漢民、孫科、戴季陶、潘公展等人的革命理論或直接刊登，或被闡述研讀，如傅況麟的《國民革命與革命農民的權利教育》、《革命理論之批評家》(《大道》副刊1929年4月15、1929年9月3日)，黃舜治的《知識階級與革命》(1929年11月19日、20日)，等等。此外作爲某些時段替代《大道》副刊的《微言》、《新聲》副刊也有大量對革命問題的闡述，如毛禮銳的《國民革命與社會革命》(《新聲》副刊1929年4月11日)、雷肇堂的《從社會心理學的觀點說明國民革命與共產革命之異點》《微言》副刊1929年2月28日)、施仲言《民眾文學與新文學之關係》(《微言》副刊1929年2月28日)等等。頗有意味的是，在冗長理論的文章中間，《大道》副刊仍然夾雜了一些短小的文學作品，其中不乏極具革命主題的書寫，如夢生寫於鎮江黨部的《凱旋的歌聲》，「青天白日飄揚漢江 / 武裝鏗鏘戰鼓鏜鏜 / 這是革命勝利的光芒 / 這是封建勢力的滅亡 / …… / 朋友 / 只要跑入革命的疆場 / 最後的勝利終在我掌上 / 聽喲！凱旋的歌聲在歡唱 / 朋友，我們再也不要徜徉彷徨 / 墳墓是反動者的故鄉 / ……」〔註14〕。

　　《中央日報》上和革命文藝密切相關的欄目自然當屬《青白》副刊，較之於《大道》的長篇幅的革命黨義宣講，《青白》副刊起初定位爲日常生活的各種資料搜羅。從形式來說，《青白》徵稿要求是篇幅短小，內容上「不分門類，各種文字」，只要有趣充實就行。副刊早期編輯李作人在《我們的打算》

〔註12〕 《本刊啓事》，《中央日報・大道》，1929年7月24日。
〔註13〕 《本刊徵稿簡則》，《中央日報・大道》，1929年5月5日。
〔註14〕 夢生：《凱旋的歌聲》，《中央日報・大道》，1929年4月13日。

中這樣提倡：「以前，大家投來的稿件裏面，大部分是談性愛的東西，我們是
不以爲談性愛的東西絕對沒有新的意義，我們以爲凡是與人類生活有關的資
料，都爲我們工作的範圍所包裹，性愛，我們盡可以發泄，不過，我們要兼
顧到生活的一切，如實際的生活問題，社會的進化趨向，民間的風俗改革，
時事的新聞評斷，實用的科學常識，人生的藝術描寫，一切的建設計劃，急
切的民眾運動，都是我們所需要討論的資料，我們要把他來調和一下才好。」
〔註15〕由此可見，早期《青白》副刊，定位搜羅五花八門的日常生活，但這
種日常生活顯然蘊含著國民黨的革命精神、革命理念的生活宣揚，如陰陽曆
的計時革新，民間風俗的革新，人力車夫的生活和地位，如何平民化生活等
等問題。事實上，編者也特別看重《青白》上有關文藝和政治的討論，如在
1929 年 3 月 16 日的《編後》中提到，「以後希望愛護本刊者，關於小品文字
（如黨務政治短評及文藝批判爲最好）多多賜下」〔註16〕。其實這之前《青
白》也已經刊登了不少有關革命和文藝的短文，如成名作家魯彥的《介紹狂
飆演劇運動》，文章對打破苦悶的革命戲劇和狂飆精神的宣揚〔註17〕，談論革
命和戲劇的《革心的工具——戲劇》〔註18〕，談論心理革命和文化宣傳的《再
論心理革命》，還有像《一個青年女子的懺悔》這樣的書信文章，講述一個小
資產階級的女青年要和過去醉生夢死的優越生活告別，深入民間自食其力，
把自己的生命奉獻給革命事業，末尾特別引用總理話並用黑體標出，「今日之
我，其生也爲革命而生，其死也爲革命而死」〔註19〕。在這裡不得不特別強
調陳大悲的革命劇作《五三碧血》，這部五幕劇從 1929 年 3 月 11 日開始在《青
白》副刊上刊載，這時的主編還是李作人，一直到 8 月 8 日才連載完，而副
刊主編早換成了王平陵。李作人和後繼者王平陵主編副刊時都曾強調文章的
短小，超過千字基本不會刊登，陳大悲的這部五幕劇顯然很是例外，連載時
間之長，佔用版面之多，實乃《中央日報》副刊歷史上絕無僅有，哪怕後來
郭沫若的名劇《屈原》在《中央日報》上連載時，時間和篇幅也難與之相比。
《五三碧血》由李作人約稿，接任的王平陵不僅沒有嫌棄冗長而把它砍掉，
反而是作者都不願堅持寫下去時不斷催稿並鼓勵。陳大悲後來向讀者道歉

〔註15〕 李作人：《我們的打算》，《中央日報·青白》，1929 年 3 月 3 日。
〔註16〕 《編後》，《中央日報·青白》，《中央日報·青白》，1929 年 3 月 16 日。
〔註17〕 魯彥：《介紹狂飆演劇運動》，《中央日報·青白》，1929 年 2 月 28 日。
〔註18〕 羊牧：《革心的工具——戲劇》，《中央日報·青白》，1929 年 3 月 11 日。
〔註19〕 劍譚：《一個青年女子的懺悔》，《中央日報·青白》，1929 年 2 月 22 日。

說：「我把《五三碧血》最後的一幕擱淺了……青白的編輯，王平陵先生，屢次來電話催我交稿，我便屢次重新再寫，寫了好幾個第五幕，簡直的全是一些沒有靈魂的東西，寫了就撕，撕了再寫，直到前幾天，才決心犧牲睡眠，點了兩夜的蚊香，才把這最後一幕完功。」〔註20〕由此可見這篇劇作在編輯眼裏的重要性，可謂最能代表 1929 年《中央日報》副刊理念的作品，然而翻閱相關研究，竟然一篇文章都沒有，有關戲劇的編目大全之類也基本都沒有提及《五三碧血》。正如編者王平陵和作者的通信中所讚頌，描寫「濟南事件」的《五三碧血》特別契合《中央日報》副刊有關革命文藝的提倡，「《五三碧血》，不是恭維你，的的確確是富有革命性的劇本，結構，情節，描寫，都能恰到好處，與近代一般的作風，當然不同」〔註21〕。

王平陵對陳大悲《五三碧血》革命性主題的高度肯定和讚揚，其原因在於他比李作人更注重把《青白》建設成文藝的園地，準確地說，革命文藝的園地。1929 年 4 月 21 日，王平陵接任《青白》編輯，預示著《青白》副刊進入一個新的時期，當期發表了王平陵類似宣言的文章，《蹈進「革命文藝」的園地》，編者大聲疾呼：「真真的『革命文藝』的建設，實在是急不容緩的問題。今後的『青白』，願意和愛好文藝的讀者，共同在此方面努力，希望大家蹈進『革命文藝』的園裏來，努力墾殖，努力灌溉。『青白』敬以十二分的誠意，接受所有的貢獻和建議。」〔註22〕可以說，自王平陵接手《青白》後，風格和面貌大為改變，儼然純文藝刊物，且集中明確、系統化地探討建設革命文藝的問題。此後幾乎每期《青白》都有王平陵的文章，而絕大多數都是有關革命文藝的提倡或創作，如《革命文藝》（1929 年 4 月 27 日）、《跑龍套的》（1929 年 4 月 28 日），《副產品》（1929 年 4 月 29 日），《多與少》（1929 年 4 月 30 日），《皈依》（1929 年 4 月 30 日），《回來罷！同伴的》（1929 年 6 月 6 日），《降到低地去》（1929 年 6 月 17 日），《致讀者》（1929 年 7 月 1 日），《藝術與政治》（1929 年 7 月 6 日），《編完以後》（1929 年 7 月 7 日），《再來刮一陣狂風》（1929 年 8 月 7 日），《評思想統一》（1929 年 9 月 6 日），《建設 positive 的文學》（1929 年 11 月 7 日），等等。

〔註20〕 陳大悲：《為「五三碧血」向讀者道歉》，《中央日報·青白》，1929 年 7 月 23 日。

〔註21〕 《通訊》，《中央日報·青白》，1929 年 8 月 1 日。

〔註22〕 王平陵：《蹈進「革命文藝」的園地》，《中央日報·青白》，1929 年 4 月 21 日。

　　王平陵的「革命文藝觀」的具體內容探討以及其和普羅文學之間的區別聯繫，限於本文論述重心不在以後另撰文詳述，筆者在此想要強調的是，1929年南京的《中央日報》副刊，尤其是王平陵接手後的《青白》，幾乎都是有關革命文學的倡導和討論，也有不少作家甚至是大牌的作家，有些還是後來成為左翼的代表作家，在《青白》上討論革命與文學、革命與戲劇的關係，如白癡的《理論與作品》、閻折悟的《戲劇的革命與革命的戲劇》、楊非的《革命文學與民眾戲劇》、田漢的《藝術與藝術家的態度》、《藝術與時代及政治之關係》、洪深的《政治與藝術》、心在的《藝術與民眾》，等等。正如有研究者所統計的那樣，「從1929年4月21日到1930年5月9日共出版253期，幾乎占整個《青白》統計總數的一半，刊出評論文章261篇、小說222篇、翻譯小說46篇、詩歌創作180首、翻譯詩作34首，劇本11個；從質上說，這個時期的《青白》大部分評論文章都涉及了『革命文學』及『民眾戲劇』等問題」〔註23〕。

　　《大道》是革命的理論闡發，《青白》是革命的文藝提倡，其實我們只要翻閱1929年的《中央日報》，從大文學的視野出發，《中央日報》各個版塊共同營造了濃厚的「革命文學」氛圍。《中央日報》的外交和中外關係版塊是「革命外交」，如像邵元沖的《如何貫徹我們「革命的外交」》（1929年10月17日），理解了革命外交也許會對中日、中蘇關係和事件有更多體悟如「濟南慘案」、「中東路事件」，也就會明白為何《青白》副刊及其編者把《五三碧血》作為革命文藝的典範，也能重新審視「中東路事件」後民族主義文藝的如火如荼。《中央日報》的黨務版塊常有黨員的人生觀培訓，像《種種反革命與革命人生觀——胡漢民在中央黨部及立法院講》（1929年10月15日、16日）、革命家的藝術修養問題則有《革命家應有藝術修養（葉楚傖先生講)》（1929年7月7日），而革命的人生觀和革命者的藝術修養不正是革命文藝最核心的命題麼？就連《中央日報》中縫廣告也是革命和革命文藝書籍的推薦，如《中央軍校續編革命叢書、革命文藝及革命格言兩種》（1929年6月11日）、《南京北新書廉價革命刊物優待代表》（1929年5月31日），甚至有《曆書須加印革命紀念日》（1929年8月31日）的提議，其實每個革命紀念日如五卅、五四等都會開闢專版專欄，中宣部也定期在《中央日報》上放出近期加強宣傳的革命口號，這些不都是和革命文藝最為密切的內容麼？

〔註23〕付娟《〈中央日報・青白〉副刊（1929～1930）與國民黨文藝運動》，四川師範大學碩士論文2008年。

　　由此可見，只要我們秉承多元而非單一的革命史觀，僅以國民黨的黨報《中央日報》和副刊爲考察對象，我們很難說國民黨缺席了 1928 年之後的革命文學倡導和論爭，學界以往用民族主義文藝來概括南京國民政府成立之後的文藝理念和文藝政策，也顯然是偏頗之論。可是，國民黨官方後來明確打出了民族主義文藝運動的招牌，這是文學史上的定論和共識，那麼國民黨如何從革命文學轉型到 1930 年民族主義文藝，恰恰是最值得我們關注和探究的文學史命題。因爲對這一命題的考察和辨析，不僅帶給我們對 20 世紀 30 年代文學思潮的重新認知，還關聯著我們對後來抗戰文學發生的全新理解，甚至帶給我們對民國歷史語境下中國現代文學歷史進程的重新敘述。而轉折時代的 1929～1930 年《中央日報》副刊，仍然是我們考察這一命題的絕佳切入點。

（三）

　　長久以來，大家把《中央日報》副刊核心人物王平陵和上海的潘公展、朱應鵬等人，視爲「民族主義文藝運動」的組織者和發起人。不過，最近學者張玫對王平陵是否參與民族主義文藝運動作了詳細考證，並指出：「王平陵被認爲是『民族主義文藝運動』的發起者與參與者之一，與文學史不符」〔註 24〕。張玫對歷史細節的考證詳細充分，釐清了諸多含混的史實，對這一議題的研究很有助益，但作者對整個民族主義文藝運動來龍去脈的大方向把握存有偏差。

　　1930 年 6 月 1 日，一群自稱爲「中國民族主義文藝運動者」的文人在上海結社，成立前鋒社（因是 6 月 1 日成立又名六一社）並發表《民族主義文藝運動宣言》，這被學界認爲是國民黨發動民族主義文藝運動的標誌。因爲大家普遍認爲前鋒社係官方策劃的御用文人社團，後臺老闆爲時任上海社會局局長潘公展，而潘又和蔣介石所看重的 CC 系陳氏兄弟及其掌控的中組部關係密切。但根據倪偉的考證研究，既無法證明潘公展是「前鋒社」的後臺和積極參與者，也無法證明前鋒社的官方屬性，「同一時期的其他國民黨文學社團如『中國文藝社』、『開展文藝社』、『流露社』和『線路社』都接受官方的津貼，但我目前尚未找到可以證明『前鋒社』也曾接受官方津貼的材料。《前鋒週報》前期的稿件都爲『前鋒社』成員義務承擔，不計稿酬。」

<hr>

〔註24〕 張玫：《再論王平陵：「民族主義文藝」還是「三民主義文藝」》，《中國現代文學研究叢刊》2015 年第 10 期。

〔註 25〕此外，根據前鋒社徵求社員的標準和要求，我們也可發現前鋒社的定位和官方策劃的御用社團之間有不小的差距，「凡與本社宗旨相同，不分性別，曾在本社出版之前鋒週報投稿三篇以上，經本社認為合格者均得為本社社員」〔註 26〕。由此可見，把前鋒社定位為官方欣賞的民間社團組織更恰當些。

事實上，學界有關前鋒社和潘公展以及二陳 CC 系親密關係的描述，基本上引自「左聯」機關報《文學導報》1 卷 4 期上思揚的《南京通訊》，副標題為「三民主義的與民族主義的文學團體及刊物」，但很顯然，這篇通訊太過主觀情緒化且多為猜度之詞。可是學界卻普遍不加辨析地採用思揚的說法，尤其是他誇大國民黨中宣部和二陳 CC 派中組部之間矛盾的敘述，提出三民主義文學和民族主義文學相對抗的說法，被後來的研究者廣泛引用，並作為國民黨文藝思潮論述的基本依據。「在一九三〇與一九三一相交的數月間，民族主義文學與三民主義文學之對抗，在南京頗囂塵上，雖然彼此都是國民黨的自家人」〔註 27〕。很多學者依據此說，把三民主義文藝視為中宣部系統的提法，把民族主義文藝視為中組部系統的理念，並且得出了如下結論，前鋒社不會把民族主義文藝運動宣言交由中宣部審定，民族主義文藝運動不是國民黨官方文藝政策和運動，上文提到的學者張玫就依照此說，認為中宣部系統的王平陵不是民族主義文藝運動的發起者和參與人。

然而，正如前文所論述，我們尚無證據表明提出民族主義文藝運動的前鋒社是 CC 系掌控的社團，那麼就更無所謂兩個系統的文學理念和口號對抗之說。前鋒社之所以不會把民族主義文藝運動的宣言交由中宣部來審議決定，並非兩個派系之間的衝突和牴牾，恰恰是因為前鋒社自我民間社團體認，雖然前鋒社中不少成員具有國民黨員身份或曾擔任黨政職務，但這一社團的文學活動並非是因為黨政工作職責所在，他們的文學主張起初並非來自管轄意識形態的中宣部的指示或授意。

前鋒同人結社之後，他們的宣言最早並非發表在 6 月 22 日創刊的《前鋒週報》，而是以《民族主義的文藝運動發表之宣言》〔註28〕為題，刊登在上海

〔註 25〕倪偉：《「民族」想像與國家統制——1928～1948 南京政府的文藝政策及文學運動》，第 54 頁注釋 1。

〔註 26〕《前鋒社徵求社員》，《前鋒週報》第 1 期，1930 年 6 月 22 日。

〔註 27〕思揚：《南京通訊》，《文學導報》第 1 卷第 4 期，1931 年。

〔註 28〕《民族主義的文藝運動發表之宣言》，《申報本埠增刊·藝術界》1930 年 6 月

《申報》本埠增刊版的副刊《藝術界》。從宣言發表的陣地以及文章前面介紹來看，影響和波及範圍僅限於上海地區，也許是前鋒社的成員後來自己也覺得影響力不夠大，他們只聲稱宣言是發表在他們的刊物《前鋒週報》和《前鋒月刊》，學界目前也基本沿用此說。《前鋒週報》是 6 月 29 日第二期才開始刊登《民族主義文藝運動宣言》，並於 7 月 6 日第三期才連載完成，10 月才在《前鋒月報》的創刊號上刊登。然而，在 1930 年 7 月 4 日，《中央日報》副刊《大道》上全文刊登了《民族主義文藝運動宣言》，雖然相比 6 月 23 日「申報本埠增刊」的刊登是晚了幾天，但是比學界公認的《前鋒週報》完整刊登要早兩天，比《前鋒月刊》的登載更是早很多。就影響力來說，不論是「申報本埠增刊」中的一個副刊，還是前鋒社成員後來津津樂道的《前鋒週報》、《前鋒月刊》，遠不如《中央日報》及其副刊，尤其是黨國氣和政策味濃厚的《大道》副刊。《中央日報》的《大道》副刊全文刊登《民族主義文藝運動宣言》之前，以傅彥長、朱應鵬、葉秋原等為核心的文藝小團體早已形成，20世紀 20 年代初期他們就在探討文學和民族關係問題，也有一系列的著述出版，《民族主義文藝運動宣言》中的基本觀點業已成型。有關這一點，有研究者已經做了詳細考證，題為《「民族主義文藝運動」興起的歷史文化語境探析——兼對〈民族主義文藝運動宣言〉來源的考證》〔註29〕。事實上，考察民族主義文藝運動興起的歷史文化語境，我們不難發現，起初這一團體的黨國氣息並不濃厚，同人文藝味更鮮明些，他們對世界各國文學中民族精神和民族特色的分析，尤其是對弱小民族國家文學中的民族精神之肯定，多有真知灼見，他們的觀念不難使我們聯想起魯迅最初的文學實踐活動。

雖然 1930 年之前，前鋒社骨幹成員的民族文學觀點已基本定型，相關著述也已見諸報刊或公開出版，但在文學界卻並無太大影響，更遑論是一場文學運動了。事實上，前鋒社這一民間社團主張的《民族主義文藝運動宣言》，正是由於《中央日報》的《大道》副刊轉載及闡發，或可以說，正是由於《中央日報》的推波助瀾，民族主義文藝才運動起來，成為思潮並上升為國民黨官方的文藝理念和文藝運動，由此受到各方關注，不論是贊成方或反對方。尤其之後不久，潘公展又在《大道》副刊上發表了《從三民主義的立場觀察

---

23 日。

〔註29〕 周雲鵬：《「民族主義文藝運動」興起的歷史文化語境探析——兼對〈民族主義文藝運動宣言〉來源的考證》，《社會科學輯刊》2011 年第 2 期。

民族主義的文藝運動》，明確把民族主義文藝運動和國民黨意識形態及革命理念對接起來。「中國現在是國民革命時期，在革命過程中間，文藝既然是時代和環境的產物，當然是需要一種富於革命情緒的文藝，以與國民革命的進展相適應。」「只有民族主義的文藝，眞可以認爲中國所需要的革命文藝。也只有民族主義的文藝運動，可以希望爲中國民族始終培養革命的根苗，開拓革命的生路。」〔註30〕事實上，原本前鋒社成員的民族文學主張更偏重文藝，而《中央日報》的《大道》副刊更著重把其向革命化的方向引領，正如潘公展所說的，「只有民族主義的文藝，眞可以認爲中國所需要的革命文藝」，當然這個革命是國民黨人所秉承的三民主義爲指導的國民革命。也正是由於《中央日報》副刊的介入，此後民族主義文藝運動的論述越來越朝著關涉現實政治和革命的方向走去，這一點從後來吳原編的《民族文藝論文集》〔註31〕就可以看出，這本 1934 年由杭州正中書局出版的集子裏，比前鋒社自己 1930年編的《民族主義文藝論》〔註32〕，更多政治和革命議題。可以說，也正因爲王平陵在《中央日報》轉發刊登《民族主義文藝運動宣言》，潘公展用國民黨革命理念來進一步闡發，這兩人也因此成爲民族主義文藝運動的重要發起者和參與人。雖然在具體的社團發起和宣言起草時，並未見到二人的身影，但把這一民間社團理念和文學活動上升到政府文藝理念和文藝運動，顯然二人居功至偉，這就是後來臺灣史家論及民族主義文藝定把王平陵、潘公展放在前列，這也是當時左翼作家如茅盾等人批判「民族主義文藝運動」是國民黨中宣部所爲的原因之所在。

結　語

　　民族主義文藝並非革命文藝的對立面，國民黨人的革命話語和民族話語有其內在的統一邏輯，那就是基於訓政理念的三民主義革命觀。如果檢索從1928～1949 年的《中央日報》及其副刊，也僅就標題而言，「革命」這一語詞出現頻率超過 2000 多次，「三民主義」和「訓政」緊跟其後，分別有 500 多次和 300 多次的出現頻率〔註33〕。1929 年之後《大道》副刊上除了明確談論

〔註30〕潘公展：《從三民主義的立場觀察民族主義的文藝運動》，《中央日報·大道》
　　　　1930 年 7 月 18 日。
〔註31〕吳原（編）：《民族文藝論文集》，杭州正中書局，1934 年版。
〔註32〕前鋒社（編）：《民族主義文藝論》，光明出版部，1930 年版。
〔註33〕統計數字根據上海數字世紀網絡有限公司製作的「《中央日報》（1928～1949）

訓政的理論文章之外，論及文學時基本都涉及三民主義的革命和訓政理念，如周佛吸《倡導三民主義的文學》（1929 年 9 月 21、10 月 1～2 日），《怎樣實現三民主義的文學——覆大道編者先生》（1929 年 11 月 24 日），《何謂三民主義文學》（1929 年 11 月 26～30 日連載），此外最爲關鍵的還有中宣部部長葉楚傖的《三民主義的文藝創造》（1930 年元月 1 日）。因此，也有不少學者認爲國民黨的文藝最初是三民主義的文藝，並如前文所說，把三民主義文學和民族主義文學對立起來，進而基於整體左右立場之分，把左翼的革命文學和右翼的三民主義文學、民族主義文學對立起來。然而，這種觀點不僅與事實不符而且在邏輯上很難講通，只要我們正視《中央日報》上隨處可見的「革命話語」，仔細閱讀《中央日報》及副刊上的相關文章，我們就不難發現，三民主義和民族主義其實都是作爲修飾詞的前綴，完整的名稱應該是「三民主義的革命文學」或「民族主義的革命文學」。而這些文章的字裏行間，這些論說的背後邏輯，都是極其明確的訓政理念，正是基於訓政理念，國民黨人希望把自身的革命理念統一起來並使之成爲整個國家民族的價值理念，這也正是潘公展用三民主義的立場來闡發民族主義文藝的思路。1928 年 8 月 11 日，國民黨第二屆中央執行委員會第五次全體會議上午表決通過「統一革命理論案」、「民眾運動案」、「革命青年培植救濟案」、「屬行以黨治政、治軍案」；下午表決通過「訓政時期遵照總理遺教，頒佈約法」、「訓政時期之立法、行政、司法、考試、監察五院，逐漸實施等案」。訓政與革命理論和宣傳的統一如影相隨，「自總理逝世，迄至現在，黨的革命理論，由同志憑各個對主義的認識，及革命實際變動的觀察，致革命理論，紛歧萬端。致理論中心不能建立。共信不立，互信不生，則宣傳不能統一，行動不能一致，力量不能集中。數年來，黨內糾紛百出，實源於黨員對革命理論未能統一。現在本黨宣傳刊物如雨後春筍，其思想立場，微有出入者有之；絕對異趨者有之，……」〔註 34〕自此之後國民黨的每一次代表大會或中央全會，都會毫不例外的強調訓政理念，「幾乎毫不例外要通過一個《統一革命理論案》之類的議案」〔註 35〕。很顯然，訓政理念背後有明顯的一黨專政色彩，《中央日報》

標題索引」的網絡版，雖然統計未必十分嚴謹，因爲有些標題有重複或缺漏，但「革命」、「三民主義」、「訓政」三個詞頻出現最高，應該沒有異議。

〔註 34〕 《統一革命理論案》，榮孟源主編：《中國國民黨歷次代表大會及中央全會資料》上，光明日報出版社，1985 年版。

〔註 35〕 江沛、紀亞光：《毀滅的種子——國民政府時期意識形態管理研究》，陝西人

副刊談論革命文學、三民主義文學以及民族主義文學時，大都會理直氣壯地宣傳和鼓吹黨治文學。因此，這種一元化的思想統一要求和作為，不僅會遭到被他們斥為反革命的其他黨派文藝工作者的反駁，自由主義的文人強烈反對也是預料中的必然。不過，訓政是革命尚未成功的一個階段，憲政實施，還政人民，這才是革命最終成功的標誌。雖然很多人以國民黨最終的軍事失敗來認定訓政的失敗與虛偽，也有學者提出了國民黨一個弱勢獨裁政黨在近代中國失敗的必然〔註36〕，然而，就整個民國的機制層面來審視，革命的道路從軍政到訓政再到憲政的設計，又為民國文學、文化，為廣大知識分子和民眾甚至是反對者提供了憲政的理想和生存的空間〔註37〕。從更長的制度變革來說，「通過事實上的訓政，最後實現了政治民主化。如果不是夾雜獨統之爭，臺灣的政治發展應當說不失為由一黨專制的訓政導入憲政體制的一個成功範例。」〔註38〕

總之，通過對南京國民政府成立後《中央日報》及副刊的考察，訓政理念的革命文學是國民黨文學的內在理念和根本方針，而諸如三民主義文學、民族主義文學是其表現形式。訓政理念下的革命文學關乎很多富有意義的文學史命題，如訓政理念下革命文學的精英啟蒙立場和之前五四啟蒙文學之間，顯然有更為直接更為內在的關聯，也許這才是文學革命到革命文學更為深層的內在邏輯，1929 年之後《中央日報》副刊上的民眾化戲劇的啟蒙運動吸引了包括田漢等南國社同仁就是明顯的例證，美國學者費約翰對「喚醒與訓政」、「喚醒與啟蒙」〔註39〕話題的涉及，直到今天仍然沒有學者跟進。

革命和革命文學始終是國民黨文宣領域的一條經線，與之相伴隨的恰恰是訓政理念這條緯線，沒有了訓政緯線，革命文學的經線也就戛然而止。這就是談論民國文學時顯然不能以 1949 年來區隔，國民黨遷臺之後的文學主張及意識形態管控和 1949 年之前大陸時期並無本質區別，反而與臺灣開放黨禁

民教育出版社，2000 年版，第 6 頁。

〔註36〕詳細論述參見王奇生：《黨員、黨權與黨爭：1924～1949 年中國國民黨的組織形態》，上海書店出版社，2009 年版。

〔註37〕具體論述參看李怡：《憲政理想與民國文學空間》，張武軍：《民國憲政與法制下的左翼文學與右翼文學》，《鄭州大學學報》2012 年第 5 期。

〔註38〕郭寶平、朱國斌：《探尋憲政之路：從現代化的視角檢討中國 20 世紀上半葉的憲政實驗》，山東人民出版社，2005 年版。

〔註39〕參看〔美〕費約翰：《喚醒中國：國民革命中的政治、文化與階級》，李霞等譯，生活・讀書・新知三聯書店，2004 年版。

眞正實現憲政後有明顯差異。其實我們細細琢磨，國民黨在臺灣實行一黨訓政時，其文學和宣傳仍然是革命式的話語，文學形態的轉變恰恰來自憲政的眞正實施。訓政下的革命文學，這只是筆者通過翻閱《中央日報》及副刊而提出的一個命題，作爲通向憲政道路上的訓政時期革命文學，蘊含著極其豐富的內容，如黨治文學中的革命與反革命話題，憲政目標與文學中的民主、個性、自由話題，憲政方向與民國文學的生存空間、發展走向等話題，因爲議題實在太過龐大，未能細細展開，希望將來能和學界研究民國文學的同仁一起來全面探討和分析。

民國時期的南京《中央日報》

王婉如

（四川大學文學與新聞學院，四川成都，610064）

摘　要

　　民國時期的南京《中央日報》承接著中國國民黨賦予它的使命，在報導上替國民黨發聲，是國民黨時期的重要黨報。透過分析《中央日報》和大時代因素可以窺見其是如何形成的，同時也可看見國民黨在文藝政策上是如何宣傳自己與「打擊」共產黨，隨著時間的推進，國民黨與共產黨在關係上、實力上一直在產生變化，這時位於南京的《中央日報》就加大「反共」的力度，透過文字及宣傳畫的形式，準確傳達出國民黨的態度，爲國民黨維護統治權。因此歷史上作爲「國民黨黨報」和對南京有著一定意義的南京《中央日報》，相當值得探究。

關鍵詞：民國時期、南京《中央日報》、國民黨、共產黨

　　《中央日報》是貫穿中華民國歷史時段的一份重要報紙，歷經了在武漢、南京、重慶而後跟隨國民黨赴臺的時期，前後發行號數長達 28356 號（以 1928 年 2 月 1 日起算）。隨著赴臺後虧損連連和新媒體的競爭於 2006 年 1 月不再發行實體報刊，之後經過 8 個月的內部改組與人事精簡，《中央日報》在 2006 年 9 月 13 日正式轉爲《中央日報網路報》在網絡上進行延續。與赴臺後承擔國民黨的聲音相同，南京的《中央日報》承擔著中國國民黨在南京時期的所

有「發聲」，是國民黨的「喉舌」。中間確立地位的過程其實是耐人尋味的，原因在於它的時代背景因素和國民黨對它賦予的責任和代表性，讓它確定了其政治立場，將其「自由性」限縮，它的命運也就注定與國民黨牽連。《中央日報》遷到南京是 1929 年 2 月 1 日，直到對日抗戰爆發後遷出南京，由長沙轉移到重慶，1938 年 9 月爲止，可說是在對共產黨的態度上始終與國民黨黨中央保持高度一致，因此以下分別探討論《中央日報》的大時代背景，蔣介石如何確定自己的地位進而影響《中央日報》言論和報紙裏是如何描述共產黨，以及宣傳話語與宣傳畫的意義何在，最後來看《中央日報》對於南京和作爲「國民黨黨報」同時又是「國家報紙」的意義，以此推論出《中央日報》在南京及民國時期的地位。

一、《中央日報》如何興起？如何重要？

　　要瞭解南京《中央日報》，應從源頭進行耙梳。也就是說南京《中央日報》不是一份一開始即在南京創辦的報紙，但首先能確定的是《中央日報》爲中國國民黨（以下簡稱國民黨）在民國時期所成立的報紙，只是其歷史沿革時期較爲複雜。回到最源頭爲 1926 年 12 月北伐時期順利推進至武漢時，國民政府隨之由廣州遷到武漢。在隔年（即 1927 年）3 月 22 日，在漢口創辦《中央日報》，將其定調爲「國民政府的官方媒體」，第一任社長由國民黨中央宣傳部部長顧孟餘兼任，總編輯爲陳啓修（陳豹隱），由於陳啓修的中國共產黨（以下簡稱共產黨）員身份，因此在編輯部成員中可以看見不少的共產黨員和左翼人士參加，諸如：沈雁冰以及孫伏園（任《中央日報・副刊》主編）等，同時也可看見雖然《中央日報》爲國民黨黨報，但在「聯俄容共」的孫中山精神指導下，許多共產黨員早期在其中有了展現長才的機會。隨著之後的「412 事件」、「寧漢分裂」兩件事的發生，於 9 月 15 日結束了武漢《中央日報》的第一次短暫辦報生涯，從 3 月 22 日～9 月 15 日期間，共計有 176 號。這一段歷史在臺灣新聞學界很少提及，在《中央日報》史中，學界一般不採認算入此時期的中央日報。

　　這影響武漢《中央日報》命運的「412 事件」，是蔣介石開展的「清黨政策」。目的是將國民黨內的「異議分子」全部趕出去，國民黨將其定性爲「清黨」〔註 1〕，共產黨則定義爲「412 反革命政變」〔註 2〕，蔣介石爲確保勢力

〔註 1〕　胡適：《胡適日記全集》，臺北：聯經出版社，2005 年版，第 747 頁。

穩固在上海總工會糾察駐地發動攻擊，閘北、南市、浦東、吳淞等處均被國民黨佔領，同時以「工人內訌」爲理由，要求工人糾察隊解除武裝，沒收了3000支步槍。〔註3〕在上海青幫和杜月笙的幫助下，國民黨對各級政府、公家單位及軍隊進行抓捕行動，對抓捕到的共產黨員予以處決或禁錮，在這一事件中，僅是上午就死亡120餘人，受傷180人，同時因蔣介石允諾對外國租界不以武力進行干涉後，各租界也配合蔣介石的「清黨」行動將租界內的共產黨員和工人交給蔣介石，共計1000餘人。接著蔣介石下令解散上海特別市臨時政府、上海總工會和一切共產黨組織。截止同年的4月15日，上海死亡300餘人，流亡失蹤者5000餘人。在4月18日蔣介石更與國民黨右派在南京召開中央政治會議，會議上強調應全國發佈「清黨通電」，並發出秘字一號命令，通緝鮑羅廷、陳獨秀，其次爲林祖涵、瞿秋白、毛澤東、惲代英、周恩來、劉少奇、張國燾、彭湃、鄧穎超、蔡和森、方志敏等人，一些親共左派人士，如沈雁冰、柳亞子、鄧演達、章伯鈞等，也在通緝之列。〔註4〕事情隨之而來越演越烈，在遭遇4月22日武漢政府的斥責聯名通電後，張作霖將在北京逮捕到的20名共產黨員，以聯合蘇聯密謀顛覆中國政府爲由，在沒有證據的情況下，將李大釗等人實行絞刑。〔註5〕最終以剩下的共產黨員出國或被徹底清黨做終。

4月22日發佈通電的武漢政府即是以汪精衛爲領導的國民政府，當時孫科、鄧演達、宋慶齡、張發奎、吳玉章、毛澤東、惲代英聯合斥責蔣介石的行爲，使其堅定要剷除共產黨在國民黨內部的勢力，原因在於汪精衛和陳獨秀在1927年4月5日發表聯合聲明，陳獨秀代表共產黨聲明：讚同國民政府不以武力收回上海的政策，亦讚同以階級合作政策組建上海政策；汪精衛則代表國民黨宣告：所謂國民黨將驅除共產黨，壓迫工人與糾察隊云云，均繫謠言。〔註6〕這篇《汪精衛、陳獨秀聯合宣言》當日做成即送報，次日一早刊出，由於事前未跟蔣介石商量，因此在見報後，蔣介石、吳稚暉、李濟深、李宗仁等人譁然。

〔註2〕 鄒沛：《中國工人運動史話》，中國工人出版社，1985年版，第223頁。
〔註3〕 陶涵：《臺灣現代化的推手——蔣經國傳》，臺北：時報文化出版社，2000年版，第43頁。
〔註4〕 楊奎松：《國民黨的「聯共」與「反共」》，社會科學文獻出版社，2008年版，第244頁。
〔註5〕 陶涵：《臺灣現代化的推手——蔣經國傳》，第42頁。
〔註6〕 《汪精衛、陳獨秀聯合宣言》，1927年4月5日，收錄於中央檔案館編：《中共中央文件選集》第3冊，中共中央黨校出版社，1989年版，第594頁。

吳稚暉斥責汪精衛使用「聯共政策」和「兩黨合作」等字眼，聲言「聯共」二字本不見條文，我們國民黨之條文上，只有容納共產黨員入國民黨而已。並說依照總理（即孫中山）遺訓，只有老實不客氣說，治理中國只有國民黨，沒有聯了共產黨來治的可能。並警告說明：「如果共產黨堅持共治，或想要獨治，威脅到國民黨的目標，國民黨自不得不予以『相當之制止』。」〔註7〕

汪精衛對吳稚暉激憤中的辱罵之詞相當不滿，因此在隔日不告而別回到武漢。這同時也種下了蔣介石堅決「清黨」的種子，蔣介石認為汪精衛勢必會站在對立面上，與自己意見相左，同時用自己的政治號召力影響國民黨各級黨部和黨員。因此發表之前與汪精衛進行過的談話，公開將其對自己說過的三條聲明改為四條，發佈在報紙上，用蔣介石自己的話來說就是：「發表與汪兆銘重要談話之點，使彼不得藉此生謠。」〔註8〕蔣介石先發制人的原由來自於對汪精衛的不信任，在「不告而別」這件事情以前，眾人曾與汪精衛進行座談，但效果不佳。隨後又傳出武漢方面已經免了蔣介石的總司令職，使得蔣介石認為自己應該採取行動制衡汪精衛和反對勢力。因此在同年（1927年）4月8日在上海《民國日報》上，出現了《國民黨連日會議黨務之要點》〔註9〕的新聞報導。有了這名義之後，蔣介石確立了自己行動的「合法性」，

〔註7〕 《昨日國民黨員會議席上之重要談話》，上海《民國日報》第1張第3版，1927年4月6日。

〔註8〕 蔣介石：《困勉記》（第6卷），1927年4月7日條目，收藏於「國史館」（臺北館）蔣中正檔案。

〔註9〕 《國民黨連日會議黨務之要點》內文為：「連日國民黨要人在在上海莫利愛路孫總理遺宅及總司令，因黨事糾紛開重要談話會。與會者汪精衛、蔣介石、李濟深、李宗仁、黃紹竑、甘乃光、柏文蔚、白崇禧、宋子文、蔣孚民、古應芬、李石曾、吳稚暉等十餘人，討論近日國民黨背人把持情形。所有漢口之命令，上海及各地之行動，均極顛倒離奇，各有建議。最後乃共依汪精衛氏之主張暫時容忍，出於和平解決之辦法，即於4月15日召開中央全體執行監察委員聯席會議於南京，以求解決。在未開會以前，汪精衛氏贊成暫時應急之法數條如下：（一）汪精衛負責通知中國共產黨首領陳獨秀，立即制止國民政府統治下之各地共產黨員，應即為開會討論之前暫時停止一切活動，聽候開會解決。（二）對中央黨部及國民政府遷鄂後，因被操縱之所發命令，不能健全，如有認為妨害黨國前途者，於汪同志所擬召開會議之未解決以前，不接受此項命令。（三）現在各軍隊及各省之黨部團體機關，認為有在內陰謀搗亂者，於汪同志所擬召開會議之未解決以前，在軍隊應由各軍最高長官飭屬暫時取締；在各黨部各團體各機關，亦由主要負責人暫時制裁。（四）凡工會糾察隊等武裝團體，應歸總司令部指揮，否則認其為對政府之陰謀團體，不准存在。刊登在上海《民國日報》1927年4月8日，第1張第3版。

國民黨「清黨」行動因此展開，同時對於能爲自己準確傳達聲音的報紙也變得更爲重視。

二、南京《中央日報》的「地位」

由於國民黨「清黨」行動的大舉展開和對汪精衛的武漢政府充滿了不信任之下，演變成爲「寧漢分裂」，連帶的《中央日報》受到政治上的牽連，最後終止辦報。但通過一連串事件使國民黨意識到政治宣傳的重要性，因此在成立南京政府時，國民黨就著手進行《中央日報》重新發行舉措，也就是說事實上《中央日報》的命運與國民黨的活動乃至於歷史上的進程，是緊密相連的。除了與政治事件密不可分，《中央日報》在開展上同樣有了經濟的支持契機，逢上海《商報》的停刊之下，國民黨接受了其一切設備，於 1928 年 2 月 1 日在上海順利發行了《中央日報》。此次中央日報由孫科任董事長，時任國民黨中央宣傳部長的丁惟汾任社長，總經理則由國民革命軍東路軍前敵總指揮部政治部主任潘宜之兼任，彭學沛任總編輯。編輯委員會爲各方人物所組成：胡漢民、邵力子、羅家倫、傅斯年、邵元沖、唐有壬、馬寅初、王雲五、潘公展、鄭伯奇等。〔註 10〕在發刊詞中上海《中央日報》是這麼說的：「本報爲代表本黨（按：此處指的是國民黨）之言論機關報，一切言論自以本黨之主義政策爲依據。」〔註 11〕表明了《中央日報》與國民黨共進退的立場。

在上述《中央日報》的發展歷史敘述下，可以發現國民黨在傳播思想上，是費了一番工夫的，在上海《中央日報》成立半年後，國民黨爲了加強管控，保證《中央日報》在思想的傳遞上能與國民黨中央緊密相連，通過了《設置黨報條例》等三文件，將《中央日報》從上海遷到南京。上海《中央日報》在 1929 年 2 月 1 日遷址南京後，人事有了新的變化，改由國民黨中央宣傳部黨報委員會領導，委員會主席則由中宣部部長葉楚傖兼任，下設經理部、編輯部；遷址南京後首任總編輯爲嚴慎於，後由魯蕩平、賴璉相繼接任。南京《中央日報》特別強調以「擁護中央，消除反側；鞏固黨基，維護國本」

〔註10〕 方漢奇主編：《中國新聞事業編年史》，福建人民出版社，2000 年版，第 1095 頁。

〔註11〕 方漢奇、蔡銘澤：《中國國民黨黨報歷史研究（1927～1949 年）》（此書爲中國新聞史研究輯刊：初編（第 2 冊），新北：花木蘭文化出版社，2013 年版，第 52 頁。

爲職責。〔註12〕當時的國民黨掌握的報紙不只一家，在 1927 年 6 月至 1928
年 6 月間，雖國民黨及黨人所辦雜誌、期刊甚多，但言論無高度一致，內容
也較爲駁雜。例如當時的中央特別委員會主持國民黨中央黨務期間，就曾編
纂《中央特刊》，但只出刊了兩期。出刊較爲長久，影響力較爲深遠且有代
表性的，有中央宣傳部 1927 年 8 月創辦的《中央半月刊》、陳果夫於 1927
年 11 月在上海成立的《新生命月刊》，與上海黨務訓練所同學會主編的《黨
軍》。其中《中央半月刊》以闡述三民主義理論受到重視，《新生命月刊》
的宗旨則爲宣傳革命主義、倡導中國文化本位之文化建設，《黨軍》則主張
打破個人觀念，希望營造革新創進的色彩。在這三種期刊雜誌上面，胡漢
民、葉楚傖、劉蘆隱等人都是交叉在上面論述自己的觀點，此外上面也經
常出現《中國國民黨之昨日今朝》、《中國國民黨之組織研究》等類型的文
章。〔註13〕

在直轄黨報中，除了《中央日報》，尙有《民國日報》與《中央週報》等
2 份報紙，當時重要的《國民黨連日會議黨務之要點》即發佈在《民國日報》
上。《民國日報》成立於 1916 年的上海，創辦目的以反對袁氏帝制、維護民
國爲宗旨，〔註14〕袁世凱復辟帝制敗亡後，《民國日報》繼續出版，在北洋軍
閥的影響下，雖然持續有發言的空間，但就只是國民黨人所創辦的報紙，實
質意義並不大，直到 1923 年孫中山改組國民黨，打算確立上海爲輿論重鎮
時，《民國日報》才獲得擴充，使之成爲國民黨重要之機關報。相對於《民國
日報》，《中央週報》較晚成立，成立時間是 1928 年 6 月 11 日，據發刊詞來
看，《中央週報》的使命有三：一爲統一紀念週之報告；一爲指示宣傳週之要
旨；一爲供給黨員訓練之資料。〔註15〕由此可知，《中央週報》創辦的最大目
的是使中央宣傳部能夠隨時制定大綱以指導各黨部（按：國民黨）之宣傳要
旨，使黨的下層組織能夠依中央的理念進行宣傳。《民國日報》在一段時間雖
爲國民黨重要報紙，但隨著《中央日報》遷往南京，較其位置更接近於政府，

〔註12〕賴光臨：《七十年中國報業史》，臺北：中央日報社，1993 年版，第 124 頁。
〔註13〕李雲漢：《中國國民黨史述》第 2 編，臺北：中國國民黨中央委員會，1994
　　　年 11 月。原始版本收錄在秦孝儀主編的《革命文獻第七十六輯——中國國
　　　民黨歷屆歷次全國代表大會重要決議案彙編（上）》，臺北：中國國民黨中央委
　　　員會，1978 年 10 月。
〔註14〕《本報發刊辭》，上海《民國日報》，1916 年 1 月 22 日。
〔註15〕《發刊辭》，《中央週報》第 1 期，1928 年 6 月 11 日。

擁有地利之便，其重要性與權威性逐漸凌駕於《民國日報》之上。〔註16〕

　　之所以透過大段敘述描述同時期與《中央日報》重疊的其他刊物，目的在於經由這樣的瞭解，可以發現南京《中央日報》最後之所以能受到國民黨的重視，在於《中央日報》佔有了良好的時機、地點。根據材料顯示，當時中宣部為了供給新聞界正確的新聞資料、解釋中央議決，糾正及闢駁反動邪說及謠言，同時為了明瞭什麼是新聞界的困難，並且徵求新聞界對黨國宣傳之意見，乃於每週召集首都（按：南京）新聞記者及各地報館駐京記者，舉行談話會一次，由中宣部部長親自報告，或請中央委員演講，以期在宣傳上收事半功倍之效果。〔註17〕這時南京《中央日報》的優勢就完全體現，它在政策吸收與作出實時反應上就較其他期刊、報紙來得快速。

三、「話語權」的爭奪和逐步確立

　　南京《中央日報》在「話語權」上是經過一段時間的演變，武漢時期的《中央日報》曾刊登過許多反對蔣介石的文章，尤其在「412事件」前後更有大量的聲音出現。但是隨著國民黨的「清黨」運動以及《中央日報》到南京後，反對聲音正在被逐漸消弱，透過中宣部有意識的控制來操作社會輿論的導向。舉例來說，「革命」一詞曾經被建構為具有至高無上的道德正當性詞語，這個詞語的使用情形通常都伴隨有濃厚的目的論陳述作為革命的前導與護符，在人類過往的歷史中，因為法國大革命與美國獨立革命的成功進行，使得「革命」一直與自由、翻身和解放等字眼有著對等關聯時，它的誘惑魅力自然十分強烈。〔註18〕漢娜・阿倫特指出在這些具體事例和語藝（rhetoric）的洞照下，革命自此成為一個毀滅與新生、自由與解放的代碼。這種號召力的感染，國民黨第一次全國代表大會所做成的號召：「打倒帝國主義，打倒軍閥」之中其實不難界定，因為「革命」在1927年以前的許多事件上已經累計了能量，諸如：1925年5月上海的五卅運動；1926年9月發生在四川的英國士兵炮轟萬縣事件；1927年1月發生的漢口事件；1927年3月發生的外艦炮

〔註16〕洪喜美：《上海〈民國日報〉——五四期間中國國民黨的重要言論機關》，國史館館刊第11期，1991年12月。

〔註17〕鄭士榮：《抗戰前後中央文化宣傳方略之研究（1928～1945年）——中國國民黨中央宣傳部功能之分析》，三民主義研究所碩士論文（臺北：臺灣大學），1987年6月，第265頁。

〔註18〕Hannah Arendt: *On Revolution* (New York: Penguin Books Press, April, 1987), p.57.

轟南京事件，使得「打倒帝國主義，打倒軍閥」成為一個被認同的口號，「帝國主義」也直接變成罪惡的代名詞，這希望打倒帝國主義的欲求隨著共和國的有名無實運作和辛亥革命未能達到真正的成功，愈發強烈。〔註19〕

也就是說現實的苦難使「革命」在意義上變成翻身的代名詞，成為實現美好社會的念想詞彙，按鄭士榮所述「革命」一詞經國民黨、共產黨的大力宣傳，迅速彙集成一種具有廣泛影響且逐漸凝聚的普遍觀念，革命成為救亡圖存、解決內憂外患，實現國家統一和推動社會進步的手段。在這種風氣的帶動下逐漸形成革命高於一切，甚至以革命為社會行為的唯一規範和價值評判的最高標準。「革命」話語及其意識形態，開始滲入社會大眾層面並影響社會大眾的觀念和心態。〔註20〕由此延伸的假革命、非革命、不革命甚至反革命等用語成為 1920 年代評判的「起手」範式。在這樣的前提下再看國共的政治選擇可以發現，隨著「革命」話語的出現以及演化，革命與反革命成為一種二元對立的衝突，不再帶有中間的「改良派」國共在後期鬥爭和伴隨國民黨內部分化的加劇，「反革命」成為雙方互相攻訐的武器，成為了「流行名詞」：

> 一種流行名詞「反革命」，專用以加於政敵或異己者，只這三個字便可以完全取消異己者之人格，否認異己者之舉動。其意義之重大，比之「賣國賊」、「亡國奴」還要厲害，簡直就是大逆不道。
>
> 〔註21〕

在這種氛圍下，只需要任選一個「反動」和「反革命」的罪號，便足置對方於死地而有餘了〔註22〕，這種「話語權」確立性是國共兩黨急欲爭奪的，在實施清黨之後國民黨即積極地將共產黨打成反革命，例如：「共產黨是反革命的」〔註23〕、「肅清反革命派的共產黨分子」〔註24〕。同時也將國民黨需求

〔註19〕 黃金麟：《革命與反革命——「清黨」再思考》，盧建榮：《性別、政治與集體心態：中國新文化史》，臺北：麥田出版社，2001 年版，第 369 頁。

〔註20〕 王奇生：《革命與反革命：社會文化視野下的民國政治》，社會科學文獻出版社，2010 年版，第 67 頁。

〔註21〕 唐有壬：《什麼是反革命》，《現代評論》第 2 卷第 41 期，1925 年 9 月 19 日。

〔註22〕 大不韙：《黨軍治下之江西》，《醒獅》第 118 號，1927 年 1 月 7 日。

〔註23〕 中國國民黨黨史館藏，《中央宣傳部等頒發反共宣傳標語》，1927 年 8 月 16日，檔號：五部檔：部 10218。

〔註24〕 中國國民黨黨史館藏，《成都清黨運動宣傳大綱》，《清黨特刊》第 2 期，1927年 6 月 10 日，檔號：005.43053921。

與訴求結合，提出「反對孫文主義的，就是反革命」〔註25〕、「不受國民革命指導的軍隊，就是不革命的軍隊」、「反對國民黨的軍隊，就是反革命的軍隊」。共產黨則是在對「412 反革命政變」作出反應時撰文寫道：我們懷著極大義憤和對劊子手的滿腔仇恨宣佈，蔣中正是革命的叛徒，是帝國主義強盜的同夥，是革命國民黨的敵人，是工人運動的敵人，也是共產國際的敵人。〔註26〕

其實「反革命」一詞源自蘇聯布爾什維克譴責性用語，這一詞彙在五四時期開始出現在中國的視野中，大量出現則是要等到國共兩黨第一次合作後，蘇聯的概念也逐漸從孫中山為首向下擴及到其他國民黨的成員中，同時《反革命制罪條例》的指定推行，也是起源於國共合作時期，這顯示了非常重要的一點，即國共兩黨均意識到，誰能掌握「革命」以及其他事物的話語權和闡釋權，就意味著誰取得了「正統」，就可以說其他人是「反革命」。這種情況到了後期的國共爭鬥時期愈發激烈，1929 年國民黨在南京召開第三次全國代表大會，上海特別代表陳德徵提出《嚴厲處置反革命分子》的提案，大致是說法院在拘泥於證據的情況下容易使「反革命分子」逃過處罰，因此希望國民黨中央通過其認定之辦法：

> 凡經省或或特別市黨部書面證明為反革命分子者，法院或其他法定受理機關應以反革命罪處分之。如不服，得上訴。惟上級法院或其他上級法定之受理機關，如得中央黨部之書面證明，即當駁斥之。〔註27〕

這就表示法院可以不需要審理，只要得到中央黨部之證明即可認證對方為「反革命分子」，好在這個方案並未通過，但也顯示出「反革命」一詞已經深入到各個階層，已經不滿足於口號的研究上，同時希望通過口號以及其他文章來搶奪「話語權」，這時南京《中央日報》就起到了關鍵性的作用。像是在1928 年 2 月 28 日提倡各個階層，應該積極自覺組織起來，解決中國人消極麻

〔註25〕 中國國民黨黨史館藏，《四川登記委員會宣傳部通告》，《清黨特刊》第 5 期，1927 年 7 月 31 日，檔號：一般／期刊。

〔註26〕 《蔣中正叛變。打倒帝國主義戰爭！反對扼殺中國革命！共產國際執行委員會告全世界無產者和一切被壓迫民族書》，《國際新聞通訊》第 41 期，1927 年 4 月 16 日。

〔註27〕 胡適：《胡適致王寵惠（稿）》，《胡適來往書信選》上冊，香港：中華書局，1980 年版，第 510 頁。

木的態度，同時認清共產主義並不適用於中國，因為：

> 人類進化有一定的階級，有一定的步驟，不是由人隨便製造，
> 煽惑可以成功。共產黨的祖宗馬克思，並沒有「在經濟落後的國家，
> 實行共產」的家訓，就是它的二輩祖宗列寧，在俄國還要實行新經
> 濟政策。到了它的裔孫——中國共產黨，便奇想天開地要在物質條
> 件還不具備的中國，來實行共產。演了一場殺人放火式的「土地革
> 命」。所謂唯物史觀的後代，竟然把歷史進化的程序顛倒錯亂，以至
> 於此。這就叫做「無病吃瀉藥。」〔註28〕

類似的詞語還有很多，大體來看，國民黨希望可以拉攏工人及農民階級，特
別是在「412事件」之後所喪失的工人支持，然則國民黨忘記一點，這所制定
的政策並不是白紙黑字就可以爭取到支持，而應該是付諸實際行動，從實踐
中出發。國民黨在往後的日子裏逐漸意識到這點，因此在加大宣傳的同時，
也開始使用圖文搭配的形式，以求更收效果。這個承載爭取支持的任務就落
到了時在南京的《中央日報》上，並且將如何「消滅」共產黨及恢復國家統
治秩序列入宣傳重點，在不斷地宣傳之下，也開始有「民眾」〔註29〕投書到
「社評」欄目中，認為被迫為「匪」之農工，國民黨應積極宣傳，使歸下青
天白日旗幟之下，團結起來，一致反共。對於盲從之青年，應開以自新之路，
使之自首，努力反共工作。〔註30〕

四、作為黨報的宣傳意義

國民黨的中央宣傳部為了配合「剿共宣傳」，曾發出宣傳要點：「鏟共剿
匪為本黨目前最切要工作，現成股共匪雖將次第肅清，惟此等暴徒棄槍可以
為民，兵去復可以為匪，欲除盡其根株，非力行清鄉不可。故於極力宣傳共
匪罪惡之外，應倡導清查戶口，督練鄉團，使民眾能自動清鄉，庶共匪可以
徹底肅清。」〔註31〕至於宣傳方法，應暗中指示當地各報館在最近期間，集

〔註28〕《河南省政府消滅共產黨宣傳大綱》，《中央日報》1928年2月28日，第2
版第2面。
〔註29〕此處將民眾打上引號，原因在於在國民黨的宣傳手法裏，社評的民眾極有可
能不是一般的社會大眾，而是經過政策策劃的階段性寫手或是作家及編輯自
己化名擔任，當然也不排除是一般社會大眾的可能性，故加引號，以示歧
義。
〔註30〕《社評·剿匪與安民》，《中央日報》1930年10月27日，第1張第3版。
〔註31〕中國國民黨史館藏，《宣傳部12月份工作報告》，1931年1月，檔號：一般檔

中精力於剿匪宣傳，多載剿匪新聞及共匪罪惡，並多做社論以討論剿匪問題，務使全國民眾一致醒覺。〔註32〕在這樣的氛圍之下，《中央日報》曾經刊載這樣的信息，並配合將之印成傳單派發：

> （一）蔣總司令親自來救你們了；（二）優待自新來歸順革命軍的匪軍士兵；（三）只殺匪首朱德、毛澤東，不需殺害匪兵；（四）可憐被挾的民眾們你們快來歸順革命軍；（五）匪區民眾快快起來，殺赤匪，還你們自由；（六）赤匪是壓迫兵民的禽獸；（七）赤匪是無父無母的禽獸；（八）殺了匪軍首領；快來歸革命軍，定有重賞，不許殺害人民；（九）匪兵快來歸附國民軍；（十）帶槍來歸的匪兵，每兵賞洋 30 元；（十一）赤匪的是下流。

上述 11 條是出自蔣介石手令。從內容來看，可以合理懷疑寫成時間並不一致，因內容出現許多重複的字句，亦或是再三強調重要性，因爲印製成傳單的關係，故內容可能需要保持一致，務求準確傳遞思想。這時的南京《中央日報》已不只傳達國民黨中央思想，還擔負著影響與國民黨立場不同的各階層人員的任務。同時增加了圖畫宣傳，期望透過圖畫勾起民眾的認同，在《中央日報》中的畫刊部分圖文結合地寫出，目前最迫切的一切工作在於努力肅清共匪（圖1）〔註33〕，圖2〔註34〕、圖3〔註35〕則爲連環畫，圖2閱讀順序從右上第一格開始（一）贛省共匪猖獗騷擾（右上），（二）蔣總司令親往督剿（右下），（三）中央軍努力追擊（左上），（四）共匪肅清後人民安居樂業（左下）；圖3 右上角第一格開始，（一）中央軍努力追剿共匪（右

圖1　　　　　　　圖2　　　　　　　圖3

案：436／304，第39頁。
〔註32〕中國國民黨史館藏，《宣傳部 12 月份工作報告》，1931 年 1 月，第 40 頁。
〔註33〕1930 年 11 月 30 日《中央日報》畫刊圖。
〔註34〕1930 年 12 月 14 日《中央日報》畫刊圖。
〔註35〕1930 年 12 月 28 日《中央日報》畫刊圖。

上），（二）蔣總司令面授各將士剿共計略（右下），（三）爲能擒獲朱毛彭黃或其重要分子或割其首級者賞洋 5 萬元（左上），（四）共匪肅清後人民安居樂業（左下）。由以上的圖畫可以發現，南京《中央日報》積極配合政府宣傳，除了用文字的部分，還使用圖畫加強民眾的記憶。如此一來在國民黨的文藝政策和宣傳控制下社會輿論會倒向立於國民黨有利的一面。除了國民黨方面指示《中央日報》宣傳的文字內容，也有民眾投書建議如何進一步提高宣傳質量，其認爲：

> 依照心理學之詔示，宣傳貴能刺激人的精神，而啓發深刻之感應，引起同情，若能在萬籟俱寂之平日，用富有刺激力之口號，簡明之主張，使宣傳者趁機喚出如泣如訴，一聲聲送入民眾枕畔，刺上民眾心頭，使聽者心旋俱震，陡覺生死關頭，已在目前，而起救國之意志。〔註36〕

除了使用口號和聲明主張外，國民黨還使用多種手段醜化共產黨，例如極力渲染共產黨駐留地方的殘暴情況，例如共產黨殺人，不用槍而用刀矛，應爲節省子彈計也；而其方法則剖腹割舌，斷足割乳。〔註37〕又像是共產黨屠殺之殘酷，在殘殺前，先施以種種毒行，如割肉剝皮等，然後置諸死地，甚至將被害者身上割下之鮮肉，加上白糖，用以下酒，名曰：「吃血酒」。〔註38〕種種駭人的宣傳令人心生恐懼，使得共產黨成爲一個負面、危險的象徵與詞彙，同時爲取信於民眾除醜化共產黨之外，還外加報導「內幕」消息，例如朱德與毛澤東其實正在內訌，所以「匪區」會出現「打倒機會主義的毛澤東」等標語。〔註39〕或是查獲共匪數十封未寄出信件，將其原文刊載於報紙上，披露其內心。例如：我現在非常痛苦，跑了三個多月，看不見一個錢，所以我現在沒錢寄給你。這裡長官凶得很，動不動就要殺頭。我打算不久回來，你從前勸我的話，現在後悔也來不及了。〔註40〕又或是「我們總指揮說存了 2、300 萬在俄國，但這些話我們不敢說。聽說捐款百萬以上，但我們當

〔註36〕 《論剿匪宣傳工作》，《中央日報》1931 年 4 月 5 日，第 1 張第 3 版。

〔註37〕 《贛省代表昨招待新聞界，旅贛代表昨向四中全會請願》，《中央日報》1930 年 11 月 16 日，第 2 張第 2 版。

〔註38〕 《共匪蹂躪於國慘狀》，《中央日報》1930 年 12 月 25 日，第 2 張第 3 版。

〔註39〕 《共匪內訌消滅在即》，《中央日報》1930 年 12 月 24 日，第 2 張第 3 版。

〔註40〕 《誤入歧途悔恨深——第一信：瀏陽第五區第十六鄉一村轉交晏世兄收》，《中央日報》1930 年 11 月 3 日，第 2 張第 1 版。

兄弟的仍舊未發餉，衣服又沒得穿，快凍死了！」〔註41〕

　　類似這樣的報導，《中央日報》每天都從各個角度不遺餘力地宣傳，為國民黨在對抗共產黨時對知識分子階層起到了關鍵性作用，在國民黨控制地區一般老百姓也認為共產黨是不好的黨，應該由國民黨對其進行「消滅」。原因就在《中央日報》的宣傳使得民眾認為在各個方面，不管是民心、政策或是政權的合法性，共產黨都不是一個合法的政黨，因此希望透過宣傳使民眾能遠離不好的政黨，使其外受到國民黨的圍剿，對內則沒辦法得到來自民間的支持。為了更加強化論點，國民黨同時也對共產黨的理論進行批判，鼓勵民眾不要受到共產黨蠱惑。凡此種種，舉凡文字宣傳、圖畫宣傳、政策宣傳以及抹黑中傷或內幕、「偽內幕」消息都在《中央日報》日常報導範圍內，對共產黨更是努力求「全方位」打擊，懷柔與高壓同時使用，並適時轉移軍心，鼓舞軍民士氣。

　　在反共及抗日上，基本上篇幅比重是絕對傾向於對內的「剿共」上，蔣介石也不止一次提到過這個問題，蔣介石認為：

　　　　依今日國難的形勢來看，日本人侵略是外來的，好像是從皮膚上漸漸潰爛的瘡毒，赤匪搗亂是內發的，如同內臟有了毛病，這實在是心腹之患。因為這個內疾不除，外來的毛病就不能醫好。而且即算醫好，也還是無濟於事，到了最後，病人還是要斷送在這個心腹內疾。〔註42〕

簡單來說，這即是蔣介石主張的「先安內，後攘外」。作為喉舌的《中央日報》如實地反映了蔣介石的政治傾向與真實想法，透過瞭解南京《中央日報》乃至於各個時期的《中央日報》就可以發現，在搬至南京後在政策的領會上以及與國民黨黨中央的聯繫就較以往來得密切，因此將此時期的南京《中央日報》作為與當時歷史的參照，是別具意義的。即使相較於共產黨的宣傳來看，國民黨的宣傳流於形式與不知變通，連帶使其剿共方針和對日抗戰的態度受到質疑，但此時期的宣傳已較之前來得更有組織及計劃，仍然是值得探討與研究的。

〔註41〕　《誤入歧途悔恨深——第三信：瀏陽轉交化老前轉母親大人》，《中央日報》1930 年 11 月 3 日，第 2 張第 1 版。

〔註42〕　王正華編著：《蔣中正總統檔案：事略稿本 20，民國 22 年 5 月到 6 月》，新北市：國史館，2005 年版，第 76 頁。

《中央日報》劇評與
民國南京的戲劇生態

陸　佩

（南京大學文學院，江蘇南京，210093）

摘　要

　　報刊是文化與文學的「活化石」，作為國民黨的中央黨報，《中央日報》從 1928 年至 1949 年在大陸發行 22 年之久，滲透到當時中國社會的方方面面。其中，自 1929 年 2 月至 1937 年底，《中央日報》在南京穩定印刊九年。本文通過此九年間《中央日報》劇評這一窗口，由表及裏，試圖還原歷史質感，窺探 1929 至 1937 年民國南京的戲劇生態；並探索民國政府如何通過《中央日報》劇評影響現代民族藝術的發展，及其為構建民族國家做出的努力。

關鍵詞：《中央日報》民國、南京、戲劇、劇評

一、《中央日報》劇評在南京

　　《中央日報》是國民黨的中央直屬機關報，自 1928 年創辦於上海至 1949 年國民黨政府敗退臺灣，《中央日報》在大陸刊印的 22 年間，詳細記錄了民國時期的發展軌跡，滲透到當時中國社會的方方面面，具有極重要的學術研究和參考價值。《中央日報》戲劇評論（簡稱「中央劇評」，下同）在本文中

廣義覆蓋了發表在《中央日報》上所有與戲劇有關的評論、報導、通訊、學
術研究等各種文章的統稱。

《中央日報》主要發展階段

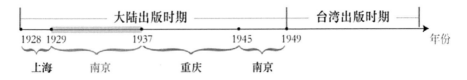

1929 年 2 月，《中央日報》結束上海草創期遷往首都南京，由此直到
1937 年 12 月南京淪陷（後《中央日報》西遷至陪都重慶），《中央日報》在南
京穩定刊印九年之久。由於 1945 年後受時局影響《中央日報》戲劇相關版面
寥寥，本文研究的即是《中央日報》1929 年至 1937 年南京出版時期刊載的戲
劇評論。

與 1928 年在上海初創時期的尷尬相比，回歸首都南京的《中央日報》總
算煥發出了應有的活力。同樣，從中央劇評的發展中，便可以直接感受到南
京戲劇氛圍的「驟漲」，劇評氛圍之濃烈主要體現在以下幾方面：

1.劇評篇目增長

1928～1937 中央劇評數目一覽

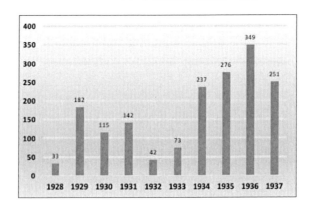

根據筆者對 1928 年至 1937 年《中央日報》全部影印本〔註 1〕文獻的翻
閱，製作出各年份中央劇評數目柱狀圖。從此圖可明顯看出，1928 年僅有 33

〔註 1〕 《中央日報》影印本，江蘇古籍出版社，1994 年版。

條的中央劇評，在 1929 年驟增到 182 條，其後除 1932 年有所回落（儘管如此仍比 1928 年多），便一路攀升至 300 條左右，可見 30 年代的中央劇評整體呈現出熱烈、豐富的形態。

2. 劇評多樣化、系統化

此時期內中央劇評的「多樣化」主要體現在戲劇創作、戲劇信息、戲劇評論甚至戲劇類學術討論文章的全面開花。戲劇創作方面有《秦淮河畔》〔註 2〕、《五三碧血》〔註 3〕、《解脫》〔註 4〕（歌劇）、《戰創》〔註 5〕、《同學與仇》〔註 6〕、《荊軻》〔註 7〕、《半點鐘》〔註 8〕等眾多作品，戲劇信息分佈在了《中央日報》除戲劇、文學之外的各個版面（如教育、娛樂、體育、兒童等），戲劇評論則包羅萬象，某些熱點甚至引發過幾次廣泛的社會討論。

至於「系統化」則體現在戲劇評論改變了原來的碎片式狀態，除了開始系統化論述《談歌舞劇》、《談兒童劇》、《談學校劇》、《談農民劇》、《談悲喜劇》、《談宗教劇》、《談啞劇》、《談獨幕劇》、《談歷史劇》等諸多戲劇範式，宏觀上拓展了對戲劇範型的研究，後幾年劇評角度更是逐漸轉向內部微觀探討——戲劇的創作、編、導、演都被納入範疇之中，代表篇目如《道具和演戲》、《躲在幕後的人們》、《導演家》、《從演劇說到導演》、《創作劇本雜談》、《論表現主義的戲劇》等等。

3. 戲劇副刊的豐富

1929 至 1937 年，《中央日報》南京出版期間開辦的戲劇相關的副刊就有《青白》、《大道》、《新聲》、《文藝週刊》、《戲劇運動》、《兒童週刊》、《橄欖週刊》、《中央公園》、《學風》、《文學週刊》、《戲劇週刊》、《中央日報副刊》、《戲劇副刊》、《平明》等近 15 種副刊。《中央日報》幾乎高達 95% 的劇評都分佈在這些文藝類副刊上，到後期更出現了《戲劇運動》和《戲劇週刊》等專門刊載戲劇文章的副刊，劇評的密度陡增。這些副刊積極介紹戲劇運動，刊載劇評與戲劇創作，對於 30 年代湧現出的眾多劇團，或刊載評論文章，或

〔註 2〕 《中央日報》，1929 年 11 月 15 日，第 9 版起。
〔註 3〕 《中央日報》，1929 年 3 月 11 日，第 11 版起。
〔註 4〕 《中央日報》，1929 年 6 月 6 日，第 12 版起。
〔註 5〕 《中央日報》，1931 年 4 月 30 日，第 10 版起。
〔註 6〕 《中央日報》，1933 年 3 月 3 日，第 8 版起。
〔註 7〕 《中央日報》，1934 年 8 月 7 日，第 10 版起。
〔註 8〕 《中央日報》，1934 年 9 月 18 日，第 10 版起。

進行跟蹤報導，都進行了積極的介紹和展示。

　　當然，觀察到這些宏觀且表象的中央劇評形態的同時，我們不禁思考：為什麼回到南京後的中央劇評如此「漲勢喜人」？而「漲勢喜人」的背後到底是切實的戲劇文藝發展，還是表面的熱鬧？只有挖掘南京劇壇的特點與熱點，才能窺探到民國南京在這九年間內在的戲劇生態。

二、民國南京的戲劇生態

1. 蕭條下的國都文藝支點

　　不可否認的是，《中央日報》1929 年遷至國都南京，從辦報角度是為了爭取讀者、擴大影響力和話語權，另一方面南京政府出於建立統一的民族國家的訴求，也需要《中央日報》在思想意識形態領域給予支持，尤其是在文藝上為其奠定基礎。

　　然而，此時的南京儘管已建都，與北京、上海相比，不管從學院派、出版界還是文藝社團等重要力量，都有相當大的差距。1929 年，楊晉豪在《中央日報》的《青白》副刊中發表《南京的文藝界》一文，直接指出南京與「五四新文化運動時的北京」以及「今此革命時代中的上海」相比，實在是「太單調、太寂寞、太慘淡」〔註 9〕。在這種「蕭條」的情況下，《中央日報》作為第一黨報，肩負文藝重擔。而戲劇由於其娛樂性、全民性和新文學性，理所當然成為中央「鼓勵首都的藝術空氣」的最強力支點。

　　因此，為了提升首都的文藝氛圍（當然本質上還是為了國民黨文藝鋪路），政府當局以及官方文人開始極力關注首都戲劇界，在他們的積極推動下，1920 年代末至 1930 年代的國都南京，劇社、劇演和戲劇運動蓬勃發展起來。

　　隨著首都戲劇氛圍的愈加濃烈，中央劇評在此期間篇幅驟增，自然也對當時的戲劇界有著非常及時的反饋，較完整地記錄了當時南京戲劇界的發展態勢。首先，廣泛覆蓋和參與了中國現代話劇的報導；其次，《中央日報》對中國話劇發展中的熱點問題、重要公演等，或組織文章與專刊進行深入剖析，或組織一些討論來展現各方戲劇意見；最後，針對中國現在戲劇缺乏經驗的實踐需要，中央劇評還大量引介國際劇壇以滋養本土話劇，介紹如羅曼‧羅蘭、奧尼爾、易卜生等人的經典劇作。從這一角度來說，為產生全民族範圍

〔註 9〕 楊晉豪：《南京的文藝界》，《中央日報》1929 年 3 月 24 日，第 11 版。

的影響，中央劇評緊密結合演劇實踐、有的放矢，是立足當下、貼近現實，有強烈現實性的，這在中央劇評關注的熱點、討論的話題、編輯的策略諸多方面得到體現。

2. 劇社、劇演、劇運、劇場的發展

劇社與戲劇運動如雨後春筍般出現，僅 1929 年就有狂飆社、金大劇社、櫻花劇社、南國社、革命劇社、金陵劇社等眾多劇社蓬勃發展。1929 年 11 月 24 日的《青白》副刊上，主編王平陵撰文《歡迎江蘇民眾的劇社》，大力鼓勵民眾劇社運動，還邀請田漢、歐陽予倩、陳大悲等劇作家參與到中央劇評中，把版面騰出給年輕的劇社，設立「劇訊」、「戲劇界消息」欄，緊密關注各地的戲劇動態，顯示出一種全局的眼光和關注的延續性〔註10〕。

《中央日報》甚至還為幾大劇社的公演特別設立「特刊」。例如《上海聯合劇社旅京公演特刊》（1931 年 1 月）、《中國文藝社戲劇組第一次公演特刊》（1931 年 6 月）、《南鐘劇社第三次公演特刊》（1933 年 7 月）等，公演特刊直接以某劇社或某次公演為主題，公演前為劇社公演宣傳造勢、公演後撰寫與刊載劇評，以擴大劇社公演的影響。篇幅之大，篇目之多，重視程度可見一斑。

在眾多劇社中，不得不提的便是中國文藝社。中國文藝社由國民黨中宣部直接領導，王平陵參與籌建。1931 年 6 月，中國文藝社首次公演，劇目為小仲馬的《茶花女》。在中央政府的鼎力支持下，《茶花女》公演耗費鉅資、反響熱烈，《中央日報》的《中國文藝社戲劇組第一次公演特刊》更是持續四期配合為此次公演宣傳造勢、多加讚譽。與民間劇社相比，中國文藝社的《茶花女》公演，成為政府直接（甚至過度）帶動首都藝術空氣的典型，不免漸漸顯出些許自娛自樂的苗頭。

隨著政府直接領導、支持劇社，對政府直接介入劇場及戲劇教育的呼籲也越來越多。如 1930 年 1 月中央劇評《建設省民眾劇場及演劇學校之三步計劃》、1931 年 7 月《創辦戲劇學校，建設試驗劇場》和 1934 年 9 月《對於國劇設施之我見》等。劇場方面，隨著戲劇演出商業化、專業化進程，演出場所也逐漸形成了較為完備的組織結構和管理制度。劇場改良是民國時期戲劇改良的一部分，不僅意味著演劇場所的改進，特包含著制定新的管理制度、

〔註10〕趙麗華：《民國官營體制與話語空間——中央日報副刊研究（1928～1949）》，中國傳媒出版社，2012 年版，第 58 頁。

倡導良好的觀劇習慣〔註11〕。除了新建劇場、改造實驗劇院等舉措在《中央日報》信息中篇幅增加，受新思想影響的戲院收費改革，出現「學生證優惠」之先河，包括禁止舊時戲院陋習惡習等劇場教育，在中央劇評中也均有所體現。至 1936 年，戲劇的「劇場性」正式進入劇評範疇，《論舞臺監督》、《劇場與舞臺建築的原則》、《小型舞臺的外景設備》、《舞臺上的光與影》等文章均對此深入探討。

3. 學院派的戲劇烏托邦

當論及中央政府響應呼籲在戲劇教育上做出的努力，國立戲劇學校當屬戲劇教育的大本營。國立戲劇學校成立於 1935 年 10 月，由中央黨部與教育部合辦。1935 年《中央日報》中，國立劇校出現的頻率高達 29 次。時任《中央日報》社長的程滄波更是邀請劇校出《戲劇副刊》（後易名爲《戲劇週刊》和《戲劇》，由余上沅主持）。《戲劇副刊》撰稿者多爲國立劇校師生，它爲劇校提供了交流、研討和自我展示的園地，劇校也以自己活躍的演劇豐富了《戲劇副刊》。

從創立到 1937 年由於時局危急而遷徙，劇校一共舉行了 13 屆正式公演，以劇校第五屆公演《群鴉》爲例，我們可以看出該校的戲劇氛圍與風格。《群鴉》是自然主義戲劇最具代表性的劇作之一，作者爲自然主義戲劇最重要的劇作家貝克。國立劇校公開演出《群鴉》也是中國人通過舞臺演出展現西方自然主義戲劇的首次嘗試。當時的《戲劇週刊》對《群鴉》公演做出了如下記錄。

前期的大力宣傳：

1936 年 5 月 19 日　國立劇校將演「群鴉」係社會悲劇

1936 年 5 月 23 日　國立劇校，公演「群鴉」，廿九日起在公餘社

1936 年 5 月 26 日　國立劇校公演「群鴉」，廿九日起在公餘社

1936 年 5 月 27 日　國立劇校，昨招待記者，報告籌演「群鴉」經
　　　　　　　　　　過，兩劇團定期公演

演出當天的劇評配合：

5 月 29 日（《群鴉》演出當天）《中央日報》的《戲劇週刊》副

〔註11〕 金景芝：《民國時期的文化產業——劇場觀念與劇場演出》，《河北大學學報》
2015 年第 3 期。

刊刊載了三篇專題評論：《貝克與自然主義》（余上沅）、《〈群鴉〉之時代的意義》（王家齊）、《貝克的戲劇》（吳英年）三篇專題評論，對《群鴉》、貝克和自然主義戲劇進行詳細介紹，配合即將開始的《群鴉》演出，爲南京劇界的自然主義戲劇掃盲。

公演後的論爭：

1936 年 5 月 29 日　《群鴉之時代的意義》

1936 年 5 月 30 日　國立劇校特別班主演，群鴉演出記

1936 年 6 月 5 日　　《群鴉》亂飛，燦星盈戶

1936 年 6 月 12 日　怎樣去認識《群鴉》關於《群鴉》的提議

《群鴉》公演之後，立刻掀起了一場大論爭，對《群鴉》的批評主要集中於：演出缺乏現實的民族主義的意義，不適合救亡圖存的需要。而劇校也就《群鴉》的現實意義進行了新的闡釋，在《戲劇週刊》上極力辯解，不應否認其戲劇藝術探索的意義。

由此不難看出，劇校公演劇本的選擇和《戲劇週刊》的重點，顯示出了極爲濃厚的學院化傾向。一面是風雨飄搖的時局，抗日硝煙愈來愈彌漫；另一面，國立戲劇學校的師生忘情演出著西方古典主義、表現主義、自然主義、浪漫主義經典劇作，沉醉於表演技巧、服裝、舞臺設計、燈光。這樣的一個藝術烏托邦，成爲點綴國都劇壇的特殊風景。

三、黨治文藝的歸途

通過以上論述可以看出，當局在鼓勵戲劇藝術、提倡戲劇運動方面體現出了較大積極性，也貢獻了應有的力量。然而，現代政黨組織文學藝術生產，是爲了建構出想像的共同體，從而召喚國民主體的實踐，穩固自身政權，這一點無論對共產黨還是國民黨都是一致的。那麼 1929～1937 這近十年裏，國民政府在戲劇藝術上做出的努力，在民族認同或是民族意識的形成中發揮了多大的作用？它是否輔助當局實現了建立現代民族國家的目標呢？

答案卻是否定的。

儘管我們一直強調《中央日報》的黨報性質，中央劇評完全沒有呈現出想像中的專制與局限，反而體現出一種特殊的包容性——包容各類藝術創作形式，包容國內外藝術思潮，甚至包容黨內外各派文藝立場。誠然，副刊由於其文學藝術性呈現出一定的去政治化情有可原，但中央劇評的包容性背

後，其實有更多複雜的因素。

如前文提到的，1929 年，新生的國民黨政權還處在一種尷尬的邊緣位置，一面標榜爲全民族利益的代表，一面又要引導當時歷史情形下雜草叢生、亂象紛呈的民族藝術，《中央日報》必須體現出執政黨報紙應有的文化、藝術上的包容性。同時，爲了團結更多普羅文藝之外的中間派作家，《中央日報》編者甚至不惜以包容性爲策略——試圖以退爲進，標榜純藝術理想，即用在藝術的名義下和平相處的模式，對抗普羅文學思潮。

這種藝術至上的包容性，一定程度上的確體現了中央劇評開闊的胸懷，是其現代性與進步性的重要表現，也是它能對戲劇運動產生重要影響的原因；但這種以退爲進，但其實步步退後的姿態，在 30 年代強勢的左翼文學和普羅文學面前，卻顯得不堪一擊。

倪偉在《民族想像與國家統制》一書中，把南京政府文藝政策沒有收到預期效果的原因，歸結爲二：一是「社會政治局面不穩定」，二是「文藝界普遍不合作的態度」〔註 12〕。我認爲前者否定的正是以中央劇評爲代表的「爲藝術而藝術」的不作爲，國難當頭，歷史呼喚的是左翼文學這種站在時代風口浪尖的民族藝術；而後者否定的是國民黨文藝薄弱的意識形態號召力：認知上的僵化，缺少對社會現存價值的整合能力，以及國民黨的威權主義和高壓統制，造成三民主義（包括後來的民族主義）不能在行使中樹立起權威。而相反，共產黨意識形態以及左翼思想有效回應了現實的政治狀況，提供了強大的精神吸引力爲知識分子所甘願認同，最終奪取了文化上的領導權。

國民黨執政的二十多年期間，對戲劇的探索其實一直都在持續。但遺憾的是，在文藝與政治之間，在文藝與民族國家建構之間，不管是國民黨當局，還是以中央劇評編作者爲代表的文化官員，一直都未能找到一個平衡點，沒有開拓出一條眞正的路。

〔註12〕 倪偉：《民族想像與國家統制（1928～1948 年南京政府的文藝政策及文學運動）》，上海教育出版社，2003 年版，第 297～298 頁。